新生・帝国海空軍 上

世界初！ 航空電撃戦

原　俊雄

コスミック文庫

この作品は二〇一七年九月・一二月に電波社より刊行された『新生・帝国海空軍（一）（二）』を再編集し、改訂したものです。

なお本書はフィクションであり、登場する人物、団体等は、現実の個人、団体、国家等とは一切関係のないことを明記します。

目　次

第一部　必勝！ 対米電撃戦

第二部　集結！ 米英機動部隊

第一部　必勝！対米電撃戦

第一章 山本英輔の意見書

1

大西瀧治郎は〝もはや戦艦は要らない〟と思っている。海軍を辞めてみずから飛行機会社を創ってしまった中島知久平の影響が大きい。中島知久平は魚雷投射機なるものを考案し、飛行機による雷撃で「戦艦を撃沈できる!」と断言、旧態依然とした海軍に愛想を尽かし出て行った。

――もはや戦艦は時代遅れだ。戦艦の建造には莫大な費用が掛かる。空母や飛行機があれば、国防は充分に成り立つ!

大西は、中島の考えに大いに共感し、一時は自分も海軍を辞めて「中島飛行機」に入社してやろうとも考えたが、それだけはどうにか思いとどまった。

日本初の空母「鳳翔」はすでに、およそ一年前の大正一一年一二月に完成していた。

大西瀧治郎は海兵四〇期の卒業、今から八年前の大正四年に操縦を学び、大正五年四月に「海軍航空隊」が横須賀鎮守府の所管となって誕生すると、真っ先に航空の道へとびこんだ。

豪胆な大西は兵学校時代に同期の山口多聞と競って〝棒倒しの双璧〟と並び称され、その後、日本ではじめて落下傘降下に成功していた。

大正七年一二月一日付けで大尉に昇進していた大西瀧治郎は、このたびの人事で海軍省教育局の第三課に配属された。大正一二年一一月一日のことである。

直属の上司となる第三課の課長は、帝国海軍初の搭乗員・金子養三大佐だ。いや、正確には、帝国海軍初の搭乗員は相原四郎だったが、相原は飛行訓練中にドイツで殉職してしまった。したがって金子養三は、存命者のなかでの一番ということになる。

海軍省教育局は文字どおり海軍の教育全般をみている。第三課はこのとき（時代によって変わるが）飛行教育を担当していた。最初期の搭乗員である金子養三が課長を務めているのは、至極まっとうな配置であるといえた。

現在、大西は満三二歳。金子も同じ六月生まれで満四一歳。ちょうど九つ違いだが、金子養三は海兵三〇期の卒業だから、海軍では金子のほうが一〇期も上ということになる。

いまだ三〇そこそこで血気盛んな大西は、雲の上の存在であるはずの金子を見つけて、いきなりかみついた。

「図体ばかりがでかい『加賀』を空母に改造するなど、おかしいじゃありませんか！」

ワシントン軍縮条約において、帝国海軍は巡洋戦艦として建造中の「天城」と「赤城」を空母に改造すると決定。ところが、ほんの二ヵ月前に起きた「関東大震災」によって、横須賀工廠で建造中の「天城」が竜骨を破損。大破した「天城」に代わって「加賀」が空母へ改造されることになった。同艦の空母改造はいまだ正式には発令されていなかったが、一一月初旬のこの時点で部内の方針は「加賀」を改造するということでほぼかたまっていた。

芸者を殴って新聞沙汰となり海軍大学校への入学をふいにするような大西の武勇は、海軍部内はもとより世間でも知られており、金子も目の前の男が大西瀧治郎であることは承知していた。

「貴様、だれだ！」

大西が来ることはわかっていたし、このツラの皮の厚さはなるほど、うわさに聞く大西瀧治郎に違いなかったが、金子は〝若僧になめられてたまるか！〟と思い、まず大喝した。

飛行機乗りは得てして神経が図太い。金子もそうだが、大西も断じて負けていない。

「海兵四〇期卒、席次二〇番。課長を大尊敬する大西瀧治郎であります！」

「ふん！　席次は余計だ！」

金子は海兵卒業時の席次（ハンモック・ナンバー）が〝八六番〟でさほどふるわず、大尊敬すると持ち上げられても、すこしもおもしろくなかった。

「はい。席次は関係ありません。……『加賀』の話です！」

まったく素直なのか、人を喰っているのかわからぬが、金子はそのふてぶてしさを妙に気に入った。それでも、もう少し若ければ殴りつけているところだが、さすがは飛行機乗り、物おじしないその態度は、鏡に映った自分を見ているようでもあった。

「すこしなら聞いてやろう。……応接室が空いとる。先に行って待っとれ！」

二人とも声が大きい。場合によってはガラスが割れんばかりの口論になりかねないので、金子はそう言い渡しておいた。

――図々しいヤツだが、なにやらおもしろそうだ……。

内心そう思った金子は、わずらわしい事務処理をさっさと片付け、はやる気持ちをおさえながら応接室へ足を向けた。

ドアは開けっぱなしで、大西は金子の姿を見るなり、今度は直立不動となった。

「お待ちしておりました！」

あきれるほどの豹変ぶりだが、なるほど〝大尊敬する〟と言ったその言葉に、偽りはなさそうである。

「まあ、座れ」

金子はそう言って、先に腰をおろした。

ところが大西は、敬礼は止めたが、直立不動のまま立っている。意外と分をわきまえているのでその点は〝合格〟だが、堅苦しいのが苦手な金子はもう一度、座るようにうながした。しかし大西は、それでも腰をおろそうとしない。

「掛けぬなら、仕事に戻るぞ！」

業を煮やした金子がそうせかすと、大西は借りて来た猫のようにようやくちょいと腰掛けた。

それを見て、金子が切り出す。

「なぜ『加賀』ではいかん!?」

「空母に改造するには速度が遅すぎます」

それはそのとおりで、戦艦として計画されていた「加賀」は、最大でも二六・五ノットの速力しか発揮できなかった。

「いや、問題ない。空母改装時に最大速度を引き上げると聞いておる」

これは口から出任せで、とりあえず「加賀」は速度向上の対策を受けぬまま空母へ改造されることになっていた。

「本当ですか？」

大西は首をかしげながらそう聞き返したが、金子は〝ぷい〟と天井を向き、ここはだんまりを決めこんだ。

すると大西は、まったく予期せぬほうへ話題を転じてきた。

「思いますに、そもそも私は、『天城』『赤城』の空母改造にも反対でした」

そんなことは〝知らぬ〟とばかりに、金子はなおもだんまりを決めこんでいる。

しかたなく大西が続ける。

「考えてもみてください。ワシントン条約での米海軍の空母建造枠は一三万五〇〇〇トンで、我がほうの空母建造枠はその六割の八万一〇〇〇トンです。……あちらが『レキシントン』と『サラトガ』を空母に改造するからといって、なぜ、こちらまで『赤城』と『加賀』を空母に改造し、お付き合いせにゃならんのですか？　八万一〇〇〇トンの枠内でなら、我がほうがどのような空母を造ろうが本来は自由なはずです」

「いや、違う。空母一隻分の基準排水量は最大で三万三〇〇〇トンまでと決められておるから、建造枠内でおさまるならいかなる空母を造ってもよい、というわけではない」

金子はついだんまりを忘れ、むきになって大西の間違いを指摘した。

「いや、そうでした。私の間違いです。個艦の上限排水量は三万三〇〇〇トンと決められておりました。……しかし、それなら我がほうは、二万トン強の空母を四隻建造しても差し支えないはずです」

「ああ、基準排水量二万二五〇〇トンの空母なら四隻は造れる。だが、予想外にも米国が〝大型の巡洋戦艦二隻を空母に改造したい〟と提案してきたので、こちらも対抗上、天城型巡洋戦艦の基準排水量を二万七〇〇〇トン以下におさえて、二隻を空母へ改造することにしたんだ」

「おっしゃるとおりですが、それが、そもそもの間違いだったのです」

「なぜだ。天城型の基準排水量を二万七〇〇〇トン以下におさえるというのは表向きの話で、実際にはおそらく三万トンを超えるだろう。それでも米国は、こちらのはじいた数字（むろん二万七〇〇〇トン）を鵜呑みにしてくれたんだ。割り引いた数字をあちらが認めてくれたのだから、こちらの残り建造枠は多少なりとも（三〇〇〇トン×二隻＝六〇〇〇トンほど）増える。悪い話ではあるまい」

「ところが……、それが悪いのです」

「なにっ、なぜ悪い⁉」

「……『赤城』を空母に改造して、いったい何機積めますか？」

「さあ、九〇機ぐらいは積めるだろう……」

「わかりました。では、おっしゃるとおり九〇機だとしましょう。ですが、二万トン級の空母でも七〇機ぐらいは搭載できるでしょう？」

「……ああ、可能だろうな……」

「我がほうの枠は八万一〇〇〇トンですから、二万七〇〇〇トンの空母だと三隻しか建造できません。三隻×九〇機は二七〇機です。いっぽう、二万トンの空母なら四隻は建造できます。四隻×七〇機は二八〇機ですので、一〇機ほど損しているではありませんか」

「ふん。今、積めるといった機数はおおよその数字だから、一〇機なら、ほとんど大差ないではないか……」

「では、お聞きしますが、『赤城』や『加賀』を空母に改造して、はたして本当に九〇機も搭載できますか？」

「そりゃ、やるんだ」

「しかし、英空母に範を得て『赤城』『加賀』は多段式飛行甲板を持つ空母に改造されると聞いております。格納庫の面積が縮小されて、とても九〇機は無理でしょうな……」

「やってみなけりゃ、わからんだろう」

「……わかりました。しかし、これだけは言わせていただきます。排水量の大きい艦を造れば造るほど、ただでさえ六割におさえられている我がほうの建造枠がさらに圧迫されるのです。理想の空母像が手探りのなか、いきなり三万トン近くもの空母を建造するのは冒険的すぎます」

大西の言うとおりだった。

そもそも帝国海軍は、ワシントン会議に参加した時点では、基準排水量一万八〇〇〇トンの空母でさえも〝超大型〟として位置付けていた。ところが、会議が進むにつれて、米海軍に三万三〇〇〇トンという、帝国海軍が思いもしなかった〝超大型空母〟の保有意思があると判明。また、英海軍も二万七〇〇〇トン級の空母を理想としていることがわかり、帝国海軍は、その運用構想が定まらないまま、米・英両海軍とのバランス上の理由のみから、超大型空母を保有しようとしているのであった。

これは一見妥当に思われるかもしれないが、そもそも帝国海軍の空母建造枠は、米・英の六割しかないのである。そこへ三万トン近くもの大艦を二隻も割り込ませたのでは、大西が言うように窮屈になるのは当然だった。

「我が国は中型空母を多数そろえるべきで、基準排水量一万六二〇〇トンの空母であれば、条約の枠内で五隻も建造できます。その中型空母が六〇機ほど積めるとすれば、六〇機×五隻で三〇〇機になります。だとすれば『赤城』『加賀』が九〇機ずつ積めるとしましても三〇機増です。小型空母一隻分ほどの機数を余分に稼げるのです。しかもそれら五空母は、一から航空母艦として建造するのですから、三五ノットの最大速度も決して夢ではない。いや、夢どころか、これは極めて現実的な数字です。空母は最大速度と搭載機数が命。同じ航空屋で尊敬しているからこそ、必ずや理解していただけるものと思い、私はこうしてあなたに訴えているのです！」

言い終わった大西の表情は気迫に満ちていた。

その気迫にうごかされ、金子も確かに〝それが正論だろう〟と思った。しかも、金子の強弁には二つのごまかしがある。むろん金子はそのことを自分自身でよくわかっている。強弁による二つのごまかしとは、「加賀」の速度向上は当面できないということ、それに多段式空母に改造すればとても九〇機は積めないということであった。だから大西の主張のほうが断然スジが通っている。しかし金子にも、先駆者としての意地があり、すぐにはこれを認めない。

「二〇番の頭はやはり違うのう……」

金子はちゃかすようにつぶやいたが、大西はこれにため息交じりで答えた。

「いいえ、上には上がおります。……私の同期には〝山口多聞〟というすごいヤツがおります」

「ほう……。そいつはなにをしとる？」

「潜水艦です」

「そりゃ、もったいないの……」

「はい。本当は大きいことが好きなくせに、潜水艦のような狭い場所で任務に耐えることが人生の修行だと思いこんでいるのです」

「ははあ、一意専心というか、思い込みの激しいヤツだな……」

「はい。確かにガンコです。ですが本人は、人の嫌がるような仕事を率先して引き受けてやるのが真の武人と心得ているのです。山口に言わせれば、それが潜水艦乗りというわけです」

「なるほど、よさそうだ。どうにかしてソイツを航空に鞍替えさせられんか……？」

「ええ、そのつもりです。頃合いをみて、広大な飛行場にヤツを引きずり出し、いずれ山口多聞を必ず航空の道へ誘いこんでやろう、と、私はひそかに決めております」

大西がそう言ってかたく口をむすぶと、金子は大きくうなずき、やにわに宣言した。

「よし、わかった。貴様の主張は確かにもっともだ。微力ながら、俺もできる限りのことはやってやる！」

「はい。山口が航空屋となれば、帝国海軍の未来も非常に明る……」

「バカ、なにを寝ぼけたことを言っとる。同期だろう。そっちは、お前が勝手にやれ。……『加賀』の改造中止に〝俺もひと役買ってやろう〟と言うんだ！」

突然の望外な言葉に、驚いた大西は思わず目をまるくした。

「……ほっ、本当ですか!?」

「ああ。どう考えても貴様の言い分のほうが、スジが通っておる。それが海軍、ひいては国のためになる！　俺もその線で精いっぱいやってみる。飛行機乗りに二言はない！　潜水艦乗りに負けてたまるか……」

最後に金子がそう断言すると、大西瀧治郎は感激のあまり涙目となって、金子養三に深々と頭を下げたのである。

2

ワシントン軍縮条約の制限下で〝いかなる空母を建造するか〟について、大西瀧治郎が最も強く推したのは「赤城」の改造も中止して基準排水量一万六二〇〇トンの中型空母を五隻建造する、という案だった。

しかし、金子養三が「いや『赤城』まで改造を中止するのは難しいだろう」と言って再考をうながすと、大西は、金子に対してただちに代替案を示した。

金子はその代替案を聞いてうなずくと、翌日には早速、海軍大学校へ足をはこんだ。

金子養三は「加賀」の改造中止を安請け合いしたわけではなく、それなりの考えがあって大西の談判にうなずいていた。

――よし！　頼るべきは山本（英輔）少将しかいない！

山本英輔は帝国海軍のなかにあって、いちはやく〝飛行器〟の将来性に目を向けた人で、いわば海軍航空の〝生みの親〟であった。

金子養三はフランスで飛行教練を受けていたときに、ドイツ駐在武官の山本英輔中佐から「観艦式で飛行可能か？」との問い合わせを受け、ファルマン水上機を購入してシベリア回りで帰国、大正元年におこなわれた観艦式において、日本国内での海軍初飛行に成功していた。そのときの金子の階級は大尉だった。

海軍航空の発展に懸ける、山本英輔の意志には並々ならぬものがあり、過去のそうした経緯もあって金子養三と山本英輔のあいだには深い信頼関係があった。

そして、都合がよいことに、このとき頼るべき山本少将は海軍大学校の校長を務めており、教育局第三課長の金子養三は日常業務での必要上から山本英輔と頻繁に連絡を執っていたのである。海軍大学校は海軍省に隷属（れいぞく）しており、当然のことながら海軍省教育局と連携して将校の育成に努めていたのだ。

海軍大学校は築地に在る。震災の被害をまともに受け、このとき応急の仮校舎で不自由な勉学を強いられていた。敷地内では復旧作業があわただしく進められていたが、それでも、金子養三が訪ねてゆくと、山本英輔はにこやかに彼を自室へ迎え入れた。

「やあ、仮校舎がもうすぐ完成する。あと二、三日でようやくそれらしい講義ができそうだ。……まあ、掛けたまえ」

構内で重機がせわしく動いているのはなるほどそのために違いなく、金子はうなずきながら山本のすすめに応じた。

腰掛けた金子は、まず兵学校での航空教育の現状などを詳しく報告し、最後に

「海軍の航空は今後ますます発展するので、搭乗員の確保が重要になるでしょう」

とむすんだ。

山本は金子の話に一々うなずき黙って聞いていたが、その話が一通り終わると、おもむろに水を向けた。

「うむ。今後は士官だけでなく、飛行兵も広く募る必要があるだろう。……それで、今日は重要な話があるということだが、それは搭乗員の確保に関することかね？」

水を向けられた金子は「いえ、違います。空母の建造に関してです」と前置きし

て、前日、大西瀧治郎から提案を受けた空母の建造案をできるだけ詳しく説明した。

「大西は『加賀』はもとより『赤城』の改造も中止して一万六〇〇〇トン強の空母を五隻そろえるべきだというのですが、言われてみれば、私もまったくそのとおりだと思い、こうしてご相談にうかがった次第です」

「……なるほど。空母は〝搭載機数の多さと速度が命〟というのは確かにそのとおりだろう。そういう意味では、船体の重い『赤城』や『加賀』を空母に改造すると我がほうの建造枠を過度に圧迫してしまい、その割に搭載機数が増やせないということもありうる。空母としてはさほど必要のない装甲重量に排水量の多くをもっていかれるからな……」

山本がそう応じると、金子は即座に突っ込みを入れた。

「そうです。本来なら、装甲を削ってでも『赤城』と『加賀』の速度を増し、搭載機数を増やすべきですが、両艦にそのような大工事をやるのは不可能、それならいっそのこと中型空母五隻を新造したほうがマシです。そもそも空母は飛行機を運用するための艦ですから、八万一〇〇〇トンの制限枠のうちの多くを装甲重量に取られてしまうというのはいかにも不合理です。相撲取りには相撲取り、マラソン走者にはマラソン走者に適した体型というものがある。この改造は、相撲取りに無理やりマラソンをやらせるようなものですから、土俵の上では武器になる重量も足の負担になりかねません」

金子の言うとおりだった。

機動力を必要とする空母がぶくぶく太っていたのでは話にならない。過剰な装甲は、いわば贅肉に等しく、日本の建造枠を圧迫するだけで明らかにムダであった。

むろん条約の制限がなければ装甲はあったほうがよい。あったほうがよいだろうが、その場合でも、速度の低下をまねくほどの装甲は空母には必要ないのであった。

以上の理由から、山本も「加賀」の空母改造は止めるべきだと、すぐにうなずいた。問題は「赤城」のほうである。

「しかし『赤城』は三〇ノット以上の速力を発揮できる。しかも中型空母を一から設計するとなると時間が掛かるし、金も必要だ。震災直後だからできるだけ金を節約したい。また、使える空母が小型の『鳳翔』一隻だけでは搭乗員の訓練をやるにも不自由だし、空母建造において米・英より遅れを取ってしまう」

山本がそう指摘すると、これには金子もうなずいた。

「はい。いまだ理想の空母像というものは手探りで、まず『赤城』を改造してみてはじめて気づくようなこともあるでしょう。いきなり新型空母を建造しても上手くいくとは思えません。だとすれば、すでに船体の出来上がっている『赤城』でいろいろ試してみるべきです」

「ああ、きみの言うとおりだ。私もそれが妥当だと思う」

金子はこれにうなずくと、いよいよ本命の空母建造案を口にした。

「そこで、大西瀧治郎に再考をうながしましたところ、大西は『赤城』の空母改造に同意し、そのうえで、基準排水量一万八〇〇〇トンの空母三隻をワシントン条約の枠内で建造すべきだというのです」

「ほう……。なるほど、一万八〇〇〇トンが三隻ということは計五万四〇〇〇トンで、それに『赤城』の二万七〇〇〇トンを加えれば、ちょうど八万一〇〇〇トンになる」

山本の言うとおりだった。

繰り返しになるが、日本の空母建造枠は八万一〇〇〇トンである。基準排水量二万七〇〇〇トンの「赤城」をまず空母に改造すれば、日本の残り建造枠は五万四〇〇〇トンとなり、それを三等分すれば、基準排水量一万八〇〇〇トンの新型空母を三隻建造できるのだった。

振り出しにもどって「赤城」「加賀」を二隻とも空母に改造した場合には、日本の残り建造枠は二万七〇〇〇トンとなり、それを二等分して基準排水量一万三五〇〇トンの小型空母を二隻造るか、もしくは二万七〇〇〇トンの大型空母をもう一隻建造することになるだろう。

そして大西が、なぜ前者のほうを有利にみたかといえば、すべての空母の最大速度を確実に三〇ノット以上にできるし、これら四空母でおそらく計三〇〇機程度の艦載機を運用できると計算したからであった。

計画搭載機数／前者案・計三〇〇機
空母「赤城」／九〇機
新造中型空母／七〇機×三＝二一〇機
計画搭載機数／後者案①・計二八〇機
空母「赤城」「加賀」／九〇機×二＝一八〇機
新造小型空母／五〇機×二＝一〇〇機
計画搭載機数／後者案②・計二八〇機
空母「赤城」「加賀」／九〇機×二＝一八〇機
新造大型空母／一〇〇機

あくまでも大西の計算である。空母に改造された「赤城」「加賀」が実際に九〇機を積めるかどうかは疑わしい。が、大西は便宜上、両空母の搭載機数を九〇機に統一して三つの案を比較検討してみた。

そのうえで大西は、基準排水量一万八〇〇〇トンの中型空母にはおそらく七〇機程度は積めるに違いないが、基準排水量一万三五〇〇トンの小型空母に五〇機積むのは難しいだろうし、基準排水量二万七〇〇〇トンの大型空母に一〇〇機積めるかどうかも疑わしい、という結論に達した。

しかも、後者案二つでは空母「加賀」の最大速度が確実に三〇ノットを下回るので、大西は〝絶対に前者案を採用したほうが有利だ！〟と考えたのである。

そして今、大西瀧治郎に代わって金子養三がそのことを具体的に説明すると、山本英輔もいよいよ納得し、大きくうなずいた。

「よかろう！　『赤城』の改造を止めるわけにはいかないが、私が大臣に掛け合ってみる。……『加賀』の改造案は撤回させて中型空母三隻を建造しよう！」

そう断言すると、山本はわずか二日で大西の空母建造案を書簡にまとめた。そして一一月五日には、それを意見書として海軍大臣に提出したのである。

3

すこし前置きが要る。

帝国海軍の生みの親が勝海舟なら、育ての親は山本権兵衛だ。山本権兵衛はほかに「帝国海軍のオーナー」と呼ばれることもある。

残念ながら山本権兵衛は「シーメンス事件」の責任を取って海軍の現役から退いていたが、総理大臣を務めていた加藤友三郎が「関東大震災」のわずか八日前に急死、まさに緊急事態ということで元老・西園寺公望の推薦を受け、山本権兵衛は大正一二年九月二日付けで総理大臣に返り咲いていた。二度目の総理大臣就任である。

九月二日付けで発足した第二次・山本権兵衛内閣の海軍大臣は財部彪大将で、加藤友三郎内閣からの留任だが、財部彪は、はからずも山本権兵衛の長女を妻に娶っていた。

したがって、首相の山本権兵衛と海相の財部彪は、義理の親子ということになる。

そして山本英輔は、じつは山本権兵衛の甥（権兵衛の兄・吉蔵の息子）で、海軍大臣の財部彪とは義理のいとこ同士という関係にあった。

つまりこのとき、山本英輔の近しい親類二人が国政の中枢を担う、総理大臣と海軍大臣を務めていたのである。

大西案をまとめた「山本英輔の意見書」は、すぐに財部彪の目に留まった。

義理のいとこの書いた意見書だ。いや、親類が書いたということは抜きにしても、その内容にはなるほどうなずけるものがあるので、海軍大臣の財部彪大将はこの意見書を重視した。

財部大将は、女房役である海軍次官の岡田啓介(けいすけ)中将を自室へ呼び、ただちに諮(はか)った。

「英輔くん。いや、海大校長からの意見書だ。……どう思う?」

手渡された意見書を読み終えると、岡田は即座に言った。

「重要な案件に思います。急ぎ(海軍)将官会議に掛けましょう」

海軍将官会議とは海軍の重要事項を話し合うための会議で、要するに海軍の首脳会議である。海軍大臣が議長を務め、大正一二年一一月の時点で常任の議員として軍令部長、軍令部次長、横須賀鎮守府司令長官、海軍次官、艦政本部長、軍務局長の六名(大臣を含めると七名)が会議に参加する。また常任の議員とは別に、海軍大臣はそのときの議題に応じて、必要と認めた将官を臨時の議員に任命し、議事の専門職に在る佐官を参与させることができた。

このときの常任議員は、海軍大臣で議長の財部彪大将、軍令部長の山下源太郎大将、軍令部次長の堀内三郎中将、横須賀鎮守府司令長官の野間口兼雄大将、海軍次官の岡田啓介中将、艦政本部長の安保清種中将、軍務局長の大角岑生少将の七名だった。

また、財部大臣は特に必要性を認め、海軍大学校長の山本英輔少将を臨時の議員として会議に招集し、軍令部第一班・第二課長の高橋三吉大佐を議事に参与させることにした。

山本英輔少将は、意見書を提出した当の本人であり、高橋三吉大佐は、軍令部第一班・第二課長として軍備計画を担当していた。

じつは、部下の課員とともに「加賀」の空母改造を決めたのは高橋三吉だった。

将官会議の冒頭でまず岡田次官から意見書の論旨について大まかな説明があり、それを受けて財部大臣が「以上の理由で海大校長から『加賀』の改造を中止すべきとの提案があり、みなさんにこうしてお集まりいただいた次第です」と付け加えると、今度は山本英輔が口を開いて、いよいよ会議が始まった。

山本は、まず「加賀」の空母改造がなぜ不利であるかということをできるだけ詳しく説明し、そのうえで「赤城」と一万八〇〇〇トン級の空母三隻を条約の枠内で建造すべきであると主張。ただし山本は、事実上「加賀」の改造を決めた高橋三吉への配慮も忘れず、主張の最後に「震災後すみやかに『加賀』の改造を決定した軍令部担当部署の臨機応変な対応には頭が下がる」と付け加えておいた。

軍令部長の山下源太郎や軍令部次長の堀内三郎は空母や航空戦術にからっきしうとく、「加賀」の改造を決めた張本人の高橋三吉にほとんど丸投げしている。山下や堀内は〝高橋にも「加賀」の改造を決めた意地があるだろう〟と思い、すきに議論させていたが、当の高橋は意外にもあっさりしていた。

高橋三吉は、米・英の六割におさえられたワシントン軍縮会議が無性にくやしくてならなかったが、話し合いが進むにつれて、それは山本英輔も同じ思いであるということがわかってくると、あくまで「加賀」の改造中止に反対するようなことはなかった。

「正直申し上げて、私は航空に関しては門外漢でありますから、校長が、『加賀』の改造を中止しても教育や訓練には支障がないとおっしゃるのであれば、とくに反対するものではありません」

高橋には、駆け引きや裏表のある対応を潔しとしない美点がある。自分より優れた者、もしくはより優れた意見がある場合には、潔く自分を引くという良さがあった。

現に高橋は普段から「我々同期生（海兵二九期生）のなかで最も器の大きい人物は米内光政である」と公言しており、兵学校では成績が下位だった米内光政のことを「私などよりよほど優れている」とあからさまに認めていた。

そして、このときもそうだった。

高橋三吉は決して「加賀」の空母改造にこだわらず、山本英輔の意見書のほうが優れていると率直に認めた。

「校長が平素から海軍航空の発展に尽力なさっていることは、私もよく存じ上げております。ほかでもない、そのあなたが『加賀』の空母改造は良くないとおっしゃる。それは、よくよく検討されての結論だと思います。失礼ながら〝もちはもち屋に任せる〟べきで、あなたには一日の長、いや一〇数年もの経験がある。……『加賀』の改造中止に、私も喜んで賛同いたします！」

最後に高橋が潔くそう宣言すると、山本英輔はまさに胸のすく思いで大きくうなずき、高橋三吉に対してあらためて感謝の気持ちを伝えた。

「……ありがとう。わかってもらえてじつにうれしい。期待にたがわぬようさらに研鑽を積み、必ずや立派な空母を造ってみせる！　今後とも協力をよろしく頼む」

二人は〝海軍を強くしたい〟という思いでは、端から完全に一致していた。

むろんほかに反対する者は一人もおらず、帝国海軍は「加賀」の空母改造を中止して、基準排水量一万八〇〇〇トンの空母三隻を軍縮条約の枠内で建造することになったのである。

第二章　理想の条約型空母

1

大正一二年一一月一九日。巡洋戦艦「赤城」の空母改造が海軍大臣から正式に通達され、同時に帝国海軍は一万八〇〇〇トン級空母三隻の建造を決定した。

しかし帝国海軍は、いまだ空母の建造において充分な経験がなかったため、すでに就役していた空母「鳳翔」や空母に改装された「赤城」の運用実績をみてから、三隻の中型空母を建造することにした。

大正天皇が崩御（ほうぎょ）して空母「赤城」は昭和二年の春ごろに竣工する予定となった。

それまでのあいだに、大西瀧治郎や金子養三、山本英輔らはさらに研究を深め、理想の空母像というものを確かにしておく必要がある。

ところが、帝国海軍初の搭乗員・金子養三は大正一五年（昭和元）に体調をくずして執務に耐えられなくなり、一二月に少将へ昇進したあと昭和二年四月には、回復の見込みが立たないままついに予備役に編入されてしまう。

金子の離職は帝国海軍にとって大きな損失だったが、大西や山本は彼の意志を継いで海軍航空の発展にますます努力した。

そして彼らの努力は部内でも認められ、昭和二年四月五日には、いよいよ「海軍・航空本部」が発足、すでに中将に昇進していた山本英輔がその初代本部長に就任した。

航空本部が発足したのは空母「赤城」が竣工したわずか一日後のことだった。英空母を参考にして改造された「赤城」は三段式飛行甲板を持つ空母として昭和二年三月二五日に竣工したが、結局、艦載機を六〇機程度しか積むことができなかった。しかもその後、艦上機が大型化するにつれて二段目、三段目の飛行甲板は使われなくなり、三段式空母への改造は明らかに失敗だった。

それに比べて、「赤城」の約九ヵ月あとに改造工事を完了した米海軍の空母「レキシントン」「サラトガ」は、竣工当初より全通一段式の飛行甲板を採用し、近代的空母としての要素をほとんど備えていた。搭載機数もおよそ九〇機と「赤城」を大きく上まわり、飛行甲板の右舷に設けられた島型艦橋は、艦載機の発着艦指揮をおこなうのに断然有利であった。

昭和三年一二月にもなると、今後ますます高速大型化する艦上機に対応するには〝島型艦橋を持つ全通一段式の空母が理想である〟ということがはっきりとし、横須賀鎮守府司令長官への転任が決まった山本英輔は、第二代・航空本部長の安東昌喬中将にそのことを告げ、中型空母建造の件に関してとくに助言をあたえた。

「いずれは『赤城』も全通一段式の空母に改める必要がある。同艦の改装も早いに越したことはないが、まずは一万八〇〇〇トン級の中型空母三隻を、島型艦橋を持つ全通一段式の空母として建造してもらいたい」

安東昌喬は海兵二八期の卒業、本来の専門は砲術だが、大正一四年一〇月二〇日に司令官となって霞ヶ浦航空隊に着任すると、すでに四〇歳を超えていたにもかかわらず、みずから操縦術を習って搭乗員の資格を取ってしまった。

そのときに霞ヶ浦航空隊で副長兼教頭を務めていたのが山本五十六大佐で、安東と山本は霞ヶ浦での勤務をきっかけにしてすっかり航空に開眼していた。

中型空母三隻と軽空母「龍驤」の建造予算は第五二帝国議会ですでに承認されており、安東は航空本部長に就任すると、艦政本部にも足しげく通った。当然ながら空母を建造するには艦政本部の協力が必要なのだ。

そして、安東航空本部長のもとで、中型空母の具体的な性能要目を立案、作成したのが大西瀧治郎中佐だった。大西瀧治郎は昭和四年一一月三〇日付けで中佐に昇進し、航空本部教育部・部員となっていた。

一年ほど前に空母「鳳翔」の飛行長を経験していた大西は、航空戦力は〝質にもまして量が肝心(かんじん)である〟とさらに見識を深めていた。大西は基準排水量一万八〇〇〇トンの船体に〝いかに多くの艦上機を積めるか！〟と自問自答し、性能要求案の作成に心血を注いだ。

米海軍の空母「レキシントン」「サラトガ」は九〇機もの艦上機を搭載できることがすでに判明しており、空母「赤城」の搭載機不足を補うには中型空母三隻の搭載機数をどうしても増やしておく必要があった。

大西もまた艦政本部第四部にいく度となく足を運び、設計陣とも協議したうえで約二ヵ月後の昭和五年二月五日に艦政本部と合意したのが、次の設計案だった。

条約型一万八〇〇〇トン級新空母
- 公試排水量／二万一六〇〇トン
- 飛行甲板／全長二三〇メートル

・飛行甲板／全幅二七・五メートル
・最大速度／時速三五ノット
・航続力／一八ノットで一万二〇〇〇海里
・搭載機数／常用七〇機
・武装／高角砲一二門、機銃三二門
・右舷中央に島型艦橋を設置し、煙突は下方湾曲型とする。

この設計案を確定するに当たり、艦政本部とのあいだで最も議論になったのが、艦の航続力と搭載機数の増加を両立させることだった。

大西は当初、艦政本部に対して、常用で「八〇機近くは積みたい」と要求していた。

しかし、一八ノットで一万二〇〇〇海里の航続力を発揮するには、重油を多く積む必要がある。重油タンクを増設するには、その分どうしても格納庫の大きさを縮小しなければならないのであった。

「両立はとても不可能です。優先順位を決めてください！」

艦政本部の担当者がそう詰め寄ると、大西は大いに迷いながらも航続力のほうを優先した。

——対米戦では必ず飛行機が主役になる。戦艦を中心とする「漸減邀撃作戦」はもはや成り立たない！

大西はこのときすでに「戦艦無用論」をとなえ始めており、太平洋をまたにかけて米軍と戦うには、どうしても〝艦の航続力が必要になる〟と考えたのだった。

いや、それも大きな理由の一つだが、搭載機数のほうを譲歩したのはほかでもない。じつはこのとき大西は、新型空母の機数減少を補う〝とっておきの秘策〟を用意していたのだった。

艦政本部の担当者に「最低でも七〇機は積めるように努力します」と約束させると、大西は航空本部へ戻るや真っ先に、安東中将に進言した。

「艦政本部が、七〇機がぎりぎりだというので、こうなったらやむをえません。なんとしても八〇機近くを積むために、艦上機のほうを〝小さく〟しましょう！」

大西が言うように、もし、艦上機のほうを小さくすることができれば、本来は七〇機しか積めない空母の格納庫にも、八〇機近く積める可能性が出てくるのだった。

ところが、これを聞いて驚いた安東は、まさにあきれ顔となって反論した。

「なにを言っとる。エンジン馬力の増大とともに新型機はどんどん大型化してゆく。

艦上機を小さくできるわけがなかろう！」

ところが大西は、悪びれた様子もなく、これに平然と返した。

「機体自体を小さくするのは無理です。しかし、たいがいの鳥は〝飛び立つときにしか翼を広げない〟ではないですか……。艦上機も飛び立つときにだけ翼を大きく広げればよいのです。常に広げた状態で空母の艦内に積んでいるから場所を取るのです」

将来軍用機は必ず全金属製となる。大西がそう指摘すると、安東はにわかにピンときた。

「なるほど……。しかし、主翼の付け根から全面的に閉じるとなると、強度面で不安だ。本格的に採用するには研究が必要だろう」

「もちろんそうです。ですから、将来のことを見据えて、航空本部では今から研究、開発を進めておくべきです」

大西がさらにそう進言すると、安東も大きくうなずき、いよいよその気になった。

「うむ、確かに価値はありそうだ。よし、それでやってみよう！」

安東昌喬はこのあと昭和六年一〇月九日まで三年近くにわたって航空本部長を続けることになるが、昭和五年一二月一日に山本五十六が技術部長となって航空本部に着任すると、安東は海軍機国産化の大方針を示すとともに、山本五十六に対して「艦上機の主翼を〝根元から閉じる研究〟にもチカラを入れてもらいたい」と、とくに命じておいたのである。

2

山本五十六が航空本部技術部長に就任する少し前のことである。

帝国海軍の空母建造に思わぬケチが付いた。ロンドン軍縮会議である。

ワシントン条約では基準排水量一万トン以下の空母は制限枠から除外されていた。ところが、ロンドン条約の締結によって排水量一万トン以下の空母も枠内に入れられることになり、日本は八万一〇〇〇トンの建造枠内に空母「鳳翔」と「龍驤」を加えることになってしまった。

日本の空母建造枠は当然さらに圧迫され、一万八〇〇〇級の中型空母は二隻しか建造できなくなってしまったのだ。

また、ロンドン軍縮条約の批准（ひじゅん）をめぐって、海軍部内ではいわゆる条約派と艦隊派の対立が表面化し、統帥権干犯（とうすいけんかんぱん）の問題が発生した。

――我々が「龍驤」を建造し始めると、米・英はこぞってそれを条約の枠内に入れろと言う。……これではまるで〝あと出しジャンケン〟じゃないか！

艦隊派が激怒するのも当然だった。

戦力の核となるべき中型空母が突然、三隻から二隻に減らされてしまったのである。

日本海海戦の英雄・東郷平八郎元帥などは、条約交渉の場を〝弾を撃たない戦場〟とみなしており「我がほうは空母一隻を撃沈されたようなものだ。財部はいったいなにをやっとる！」と声を荒げ、交渉にのぞんだ財部大臣の弱腰をあからさまに非難した。

条約は遵守しなければならないが、狡猾（こうかつ）なのは米・英のほうだ。もはや言いなりとなって手をこまねいている場合ではない。帝国海軍としては真っ正直に条約を守るだけではなく、なにか手をうつ必要があった。

ワシントン会議の直前に就役していた空母「鳳翔」は幸い試験艦とみなされ、代艦建造の自由があった。空母「鳳翔」を戦力外にすれば、その分の建造枠が復活するのだ。しかしそれではおよそトン数が足りず、中型空母の三隻目を建造することはできない。

　そこで帝国海軍は一計を案じ、すでに着工していた「龍驤」を、空母ではなく水上機母艦として建造することにした。一旦、水上機母艦として建造しておき、条約満了後「龍驤」をただちに空母へ改造しようというのだ。

　軍縮条約が満了するのは昭和一一年一二月のこと。その二年前の昭和九年一二月には条約からの脱退を事前通告しておく必要がある。

　そして昭和九年一二月の時点で、なおも米・英との協調路線を維持するなら、引き続き同艦を水上機母艦として保有しておき、逆に条約の廃棄を決めた場合には、すみやかに「龍驤」を空母に改造しようというのであった。

　すこし姑息な手段ではある。だが、日本以上に狡猾な米・英と渡り合って一万八〇〇〇トン級空母の三隻目を建造するには、どうしてもこの手しかなかった。

　しかしその場合でも、中型空母の三隻目をすぐに建造できるわけではない。建造するには「鳳翔」を戦力外にする必要がある。

　現状で使える空母はあいにく「鳳翔」と「赤城」の二隻しかないので、ただちに「鳳翔」を戦力外にすると、航空隊の訓練もままならない。そこで帝国海軍は、一万八〇〇〇トン級の空母二隻だけをとりあえず先に建造することにした。

　条約型一万八〇〇〇トン級空母の一番艦は、昭和五年三月一〇日に呉海軍工廠で起工され、二番艦は、昭和五年四月五日に横須賀海軍工廠で起工された。

第三章　大艦巨砲との決別

1

大正一二年の将官会議で「加賀」の改造中止に同意した高橋三吉大佐は、今や中将に昇進して軍令部次長となっていた。

今日は（昭和八年）五月三一日。軍令部に着任したのは前年二月八日のことだから、高橋が軍令部次長に就任してからすでに一年三ヵ月ほど経っている。

――明日は楽しみだ……。

そう思い、高橋が胸をふくらませているのには理由がある。

建造工事におよそ三年の歳月を要したが、一万八〇〇〇トン級の中型空母二隻がついに完成。その一番艦である空母「雲龍（うんりゅう）」がこの四月五日に竣工し、二番艦の空母「蒼龍（そうりゅう）」も四月一五日に竣工していた。

空母「雲龍」「蒼龍」は竣工後の習熟訓練をすでに終えており、明日（六月一日）、相模灘でおこなわれる連合艦隊の演習に参加することになっていた。軍令部次長の高橋三吉は空母「雲龍」に乗って、それを直接、観戦することになっていたのである。

――「加賀」の改造を中止して良かったのかどうか、明日は見ものだな……。

高橋はすでに横須賀へ到着している。明日の朝九時に、空母「雲龍」は横須賀から出港することになっていた。

演習を執り仕切る連合艦隊司令長官は小林躋造（せいぞう）大将だ。連合艦隊の旗艦・戦艦「陸奥（むつ）」が同じく第一戦隊を組む戦艦「金剛（こんごう）」「榛名（はるな）」「日向（ひゅうが）」を従えて相模湾へ進入して来る。空母「雲龍」「蒼龍」は横須賀から出撃し、艦載機を放ってこれら主力戦艦四隻を迎え撃つのだった。

観戦武官としては高橋のほかに、海軍次官の藤田尚徳（ひさのり）中将、航空本部長の松山茂（しげる）中将、海軍大学校教官の小沢治三郎（じさぶろう）大佐、山口多聞中佐などが参加する。このうち、高橋、松山、山口の三名は空母「雲龍」に乗り込んで新型空母の出来栄えを確かめるが、藤田、小沢の両名は戦艦「陸奥」に乗り込んで、航空攻撃の威力を身をもって体験することになっていた。

空母「雲龍」「蒼龍」を率いる第一航空戦隊の司令官は及川古志郎（こしろう）少将である。及川はつい半年ほど前まで高橋の下で軍令部第一班長（のちの第一部長）を努めていた。

及川が第一航空戦隊司令官となって軍令部から出てゆくとき、高橋は、及川にちょっぴり冷やかしを入れていた。

「俺が司令官を引き受けたときは、骨董品の『赤城』と『鳳翔』だった。しかし春には、ピカピカの新型空母二隻が竣工するので、きみはよほど運がいいな……。いや、空母を率いるのもいいもんだ。航空戦の指揮はよほど手強（てごわ）いが、まあ、しっかりやってくれたまえ」

高橋はいかにもうらやましそうにそうつぶやいたが、及川は、航空関係の職に就くのはこれがはじめてだったので、不安が先だって気の利いた返事のひとつも返せなかった。

高橋自身はその言葉どおり、第一航空戦隊の司令官をすでに経験していた。昭和三年四月から約一年半にわたってのことで、連合艦隊の指揮下にはじめて空母「赤城」「鳳翔」が編入されることになり、その初代司令官に高橋が抜擢（ばってき）されたのだった。それまで砲術一筋で励んできた高橋三吉にとって、空母戦隊の司令官というのはまったく腕に覚えのない仕事であり、考えぬいた挙句に一度は司令官への就任を辞退したが、当時航空本部長だった山本英輔中将などから、どうしても〝経験しておけ!〟と強く勧められ、結局、引き受けざるをえなかったのだ。

じつは、そのときに空母「赤城」の艦長を務めていたのが山本五十六大佐で、高橋は、山本らの助けをかりて無事に司令官の職を務め上げ、今となっては〝空母部隊の指揮を経験しておいてよかった〟と痛感していた。

及川古志郎は水雷が専門で航空は未経験だったので、高橋には当時の自分がかさなって見え、つい及川を冷やかしたくなったのである。

2

昭和八年六月一日。空母「雲龍」「蒼龍」は六隻の駆逐艦を従えて、予定どおり午前九時に横須賀から出港した。

軍令部長の伏見宮博恭王（ふしみのみやひろやすおう）は高橋三吉のことを信頼しきっており、博恭王からはとくに「新型空母の出来栄えをとくと見物してきてもらおう」とのお言葉を頂戴していた。

高橋はその言葉どおり、目を皿のようにして飛行甲板を見下ろし、空母「雲龍」の艦橋に悠然と立っていた。その傍(かたわ)らには松山茂中将と山口多聞中佐の姿もある。両名とも高橋と同じように興味津々となって飛行甲板を見下ろしていた。

なにせ、島型艦橋を持つ帝国海軍の空母は「雲龍」と「蒼龍」がはじめてなのだ。高橋もこうして上から飛行甲板を悠々と見下ろしたことは一度もなかった。

この日はあいにく風が弱く、乗艦「雲龍」は「蒼龍」を従えてぐんぐん加速してゆく。

両空母の艦上ではすでに、九〇式艦戦と九二式艦攻がずらりと並び、勢ぞろいしていた。

空母「雲龍」の速度はあっという間に二〇ノットに達し、まもなく浦賀水道を抜けると、両空母はさらに速度を上げた。

その快速に、思わず高橋が聞いた。

「今、何ノットかね？」

艦長は野村直邦(なおくに)大佐だ。が、高橋の質問にいちはやく答えたのは副長のほうだった。

「はっ、まもなく二六ノットに達します！」

その野太い声の持ち主は、まさにこの雲龍型空母の〝生みの親〟ともいえる、大西瀧治郎中佐であった。

大西は一番艦の空母「雲龍」が竣工するや、ただちに副長に選任された。野村直邦はこれまで航空関係の職に就いたことがなく、その経験不足を補うために、人事局は大西瀧治郎を新型空母の副長に選んだのだ。

大西の答えを聞いて、高橋は〝もう二六ノットか……〟と感心した。松山茂や山口多聞も大西の答えに目をまるくしている。

それを察した大西は、操舵手や機関室にてきぱきと指示を与えつつも、にこりと笑い、すかさず言及した。

「本艦の最大速度は時速三五ノット。……加速性能は『赤城』をはるかに凌(しの)ぎます」

これを聞いて三名はたちまち感心、そろいもそろって〝ほう……〟とうなずいた。

それから一分と経たずして、大西が〝万事整いました〟と目で投げかけるや、艦長の野村大佐はそれにこくりとうなずき、ただちに報告した。

「発進準備、完了いたしました!」

空母「雲龍」「蒼龍」は完全に水道を抜け、風上に向けて速力二八ノットで疾走している。

するとまもなく、司令官の及川少将がおもむろに命じた。

「索敵隊の艦攻を発進させよ！」

野村艦長がただちに司令官の命令を復唱する。

「索敵隊、発艦はじめ！」

戦艦「陸奥」以下、第一戦隊の主力戦艦四隻は伊豆大島沖から相模湾へと進入して来る。第一航空戦隊はまずこれら四戦艦を見つけ出さねばならないのだ。

そのために空母「雲龍」「蒼龍」の待機甲板・最前列で九二式艦攻四機ずつが待機している。

野村が発進を命じるや、八機の艦攻は先を争うようにして発艦を開始した。

九二式艦攻は複葉機。複葉の機体はすこぶる軽い。全通一段式の飛行甲板は二三〇メートルもあり、一番機に与えられた滑走距離は一〇〇メートル以上に及ぶ。一番機は飛行甲板の先端へ達するはるか手前で蝶のように浮きあがり、続く三機も難なく舞い上がった。

そして一定の高度を確保するや、八機の艦攻は等間隔で南の空へと広がり、やがて、小さな点となって姿を消した。

それを見届け、野村艦長が減速を命じる。

ほどなくして空母「雲龍」「蒼龍」と駆逐艦六隻は一八ノットまで減速し、三浦半島沖の相模灘を遊弋(ゆうよく)し始めた。

両空母艦上の緊張感がようやくほぐれる。

これ以上〝敵〟に近づく必要はなく、第一航空戦隊は三浦半島沖を遊弋しつつ、索敵機からの報告を待つのだ。

艦をあずかる艦長や副長、それに司令官の手がやすまると、高橋三吉はそれを待っていたかのようにして口を開いた。

「艦の具合はどうかね?」

この問い掛けに真っ先に応じたのは副長の大西瀧治郎だった。

「ご覧いただいたように楽勝です。無風にもかかわらず、索敵隊はものの二分で発艦して行きました。艦の座高が低く安定しており、搭乗員は安心して飛び出せるのです。……現時点で『雲龍』『蒼龍』は、世界最優秀の航空母艦である、と断言できます!」

大西がきっぱりそう言い切ると、高橋はいかにも満足げな表情でうなずいた。

高橋はほかの者とは違い、特別な思いをいだいてこの演習に参加していた。大西の言葉を聞いて高橋は〝『加賀』の空母改造を止めておいてよかった！〟と固く信じることができたのである。

3

高橋三吉はもはやすっかり新鋭空母「雲龍」「蒼龍」にほれ込んでいたが、演習はまだ始まったばかりであった。いや、それどころか、これからがまさに本番である。

索敵機の一機から〝敵発見〟の報告が入ったのは午前一一時二五分過ぎのことだった。

索敵隊を発進させてからすでに約二時間が経過しており、その艦攻はおよそ一五〇海里の距離を進出していた。

報告によると、狙う的艦の「陸奥」「金剛」「榛名」「日向」は、午前一一時二五分の時点で、伊豆大島の南南東・約一三〇海里の洋上を相模湾へ向けて北上中だった。

第一航空戦隊との距離はおよそ一四五海里。空母「雲龍」の艦橋には、大西以上に航空に精通している者はいなかった。

「攻撃圏内ぎりぎりですので、速力三〇ノットで三〇分だけ南下し、正午ちょうどに攻撃隊を発進させましょう」

大西がそう進言すると、及川司令官は一も二もなくうなずいた。

空母「雲龍」「蒼龍」はそれぞれ六九機を搭載して横須賀から出港、そのうち艦攻四機ずつを索敵に出したので、両空母の艦上にはこのとき六五機ずつの艦載機が残っていた。艦戦二七機と艦攻三八機の計六五機だ。

帝国海軍は昭和八年のこの時点でいまだ艦上爆撃機を制式に採用できておらず、魚雷を抱いた艦攻で攻撃を仕掛けるしかない。

艦攻は全機が模擬魚雷を装備しており、両空母の飛行甲板上では第一波の攻撃機が発進準備を完了し、すでに待機していた。

第一波攻撃隊／攻撃目標・戦艦四隻
空母「雲龍」　艦戦九機、艦攻二七機
空母「蒼龍」　艦戦九機、艦攻二七機

第一波攻撃隊の兵力は九〇式艦戦一八機、九二式艦攻五四機の計七二機。

実戦では多くの場合、敵艦隊上空を敵戦闘機が守っていると考えられるため、演習とはいえ実戦さながらの想定で、攻撃隊には味方艦戦も加えて発進させることにした。

三〇分はあっという間に過ぎた。

時速三〇ノットの高速で走り続けたにもかかわらず、さほど動揺を感じなかったことに、高橋はまず感心した。

そして、空母「雲龍」「蒼龍」が伊豆大島の東方沖へ達すると、及川司令官は正午きっかりに第一波攻撃隊の発進を命じた。

両空母は再び風上に向けて艦首を立て、速力二八ノットで疾走し始めた。

まもなく野村艦長が発進を命じると、空母「雲龍」「蒼龍」の艦上から一斉に先頭の九〇式艦戦が発艦を開始した。

今度は先ほどより断然機数が多い。しかし、身軽な艦戦は苦もなく飛び立ち、次から次へと舞い上がってゆく。

高橋がふと左へ目を転じると、僚艦の空母「蒼龍」艦上からも次々と九〇式艦戦が舞い上がっていた。高橋は時計を確認しており、合わせて一八機の艦戦は四分と経たずして、すべて上空に舞い上がった。

――よし、次はいよいよ魚雷を積んだ艦攻だ。

少し心配だが、興味津々となって高橋が見ていると、整然と並ぶ攻撃機の列から、先頭の艦攻がするすると飛行甲板の中央へ進み出て、ゆっくりと助走を開始した。

九〇式艦戦に比べると、九二式艦攻の動きは見るからに鈍重(どんじゅう)で、なんとも頼りない。飛行甲板の先端まで一五〇メートルほどあるはずだが、その三分の二あたりまで滑走しても艦攻の機体はまだ浮こうとしなかった。

高橋は自身が第一航空戦隊司令官をしていたときに、発艦にしくじる艦攻を何度も目(ま)の当たりにしており、気が気ではなかった。

ちらっと、大西瀧治郎のほうに目をやると、この男はいつもどおり平然としている。高橋も不安をねじ伏せて、急ぎ艦上へ視線をもどすと、その艦攻はもはや飛行甲板の先端まで達し、なんと海へ落ちようとしていた。

行き過ぎた機体が飛行甲板の先へ沈み込む。

――あっ、危ない！

なかば素人(しろうと)の高橋三吉や山口多聞などは心のなかで思わず叫んだが、その直後に突然同機はふわりと浮き上がり、何事もなかったかのように上昇して行った。

「おっ、おう……。成功だ！」

眼をまんまるにした山口多聞が、身を乗り出し思わず声を上げると、大西が高笑いとなって、すかさずそれをちゃかした。

「ガハハハッ！　ヤツら搭乗員は日々鍛えられとるから大丈夫だ。だが、貴様ほど太ってりゃ、ああは浮かんぞ！」

「なにっ!?　太っているのは貴様もそう変わらんではないか！」

山口は即やり返したが、これはまったく犬も食わない無用なケンカであった。

あきれた高橋が仕方なく割って入る。

「おい。肥満体の話はどうでもよいが、発艦に成功して、まあ、よかった……」

するとこれを受け、大西がにわかに〝タネ〟をばらした。

「いえ。じつは万全を期すために飛行甲板を目いっぱい使って飛ぶよう指示しておいたのです。ですが私も、あれほどぎりぎりまで引っ張る、とは思いませんでした。……ご承知のように搭乗員はみな気の荒いヤツらばかりですから、一番機は次長らを驚かそうと、いたずらで、わざときわどい発艦をやったのです」

なるほど、言われてみればそのとおりで、二番機以降はいとも簡単に発艦している。一番機の操縦士はとくに技量の優秀な者が選ばれているはずなので、大西が言うように一番機は、ぎりぎりの発艦をわざとやったに違いなかった。

「なんだ。そういうことか……」

高橋が俄然納得し、そうつぶやくと、大西は高橋に向かってさらに言及した。

「一航戦の搭乗員は相当に鍛えられておりますから、突然のエンジン不調でもない限り、発艦にしくじるようなことはまずありません。……それでも母艦が『赤城』や『鳳翔』なら我々も多少の気は使いますが、この『雲龍』『蒼龍』に限って、ヤツらが発艦にしくじるようなことは万に一つもありません。それは断言できます！……雲龍型二隻はまさに安定性抜群で〝ひな鳥〟にもやさしい空母なのです」

「うむ……。どうやらそのようだ。だとすれば訓練もおよそやりやすい。今後はどんどん搭乗員を増やせるな？」

高橋があらためてそう聞くと、大西は、これに勇んで答えた。

「はい。どしどし増やしましょう。二隻の就役によって、艦載機の飛行機事故は今後めっきり減るはずです！」

大西が断言すると、高橋はこれに大きくうなずいた。

観戦武官が見学に来ていることは搭乗員連中もよく承知しており、彼らは〝鉄砲屋の鼻を明かしてやろう〟とまさに意気込んでいた。

その所為もあって、第一波攻撃隊はわずか一五分ほどで発進を完了した。

いや、それだけではない。第二波攻撃隊の艦戦一八機と艦攻二二機も、そのおよそ四五分後には全機が発進して行った。

まったく危なげのない、二波にわたる連続発進作業に、高橋三吉も〝なるほどこれは素晴らしい空母に違いない〟と感心し、いよいよ目をかがやかせた。

4

連合艦隊の旗艦・戦艦「陸奥」は、同じ第一戦隊を組む戦艦「金剛」「榛名」「日向」の三隻を従えて、伊豆大島の南南東・約一〇〇海里の洋上を速力一六ノットで北上していた。

めざすは相模湾の稲村ヶ崎だ。連合艦隊司令長官・小林躋造大将の率いる主力戦艦四隻は、ほかにも重巡四隻、軽巡三隻、駆逐艦一二隻を従えており、迎え撃つ第一航空戦隊の航空攻撃を突破して稲村ヶ崎の沖合に達すれば、それで〝勝利〟ということになるのだった。

航空機の発達はめざましい。とはいえ、まだまだ戦艦が海の王者に違いなく、司令長官の小林大将はもとより、参謀長の吉田善吾少将以下、連合艦隊司令部幕僚の面々も〝そうやすやすとは、やられまい〟とさしたる緊張感のないまま、悠々と軍を進めていた。

参謀長の吉田善吾少将は航空本部技術部長の山本五十六少将と同期である。

また、旗艦である戦艦「陸奥」には、高橋三吉と同期で海軍次官の藤田尚徳中将が観戦武官として乗艦しており、ほかにも海軍大学校教官の小沢治三郎大佐が、演習の審判役として同じく「陸奥」に乗り込んでいた。

四隻の戦艦は今、一本棒に連なっている。その先頭をゆくのはむろん旗艦・戦艦「陸奥」だ。時計の針は午後一時三〇分を指そうとしており、時刻を確認した吉田参謀長が、まもなく小林長官に進言した。

「長官。そろそろです」

この進言に〝よし〟とうなずくと、小林は悠揚たる態度でおもむろに命じた。

「これより、輪形陣に改め、部隊の速度を一八ノットとする！」

ほどなくして麾下の全艦艇にこの命令が伝わると、部隊中央の戦艦四隻は二列縦陣となり、重巡以下の残る艦艇はそれを大きく取り囲むようにして航行し始めた。

陣形の変更に約一五分を要し、海軍次官の藤田尚徳中将が時計を確認すると、ちょうど午後一時四五分をまわったところであった。

海軍大学校教官の小沢治三郎大佐は先ほどから双眼鏡をのぞき込み、北の空を警戒している。

「どうかね？」

藤田が問い掛けると、小沢はいかにも残念そうにかぶりを振った。

「いいえ。そろそろ現れてもよさそうなものですが……、なにも見えません」

そう言って小沢は一旦双眼鏡をおろしたが、その直後のことだった。

艦橋頂部で突如見張り員が叫び声を上げた。

「一一時の方向から敵機編隊が接近！　距離およそ二万八〇〇〇メートル。五〇機以上はいると思われます！」

これを聞いて、藤田と小沢は〝はっ〟と顔を見合わせた。そして藤田がうなずくと、小沢は急いで双眼鏡をのぞき込み、やがて何度もうなずいて言った。

「見えます、五〇機以上。一航戦の艦載機に違いありません！」

そう言って小沢が北の空を指さすと、藤田もいそいそと窓ぎわへ近寄り、同じように双眼鏡をのぞき込んだ。

「……ああ、見えた。こりゃ壮観だな……」

まるで他人事だが、藤田は砲術屋、小沢は水雷屋で、小沢治三郎もいまだこの時点では、航空に開眼していなかった。

「なるほど、いいながめですな……」

まったく呑気(のんき)なものである。

来襲しつつあるのは日の丸をつけた帝国海軍の艦載機に違いなかったが、この場合は〝やっつけるべき敵〟なのである。

しかし藤田は、なおも呑気につぶやいた。

「おっ、二手にわかれた。少なくとも二五機ずつはいるな……」

小沢もなお双眼鏡をのぞいていたが、低空へ舞い降りた〝日の丸飛行隊〟を見て、ようやくただならぬ気配を感じた。

「ぐんぐん迫って来ます。……これはうかうかできませんぞ！」

まったくそのとおりで、第一波攻撃隊の艦攻五四機はすでに低空へ舞い降り、二七機ずつに分かれて戦艦「陸奥」と「金剛」に襲い掛かろうとしていた。

「対空砲用意……、撃て！」

迫り来る雷撃機を見て小沢と同様に殺気を感じたに違いなく、戦艦「陸奥」艦長の安藤隆大佐は急いで対空戦闘を下令し、続けて操舵手に回頭を命じた。

「最大船速、面舵いっぱい！」

安藤艦長は左舷側を航行する戦艦「金剛」との衝突を避けるためにそう命じたが、第一波攻撃隊の艦攻はこの動きを完全に読みきっていた。

乗艦「陸奥」が右へ回頭し始めるや、敵方の艦攻は、搭乗員の顔が見えるほど近くにまで迫って魚雷を投下、まさに小沢の頭上をかすめるようにして飛び去って行った。

恐怖を感じた小沢が一瞬、身をかがめる。そしてにわかに顔を上げ、はっと思ったときにはすでに、投下された魚雷が乗艦「陸奥」の左舷舷側へと迫っていた。海中を疾走する魚雷は三本。不気味な三本の魚雷がもはや「陸奥」の間近まで迫っている。

「あ、危ない！」

小沢はそう叫んだが、とても避けきれるものではなかった。模擬魚雷のため衝撃はない。が、小沢は少なくとも〝二本命中した！〟と判定せざるをえなかった。

すると今度は艦橋の右側で声がした。連合艦隊参謀長の吉田善吾少将が、魚雷投下の態勢に入った艦攻を見つけて警告を発したのだ。

「右舷から六機！」

これを聞き、小沢は、艦橋のなかを急いで移動した。魚雷攻撃の成否を判定するのがみずからの役目なのだ。

六機が魚雷を投下したのを小沢も見た。が、その直後に「陸奥」は左へ大きく回頭し、今度は放たれた魚雷の多くをかわした。しかしそれでも小沢は、公平にみて〝一本命中！〟と判定せざるをえなかった。

すると、次はまたもや艦橋の左で声がし、小沢はその後も、艦橋内を右往左往しなければならなかった。

そのような状態がたっぷり一五分ほど続き、上空からすべての艦攻が飛び去ったとき、小沢はもはや〝へとへと〟になっていた。

その姿を見て、藤田次官が気の毒そうに声を掛ける。

「し、しかしそれにしても、すさまじい攻撃だった。いや、ご苦労！　……ところで、いったい何本命中した？」

小沢はうらめしそうに藤田を見上げ、息も絶え絶えに報告した。

「少なくとも一〇本。いや、命中した魚雷は確実に一〇本以上、もしかすると一五本はいったかもしれません」

「ほう……。ならば、さしずめ『陸奥』は航行停止といったところだな……」

すると小沢はかぶりを振り、呼吸を整えてからこれに応じた。

「いえ、命中した魚雷はほとんど左舷側に集中しておりました。悪くすれば、沈んでいたかもしれません」

これを聞いて藤田は一瞬、眉（まゆ）をひそめたが、小沢の判定を素直に受け容（い）れ、黙ってうなずくほかなかった。

小沢の下した判定はすぐに連合艦隊司令長官の小林躋造大将と安藤艦長にも伝えられ、大破した戦艦「陸奥」は、可及的速（かきゅうてきすみ）やかにメイン・マストへ大きく白旗を掲げ、輪形陣の外へ出なければならなかった。

次に来襲する第一航空戦隊の攻撃機が、「陸奥」を〝いまだ健在〟とみなしてムダな攻撃をおこなう可能性がある。それを避けるために大破以上の損害を被（こうむ）った艦は、白旗を掲げて隊列の外へ出ることになっていたのだ。

そして、それは「陸奥」と同時に攻撃を受けた戦艦「金剛」も同じことだった。二番艦の戦艦「金剛」もまた、一〇本以上の魚雷を喰らったと判定され、戦力外となってしまった。

旗艦を含む主力戦艦二隻を一挙に撃破されしまい、連合艦隊司令長官の小林躋造大将は、ぶ然とした表情で、この判定に従わざるをえなかったのである。

5

空母「雲龍」「蒼龍」が就役するや、第一航空戦隊のとくに艦攻の搭乗員は、雲龍副長の大西瀧治郎中佐に叱咤激励されて、今日まで連日にわたって猛訓練をかさねてきた。

「砲術屋の鼻を明かしてやる絶好の機会だ！　ビシビシやるが、ここが勝負どころと踏ん張ってくれ。四隻とも沈めれば、上層部もきっと航空攻撃の威力を認める！」

大西がそう訓示して、搭乗員が猛訓練を開始したのが五月一〇日のこと。彼らは戦隊付属の駆逐艦を標的にして日中ぶっ通しで雷撃訓練をおこない、およそ四〇パーセントの命中率を挙げるまでになっていた。

そして今日の本番では、それよりははるかに大きい戦艦を相手に五〇パーセント以上の命中率をたたき出し、結局、四次にわたる攻撃を繰り返して第一戦隊の主力戦艦を四隻とも撃破してみせたのだった。

麾下の戦艦を四隻とも撃破された小林躋造大将は、相模湾への突入を断念せざるをえず、演習は空母「雲龍」「蒼龍」を基幹とする第一航空戦隊の圧勝で幕を閉じた。

戦艦「陸奥」に乗って演習を観戦した同期の藤田尚徳次官から〝雷撃機による波状攻撃の恐ろしさ〟についてつぶさに聞かされ、次長の高橋三吉はこれでいよいよ確信した。

――戦艦はもはや海の王者ではない。将来の戦争は必ず空母と軍用機によって戦われる。……帝国海軍の明日を背負って立つのは搭乗員連中に違いない！

そう確信したのはなにも高橋三吉ばかりではなかった。海軍大学校の教官としてこの演習に参加していた小沢治三郎大佐や山口多聞中佐も、これは〝いよいよ航空主兵の時代が到来した！〟と痛感させられた。

演習終了後、大西瀧治郎は胸を張って同期の山口多聞に言った。

「ようやくここまで来た。が、五年後にはもっと強くなる！　それは間違いないが、強大なアメリカ合衆国を本気で倒すにはどうしても貴様の力が必要だ」

山口はこれにこくりとうなずき、航空への転身を、このときひそかに決意したのだった。

折しも帝国海軍は、ちょうどこのとき「軍令部及び省部互渉規定改正」の問題をめぐって部内が大もめにもめていた。

はやい話が、軍令部の権限を大幅に拡大し、とくに軍艦を造る、その権限を軍令部が海軍省から奪い取ろうというのであった。

軍艦の建造予算を獲得するのはむろん海軍大臣の仕事だが、帝国海軍の兵力が米・英の六割におさえられているのは海軍省が弱腰な交渉で妥協するからであり、どのような軍艦を何隻造るかという兵力量は、今後、その一切を軍令部が決定するというのであった。

軍令部次長の高橋三吉は、軍令部長に伏見宮博恭王を戴いて、この「軍令部及び省部互渉規定改正」を強引に推し進める。

高橋三吉は、伏見宮と図ったうえで海軍大臣に大角岑生を据え、米・英との協調を重視する条約派を海軍から一掃した。いわゆる〝大角人事〟である。

この強行人事で山本五十六と同期の堀悌吉なども予備役に編入されてしまい、海軍の現役から退くことになる。

海軍大臣の大角岑生は結局、伏見宮の威光に屈してこの案を認め、昭和八年一〇月一日に改正条規が施行されて軍令〝部長〟は軍令部〝総長〟に格上げされた。

これ以降、皇族で元帥しかも軍令部総長の伏見宮博恭王は、海軍部内で絶大な権力を誇ることになり、その威光には誰も逆らえなくなった。

ところが〝省部改正〟を成し遂げた真の立役者である高橋三吉は、ほかでもない、その博恭王に向かって、きっぱりと言い切った。

「これで、昭和九年一二月までに軍縮条約の破棄を通告すれば、昭和一一年一二月三一日以降は米英にまったく遠慮せず好きな軍艦を造れるようになります。……ですが殿下、もう〝戦艦〟は造りません。私は真の国防をめざし、空母と飛行機を増産するつもりです！」

高橋はクビを覚悟のうえでそう宣言した。

驚いたのは博恭王である。次長の高橋三吉は鉄砲屋なので、伏見宮は軍縮条約を廃棄して、巨大な〝不沈戦艦を造るもの〟とてっきり思い込んでいた。

巨大な〝不沈戦艦〟とは、むろん「大和」「武蔵」のことである。

ところがよりによって、腹心の部下であるはずの高橋三吉が「もう戦艦は造りません」とまったく寝耳に水のことを言い出したのだ。伏見宮にしてみれば、これは飼い犬に手を嚙まれたも同然の大どんでん返しであった。

伏見宮はしばらく絶句したが、顔をしかめながらようやく口を開いた。

「……一隻も造らぬのか」

「そうです。殿下も有終会が昨年出版した『米国海軍の真相』はよくご承知のとおりですが、それによりますと米海軍は、質的に帝国海軍と同等かそれ以上で、量的には帝国海軍を五割以上も上回っている、とされていました。また、米国の工業力は日本の一〇倍以上で、もし対米戦が勃発すれば、日本は〝必敗を覚悟せねばならない〟という記述もございました。総長もその内容をお褒めになり、それがゆえに私は、同書に推奨文を寄稿したのです」

「ああ、それはそうだが、だからこそ、絶対に沈まぬ巨大戦艦を造って、米国に対抗するのではなかったのか」

「はい。確かにこの五月までは、私もそう考えておりました。ですが、六月におこなわれた演習の結果をみて、私はもはや〝航空主兵の時代が到来した〟と痛感したのです」

「わかっておる。その方の報告を聞き、余も新型の二隻がよい空母であると認めた。戦艦だけでなく、一緒に空母も造ればよいではないか」

その言葉どおり、伏見宮も空母の建造を決して軽視しているわけではなかった。

博恭王も空母や航空戦力の重要性をそれなりに認め始めていたのである。

「しかし、先ほども申しましたとおり、米国の工業力は我がほうの一〇倍以上です。同じように空母の建造合戦をやっていたのでは到底、勝ち目はございません」

「それはそうだろう……。するとその方は、とんでもない空母でも造って対抗するつもりか」

「いえ、数で上回るのです」

「それは矛盾しておる。その方は今〝空母の建造合戦をやっても勝ち目がない〟と言うた」

「仰せのとおりです。ですが、幸いにして、米海軍もいまだ完全には航空主兵に目覚めてはおりません。ですから我がほうは、条約の廃棄を通告するや、たたみ掛けるようにして空母の増産に乗り出す必要がございます」

「うむ……、なるほど」

伏見宮はそうつぶやいて、一旦は高橋の言葉にうなずいたが、すぐに首をかしげた。

「だが、そうと気づけば、米国はすぐに追い付いてくる」

なるほど〝日本が空母を増産している〟ということに気づけば、米国も空母の増産に乗り出し対抗してくるに違いなかった。

「まったく仰せのとおりです。そこでご相談ですが、我がほうは、実際には空母を増産するわけですが、表面上は戦艦を造っているようによそおい米国を出し抜くのです。……そうすれば米海軍はこれまでと同様に戦艦を造り続けるに違いありません」

これを聞いて伏見宮は一瞬〝おもしろい〟と思ったが、それでもまだ納得しなかった。

「だが、戦艦に早々と見切りを付けるのはいかにも冒険ではないか」

「強大な米国に対抗するには、我がほうは冒険するしかないのです。いや、ですが、決して冒険ではありません。戦艦の建造には設計なども含めますと、優に五、六年は掛かります。その五、六年のあいだに航空機はさらに格段の進歩を遂げるでしょう。飛行機はそういう可能性を充分に秘めております。海面上を動く戦艦はまさに〝面〟でしか行動できません。それはあくまでも二次元の動きですが、空中を飛びまわる飛行機は三次元の動きができるのです。戦艦と飛行機にはそれほどの差があり、まさに〝次元が違う〟のです。そして国力の劣る我がほうは、是非ともその差に賭けるべきであり、強大な米国を倒すにはそれしかございません」

「はたして本当に、ここ数年でそれほど進歩するだろうか……」

「進歩するまで時を待つのです。いわば〝韓信の股くぐり〟です。しかし飛行機は、いずれ必ず戦艦を圧倒し、これを駆逐します。そして、そのときにこそ我が日本は立ち上がるのです。航空主兵大国・日本と大艦巨砲主義大国・米国との戦いです。

次元の違いを、厭というほど見せ付けてやりましょう」

これを聞いて、伏見宮もついに心をうごかされた。仮想敵国・米国に勝つことこそが軍令部総長に課せられた唯一の使命であり、立派な戦艦をそろえることが使命ではない。自己満足の戦艦収集家に成り下がったのでは意味がなく、不恰好でも米国に勝ちさえすればよいのだ。

しかし、もう一つだけ懸念がある。

「時を待って立ち上がるのはよい。それはよかろうが、航空主兵が優位だと気づけば、開戦後ただちに米国も航空主兵に転換してくるだろう。……それでも我がほうは勝ちきれるかね？」

伏見宮が言うとおり、米国に勝ちきるには、なるほど、大戦略が必要だった。

しかし高橋は、六月の演習に参加して以降、この四ヶ月間にわたって、ずっとそのことを考え続けてきた。そして、ひとつの結論を導き出していたのだった。

「米国の生産力がいくら高いとはいえ、一線級の空母を建造するには少なくとも二年は掛かるでしょう。ですから開戦後、約二年間は我がほうが主導権をにぎれます。その二年のあいだに、とにかくハワイを占領してしまうことです」

高橋は、まずそう言って伏見宮の疑問に答えると、にわかに〝持っていた扇〟を広げて見せ、さらに続けた。

「これをご覧ください。この扇の要が日本本土だとしますと、日本はまず開戦と同時に、扇の先端に位置する石油を取りに行かねばなりません」

扇の先端に位置するのはむろん蘭印の産油地であった。

高橋が続ける。

「軍艦が石炭ではなく石油で動くようになりましたので、日本はまず蘭印の石油を獲得しなければなりません。石油供給の約七割を仮想敵国である米国からの輸入に頼っているからです。この扇を見ていただきますとおり、我がほうの戦線は日本本土から遠く延びざるをえません。そして扇の先端は大きく弧をえがいて広がり、日本はそのすべてに守備兵力を配置する必要があるのです。これではとても、来航する米艦隊を邀撃することはできません。しかし、ハワイ諸島を占領してしまえば、扇の要は日本本土ではなくハワイ諸島まで前進します。まさにそのために、ハワイを占領するのです。我がほうは守備兵力をハワイに集中することができ、連合艦隊もハワイを拠点に活動することができます。米軍はまずもってハワイを奪還するしかありませんが、我がほうはハワイを固く守りつつ、同時に米本土をいじめることができるのです。米艦隊は米本土西海岸を決してがら空きにはできません」

「それはわかる。それはわかるが、開戦後二年以内にハワイを占領できるか？」

「それはやるのです。そのための軍備を今から着実に整えておき、陸軍にも内密に協力を打診しておきます。ハワイ占領の原動力となるのはむろん空母と航空兵力ですが、さらに大量の輸送船も必要になるでしょうし、ほかにも準備すべきものがあるでしょう。全海軍を挙げてそのことを考えておく必要もございます」

「……なるほど。さしずめその第一歩が空母の増産ということだな」

「そうです。……ですが、先ほども申しましたように、我がほうは戦艦を建造しているように見せかける必要がございます。海軍を挙げての偽装工作になりますので、こうして真っ先に、殿下にご相談申し上げた次第です」

高橋の考えはこれでよくわかった。

軍縮条約を破棄し、日本がなおも戦艦を造り続けたとすれば、米国は必ずそれに対抗してくるに違いなかった。一〇対六の兵力差を維持するためである。

戦艦はまさに金食い虫だ。当然ながら戦艦を建造するには膨大（ぼうだい）な時間と経費が必要になる。その米国が費やした時間と経費がまったくのムダになるとすれば、伏見宮は〝これほどおもしろいこともなかろう〟と思った。

そして高橋が言うように、こちらはなにもあわてる必要がなかった。米国民の多くは戦争を欲していない。民意を重視する米国のほうから戦いを仕掛けて来るようなことはまずありえない。だから飛行機が戦艦を凌駕するその日まで、日本はじっくり腰を据えておればよいのだ。

――まさにこヤツの言うとおりだ！　米国を大艦巨砲主義へといざない、そのあいだに帝国海軍はひそかに〝海空軍〟に脱皮しておく。……こちらが巨大戦艦を造ったとしても所詮それは同次元の戦い。しかし、我がほうが海〝空軍〟として完全に脱皮しておれば、まったく次元の違う戦いを挑める！

伏見宮はそう結論付けて〝よし〟と大きくうなずいたが、それでも進言した相手が高橋三吉でなければ、こうして素直にうなずきはしなかったであろう。それほど博恭王は高橋三吉とはウマが合い、信を置いていた。

そのことは後々にも証明される。昭和一二年二月に米内光政が海軍大臣に就任するときのことである。周知のとおり、海軍大臣のイスに座るには伏見宮の内諾を得る必要があり、それが帝国海軍のいわば〝しきたり〟となっていた。

ところが、伏見宮自身は米内のことをさほどよく知らなかった。兵学校の成績は鳴かず飛ばずだし、これまで中央の要職に就いたこともほとんどない。伏見宮にとって米内光政はおよそ得体の知れない男であったが、まさにそのとき、高橋三吉は藤田尚徳とともにみずから身を引いて（無任所の軍事参議官となって）まで、米内の大臣就任を後押しすることになる。

そして伏見宮博恭王は、そのときもまた高橋三吉の進言を素直に受け容れ、米内光政を海軍大臣に起用するのであった。

第四章　対米戦三つの改革

1

条約型一万八〇〇〇トン級空母の三番艦となる空母「飛龍(ひりゅう)」は、昭和八年一一月五日に長崎三菱造船所で起工された。

三番艦「飛龍」は、最上型(もがみがた)巡洋艦などを含む第一次補充計画（通称・マル一計画）の一環として建造工事が始まり、およそ三年後の昭和一一年一一月ごろに竣工する予定であった。

待望の三番艦が着工にこぎつけられたのはよかったが、帝国海軍は「飛龍」が竣工するまでに空母「鳳翔」を戦力外にしなければならない。

本来「鳳翔」は廃艦にすべきところだが、軍令部は、軍縮条約明けを待って同艦に改修工事を施し、空母「鳳翔」を練習空母として保有し続ける方針であった。

軍令部次長の高橋三吉中将は、条約型空母の三番艦が起工されるや、それを見届けるようにして昭和八年一一月一五日付けで第二艦隊司令長官に転任、一年九ヶ月ほど務めた次長のイスを松山茂中将にゆずった。

軍令部総長は引き続き伏見宮博恭王・元帥が務めている。高橋三吉との話し合いで海軍を〝空軍化する〟と決意した伏見宮は、これまで航空本部長を務めていた松山茂中将を、次の女房役として選んだのだった。

松山茂の後任の航空本部長には海兵三一期卒業の加藤隆義（たかよし）中将が就任した。

松山茂は航空本部長時代に、山本五十六技術部長、和田操（みさお）技術部員、山縣正郷（やまがたまさくに）総務部員など優能な部下を上手くまとめ、斬新（ざんしん）かつ意欲的な発想のもと、優秀機としてのちに誕生する九六式陸上攻撃機、九六式艦上戦闘機、九五式水上偵察機などの開発に乗り出していた。

とくに九六式陸攻と九六式艦戦は全金属製、単葉の画期的な傑作機で、両機が完成する昭和一一年ごろには、帝国海軍の航空はいよいよ欧米の技術水準に〝追い付き、追い越せ〟という域にまで達するようになる。

九六式陸攻や九六式艦戦などが航空本部で開発中であることは軍令部総長の伏見宮博恭王も承知しており、その開発責任者であった松山茂中将を軍令部次長に抜擢（ばってき）

し、これら新型機を軸にして新たな対米戦術を編み出そう、というのが伏見宮のねらいであった。

両機が制式採用にこぎつければ、海軍機の攻撃力は格段に増す。

松山茂は軍令部に着任するや、いきなり三つの対米改革案を博恭王に提出した。

一、艦上機三機種（艦戦、艦爆、艦攻）の攻撃半径を三二〇海里に統一し、敵島(とう)嶼(しょ)基地への航空奇襲攻撃を容易にする。

一、艦上機三機種に折りたたみ翼を全面的に採用し、空母への搭載機数を大幅に増やす。

一、海軍艦艇の航続力を大幅に増やし、米本土やパナマ運河への攻撃を可能にする。

松山茂の頭のなかにある航空戦術構想はおよそ五、六年先を見据えており、そのころ（昭和一四年後半ごろ）には、海軍機は現在開発中の新型機よりさらに進歩して、空母は艦上戦闘機、艦上爆撃機、艦上攻撃機の三機種を搭載することになるだろうとみていた。

これら三機種はすべて全金属製、単葉の機体を採用することになるはずだが、次世代の艦上機はエンジン馬力の増加とともに次第に大型化してゆき、空母への搭載機数がどうしても減少せざるをえない。そこで松山はそれを避けるために、すべての艦上機の主翼を根元から大きく折りたためるようにして、母艦への搭載機数を格段に増やそうというのであった。

周知のとおり折りたたみ翼の採用を最初に言い出したのは大西瀧治郎（当時中佐）で、これは安東昌喬中将が航空本部長を務めていたときからの懸案事項であった。この方針のもとに技術部長の山本五十六少将は継続してその研究に取り組んでいたが、全金属、単葉の機体が実現しつつあるこんにちにいたって、松山はいよいよ本格的に〝折りたたみ翼を採用できるはずだ〟と考えていたのだった。

また、エンジン馬力の増加とともに艦上機は次第に高速化してゆき、時速一六〇ノットの巡航速度を維持して飛び続ける、という作戦もかなり現実味をおびてきた。そこで松山は搭乗員の体力面を考慮して〝二時間飛行して三二〇海里の距離を前進する攻撃〟が合理的な作戦のひとつの目安になると考え、艦上機三機種の攻撃半径をできるだけ三二〇海里に統一、同時に巡航速度も時速一六〇ノットを確保して、敵島嶼基地への奇襲攻撃を容易にしようというのであった。

以上の二つは航空にまつわる提言だが、高橋三吉は、松山茂に次長職をゆずるとき、彼に重要なことを伝えていた。

「殿下にもすでにお伝えしてあるが、対米戦が避けられぬとなった場合には、我々は開戦後二年以内に必ずハワイを占領しなければならない。……石油を確保するために、我がほうの戦線は遠く蘭印まで延び、中部太平洋はもとより東にも南にも兵力を配置せねばならず、連合艦隊の兵力分散を避けるには、米海軍が航空主兵に転換するそのまえに、どうしてもハワイを占領しておく必要があるのだ。……きみにはとくに、そのための戦略を練ってもらいたい。いや、きみにしかできぬと考えたからこそ、こうして次長職を引き受けてもらうことにしたのだ」


じつは、高橋三吉は六月の演習が終わった直後に、航空本部長だった松山茂に対して重要な質問をぶつけていた。

「飛行機は今後ますます進歩するに違いない。……飛行機でハワイを攻撃し、なんとか占領できないものだろうか……？」

これに松山は、即答していた。

「空母の数さえ充分にそろえば、不可能ではないと考えます」

「ほう……、何隻ほど必要かね？」

高橋が目をほそめてそう聞き返すと、松山はこれに決然と答えていたのである。

「米海軍が航空主兵に目覚めるまえなら、およそ七〇〇機。……雲龍型空母が一〇隻ほどあれば成算は立つでしょう」

この答えを聞いて、高橋三吉はいよいよ空母の増産を決め、次の軍令部次長に松山茂を推薦したのだった。

軍令部次長に就任した松山茂は、高橋三吉の意志を引き継いでただちに対米戦略の見直しをおこなったが、ハワイの攻略はもとより、ゆくゆくは米本土、パナマ運河などにも攻勢を仕掛けるとなると、帝国海軍は大きな問題を抱えている、ということに気が付いた。

帝国海軍の艦艇は、日露戦争以来の大戦略「漸減邀撃（ぜんげんようげき）作戦」の実施を念頭において造られていたので、軒並み航続力が短いのだ。

漸減邀撃作戦は米・太平洋艦隊を相手に「日本海海戦」を再現しようとするようなもので、日本本土近海で太平洋艦隊を邀撃すれば、艦艇の航続力が短くてもおよそ支障がないのであった。

だから帝国海軍の軍艦は軒並み重油の積載量が少なかった。

ところが一転、ハワイや米本土を攻撃するとなると、連合艦隊は長躯、東太平洋まで遠征することになり、艦艇の航続力の短さが俄然うらみとなる。オアフ島を占領するのだから、上陸船団などを含めた味方の大艦隊は、一定期間ハワイ近海にとどまらねばならず、一部の艦艇が重油不足におちいり立ち往生する、という事態になりかねないのであった。

そこで松山は、海軍艦艇の〝航続力延伸〟を改革案の三つ目として追加することにした。そのうえで松山は、各艦種に必要とされる具体的な航続力を指標として示し、次のような案にまとめたのであった。

海軍水上艦艇・航続力延伸案
戦艦／一八ノットで一万五〇〇〇海里
空母／一八ノットで一万二〇〇〇海里
巡洋艦／一八ノットで一万海里
駆逐艦／一八ノットで八〇〇〇海里

この航続力延伸案を含めた「対米戦三つの改革」は、提出されるや、ただちに伏見宮総長の容れるところとなり、帝国海軍は、昭和九年以降この方針に従って、艦艇の改装や新艦の建造をおこなうことにしたのである。

2

伏見宮博恭王も海軍の空軍化に向けてすっかりその気になっていたが、あろうことか、せっかく女房役に据えたはずの松山茂が、軍令部に着任後二ヵ月と経たずして発病、回復の見込みが立たず年明け早々の昭和九年一月一七日には軍令部次長を辞することになる。

松山茂に代わって軍令部次長に就任したのは航空本部長の加藤隆義中将で、加藤の後任の航空本部長には海兵三二期卒業の塩沢幸一中将が就任することになった。

航空本部長には本来、技術部長として実績を積んでいた山本五十六をもってきたいところではあったが、山本五十六少将は現在、第一航空戦隊の司令官として空母「雲龍」「蒼龍」及び航空隊の戦技向上に余念がなく、しかも、山本はいまだ中将に昇進していなかったので現時点で航空本部長に据えるには無理があった。

ちなみに塩沢幸一は山本五十六と同期だが、兵学校を次席で卒業していた塩沢は、昭和八年一一月一五日付けですでに中将に昇進しており、航空本部長になる資格があったのだ。

いっぽう急遽、軍令部次長となった加藤隆義中将は海兵三一期の卒業、旧姓は船越で、加藤友三郎大将の娘を妻に娶って養子縁組し、加藤家（子爵）の家督を相続していた。

加藤隆義は航海術が専門だが、第一航空戦隊司令官（及川古志郎の前任者として）や航空本部長を歴任しており、航空の重要性を充分に認識しつつあった。

また、このとき軍事参議官には海軍航空〝生みの親〟である山本英輔大将がいまだ現役としてとどまっており、高橋三吉の敷いた航空主兵路線は加藤隆義にも引き継がれることになる。

無任所の軍事参議官に退いていたとはいえ、山本英輔大将の部内での影響力は決してバカにならなかった。

「そういえばおやじ（山本権兵衛大将のこと）は大正一五年（昭和元）ごろにはすでに『これからの艦隊主力は、戦艦と巡洋戦艦のかわりに、航空母艦と巡洋戦艦の組み合わせにすべきだ』としきりにつぶやいていた。そのことを、私も今さらながらにして思い出す」

山本英輔がたまにこうした話をすると、今や海軍の頂点に上り詰めていた伏見宮博恭王なども感心しつつ、神妙な面持ちでその話に耳を傾けていたのだった。

それはともかく、海〝空軍〟への脱皮を決めた帝国海軍は、松山茂の改革案をよどみなく実行に移さなければならない。

折しも帝国海軍はこのとき、主力戦艦の第二次近代化改装に着手しようとしていた。

そして、帝国海軍はこれを期に、長門型以下戦艦一〇隻（比叡は練習戦艦のあつかいだが）の主機をすべて換装し、最大速力を時速二八ノット以上に引き上げ、同時に航続力の延伸を図ろうとするのであった。

「お、お言葉ですが、すべての戦艦の主機まで換装するとなりますと、莫大な費用が掛かるのではありませんか？」

加藤隆義は目をまるくして疑問を呈したが、博恭王はこれに断固として言い切った。

「なにを言っとる。巨大戦艦の建造を止めるのだからそれぐらいの金はなんとかなる。いや、なんとかするのだ！」

軍艦の建造費や改造費を分捕るのは海軍大臣の仕事。海軍大臣は、伏見宮の〝腰巾着〟ともいえる、大角岑生がいまだに務めていた。

まず帝国海軍は、軍令部第一部長を務めていた嶋田繁太郎少将（海兵三二期卒）を第二次ロンドン軍縮会議の予備交渉に派遣し、昭和九年一二月に軍縮条約の廃棄を通告、そのうえで第二次補充計画（マル二計画）の策定をいそいだ。

当初、第二次ロンドン会議の予備交渉には第一航空戦隊司令官の山本五十六少将を派遣することも考えていたが、山本は軍縮条約からの脱退に未練があり、軍令部は確実に脱退を通告するために山本五十六と同期の嶋田繁太郎をロンドンへ派遣することにした。軍令部内で第一部長を務めていた嶋田は、伏見宮の意向をきっちりわきまえており、予備交渉の席上で要らぬ交渉をやり、会議を長引かせる心配がなかった。日本は昭和九年一二月の期限までにどうしても軍縮条約からの脱退を通告する必要があったのだ。

さらにいえば、航空主兵への転換を決意した軍令部にとって、母艦航空隊の戦技向上と航空戦術の確立は喫緊の課題であり、雲龍型空母二隻を率いる山本五十六を海外へ手放すのは得策ではないと考えたのだった。

また、航空本部長を務める塩沢幸一が今ひとつ航空に暗く難があり、次の航空本部長には山本五十六を据えて新型機の開発と航空戦術の確立を急ごうという伏見宮の思惑もはたらいた。しかしそれには山本を中将に昇進させる必要がある。海兵三二期卒の山本五十六、嶋田繁太郎、吉田善吾の三名は昭和九年一一月一五日付けでそろって中将に昇進。山本五十六は昭和九年一二月一日付けで航空本部長に就任した。

昭和九年一二月一日付／主要人員配置
塩沢幸一（三二期卒②）舞鶴要港部司令官
山本五十六（三二期卒⑪）航空本部長
吉田善吾（三二期卒⑫）軍務局長
嶋田繁太郎（三二期卒㉗）軍縮予備交渉中
古賀峯一（みねいち）（三四期卒⑭）軍令部第一部長
和田秀穂（ひでほ）（三四期卒⑰）軍令部第二部長
※カッコ内の○数字は海兵卒業時の席次

嶋田繁太郎がロンドンへ赴任したため、第一部長にはそれまで第二部長を務めていた古賀峯一少将が繰り上がり、第二部長には航空に明るい和田秀穂少将を持ってきた。

軍令部第二部長は軍備を担当している。和田秀穂は、空母「鳳翔」「赤城」の艦長や基地航空隊の司令などを歴任しており、第二次補充計画で空母を増産するにおいて、航空を熟知したその見識が活かされると考えられた。

さて、重要なことは、第二次補充計画でどのような建艦をおこなうかである。

もちろん空母を建造するのだが、現有戦艦の速度向上や航続力延伸もおこなう必要がある。

一二月に条約の廃棄を通告したとはいえ、正式に失効するまで二年は有効期間が続くので、帝国海軍も昭和一一年一二月三一日までは軍縮条約の制限を受ける。それをふまえたうえで新艦を建造しなければならない。

そこで軍令部は、条約型戦艦二隻、利根型巡洋艦二隻を含む建造案をまず策定し、五億二〇〇〇万円の予算獲得を海軍省に求めた。

条約型戦艦とは基準排水量三万五〇〇〇トン以下で、主砲の口径が一六インチ（四〇・六センチ）以下の戦艦のことを指す。

しかし、これはあくまでも表向きの話で、実際には五億二〇〇〇万円の予算を獲得して、条約型戦艦二隻の代わりに雲龍型空母二隻を建造、余った予算で現有戦艦の速度向上や航続力延伸、さらには、いまだ竣工していない最上型巡洋艦（マル一計画）四隻の航続力延伸などもやってしまおうというのであった。

また、これを機会に「赤城」にも近代化改装を施し、同艦も島型艦橋を持つ全通一段式の空母に改造されることが決まった。

マル二計画の予算は第六六帝国議会で無事に成立。雲龍型空母の四番艦は昭和一〇年五月一五日に呉海軍工廠で起工され、五番艦は昭和一〇年七月一日に横須賀海軍工廠で起工された。

3

昭和一〇年（一九三五）の夏ごろにははやくも〝日本海軍が新型戦艦二隻を建造している〟との情報が米・英両海軍関係者に伝わったが、その完成は軍縮条約明け以降になることが確実であったし、金剛型戦艦の代艦建造とみる向きもあったので、米・英両海軍から抗議などを受けることは一切なかった。

しかしながら、米・英両国は日本に対する警戒を強め、一九三八年（昭和一三）

に第二次ロンドン条約の「エスカレーター条項」を発動、基準排水量四万五〇〇〇トンまでの戦艦建造を許容することになる。

それはともかく、この件で〝米・英両海軍はいまだ戦艦の建造に固執している〟ということがあきらかになり、第二次補充計画での雲龍型空母二隻の建造は秘密裏(り)に進行、計画はほぼ帝国海軍の思惑どおりに進みつつあった。

ところが、帝国海軍の建艦が順風満帆であったかといえば、決してそうではなかった。

昭和九年には「友鶴(ともづる)事件」が発生、昭和一〇年にも「第四艦隊事件」が発生して、帝国海軍艦艇の強度不足がにわかに露呈した。

軍縮条約の制限下で少ない排水量のなかに多くの兵器を積み込もうとしたのが強度不足におちいった主たる原因であり、二つの事件の影響を受けて、最上型巡洋艦や第二次補充計画より以前に建造された駆逐艦などが軒並み補強工事の対象となってしまった。

帝国海軍はその対策に予定外の出費を強(し)いられて、第二次補充計画で獲得した予算ではまったく足りなくなり、結局、戦艦「長門」「陸奥」の速度向上と航続力延伸は予定どおりおこなえず、長門型戦艦の改装工事は次の第三次補充計画まで延期されてしまう。

空母「赤城」の大改装や残る戦艦八隻の速度向上、航続力延伸はマル二計画の獲得予算でなんとか間に合いそうであったが、長門型戦艦二隻の改装まではとても手がまわらなくなったのだ。

あまり感情をあらわにしない伏見宮博恭王もこのときばかりは苦虫を嚙みつぶしたような顔付きになった。が、先立つものがないのでいかんともしがたく、とにかく長門型戦艦以外の改装工事を着々と進めるしかなかった。

そのいっぽうで新型機の開発は、両事件のあおりを受けることもなく、増額された予算のおかげで順調に進んでいた。

昭和九年一二月一日付けで航空本部長に就任した山本五十六中将は、昭和一〇年一月に九六式艦戦の試作一号機が完成するや、三菱の技術陣に対してただちに、折りたたみ翼の追加導入テストを命じた。

三菱側もあらかじめその準備を進めており、機体の補強などで最大速度が一〇ノットほど低下したものの、九六式艦戦は全面的に折りたたみ翼を採用して、昭和一一年一一月に制式採用されるのであった。

また、山本五十六は約一年間の航空本部長在任中に、一〇試艦上攻撃機（のちの九七式艦攻）の開発を正式に命じ、一一試艦上爆撃機（のちの九九式艦爆）や一二試艦上戦闘機（のちの零戦）の研究開発にも着手した。すべて全金属、単葉の機体で折りたたみ翼の本格導入を見込める。これら艦上機三機種が数年後には母艦航空隊の主力になるのは周知のとおりであり、山本は三機種が実用化にこぎつける、その基礎をきずいた。

そしてその右腕となって、まさに山本五十六を支えていたのが航空本部・技術部主務部員の和田操大佐であった。

昭和一〇年一一月二八日。山本は和田を呼び出して、とくに二つの指示を与えた。

「三菱の『金星』は、もともとは大型機用のエンジンだが、信頼性が高く出力向上を見込める。艦上機への採用を見越して、是非とも増産を図るべきだ。……それともう一つ。我が海軍は、艦爆の開発に関しては、今ひとつ欧米より立ち後れている。きみには、近いうちに欧米へ出張してもらいその技術を学んでもらうことになるだろう。おそらく一年以内に辞令が出る。海外の優秀機をよく見てまわり、主翼の折りたたみ形式なども詳しく調査してきてもらいたい。……とにかく良いものがあれば、今後もどんどん取り入れる。しっかり気張ってくれたまえ」

和田は、一々もっともなこの指示に深々とうなずいて聞いていたが、この日の山本中将の様子はいつもとすこし違っていた。

それもそのはず。そのわずか四日後の昭和一〇年一二月二日付けで山本五十六中将は軍令部次長に就任、航空本部長のイスを同期の吉田善吾中将にゆずり、就任後ちょうど一年で、航空本部から去っていったのである。

第五章　決定版空母「慶鶴（けいかく）」

1

　和田操は、昭和一一年七月に航空本部の出仕（しゅつし）となり、翌月の八月一五日には欧米出張に旅立って行った。

　軍令部次長となって山本五十六がまず驚いたことは、仕（つか）えるべき博恭王がもはやすっかり航空主兵の考えに変わっていたことだった。

「その方を次長にしたのはほかでもない。来たるべき第三次（補充）計画で、立派な航空母艦を造るためである」

　そして博恭王は、戦艦は今後一切造らず、第三次補充計画で本格的な空母を数隻建造するというのだった。

　山本は耳を疑い、思わず聞き返した。

「……ほ、本格的な空母とは、いったいどういうものでしょうか？」

「それを考えるのがなんじの役目。……思い切ってやるがよかろう」

山本には自負があった。空母「赤城」の艦長を努め、第一航空戦隊の司令官も務め、航空本部長も務めて、その経験を存分に活かせるという自負である。

立派な航空母艦を造るということだが、山本はその〝たたき台〟となる空母「雲龍」「蒼龍」をつい二年ほど前まで率いていた。

しかし、どうしても気になることがひとつだけある。山本は恐る恐るそれを口にした。

「殿下は、米国との戦争をすでにお決めになられたのですか？」

伏見宮はすぐに厭な顔をした。山本五十六が米英との協調を望んでいることは百も承知していたが、これはいかにも野暮な質問だった。

とはいえ、米国にひと泡吹かせるにはどうしてもこの男のチカラが必要になる。

そして、伏見宮はすでに〝コヤツを最大限に利用してやろう〟と決めていた。

「対米戦は辞さぬ。それに備えるのが、帝国海軍軍人たる者の務めである」

そのとおりであった。米国は帝国海軍のまさに仮想敵国。山本はぐうの音も出なかった。

すると、博恭王がすぐに口をつないだ。

「およそ望みどおりにしてやる。戦艦を今後一切造らぬというのもそのひとつだ。……なんなりと余にうち明けるがよい」

要するに伏見宮は、対米戦は辞さぬが、それ以外のことなら〝なんでも望みを聞いてやる〟というのだった。

航空軍備に思う存分腕をふるえるのは確かに本望だが、このとき山本五十六は、高橋三吉中将の言葉を不意に思い出し、後悔していた。

――そうか、中将が航空本部に来られた〝あのとき〟断ればよかったのか⁉

高橋三吉は昭和九年一一月一五日付けで連合艦隊司令長官に就任しており、高橋は、昭和一〇年一一月初旬に航空本部を訪れて、いまだ本部長をしていた山本五十六に妙なことをつぶやいていたのだった。

「我が海軍はもう戦艦は造らんよ……。今度はきみを推薦しておいた」

そのときは気にも留めず、山本はいまの今まで高橋中将の言葉を忘れていた。

だが、よくよく考えてみれば、戦艦を造る権限は軍令部が握っているのであり、それに〝きみを推薦しておいた〟と高橋中将が言及したのは、軍令部次長への就任をほのめかしていたのに違いなかった。

　そのとき山本は、大した意味があるとは思わずすんなり聞き流していたが、松山茂の辞職をひどく残念に思った高橋は、加藤隆義ではダメで〝次は必ず山本五十六を次長にしてやろう！〟と決めていたのだった。

　軍令部の最重要課題は対米戦略を練ること。そのナンバー・ツーである次長に就任した山本五十六は、まずハワイの占領を考えた。

　――ハワイを攻略することができれば、米国とも対等に戦えるかもしれない。

　オアフ島の米軍と敵太平洋艦隊を駆逐するにはたくさんの空母が必要だが、博恭王も空母中心の軍備を認めている。

　むろん空母は多いに越したことはないが、一線級の空母を一〇隻ほどそろえることができれば、オアフ島の攻略も〝夢ではないだろう〟と山本は考えた。

　そこで山本は、帝国海軍が現在保有している空母兵力をもう一度、整理してみた。

・就役済み空母
　空母「雲龍」／搭載機数・約八〇機
　空母「蒼龍」／搭載機数・約八〇機
※練習空母「鳳翔」

・改装中の空母
　空母「赤城」／搭載機数・約九〇機
　　昭和一三年四月に改装工事完了予定
　軽空「龍驤」／搭載機数・約三五機
　　昭和一三年一月に改造工事完了予定
・建造中の空母
　空母「飛龍」／搭載機数・約八〇機
　　昭和一一年一一月までに竣工予定
　空母「天城」／搭載機数・約八〇機
　　昭和一三年七月までに竣工予定
　空母「葛城（かつらぎ）」／搭載機数・約八〇機
　　昭和一三年八月までに竣工予定

　軽空母「龍驤」は軍縮条約明けの竣工を目指して水上機母艦から改造中であり、練習空母「鳳翔」を除けば、昭和一三年の夏ごろに帝国海軍の保有する空母は全部で七隻となる。

そして、艦上機三機種に折りたたみ翼を全面的に導入できれば、これら空母七隻が搭載する艦載機の総数は五〇〇機以上となるのだった。

そのことを再確認し、山本は、第三次補充計画で〝どのような空母を何隻建造すべきか〟について大いに悩んでいた。

そんな折り、昭和一一年四月一日付けで航空本部教育部長に大西瀧治郎大佐が就任。山本五十六は早速、自室に大西瀧治郎を呼び出して相談を持ちかけた。

「じつはマル三計画で、どのような空母を造ろうか迷っておる」

「予定の建造数は二隻ですか？」

「いや、今後、戦艦は一切造らない。したがって中型空母なら四隻、大型空母なら三隻は造れるだろう」

山本がそう返すと、大西はにわかに目をまるくして問い直した。

「そ、それは驚きです。……戦艦は一切造らないというのは本当ですか？」

「ああ、殿下もすっかりその気になっている。戦艦の建造は一切止めるそうだ」

これに大きくうなずくや、大西はすぐさま言い切った。

「それは願ってもない僥倖です。ならば大型空母を三隻、建造しましょう」

「……しかし、中型空母を四隻建造したほうが搭載機数は多くなるだろう」

山本は、中型空母ならおよそ八〇機、大型空母ならおよそ一〇〇機を搭載できるだろう、と試算していた。したがって、中型空母を四隻建造すれば、その合計数は約三二〇機となり、大型空母を三隻建造した場合は、その合計数が約三〇〇機となる。

「ええ、それはそうでしょうが、艦上機は今後どんどん大型化してゆきます」

「それはわかっておる。わかっておるが、雲龍型空母が使いものにならなくなるほど、機体が大型化するわけでもあるまい」

山本がそう返すと、大西はすこし考えてから答えた。

「それはそう思いますが、絶対にないとまでは言い切れません。なにせ、飛行機はいまだ日進月歩の勢いですから、やはり先々に備えてひとまわり大きい空母を造っておいたほうが無難です」

「ふむ……。やはりそうか……」

じつは、山本も同じことを考えていた。だからこそ迷っていたのだが、山本自身は〝搭載機の合計数が減る〟ということがどうしても残念でならなかった。

しかし、よくよく考えてみると、対米戦はいつ起きるかわからないのだ。もちろん米国とは戦争せぬほうがよいに決まっている。対立を避けるのが一番だが、一〇年後には衝突が起きるかもしれない。いや、意外と早く五年後には衝突が起きるかもしれない。五年後なら雲龍型空母でもおそらく新型機に対応できるだろうが、それが一〇年後となると、新型機がどれほど進化しているか、まったく予想が付かないのである。

だとすれば、機体の大型化に備え、ひとまわり大きい空母を造っておいたほうが断然無難であった。一〇年も経てば（昭和二一年ごろには）、雲龍型は二線級の空母に成り下がっていても全然おかしくはなかった。

「大型空母を三隻か……」

山本がなおも未練がましくつぶやくと、大西は諭すように説いた。

「さらに申し上げれば、今後は予科練の募集人員を増やし、搭乗員をどんどん育成しなければなりません。軍令部が空母を増産するというなら、なおさらです。おのずと〝ひな鳥〟が増えていきますから、不慣れな者でも発着艦のやりやすい大型空母を、やはり建造すべきです。そのほうが訓練もやりやすい。加えて戦時にもなれば、腕の確かな搭乗員が次第に欠けてゆき、航空隊の練度が低下するということもあるでしょう。そうした場合でも、飛行甲板の広い大型空母なら新規の搭乗員を補充しやすい。飛行教育の観点からも是非そうしていただきたいのです」

「それはわかる。しかしきみは以前、大型空母より中型空母を多数そろえたほうが有利だと言っていたのではないのかね？」

「確かにそう申しておりました。ですが、それは八万一〇〇〇トンという条約の制限があったからで、我々はすでに条約の廃棄を米・英に通告したわけですから、もはや排水量の多寡を気にする必要はございません」

「ああ、それもわかる。だが、やはり三隻よりも四隻のほうが有利ではないかね？」

山本はなおもそう言って大西をいじめたが、大西は断じて屈しなかった。

「……〝大型〟とおっしゃいますが、艦上機が大型化すれば、それがゆくゆくは〝中型〟の空母にしかならないのです。要するに艦上機の大きさと空母の大きさは相対的な関係にありますから、現在の艦上機の基準で大型空母を造った、と胸を張っても、五年後、一〇年後にはそれが中型空母にしかならない、と考えておくべきです」

この答えを聞いて山本はようやく小さくうなずいた。が、それならばということで、山本はさらに質問をぶつけた。

「ほう、なるほど。それはいい答えだが、ならばもっと具体的に聞こう。……一〇年後には中型空母に成り下がってしまうであろう、現在の大型空母とは、それは基準排水量でいえば、いったい何万トンかね？」

　これにはさしもの大西も答えに詰まった。大西は、航空の専門家ではあるが、軍艦建造の専門家ではない。

「……理想的な大型空母の排水量がいったい何万トンになるのかは、正直申し上げて私にはわかりません。ですが、理想の空母像をお示しすることはできます」

「ならばそれでよい。言ってみたまえ」

　山本が水を向けると、今度は大西も、いさんで即答した。

「次長の試算にもあるとおり、搭載機数は一〇〇機を確保していただきたい。それと、最大速度は最低でも時速三三ノットは必要です。さらに、飛行甲板の全長は二五〇メートル以上、同じく飛行甲板の全幅は三〇メートルほど必要でしょう。その他、艦橋や対空兵器、発着装置、航空機用エレベーターなどは、雲龍型を拡大、改良したものを希望いたします」

　大西は胸を張ってそう断言したが、山本はまだ赦さなかった。

「防御力はどうする？」

　これにも大西は即答した。

「魚雷数本の命中に耐え得る船体防御、加えて二五〇キログラム爆弾の急降下爆撃に耐え得る防御を飛行甲板に施すことができれば、およそ言うことなしですが、それによって最大速度や搭載機数が低下するようであれば、さほど強力な防御は必要ありません」

「ああ、わかった。それには私も賛成だが、大西瀧治郎ともあろう者が、もう一つ、肝心(かんじん)なことを忘れているのではないか……」

「……はて、なんでしょうか?」

大西が首をかしげて問い直すと、山本は人差し指で自分の頭を小突きながら言った。

「相手は米国だ。この大型空母でハワイや米本土を攻撃するとなると、足が短くてはどうしようもあるまい」

山本の言うとおりだった。

山本五十六の二代前、松山茂中将が軍令部次長を務めていたときに、対米戦略の見直しをおこなった軍令部は〝水上艦艇の航続力を延伸する〟という方針をうち出し、具体的な指標として、空母の航続力を〝一八ノットで一万二〇〇〇海里にする〟と定めていた。

そして、そのことは大西も承知していた。

「いや、そうでした。……ですが、今回は大型艦ですから、一八ノットで一万五〇〇〇海里の航続力は欲しいところです」

「ほう。欲張るね……」

「……そうでしょうか？」

「いや知らん。こちらが聞いとるんだ」

「……一応、一万五〇〇〇海里を希望しておきますが、先ほどと同じように搭載機数の減少をまねくようであれば、さほど多くは望みません。ですが最低でも、やはり一万二〇〇〇海里の航続力は必要でしょう」

「うむ、わかった。……よし！　ほかに言い残したことがなければ、もう帰っていいぞ」

「それは、ずいぶんで……」

「いや、艦政本部と掛け合って具体的な排水量のトン数が決まれば、いの一番にきみにその答えを知らせてやる。いや、ご苦労！」

勢いよくそう言って山本がソファから立ち上がると、大西は口をとがらせながら次長室をあとにしたのである。

予算には限りがある。軍令部からの打診を受けて、海軍省は水面下ですでに各省と交渉を開始していたが、航空隊の整備費なども含めて、最終的に八億二〇〇〇万円の建造予算をなんとか獲得できそうであった。

とはいえ、そのなかで長門型戦艦二隻の速度向上もやってしまう必要がある。加えて新型機の開発や搭乗員の増員、上陸用高速輸送船の建造などもやる必要があるので、第三次補充計画で建造可能な大型空母はやはり三隻が限度だった。

山本五十六は大西瀧治郎との話し合いにもとづいて、まず軍令部内で「新造・大型空母」の要求性能案をまとめ、八月下旬にはそれを艦政本部に提出した。

そして、艦政本部第四部はおよそ一年掛かりで最終設計案をまとめ、昭和一一年九月はじめには大型空母三隻の建造案が部内で承認された。

第三次補充計画・大型新造空母
慶鶴型空母（仮称）／計画三隻

・基準排水量／二万七〇〇〇トン
・船体・全長／二六〇メートル
・飛行甲板・全長／二五〇メートル
・船体・全幅／二七メートル
・飛行甲板・全幅／三〇メートル
・出力／一六万馬力（艦本式タービン四基）
・最大速力／時速三三・五ノット
・航続力／一八ノットで一万五〇〇〇海里
・積載重油／七八〇〇トン
・搭載機数／最大一〇〇機
・武装／一二・七センチ連装高角砲×八基
／二五ミリ三連装機銃×一六基

飛行甲板に対する防御はいまだ帝国海軍では研究が充分に進んでおらず、今回は見送られることになった。が、そのいっぽうで山本五十六は、航続力を重視し、一八ノットで一万五〇〇〇海里の航続力を確保することにした。

そのため、この大型新造空母は七八〇〇トンもの重油を積載することになったが、艦上機に折りたたみ翼を全面的に採用することによって、山本は〝最大で一〇〇機程度は積めるに違いない〟と計算した。

艦政本部第四部は格納庫の床面積を「最低でも七〇〇〇平方メートルは確保する！」と断言しており、折りたたみ翼の開発が予定どおりに進めば搭載機数の一〇〇機は実現可能である、と山本は判断したのだった。

山本の判断にはむろん根拠があり、この年（昭和一二年）の六月一一日には、和田操が欧米出張から帰朝していた。

山本が和田を呼び出して、その成果を確かめたところ、和田操はとくに折りたたみ翼の件に関して、次のように報告した。

「艦戦、艦攻の主翼を大きく折りたたむことは可能です。引き込み脚との兼ね合いが問題ですが、それでも艦戦と艦攻は、翼を広げた状態の半分程度にまで占有面積をおさえることができると判断します。たとえば機体の全幅が一二メートルだとしますと、折りたたみ翼の採用によって、それを六メートルにまで縮小することができます。……しかしながら、問題は艦爆です。急降下爆撃をおこなう艦爆は、重い爆弾を抱えながら猛烈な速度で降下し、爆弾投下直後にすぐさま上昇に転じる必要がございますので、主翼に要求される強度が並大抵ではございません。主翼の根本から折りたたむのは、現在の技術では不可能と判断せざるをえず、艦爆の場合は、主翼の先端からおよそ三八パーセントのところで折りたたむのが限度とみます。したがいまして、機体の全幅がたとえば一五メートルだとしますと、折りたたみ時の全幅を約九・三メートルにするのが精いっぱい、ということになります」

「なるほど、よくわかった。……それできみの言うとおり、新型艦上機に折りたたみ翼を導入できたとして、母艦への搭載機数はいったいどれぐらい増やせる？」

山本があらためてそう問いただすと、和田は手元で慎重に計算してから答えた。

「従来のおよそ一・三倍程度には増やせる、と考えます」

「……ということは、かりに七五機を搭載できる空母があるとすれば、その空母は折りたたみ翼の全面的な導入によって、九七機は搭載できるようになる、ということだね？」

「いえ、次長が七五機とおっしゃるのはマル三計画の大型空母のことだと思いますが、それならば一〇〇機は積めると思います」

「ほう……。ならば『赤城』はどうかね？」

すると和田は、もう一度、手元で計算してから答えた。

「現在開発中の艦上機三機種を積みますと、『赤城』の搭載機数は六六機に減ると思われます。ですから『赤城』の場合はその一・三倍で約八五機ということになります」

「では、雲龍型はどうかね？」

山本が立て続けにそう聞くと、和田はにわかに閉口しつつも、すぐに計算をやり直し、やがて口を開いた。

「……新型機三機種を積みますと、雲龍型空母の搭載機数は六〇機に減少します。ですので、その一・三倍で約七八機となります。……いずれにしましても、計画中、建造中にかかわらず、いちど全空母の搭載予定数を一覧にまとめ、近く軍令部に提出させていただきますので、今日のところはこのへんでご勘弁ください」

和田がそう訴えると、山本は、この件についてはうなずいたが、さらに言葉を重ねて和田に念を押した。

「わかった。……それで本当に、折りたたみ翼の開発は大丈夫だろうね？」

すると、和田はにわかに目を細め、ここは努めて慎重に答えた。

「艦攻はまったく問題ありません。しかし開発中の艦戦（零戦のこと）は、主翼をかなり補強する必要がございますので、出力向上型の『栄（さかえ）』エンジンが間に合わなければ、最大速度の低下は否めません。また艦爆（九九式艦爆）は、搭載エンジンを急遽『光』から『金星』に換装して、開発をやり直しますので、それで対処できるものと確信しております」

和田が言うように艦攻はこの一一月に九七式艦上攻撃機としてすでに制式採用される見込みが付いていた。山本は、和田の説明に一旦うなずいたが、彼にさらなる要求を突き付けた。

「じつは戦艦の建造を一切止めることになった。そのおかげでマル三計画で獲得する予算のうちの約一億円を新型機の開発に振り向けることができる。……そこでこの予算を使い、昭和一五年までに『栄』『金星』『火星』エンジンの出力向上型を中島と三菱に依頼し開発してもらいたい。艦上機の巡航速度を時速一六〇ノットに統一し、三二〇海里の遠方から攻撃隊を放って敵島嶼（とうしょ）基地に航空奇襲攻撃を加えるためである」

和田は「戦艦を一切建造しない」という山本の言葉にまず驚き、一億円の予算があれば、なるほど〝新型エンジンの開発を加速させられるかもしれない〟と思った。

山本の考えはこうだった。

まず、新型艦戦に搭載予定の「栄一二型」エンジンは近く制式化される予定だが、その馬力向上型である「栄二一型」エンジンを昭和一五年までに開発してしまい、この新しいエンジンで新型艦戦の折りたたみ翼化と速度向上を実現しようというのであった。「栄二一型」は離昇出力が九四〇馬力だが、「栄二一型」はそれが一一三〇馬力にまで向上するので、山本は主翼を補強しても速度の低下をおさえられると考えたのだ。

次に、新型艦爆に搭載予定の「金星四四型」エンジンもまもなく制式化される予定だが、その馬力向上型である「金星五一型」エンジンを昭和一五年までに開発してしまい、この新しいエンジンで九七式艦攻と新型艦爆の性能向上を図ろうというのであった。「金星四四型」は離昇出力が一〇六〇馬力だが、「金星五一型」はそれが一三〇〇馬力にまで向上する。エンジン出力の増加は当然ながら速力の向上につながり、山本は、一三〇〇馬力級のエンジンを九七式艦攻に搭載すれば〝時速一六〇ノットの巡航速度を実現できる〟と考えたのだった。

ところで、九七式艦攻には中島製と三菱製の二種類の機体があり、中島製の機体は「栄」エンジン、三菱製の機体は「金星」エンジンの搭載を前提にして開発が進められていた。ところが、両者とも時速一六〇ノットの巡航速度を実現できそうにないので、山本は、中島製の九七式艦攻に「金星五一型」エンジンを載せて、それを実現しようというのであった。

出力向上型の「栄二一型」は一一三〇馬力の出力を出せるが、それでも時速一六〇ノットの巡航速度を達成するには馬力が足りず、引き込み脚を採用した中島製の機体に一三〇〇馬力の「金星五一型」を載せようというのだ。三菱製の機体は引き込み脚を採用していなかったが、「金星」エンジンが適合することは実証されていたので、中島製の機体に「金星五一型」エンジンを載せれば、時速一六〇ノットの巡航速度を実現できるし、引き込み脚も維持されるのだった。

また、追加予算の一億円があれば、「栄」「金星」両エンジンの出力向上を急がせても、さらに〝おつり〟がくると思われた。そこで山本は、その余った予算で、同様に三菱「火星」エンジンの出力向上もやってしまおうというのであった。

昭和一二年夏のこの時点で山本が指定した海軍の重点開発エンジンは「栄」「金星」「火星」の三種であったが、のちに「誉」エンジンもこれに加えられることになる。

中島の「誉」エンジンは、いまだこの時点では開発構想すら俎上に乗っていなかったのだ。

和田は、一億円の追加予算に狂喜し、まさに飛び上がらぬばかりに喜んだが、これで折りたたみ翼の全面採用と時速一六〇ノットの巡航速度を達成できると確信、山本に「必ずやり遂げてみせます！」と断言した。

このあと和田操は、昭和一二年一〇月一日付けで航空本部技術部長に就任、次いで一二月一日付けで少将に昇進し、昭和一五年五月二一日には航空技術廠長に就任する。

そして和田操は、その言葉どおり昭和一六年のはじめには、折りたたみ翼を本格的に導入した新型艦上機三機種を完成させて、これら三機種はいずれも、時速一六〇ノットの巡航速度を発揮、三二〇海里の攻撃半径を有する艦上機として誕生するのであった。

九七式艦上攻撃機二三型（中島）
乗員／三名
全長／一〇・三メートル
全幅／一五・五一八メートル
主翼折りたたみ時／全幅七・三メートル
発動機／金星五一型・空冷一三〇〇馬力

最大速度／時速二三四ノット
（時速・約四三五キロメートル）
巡航速度／時速一六〇ノット
航続力／雷装もしくは爆装時八八〇海里
武装／七・七ミリ旋回機銃×一挺
兵装①／八〇〇キログラム魚雷一本
兵装②／八〇〇キログラム爆弾一発
兵装③／二五〇キログラム爆弾二発

九九式艦上爆撃機二二型（愛知）
乗員／二名
全長／一〇・二メートル
全幅／一四・四メートル
主翼折りたたみ時／全幅九・〇メートル
発動機／金星四四型・空冷一〇六〇馬力
最大速度／時速二〇六ノット

（時速・約三八一キロメートル）
巡航速度／時速一六〇ノット
航続力／爆装時八八〇海里
武装／七・七ミリ旋回機銃×一挺
　七・七ミリ固定機銃×二挺
兵装／二五〇キログラム爆弾一発

零式艦上戦闘機二二型（三菱）
乗員／一名
全長／九・〇五メートル
全幅／一二・〇メートル
主翼折りたたみ時／全幅六・〇メートル
発動機／栄二一型・空冷一一三〇馬力
最大速度／時速二八九ノット
（時速・約五三五キロメートル）
巡航速度／時速一六〇ノット

航続力／一二〇〇海里（爆弾、増槽なし）
武装／二〇ミリ機銃×二挺
　　七・七ミリ機銃×二挺
兵装／一二〇キログラム爆弾一発

開発予算の大幅な増額により、中島、三菱両社は新たな工作機械を導入、優秀な技術者の確保にも乗り出した。さらに両社は、試験エンジン用の運転台や製造ラインの増設なども順次おこない、工員も大幅に増やした。その結果、「栄」「金星」「火星」エンジンの改良はほぼ予定どおりに進み、昭和一六年はじめには性能向上型が完成する。

出力向上型の「金星五一型」はまず九七式艦攻に優先的に導入された。九九式艦爆は「金星四四型」を装備したままでも時速一六〇ノットの巡航速度を発揮できるため、エンジンの換装を後回しにしたのだ。

いっぽう零戦は、主翼の大幅な補強が必要となったが、出力向上型の「栄二一型」を装備することによって、本格的な折りたたみ翼を実現し、最大速度の低下を許容範囲内におさえることができた。この改造によって零戦の空戦能力が低下するようなことはなかったが、時速六四〇キロメートル以上での急降下は禁止された。

零戦に対する折りたたみ翼の導入は、三菱の技術陣が九六式艦戦ですでにその改造を一度経験していた、ということが非常に大きかった。

帝国海軍は以上の三機種を主力艦上機として対米戦にのぞむことになる。

3

軍縮条約明け後の本格的な建造計画となる、第三次補充計画は軍令部及び山本五十六のほぼ思惑どおりに進んでいた。

雲龍型空母の三番艦「飛龍」は前年の昭和一一年一一月一五日にすでに竣工しており、第一航空戦隊の空母はこれで三隻となった。その四番艦である空母「天城」と五番艦の空母「葛城」も鋭意建造中であり、さらに、そこへ大型空母三隻が加われば、帝国海軍は世界に冠たる空母打撃群を保有することになる。

九月上旬のある日。山本五十六が「新造大型空母には約一〇〇機を搭載できることが確実になりました」と伝えると、伏見宮はいつになく大きくうなずいた。

——米国は相変わらず戦艦中心の軍備を進めているようだ……。山本の報告では艦上機の開発も順調のようだし、これで数年後には〝次元の違う戦い〟ができるに違いない！

数年前までは巨大戦艦の建造にこだわっていた伏見宮ではあるが、帝国海軍の空母及び航空兵力が増勢されてゆくにつれて〝これで米海軍にひと泡ふかせられる！〟と目をほそめていた。

巨大戦艦二隻の建造中止はやはりバカにならなかった。巨艦二隻の建造中止によって、およそ二億七〇〇〇万円もの予算が浮き、そのうちの約九〇〇〇万円で三隻目の大型空母を建造することができ、約八〇〇〇万円で「長門」「陸奥」の改造工事をおこない、さらに新型機の開発に約一億円をまわすことができた。

そんななか九月一二日には和田操から、約束どおり全空母の搭載予定数をまとめた一覧表が、山本五十六のもとへ届いた。

空母搭載予定数一覧

・空母「赤城」／六六機→八四機
・雲龍型空母五隻／六〇機→七八機
「雲龍」「蒼龍」「飛龍」「天城」「葛城」

・新大型空母三隻／七八機→一〇二機
「慶鶴」「翔鶴(しょうかく)」「瑞鶴(ずいかく)」（艦名は予定）
・軽空母「龍驤」／三〇機→三六機
・改造中型空母二隻／四八機→六三機
「飛鷹(ひよう)」「隼鷹(じゅんよう)」（艦名は予定）
・改造軽空母三隻／三〇機→三六機
「龍鳳」「瑞鳳(ずいほう)」「祥鳳(しょうほう)」（艦名は予定）
・改造補助空母三隻／二四機→三〇機
「大鷹(たいよう)」「雲鷹(うんよう)」「冲鷹(ちゅうよう)」（艦名は予定）
※①／上の機数は折りたたみ翼なし、下は折りたたみ翼・導入後の機数。
※②／各空母とも飛行甲板への露天繋止により、若干の機数増加は可能。

この一覧表が正しいとすれば、艦上機の折りたたみ翼化が予定どおり進み、三隻の大型空母が完成したあかつきには、帝国海軍の空母艦載機兵力は総計八一六機に達する。これに改造空母八隻の搭載機も加えれば、その合計数は一一四〇機にも達するのであった。

空母自体の保有数も「赤城」以下の正式空母が九隻、改造空母（「龍驤」を含む）が九隻の合計一八隻となり、米海軍の空母保有数を圧倒的に上回るに違いなかった。

「改造予定の補助空母なども含めますと、我が海軍の艦載機総数は優に一〇〇〇機を超えることになります」

山本五十六がこの一覧表を見せてそう言及すると、さしもの伏見宮も〝ほう〟と感心しつつ、俄然、確信めいた表情を浮かべた。

——なるほど……。これだけの航空兵力があれば、確かにハワイの占領も夢ではない！

いよいよそう確信した博恭王は、しげしげとこの一覧表を見つめ、やがて、つぶやくようにして山本に言った。

「おおよその空母が完成するのは、いったい〝いつごろ〟かね……？」

「……おそらく〝昭和一六年の夏〟ごろになると思われます」

山本が慎重にそう答えると、伏見宮は、不適な表情を浮かべて目をほそめ、これに無言でうなずいたのである。

軍令部総長の伏見宮博恭王はその直後に決済を与え、これで帝国海軍の第三次補充計画は、建造方針がいよいよ確定した。

基準排水量二万七〇〇〇トン、搭載機数一〇〇機の高速大型空母を三隻、建造するのだ。

昭和一二年一一月四日には、その一番艦が呉海軍工廠で起工され、二番艦も昭和一二年一二月一二日に横須賀海軍工廠で起工された。また三番艦も昭和一三年三月二九日に神戸川崎造船所で起工され、戦艦「長門」「陸奥」は昭和一三年五月には佐世保、長崎で大改装に入った。

軍令部次長の山本五十六中将は、大型空母の建造開始を見届けるようにして軍令部を去り、昭和一二年一二月一日付けで海軍次官に就任する。

後任の軍令部次長には古賀峯一中将（海兵三四期卒）が就任した。

第六章　まず米国を叩け！

1

日中戦争はすでに始まっている。

仕（つか）えるべき海軍大臣は米内光政大将だ。前任者は同期の吉田善吾中将で、山本五十六は吉田善吾から海軍次官の職を引き継いだ。

山本が軍令部次長を務めていた約二年のあいだに、吉田善吾は航空本部長を一年、次いで海軍次官を一年ほど務め、昭和一二年一二月一日付けで連合艦隊司令長官に就任した。

またその間に、同じく同期の嶋田繁太郎中将は練習艦隊司令官を一年、次いで航空本部長を一年ほど務め、昭和一二年一二月一日付けで第二艦隊司令長官に就任していた。

一二月一日現在で航空本部長は海兵三一期卒業の及川古志郎中将が務めているが、翌・昭和一三年四月二五日からは、山本五十六が海軍次官と航空本部長を兼務することになる。

海軍の空軍化に尽力した高橋三吉大将は、連合艦隊司令長官の職を同期の米内光政中将にゆずったあと、第一線の職から退き、今は軍事参議官となっていた。

高橋三吉から連合艦隊司令長官の職をゆずり受けた米内光政だったが、ときの海軍大臣永野修身(おさみ)大将が第七〇帝国議会の「腹切り問答」によって辞職を余儀なくされると、米内光政は、わずか二ヵ月ほどで連合艦隊司令長官のイスを永野修身にゆずり、海軍大臣に就任した。

吉田善吾は永野修身のあとを受けて、連合艦隊司令長官に就任したことになる。永野修身は昭和一二年一二月一日付けで軍事参議官に退いた。

日中戦争はもはや航空戦が主流となって戦われつつある。

海軍大臣の米内光政大将は、航空に明るい山本五十六中将を次官に望み、すでに〝マル三計画のカタが付いた〟と判断した伏見宮は、米内の求めに応じて、山本五十六を手放すことに同意したのであった。

日中戦争の勃発は凶事(きょうじ)に違いなかったが、その反面、海軍航空隊の実力を試すよい機会ではあった。次官に就任した山本五十六は米内大臣に対してまず進言した。

「大臣の許可をいただけますなら、ここ数年以内で艦隊司令長官、戦隊司令官に就任しそうな有望株を選び出し、その者たちに航空戦を経験させておきたいと存じます。……今後、空母の数が格段に増え、およそ四年後には空母の総数は一八隻にもなります。人事局と相談して海兵三六期以降の卒業者から有望な人材を選び出し、今のうちに空母戦隊の司令官をたくさん輩出しておくべき、というのが私の考えです」

「ほう。四年後には一八隻にもなるかね？」

「はい。一人の司令官が三隻ずつ空母を率いるとしましても、最低でも常時六名の戦隊司令官が必要になります。いえ、実際には空母二隻だけで戦隊を組むこともあるでしょうから、できれば今のうちに、一〇名以上の適任者を養成しておきたいのです」

　帝国海軍が空母の増産に舵を切ったことは、むろん米内も承知している。

　山本の言うことはもっともなので、米内はすぐにうなずいた。

「ああ、いいよ。空母の司令官が不足するとは気が付かなんだ。清水（光美少将・人事局長）くんと相談して、好きにやってくれ」

大臣の許可を得た山本は、次の日から早速この件でうごいた。

「海兵三六期卒から四〇期卒までの少将、大佐で有望な者を選び出し、とくに航空への転身が可能な者を列挙してもらいたい」

山本が人事局長の清水光美少将を呼び出してそう伝えると、清水は五日後にはそれを一覧表にまとめて山本に提出した。

山本は早速それに目を通したが、清水は候補となる名前を三〇名も挙げていたので、あまりにも数が多かった。

「なんだ、多すぎて目がチカチカするな……。全部で一五人もおれば充分だ。各期で三名ずつに絞ってもらおう」

山本がそう告げると、清水は渋い表情で一旦引き下がり、二日後に一五名に絞った一覧表を再び持参した。

航空転身候補者一覧

海兵三六期

南雲忠一（なぐもちゅういち）少将／水雷校長

細萱戊子郎（ほそがやぼしろう）少将／第四水雷戦隊司令官

清水光美少将／人事局長

海兵三七期

井上成美（しげよし）少将／軍務局長

後藤英次（えいじ）少将／第五水雷戦隊司令官

○小沢治三郎少将／第八戦隊司令官

海兵三八期

河瀬（かわせ）四郎少将／艦政本部第二部長

栗田健男（たけお）大佐／戦艦「金剛」艦長

五藤存知（ごとうありとも）大佐／重巡「鳥海（ちょうかい）」艦長

阿部弘毅（ひろあき）大佐／戦艦「扶桑（ふそう）」艦長

海兵三九期

角田覚治（かくたかくじ）大佐／海軍兵学校教頭

原忠一（ちゅういち）大佐／艦政本部主務部員

海兵四〇期

○山口多聞大佐／戦艦「伊勢」艦長

福留繁（ふくとめしげる）大佐／軍令部第一部第一課長

多田武雄大佐／人事局第二課長
※名前上の○は航空への転身希望者

名前の下に記されてあるのは、昭和一二年一二月二五日現在での各候補者の職務配置である。

一五名の候補者のうち、海兵三七期卒業の小沢治三郎少将と海兵四〇期卒業の山口多聞大佐からは、今後〝航空職に就きたい〟という希望がすでに出されていた。

海兵三六期の覧には清水光美の名前が含まれているが、先日一覧表を突き返したときに、清水自身を候補からはずさぬよう、山本が本人に指図しておいたのだった。

海兵三六期には、ほかに塚原二四三少将などがいるが、すでに航空職を経験している者の名前はこの一覧表に挙げられていない。これら一五名の候補者は、いまだ航空職を一度も経験したことがない者ばかりであった。

一五名は中将、少将への昇進がほぼ約束されており、数年後には艦隊司令長官や戦隊司令官に就任している可能性が高い。

挙げられた名前を見て、山本は即断した。

――ここにある一五名はいずれ必ず航空の道へ引き入れてやる！

とはいえ、すぐに人事をうごかせるわけではない。今から約一年後の昭和一三年一二月ごろには本格的な人事異動があるので、それをきっかけにして、航空職への配置転換をやってやろう、と山本五十六は決意した。

2

昭和一三年一月三一日には「龍驤」が水上機母艦から軽空母への改造を完了、四月二〇日には空母「赤城」も改装工事を完了した。

さらに、昭和一三年七月一日には雲龍型空母の四番艦「天城」が竣工し、七月二五日には五番艦の「葛城」も竣工した。

これで帝国海軍の保有する空母は練習空母「鳳翔」を除くと全部で七隻となり、連合艦隊は麾下に三つの空母航空戦隊を編制した。

昭和一三年一二月一五日付け編制

第一航空戦隊　司令官　細萱戊子郎少将

空母「雲龍」「蒼龍」「飛龍」

第二航空戦隊　司令官　塚原二四三少将
空母「天城」「葛城」
第三航空戦隊　司令官　清水光美少将
空母「赤城」　軽空母「龍驤」

三つの航空戦隊を率いる少将はいずれも海兵三六期の卒業である。米内大臣の許可を得て、山本五十六がこの人事を主導した。

航空経験者の塚原少将はこれまで第一航空戦隊の司令官を務めていたが、空母「天城」「葛城」がまったくの新鋭艦であることを考慮して、塚原少将を第二航空戦隊の司令官に任命。そのうえで未経験者の細萱少将と清水少将をそれぞれ第一、第三航空戦隊の司令官に任命した。

三名とも同時に少将に昇進しており、兵学校卒業時の席次は、細萱戊子郎が一六番、塚原二四三が二〇番、清水光美が二四番のため、その順番どおり、細萱少将が第一航空戦隊、塚原少将が第二航空戦隊、そして、清水少将が第三航空戦隊の司令官に任命されたのである。

同日付けで清水光美の後任の人事局長には、海兵三九期卒業の伊藤整一（せいいち）少将が就任した。

またこのときの人事で、海兵三八期卒業の五藤存知大佐が空母「葛城」の艦長に就任し、海兵四〇期卒業の福留繁大佐が空母「天城」の艦長に就任した。

さらに、海兵三九期卒業の阿部弘毅大佐は、昭和一三年四月六日付けで第一四航空隊の司令に就任、艦上機の訓練を任されることになったが、日中戦争はすでに泥沼化し始めており、大陸で戦う基地航空隊をさらに強化する必要性が出てきた。そのために編成されたのが第一連合航空隊と第二連合航空隊で、一二月の編制替えに伴い、第一連合航空隊司令官に海兵三六期卒業の南雲忠一少将が任命され、第二連合航空隊司令官に海兵三七期卒業の桑原虎雄（くわばらとらお）少将が任命された。

桑原少将は生粋（きっすい）の航空屋だが、南雲少将はこれがはじめての航空職。南雲少将は内地でしばらく兵力の立て直しに努めたあと、再編した第一連合航空隊を漢口（かんこう）で出迎えたが、昭和一四年一〇月三日に中国軍の奇襲爆撃を受けて、あえなく左腕を切断、昭和一五年四月まで療養生活を余儀なくされてしまう。

それでも南雲は療養中の昭和一四年一一月一五日付けで中将に昇進し、昭和一五年四月一五日には鎮海（ちんかい）要港部司令官として現職に復帰する。けれどもその後は、〝海上勤務に耐えられる体ではない〟と判断されて、生涯、洋上の艦隊勤務からは外されることになるのであった。

いっぽう、その間に内地では政変が起き、独ソ不可侵条約の締結を見抜けなかった平沼騏一郎(きいちろう)首相は、昭和一四年八月二八日に「欧州の天地は複雑怪奇なり」という言葉を残して、内閣総辞職の道を選んでしまう。

米内光政は連帯責任を取って、潔(いさぎよ)く海軍大臣を辞し、同時に山本五十六も海軍次官を辞めることになった。

昭和一四年八月三〇日。米内光政は海軍大臣の座を吉田善吾にゆずって軍事参議官に退き、山本五十六は吉田善吾のあとを受けて連合艦隊司令長官に就任した。

米内光政は山本五十六をそのまま海軍大臣に昇格させることも考えたが、これには伏見宮博恭王が難色を示した。

「山本にはしばらく清浄な空気を吸わせたほうがよかろう」

伏見宮が言う清浄な空気とは、潮風の吹く甲板上での船乗りらしい勤務。すでに古参の中将となっていた山本五十六にとって、それにふさわしい海上の要職は、およそ連合艦隊司令長官以外になかった。

――飛行機で米国をやれるのは山本五十六しかおるまい……。

伏見宮博恭王はすでにこのとき、米国との戦争を視野に入れていたのであった。

3

戦艦「長門」「陸奥」が大改装中のため、山本五十六が着任したときの連合艦隊・旗艦は戦艦「伊勢」だった。

その「伊勢」も今や速力二八ノットを発揮できる高速戦艦に生まれ変わっている。

いや、旗艦の「伊勢」だけでなく僚艦の戦艦「日向」「山城」「扶桑」の三隻も、マル二計画の一環として、艦尾の延長と主機換装の大改造をすでに完了しており、速力二八ノットを発揮できる高速戦艦に生まれ変わっていた。

加えて、金剛型戦艦三隻「金剛」「榛名」「霧島」も速力三〇ノットを発揮できる高速戦艦に生まれ変わっており、練習戦艦「比叡」のみが現在、戦力外で、昭和一五年一月末に改装工事を完了する予定であった。

昭和一四年末には待望の「九九式艦爆」が制式採用となり、これで帝国海軍の空母はすべて全金属製、単葉の機体「九六式艦戦」「九七式艦攻」「九九式艦爆」を搭載することになった。

山本五十六が連合艦隊司令長官となった約三ヵ月後の昭和一四年一一月一五日付

けで再び海軍の定期異動があり、海兵三七期卒業の小沢治三郎中将が第一航空戦隊司令官、同じく海兵三七期の後藤英次少将が第二航空戦隊司令官に着任。さらに海兵三八期卒業の栗田健男少将が第三航空戦隊司令官に着任して、これで転身候補者一五名のうちの九名までが航空職に就くことになった。

ちなみに、小沢治三郎は兵学校卒業時の席次が四五番で後藤英次は三七番だったが、小沢は後藤より一年はやく少将に昇進していたので、この場合は小沢のほうが先任となる。小沢治三郎が少将に昇進したのは昭和一一年一二月一日のこと。後藤英次が少将に昇進したのは昭和一二年一二月一日のことだった。

昭和一五年三月には戦艦「比叡」が連合艦隊の麾下に加わり、その直後に土佐沖でおこなわれた演習は圧巻だった。

第一、第二、第三航空戦隊の艦載機が第一、第二戦隊の戦艦八隻に襲い掛かったのだが、母艦航空隊は戦艦八隻のうちの、七隻までを撃沈、残る一隻も大破したのだ。

戦艦八隻はいずれも二八ノット以上の高速で逃げまわり空撃をかわそうとしたが、九九式艦爆と九七式艦攻による雷爆同時攻撃は、巨艦の回避を決してゆるさなかった。

結局、戦艦七隻が爆弾六発以上、魚雷一〇本以上を喰らって沈没したとみなされ、唯一、撃沈をまぬがれた戦艦「霧島」も、爆弾三発と魚雷四本を喰らって、大破したと判定されたのである。

それもそのはず、第一、第二、第三航空戦隊の空母七隻が搭載する艦載機の総数は五一〇機にも及び、そのうちの一二六機が艦爆、一七一機を艦攻が占めていた。圧倒的な機数である。

急降下爆撃隊の命中率はおよそ三七パーセントを記録し、雷撃隊の命中率はおよそ四四パーセントに達した。

この結果に満足した山本五十六大将は、これでいよいよ確信した。

――大型空母三隻の搭載する三〇〇機がこれに加われば、太平洋から米海軍の主力艦を一掃できるに違いない！

山本がそう確信するのも当然だった。母艦航空隊はいまだ訓練途上にもかかわらず、これだけの命中率を記録した。マル三計画で建造中の大型空母は昭和一六年の夏には三隻とも竣工するが、そのころには航空隊の練度はさらに向上しているに違いなかった。

連合艦隊参謀長は昭和一四年一一月一五日付けで、海兵三六期卒業の高橋伊望少将から海兵四〇期卒業の福留繁少将に代わっていた。

「ハワイ攻撃案の作成を急いでもらおう」

山本がつぶやくようにそう命じると、福留はこれに深々とうなずいた。

軍令部にハワイ攻撃の意思があることは福留繁もすでに承知していたし、福留自身は、連合艦隊参謀長となる前に空母「天城」の艦長を約一年間務めており、航空攻撃の威力をもはやすっかり是認(ぜにん)していた。

そして昭和一五年五月一〇日には、戦艦「長門」が約二年間に及ぶ大改装工事を完了し、戦艦「陸奥」も六月五日には工事を完了した。

両戦艦は全長二三五・二メートル、主機を出力一五万二〇〇〇馬力の蒸気タービンに換装し、最大速力二八・四ノットを発揮できる高速戦艦に生まれ変わっていた。また両戦艦は、舷側にバルジを装着して、防御力が格段に強化され、航続力も一八ノットで一万五〇〇〇海里を発揮できるようになっていた。

戦艦「長門」が「陸奥」よりひと足はやく現役に復帰すると、連合艦隊司令長官の山本五十六中将は、五月三一日、戦艦「長門」に悠々と将旗を掲げたのである。

4

帝国海軍が第三次補充計画を策定すると、アメリカ海軍はこれに対抗して第二次ヴィンソン案を策定、さらに帝国海軍が第四次補充計画を策定すると、アメリカ海軍はまたもや対抗して第三次ヴィンソン案を策定してきた。

アメリカ側が第一、第二、第三次ヴィンソン案で建造を計画した主力艦は、戦艦六隻と空母七隻に及び、このなかにはサウスダコタ級戦艦やアイオワ級戦艦、ワスプ級空母やエセックス級空母などが含まれていた。

とくに第三次ヴィンソン案を策定した一九四〇年（昭和一五）ごろには、アメリカ側もさすがに〝日本海軍は空母の増産に乗り出したのではないか……〟と気づき始めており、アメリカ海軍が急遽、エセックス級空母の増産に乗り出したのはそのためだった。

帝国海軍は軍令部次長の古賀峯一中将が旗振り役となって第四次補充計画（マル四計画）をまとめていたが、山本五十六は、古賀峯一に軍令部次長のイスをゆずったときに、きっちりと釘（くぎ）を刺していた。

「おい。次のマル四計画はきみに任せることになるが、きみは砲術の大家だ。……殿下を焚き付けて、戦艦集めの懐古趣味に時計の針をもどすようなことは、よもやあるまいな……」

山本はジロリと目を見開いて念を押したが、古賀も役者、とぼけた表情で逆に聞いてきた。

「航空主兵の大方針を覆すようなことはありませんが、……一隻ぐらい、ダメですかね？」

「なにっ⁉ まだ、そんな未練がましいことを言っとるのか……。戦艦一隻分の建造費で飛行機をいったい何機つくれると思っている。新型機でも優に一〇〇〇機はつくれるぞ！」

「それはそうでしょうが……」

「ダメだ、ダメだ。空母が最優先、次に新型機の開発とその増産、それでもよほど金が余るというなら話は別だが、我が国にそれほどの余裕があるはずもなかろう」

山本がそう言い切ると、その場では古賀もおとなしくうなずいていたが、その後、各省との交渉が水面下で進むにつれ、航空隊の整備費なども含めて、なんと一六億円もの予算が認められそうな気配が濃厚になってきた。

じつはその裏で「日独伊三国同盟」の問題が浮上していたのだが、端的にいえば、陸軍が予算を譲るかわりに、海軍は三国同盟に賛成せよというのであった。

伏見宮はこの気配を独自の情報網でいちはやくつかみ、三国同盟問題で譲歩して、予算を獲得してやろうという考えに傾いていた。

一六億円もの予算があれば、新型機及び航空隊の整備に約四億円を費やし、大型装甲空母三隻の建造に約三億円を投じ、さらに、巡洋艦以下の艦艇を予定どおりに建造したとしても、なお八〇〇〇万円の経費が余るのだった。

伏見宮は思った。

――駆逐艦の建造費は一隻当たりおよそ一〇〇〇万円。五隻の建造を止めれば約五〇〇〇万円の経費が浮き、合わせて約一億三〇〇〇万円の経費を捻出できるではないか……。巨大戦艦の建造は可能だ！

そう考えた博恭王は古賀峯一を呼び出して「マル四計画」の再考をうながしたが、古賀は、山本五十六と気脈を通じており、このことを山本に報告した。

「余剰経費が八〇〇〇万円ほどあります。夕雲型駆逐艦五隻の建造を中止して約五〇〇〇万円をそれに上乗せし、巨大戦艦一隻を建造する、というお考えなのです」

古賀がそう告げると、山本は目をほそめてまず確認した。

「それで……きみも同意したのかね？」

「いいえ、しかし私も武人の端くれ。巨大戦艦の建造は海軍軍人の長年の夢であり、その夢を捨てきれぬとおっしゃる殿下のお気持ちは、私もよくわかるのです」

「ああ、気持ちはわからぬでもない。しかし夢や浪漫で戦はやれぬ。その巨大戦艦が完成するころには飛行機がまさに世界の空を席巻しており、巨大戦艦の出る幕は到底なかろう」

山本の言うとおりであった。

古賀がうなだれたまま黙っているので、山本はさらに口をつないだ。

「私に言わせれば、五隻の新型駆逐艦のほうがよほど大切だ。旧式駆逐艦より航続力が延びており空母に随伴させられる。それら五隻を建造してもなお八〇〇〇万円の経費が余るというなら、その使い道については私にも考えがある」

「……なんでしょう。お聞きしておきます」

古賀が相槌を入れると、山本は〝それでは〟ということで、おもむろに自論を展開し始めた。

「戦艦『伊勢』『日向』及び『扶桑』『山城』の四隻をさらに改造してもらいたい。……『伊勢』『日向』の二隻はいわば〝航空戦艦〟に改造し、空母が戦闘中に喪失した艦載機をこの二隻に搭載する艦載機で穴埋めするのだ。主砲の一部を撤去して格納庫を設け、両戦艦に三〇機ほどずつ補充用の艦載機を積んでおけばかなり重宝するだろう。……それと、戦艦『扶桑』は主砲の一部を撤去して連合艦隊の旗艦に改造し、戦艦『山城』も主砲の一部を撤去して重油タンクを増設、いわば〝油槽戦艦〟に改造する。戦闘が予想外に長引けば一部の駆逐艦が重油不足におちいるというようなこともありうる。そうしたときに、わざわざ油槽船と合流せずとも『山城』から給油を受けられるようにしておくのだ。……八〇〇〇万円もあれば、それぐらいの改造はできるだろう」

山本が言うとおり、これら四隻の戦艦はマル二計画ですでに主機を換装し、艦尾の延長工事も済ませていたので、こうした改造をさらに実施しても、一隻当たり二〇〇〇万円以内の経費でおさまるに違いなかった。

古賀がうなずくと、それを見て、山本はさらに言及した。

「それでもなお八〇〇〇万円の経費を使い切らぬというなら、その余剰分は、それこそ航空軍備や輸送船の建造にまわしてもらいたい」

古賀が帰り掛けに艦政本部へ寄って確認したところ、これら戦艦四隻の改造は大した資材を必要とせず、一隻当たり一〇〇〇万円程度の費用で改造できるだろうし、工期も〝一年未満で済む〟という回答を得た。

マル四計画の策定に関して連合艦隊司令長官の意見を求めることは、とくに不自然なことではない。古賀は軍令部に帰って、山本からこうした提案があったということを、博恭王に包み隠さず報告した。

そして、その最後に、古賀は恐る恐る付け加えて言った。

「やはり私も、巨大戦艦を造ることが目的ではなく、米国に勝つことこそが目的である、と考えております」

すると、伏見宮はすかさず突っ込んだ。

「望みどおりにしてやれば、山本は〝米国に勝てる〟とでも言いおったか？」

山本五十六がそんなことを言うはずもなかったが、伏見宮はあえてそう聞いた。

「いいえ、そういうわけではございませんが、山本長官は、あくまでも〝早期の〟ハワイ攻略を見据えておられるようでして、気長に巨大戦艦を建造しているような……」

古賀が苦しまぎれにそう返すと、博恭王はにわかに目をほそめ、古賀の言をさえぎった。

「なるほど。……あヤツの言う〝早期〟とは、およそ〝いつごろ〟のことか？」

「どうやら〝開戦劈頭(へきとう)〟の攻略ということもお考えにあるようですが、それははっきりとそう申されたわけでは……」

「よし、わかった。ならば望みどおりにしてやろうではないか。……〝昭和一六年の夏〟までに四戦艦を改造してやれ」

伏見宮は古賀にそう言い渡し、このときをもってついに「日独伊三国同盟」の締結に踏み切ろうと決意したのである。

戦艦「伊勢」「日向」「扶桑」「山城」の四隻は昭和一五年七月上旬から順次、改造工事を受けることになった。

5

連合艦隊司令長官の山本五十六中将は、昭和一五年一一月一五日付けで大将に昇進した。

古賀峯一中将もすでに軍令部次長のイスを海兵三五期卒業の近藤信竹(のぶたけ)中将にゆずり、第二艦隊司令長官に就任していた。

この一年のあいだに世界情勢はめまぐるしく変わり、日本は〝バスに乗り遅れるな！〟を合言葉に昭和一五年九月二七日に「日独伊三国同盟」を締結していた。米国との関係は日増しに悪化しており、日中戦争の出口はまったく見えない。

昭和一五年一月一五日には海兵四〇期卒業の山口多聞少将が第一連合航空隊司令官に就任し、漢口基地へ赴任していた。山口少将はようやく航空職に就いてその希望をかなえたことになる。

また、昭和一五年一〇月一日付けで海兵三七期卒業の井上成美中将が航空本部長に就任。一一月一五日の定期異動では、海兵三八期卒業の河瀬四郎少将が第七航空戦隊（水上機母艦二隻）の司令官に就任し、海兵三九期卒業の角田覚治少将も第三航空戦隊司令官に就任した。

それだけではない。一一月一五日の定期異動では、第一航空戦隊司令官に海兵三八期卒業の戸塚道太郎少将が就任して、第二航空戦隊司令官にははやくも山口多聞少将が起用された。対米戦を見据えての配置といってよい。

日独伊三国同盟の締結によって、不本意ながらも山本五十六は、対米戦の覚悟を肚に据えざるをえなかった。

このとき、人事と同時に連合艦隊の編制にも若干の変更が加えられ、帝国海軍の空母戦隊はその陣容を新たにしていた。

第一航空戦隊　司令官　戸塚道太郎少将
　空母「赤城」「天城」「葛城」
第二航空戦隊　司令官　山口多聞少将
　空母「飛龍」「蒼龍」「雲龍」
第三航空戦隊　司令官　角田覚治少将
　軽空母「龍驤」「瑞鳳」

戸塚少将は昭和一一年に館山（たてやま）航空隊司令となって以来、ずっと航空畑をあゆみ続けている。山口少将は基地航空隊の指揮を経験し、すでに航空戦の要諦（ようてい）をつかみつつあった。航空隊は遠く離れた敵地まで飛んで行き、臨機応変な攻撃を要求される。司令部の目がとどかぬところで戦う彼らには経験が必要で、山口少将は猛訓練によってそれを補うことにした。また、本来は鉄砲屋の角田少将はこれがはじめての航空職だが、みずからが信条とする敢闘精神を搭乗員に説いて、こちらも日々猛訓練に明け暮れた。その甲斐あって角田少将の考えは着実に浸透し、搭乗員の信望を得るようになっていった。

ちなみに、角田少将は海兵三九期の卒業で山口少将は海兵四〇期の卒業だが、少将への昇進は山口少将のほうが一年早い。この場合は兵学校の年次よりも昇進時期のほうが優先されるので、山口少将のほうが先任ということになる。山口多聞が少将に昇進したのは昭和一三年一一月一五日のこと。角田覚治が少将に昇進したのは昭和一四年一一月一五日のことだった。

すでに昭和一五年七月には待望の「零式艦上戦闘機」が制式採用されており、航空本部長の井上成美中将と航空技術廠長の和田操少将は、同機の折りたたみ翼化を急いでいた。

周知のとおり、本格的に折りたたみ翼を導入するには、零戦のエンジンを「栄一二型」から「栄二一型」に換装する必要があったが、年明け早々の昭和一六年一月一二日には、新型エンジンを搭載した「零戦二二型」の一号機が完成、同機は無事、初飛行に成功した。

また、その約一ヵ月半後の二月二六日にはエンジン換装型の「九七式艦攻二三型」も初飛行に成功して、両機はただちに量産化が図られ、第一、第二、第三航空戦隊の各母艦へ順次、配備されていった。

昭和一六年三月下旬以降、母艦航空隊の搭乗員は新型機に慣れるための訓練を開始して、これで山本五十六大将も〝世界第一級の空母戦力が整うのはもはや時間の問題だ！〟と確信したが、その山本にも、どうしても気に入らないことが、あともうひとつだけ残っていた。

三つの空母戦隊はそれぞれ第一、第二、第三艦隊の指揮下に入れられ、バラバラに運用されていたのである。

――とくに、オアフ島のように要塞化された敵島嶼基地を攻撃するには、三つの空母戦隊を一つにまとめ、新たに空母主体の航空艦隊を創設する必要がある！

山本はそう感じていたが、まったく同じことを考えている提督が帝国海軍にはもう一人いた。

小沢治三郎中将である。

小沢治三郎は昭和一五年一一月一五日付けで中将に昇進、現在は第三戦隊の司令官を務めていたが、以前、第一航空戦隊司令官を務めていたときに〝航空兵力は質にも増して量が重要になる〟と痛感し、海軍大臣に対して「航空艦隊創設」の意見書を提出していた。

この意見書は軍令部内でも検討され、三月下旬のある日、山本五十六は伏見宮博恭王から直々（じきじき）の呼び出しを受けた。

「こういうものが出ておるが、実際に米軍と〝やり合う〟のは〝そち〟だ。必要かどうか、その方の意見を聞いておこう」

航空艦隊の創設はもちろん山本の望むところでもあったが、この言葉は「お前が連合艦隊を率いて米軍と戦え！」と、宮様から直接宣告されたに等しく、山本は航空艦隊の件よりむしろ、そちらのほうに驚かざるをえなかった。

──殿下は私に、あくまで連合艦隊司令長官を続けよ、と申されるのだな……。よーし、わかった。戦艦「長門」艦上、いや違う「扶桑」だ。……戦艦「扶桑」艦上で、骨をうずめてやろうではないか！

けれども、山本は衝撃のあまりしばらく言葉を発することができなかった。

先に口を開いたのは伏見宮のほうだった。

「どうだ。必要なければ止めさせるが……」

五年ほど前、軍令部次長に就任したときに、博恭王から「およそ望みどおりにしてやる」と特別な言葉を賜った、そのことを、山本は今さらながらにして思い出した。

そして博恭王は今、航空艦隊を創設するか否かの判断を、事実上〝山本の一存に任せる〟と言っているのだ。

いや、それだけではない。伏見宮は〝巨大戦艦を建造する〟という意向を捨てきれずにいたはずだが、古賀峯一が訪ねて来たあと、にわかに巨大戦艦建造の話は立ち消えになり、今現在はまさに山本の望みどおり、戦艦四隻の改造工事が着々と進められているのであった。

俄然、山本は我に返り、あわただしく本心を告げた。

「いえ、航空艦隊は是非とも必要です」

すると伏見宮は、これに黙ってうなずき、不敵な表情を浮かべてずばり聞いてきた。

「うむ。……それで、いつやる？」

山本は驚き、あわてて否定した。

「米国との戦争は、なにがなんでも避けていただきますよう、切にお願い申し上げます」

ところが、これは山本の早合点だった。

伏見宮はあきれた表情で返した。

「バカ。米国とは戦争せぬほうがよいに決まっておる。しかし万一に備えるのが我々の務め、いざとなってから、あわてて戦術を練っていたのでは話にならぬ。

……万一、戦うとなった場合、そのときは〝いつ〟ハワイを攻略すべきか、そのことを聞いておる」

これを聞いて山本はわずかに安堵したが、みずからが矢面に立たされていることは、もはや疑う余地がなかった。

山本は渋い表情を浮かべながらも、精いっぱいの答えを返した。

「開戦劈頭に攻略するのが上策です。……しかし私が、相変わらず連合艦隊長官を続けているとは思えませんが……」

山本は努めて、後半部分を強調したが、伏見宮はそれを完全に黙殺し、前半部分にしか取り合わなかった。

「うむ。開戦と同時にやるがよかろう。じつは余も、そう考えておった。それには航空艦隊を創るべきだ」

伏見宮はそう言って口を閉じ、やがて自室から山本を送り出したが、葉巻を手にした博恭王は最後に、山本の後ろ姿へ向かって、つぶやくように言及した。

「四戦艦の工事完了が待ち遠しいの……」

山本はこれに一切、振り向かず、ただ小さくうなずいて部屋をあとにしたのである。

6

航空艦隊創設の件もさることながら、じつのところ博恭王は、ハワイ攻略の〝実施時期を確かめる〟ために、自分をわざわざ軍令部へ呼び出したに違いなかった。

山本五十六はすでに連合艦隊の幕僚に対してハワイ攻略の検討を命じていたが、四月以降は軍令部でもそれがおこなわれることになった。それ自体は望ましいことだが、対米戦がいよいよ現実味を帯び始め、戦争回避を望む山本としては相反する感情にさいなまれていた。

昭和一六年四月一五日には帝国海軍の定期異動がおこなわれ、人事に大きな動きがあった。

なんと伏見宮博恭王が辞意を表明し、軍令部総長の職を海兵二八期卒業の永野修身大将にゆずったのである。

人事と同時に連合艦隊の編制にも変更が加えられ、山本の望みどおり四月一五日付けで「第一航空艦隊」が創設された。

山本は思った。

——お膳立てはすべて整えたので、あとは全部俺に丸投げするというのだな！

伏見宮がにわかに総長を辞任したのは、対米戦を見据えてのことに違いなく、山本五十六としては〝米国との戦いを自分に丸投げされた！〟としか思えなかった。

そして、伏見宮は辞める前に、もうひとつ山本五十六の望みをかなえていた。四月一五日付けで連合艦隊参謀長に大西瀧治郎少将が就任したのである。

「飛行機で戦うことになる。山本にはしっかりした〝女房〟を付けてやるがよかろう」

伏見宮は海軍大臣の及川古志郎大将にそう告げていたのだ。

旗艦・戦艦「長門」の司令部に大西少将が着任してからは、ハワイ攻略作戦の研究が加速度的に進展した。大西少将自身は水深の浅い真珠湾での雷撃法について研究を開始した。

六月はじめには、すべての母艦航空隊に新しい機材が行き渡り、本格的に折りたたみ翼を導入した零戦、九九式艦爆、九七式艦攻が、すべての空母艦上でそろいぶみとなった。

これで母艦搭乗員の訓練にますます拍車が掛かり、第一、第二、第三航空戦隊の技量は日増しに向上していった。

また、六月一五日には、改造工事を完了した戦艦「扶桑」が連合艦隊に引き渡され、六月一七日には山本五十六大将の将旗が戦艦「長門」から戦艦「扶桑」に移された。

加えて、六月中には「伊勢」「日向」が航空戦艦への改造工事を終え、マル三計画で建造中だった大型空母の一番艦・空母「慶鶴」も六月二五日に竣工した。第五、第六砲塔を撤去して航空戦艦となった「伊勢」「日向」は、後甲板に設置された格納庫にそれぞれ三〇機ずつの艦載機を搭載できるようになっていた。

しかし、よい知らせばかりではなく、六月二二日には「独ソ戦」が勃発、ソ連が連合国側の一員となってしまい、米国は日本に対する外交姿勢を強気に転じてきた。

日米間にはきな臭い空気が漂い始めたが、それとは裏腹に、連合艦隊の出陣準備は着々と整っていった。

七月一〇日には大型空母の二番艦・空母「翔鶴」が竣工し、油槽戦艦へ改造中の「山城」も七月二〇日には工事を完了した。改造後の「山城」は第三砲塔を完全に撤去して重油タンクを増設し、一八ノットで一万八〇〇〇海里の航続力を発揮できる油槽戦艦に生まれ変わっていた。

また、連合艦隊の旗艦となっていた戦艦「扶桑」も、第三砲塔を撤去して司令部設備と重油タンクの増設をおこない、一八ノットで一万六〇〇〇海里の航続力を発揮できるようになっていた。

ところが、日本はまたもや虎の尾を踏んでしまった。七月二八日に日本軍が南部仏印進駐を強行すると、八月一日、フランクリン・D・ルーズベルト大統領は日本への石油輸出を全面的に禁止してきたのである。

日本は石油の供給をほとんど断たれ、これで戦争に打って出るしかなくなった。要するに武力でもって、蘭印の石油を自力で獲得するしかなくなったのだ。

――ダメだ。もう後戻りはできない！

連合艦隊司令長官の山本五十六大将もこれでいよいよ観念し、もはや〝対米戦は避けられぬ〟と肚を括った。

そして、山本五十六の覚悟をまるで後押しするかのようにして、八月一二日には、大型空母の三番艦・空母「瑞鶴」が神戸川崎造船所で竣工したのである。

いっぽう軍令部は、伏見宮の意向を受けて戦時空母予備艦の改造工事も急いでいた。

戦時空母予備艦・改造計画

空母「隼鷹」／昭和一七年二月就役予定
空母「飛鷹」／昭和一七年四月就役予定
軽空「瑞鳳」／昭和一五年九月就役済み
軽空「祥鳳」／昭和一六年一〇月就役予定
軽空「龍鳳」／昭和一七年七月就役予定
護空「大鷹」／昭和一六年九月就役予定
護空「雲鷹」／昭和一七年三月就役予定
護空「冲鷹」／昭和一七年四月就役予定

八隻の空母予備艦のうち、軽空母「瑞鳳」はすでに就役して第三航空戦隊に編入されており、年内(昭和一六年)に就役する軽空母「祥鳳」は「瑞鳳」とともに第四航空戦隊を新編、同じく護衛空母「大鷹」は軽空母「龍驤」とともに第五航空戦隊を新編することになっていた。

そして、大鷹型護衛空母三隻「大鷹」「雲鷹」「冲鷹」は、主機を陽炎型（かげろうがた）駆逐艦用の蒸気タービンに換装し、二五・五ノットの最大速力を発揮できるようになるのであった。

7

　昭和一六年に入って建造、改造中の空母が続々と就役し、連合艦隊の戦争準備は着実に整いつつあった。それはよかったが、六月ごろから海軍と陸軍のあいだで、作戦に関する重大事項について論争が巻き起こっていた。

　論争の火種をまいたのは海軍のほうだった。

　開戦劈頭のハワイ攻略をめざす海軍は、連合艦隊の主要兵力をハワイ方面へ集中するために、まずは〝米国に対してのみ〟戦端を開くべきだ、と主張したのである。

　つまり、英・蘭・豪に対する宣戦布告は後回しにするというのだが、陸軍及び参謀本部は当然のごとくこれに反対してきた。

　そもそも日本が戦争に打って出ようとしているのは石油を獲得するためであり、英蘭が支配する産油地の攻略を後回しにするというのは本末転倒だというのだ。

　参謀本部の主張はもっともで、陸軍は開戦劈頭の最重要作戦として、その主力部隊をマレー上陸作戦に動員する計画であった。

　ところが、海軍はこの時すでに、平時のほぼ二年分に相当する石油を備蓄しており、太平洋にさほどの兵力を持たない英蘭との戦いは後回しにしても、ただちに石油が枯渇するようなことはないと主張した。

そして、軍令部は、参謀本部に対してさらに言及した。

「石油の早期獲得はなるほど重要だが、産油地と日本本土のあいだに存在するフィリピン（いうまでもなく米国の支配下にある）を放置することはできない。帝国陸海軍が南方資源地帯に攻撃を仕掛ければ、米国は必ず立ち上がりこれを阻止しようとするに違いない。それならいっそのこと、まず米国のみに戦いを仕掛け、フィリピンとハワイを占領してしまったほうが手っ取り早い。米軍及び米艦隊を西太平洋から閉め出してしまえば、弱小な英軍、蘭軍などは、腐った枝から実がもげ落ちるも同然、簡単にその支配地を手に入れることができるだろう」

海軍のこの主張にも一理あった。英蘭は独伊との戦いに手いっぱいで、およそ極東へ兵力を派遣し得るほどの余裕がない。

したがって、西太平洋から米軍を駆逐したあとでも、英蘭の植民地（産油地）を充分に攻略できるというのであった。

「ならば、西太平洋から米軍を一掃するのに、何ヵ月必要とお考えか？」

参謀本部がそう問いただすと、軍令部の担当者は断言した。

「三ヵ月で充分です。フィリピン及びハワイの攻略は三ヵ月以内に〝けり〟を付け、その後ただちに英・蘭・豪に対して戦端を開きます」

しかし、戦争は計画どおりにいかぬのが常である。参謀本部は、軍令部が示した〝三ヵ月〟という数字を、決して信用しなかった。

とにかく、奇襲作戦が通用するのは開戦劈頭の一回こっきりしかない。その貴重な機会を、海軍はハワイ攻略に使いたいのであり、陸軍はマレー攻略に使いたいのであった。

そして、海軍は陸軍上陸部隊の協力がなければとてもオアフ島を占領できないし、陸軍は海軍艦艇の支援がなければ、マレー上陸後に補給路を断たれ、干上（ひあ）がってしまうのだった。

両者の話し合いはなかなか決着が付かず、二ヵ月ほど平行線が続いた。

こうしたときに、責任者が勇断を下せぬのが日本の組織の悪いところであり、また参謀本部、軍令部と頭が二つもあるので、そもそも意思統一を図る体制も採られていなかった。

結局このときも、玉虫色の決着が図られることになる。

先に音（ね）を上げたのは海軍のほうだった。

八月ごろには、空母を使わずともフィリピンを攻略できそうな見込みが出てきた。零戦に増槽を装備することによって、台湾からルソン島までの往復が可能になったのだ。

空母の大半をハワイ作戦に動員できそうな見込みが出てきたので、一部の艦隊兵力を南方作戦にまわす余裕が連合艦隊にうまれた。

そして、連合艦隊司令部と軍令部が話し合った結果、海軍は連合艦隊の麾下に、新たに「南西方面艦隊」を設ける、ということで、海軍内の話はまとまった。

つまり海軍は、南方攻略専門の〝有力な〟艦隊を新たに編制して、陸軍が重視するマレー攻略作戦とフィリピン攻略作戦をきっちり支援することにしたのである。

有力というのはあながち嘘ではなく、新編された「南西方面艦隊」には八隻もの重巡と、二隻だけだが空母も編入されることになっていた。

ただし、海軍がマレー攻略作戦を認める、そのかわりに、軍令部は参謀本部に対してきっちりと交換条件を突き付けた。

「上陸作戦に最も長けた『第五師団』を含む、二個師団をハワイ作戦に動員していただきたい、というのが海軍側の要望です」

この申し出を受けて、参謀本部の一部では〝海軍の要求を認めてもよいのではないか……〟という意見も聞かれたが、実際にはなかなか結論が出なかった。

ところが、一〇月一六日に第三次近衛内閣が瓦解して一〇月一八日に東條内閣が成立すると、日本の参戦を危ぶんだ英国のウィンストン・チャーチル首相が急遽、「極東に主力戦艦を派遣する！」と喧伝し始めたのだ。

これに参謀本部はただならぬ危機感を覚え、重い尻にようやく火が付いた。

――海軍の全面的な支援がなければ、マレー上陸作戦の成功はとてもおぼつかない！

参謀本部は軍令部に泣きついた。

「マレー方面に是非とも帝国海軍の戦艦を派遣してもらいたい！」

しかし山本五十六は、これを決して認めようとはせず、戦艦の代わりに、最精鋭の陸攻部隊を南部仏印に展開させるとした。

「これら陸攻二七機があれば、英戦艦を必ず撃破してみせます！　搭乗員はそれだけの訓練をきっちり積んでいるのです」

軍令部の担当者がそう太鼓判を押すと、参謀本部もついに納得し、第五師団を含む二個師団のハワイ供出に同意したのである。

合意形成にいたるまで紆余曲折したが、これでようやく陸海軍の方針が一致して、東條内閣は一二月一日の御前会議で対米・英・蘭開戦を決定することになる。海軍大臣には山本五十六と同期の嶋田繁太郎大将が就任していた。

第七章　発動！　対米電撃戦

1

　第一、第二、第三航空戦隊の搭乗員はひたすら訓練を重ねており、九月はじめに確定した母艦航空隊の編成は開戦まで決して変更されることがなかった。航空隊の技量向上を最優先にするためだが、連合艦隊の編制は昭和一六年一一月一五日付けで一新された。

◎連合艦隊　司令長官　山本五十六大将
　　　　　　同参謀長　大西瀧治郎少将
　　独立旗艦・戦艦「扶桑」
・第一艦隊　司令長官　塚原二四三中将

（オアフ島奇襲、ハワイ攻略）

第一航空戦隊　司令官　塚原中将直率

空母「慶鶴」「翔鶴」「瑞鶴」

第三航空戦隊　司令官　山口多聞少将

空母「雲龍」「蒼龍」「飛龍」

第二射撃戦隊　司令官　高木武雄少将

航空戦艦「伊勢」「日向」

第八射撃戦隊　司令官　宇垣纏少将

重巡「利根」「筑摩」

第一水雷戦隊　司令官　大森仙太郎少将

軽巡「阿武隈」　駆逐艦一二隻

・第二艦隊　司令長官　小沢治三郎中将

（ジョンストン島奇襲、ハワイ攻略）

第二航空戦隊　司令官　小沢中将直率

空母「赤城」「天城」「葛城」

第一射撃戦隊　司令官　伊藤整一中将

戦艦「長門」「陸奥」
第三射撃戦隊　司令官　栗田健男少将
戦艦「金剛」「榛名」「比叡」「霧島」
第七射撃戦隊　司令官　志摩清英少将
重巡「鈴谷」「熊野」「最上」「三隈」
第一〇水雷隊　司令官　岸福治少将
重雷装艦「北上」「大井」
第二水雷戦隊　司令官　田中頼三少将
軽巡「神通」　駆逐艦一二隻
・第八艦隊　司令長官　三川軍一中将
（ハワイ上陸支援）
独立旗艦・油槽戦艦「山城」
第六射撃戦隊　司令官　五藤存知少将
重巡「青葉」「衣笠」「古鷹」「加古」
第七水雷戦隊　司令官　小林謙五少将
軽巡「木曾」　駆逐艦一二隻

・第四艦隊　司令長官　細萱戊子郎中将
（グアム島、ウェーク島攻略）
独立旗艦・軽巡「鹿島」
第四航空戦隊　司令官　角田覚治少将
軽空母「瑞鳳」「祥鳳」
第一八射撃隊　司令官　丸茂（まるも）邦則（くにのり）少将
軽巡「天龍」「龍田（たつた）」
第六水雷戦隊　司令官　梶岡定道（かじおかさだみち）少将
軽巡「夕張」　駆逐艦八隻
第七潜水戦隊　司令官　大西新蔵（しんぞう）少将
潜水母艦「迅鯨（じんげい）」　潜水艦九隻
第二四航空隊　司令官　後藤英次（ひでつぐ）少将
〈ウェーク島空襲〉
・第五艦隊　司令長官　大河内伝七（おおかわちでんしち）中将
（北方方面警戒）
第二一射撃隊　司令官　大河内中将直率

軽巡「多摩」「球磨(くま)」

付属駆逐隊　駆逐艦四隻

・第六艦隊　司令長官　清水光美中将

（ハワイ方面哨戒）

独立旗艦・軽巡「香取」

第一潜水戦隊　司令官　佐藤勉(つとむ)少将

潜水艦一二隻

第二潜水戦隊　司令官　山崎重暉(しげあき)少将

潜水艦九隻

第三潜水戦隊　司令官　三輪(みわ)茂義(しげよし)少将

潜水艦九隻

○南西方面艦隊　司令長官　近藤信竹中将

（南方攻略作戦全般支援）

第四射撃戦隊　司令官　近藤中将直率

重巡「愛宕(あたご)」「高雄(たかお)」

第四水雷戦隊　司令官　西村祥治（しょうじ）少将
　軽巡「那珂（なか）」　駆逐艦一二隻
・第一航空艦隊　司令長官　南雲忠一　中将
（フィリピン攻略支援）
　第二一航空隊　司令官　多田武雄少将
〈フィリピン空襲〉
　第二三航空隊　司令官　竹中龍造（りゅうぞう）少将
〈フィリピン空襲〉
・第三艦隊　司令長官　高橋伊望中将
（フィリピン攻略）
　独立旗艦・重巡「摩耶（まや）」
第一六射撃隊　司令官　左近允尚正（さこんじようなおまさ）少将
　軽巡「長良（ながら）」「名取」
第五水雷戦隊　司令官　原顕三郎（けんざぶろう）少将
　軽巡「五十鈴（いすず）」　駆逐艦八隻
第六潜水戦隊　司令官　河野千万城（かわのちまき）少将

　潜水母艦「長鯨」　潜水艦四隻

・第七艦隊　司令長官　草鹿任一中将

（マレー上陸作戦支援）

　独立旗艦・重巡「鳥海」

第五射撃戦隊　司令官　阿部弘毅少将

　重巡「那智」「羽黒」「妙高」「足柄」

第五航空戦隊　司令官　原忠一少将

　軽空母「龍驤」　護衛空母「大鷹」

第三水雷戦隊　司令官　橋本信太郎少将

　軽巡「川内」　駆逐艦一六隻

第四潜水戦隊　司令官　吉富説三少将

　軽巡「鬼怒」　潜水艦八隻

第五潜水戦隊　司令官　醍醐忠重少将

　軽巡「由良」　潜水艦六隻

第二二航空隊　司令官　松永貞市少将

〈英東洋艦隊攻撃〉

　軍令部もはやくから開戦劈頭の「ハワイ攻略作戦」を認めており、昭和一六年一〇月一日付けで軍令部次長には海兵三七期卒業の井上成美中将が就任していた。軍令部総長は引き続き永野修身大将が務め、第一部長は海兵四〇期卒業の福留繁少将が務めている。

　軍令部は参謀本部と約束したとおり一一月一五日付けで「南西方面艦隊」を創設し、その司令長官には海兵三五期卒業の近藤信竹中将が就任していた。

　南方作戦は開戦劈頭のフィリピン空襲によって開始される。その主力を担うのは南雲忠一中将の率いる第一航空艦隊だ。

　第一航空艦隊は軍艦のない基地航空部隊で、零戦二一型と一式陸攻を主体に編制されている。南雲中将は二年前に左腕を切断していたが、その傷も今や完全に癒え、昭和一六年九月一〇日付けで第一航空艦隊司令長官に就任。南雲中将の女房役である第一航空艦隊参謀長には海兵四一期卒業の草鹿龍之介少将が就任していた。

　草鹿少将は少佐時代に航空へ転身し、それ以降は空母「鳳翔」や空母「赤城」の艦長を歴任している。

　増槽を装備することによって、零戦が台湾からルソン島への往復攻撃が可能になると、草鹿は南雲長官に向かって太鼓判を押していた。

「これで緒戦のフィリピン航空撃滅戦は、我がほうの勝利、間違いなしです！」

航空戦に精通している草鹿の言葉に、南雲は絶大な信頼を寄せ、深々とうなずいていた。

いっぽうマレー方面では、英戦艦のシンガポール出撃に備えて、第二二航空隊がサイゴン周辺の基地ですでに展開を終えていた。その司令官は海兵四一期卒業の松永貞市少将が務め、松永少将の指揮下にも合わせて九〇機以上の陸攻が配備されていた。

第二二航空隊は本来、第一航空艦隊の隷下に属する航空部隊だが、陸軍のマレー上陸作戦を支援するために、緒戦では第七艦隊の指揮下に編入されることになった。

以上、第一航空艦隊麾下の三個航空隊の支援のもと、高橋伊望中将の第三艦隊と草鹿任一中将の第七艦隊が敵地へ殴り込みを仕掛け、第三艦隊がフィリピン攻略、第七艦隊がマレー攻略作戦を決行する、という段取りであった。

そして、南西方面艦隊司令長官の近藤信竹中将は重巡「愛宕」に将旗を掲げ、南方作戦全般を支援するために海南島近海を遊弋することになっていたのである。

2

南方作戦はむろん重要だが、軍令部がそれ以上に重視していたのはハワイ攻略作戦だった。

それもそのはず。開戦劈頭、米軍最大の拠点であるハワイ・オアフ島に乾坤一擲（けんこんいってき）の殴り込みを仕掛けるのだから、この一戦で大日本帝国の盛衰が定まるといっても過言ではなく、軍令部はこの作戦に対して特別に「Z作戦」と銘打ち、まさに連合艦隊の主力を結集して〝対米電撃戦〟を挑もうとしていた。

ハワイ作戦に結集した連合艦隊の主力とはもはや戦艦ではない。航空主兵思想に大転換した軍令部は、従来の艦隊編制を根本から見直し、すべての戦艦を空母の護衛に格下げして、三つの主力空母戦隊を第一、第二艦隊の中核にすえた。

これにより、第一、第二艦隊の旗艦は空母となり、空母艦上で指揮を執る艦隊司令長官の作戦を戦艦以下の全艦艇で支え、母艦航空隊が思う存分その攻撃力を発揮できるように組織が改変されていた。

しかも、ハワイ攻撃の主力となる、第一、第二艦隊の母艦航空兵力は総計七八〇機にも達していたのである。

第一艦隊　司令長官　塚原二四三中将
・第一航空戦隊　司令官　塚原中将直率
空母「慶鶴」　搭載機数・計一〇二機
（零戦三六、艦爆三六、艦攻二七、艦偵三）
空母「翔鶴」　搭載機数・計一〇二機
（零戦三六、艦爆三六、艦攻二七、艦偵三）
空母「瑞鶴」　搭載機数・計一〇二機
（零戦三六、艦爆三六、艦攻二七、艦偵三）
・第三航空戦隊　司令官　山口多聞少将
空母「雲龍」　搭載機数・計七八機
（零戦三〇、艦爆二七、艦攻一八、艦偵三）
空母「蒼龍」　搭載機数・計七八機
（零戦三〇、艦爆二七、艦攻一八、艦偵三）
空母「飛龍」　搭載機数・計七八機

（零戦三〇、艦爆二七、艦攻一八、艦偵三）

第二艦隊　司令長官　小沢治三郎中将

・第二航空戦隊　司令官　小沢中将直率

空母「赤城」搭載機数・計八四機

（零戦二七、艦爆二七、艦攻二七、艦偵三）

空母「天城」搭載機数・計七八機

（零戦三〇、艦爆二七、艦攻一八、艦偵三）

空母「葛城」搭載機数・計七八機

（零戦三〇、艦爆二七、艦攻一八、艦偵三）

第一艦隊の航空兵力は合わせて五四〇機。第二艦隊の航空兵力は二四〇機だ。

第一艦隊は北太平洋ルートで北方からオアフ島へ迫るが、第二艦隊はマーシャル諸島から出撃してまずジョンストン島を奇襲、その後、可及的速やか（かきゅうてきすみ）にオアフ島へと迫る。

可能なら九隻の空母をすべてオアフ島の北方から差し向けたいところであったが、ハワイの西南西にはジョンストン島が障害となって立ちふさがっている。ジョンストン島にも米軍飛行場が存在するので、これを無力化するため、一部の空母をどうしてもジョンストン攻撃に差し向けざるをえなかった。

冬の北太平洋は荒天が予想される。上陸部隊を乗せた船団が北太平洋を航行するのはおよそ不可能であり、船団を護衛する第八艦隊はどうしてもマーシャルから出撃する必要があった。

そこで、第二艦隊がマーシャルから先行し、空母「赤城」「天城」「葛城」の艦載機で事前にジョンストン島の敵航空兵力を一掃しておこう、というのであった。

攻撃部隊の編制を立案したのはもちろん軍令部だが、連合艦隊司令長官の山本五十六大将はこの計画に首をかしげた。

「ジョンストンの敵飛行場をやるのに空母が三隻も必要かね？」

連合艦隊の同意を得るため、軍令部からは次長の井上成美中将が「扶桑」へ派遣されていた。軍令部総長の永野修身大将は山本五十六を説得するために、次長の井上成美をわざわざ寄こしたのだった。

「いえ、三隻も必要ないでしょう」

井上が平然とした顔付きでそう返すと、山本はいよいよ首をかしげた。

「ならば、なぜ三隻も動員する!?　空母は『赤城』一隻で充分、いや、百歩譲って

『天城』『葛城』の二隻でもよかろう」

山本としては、オアフ島奇襲作戦に一隻でも多くの空母を動員したかった。

けれども、今回に限っては、井上のほうが一枚上だった。

「米空母に対する備えです。米空母が真珠湾に碇泊(ていはく)しているとは限りません。洋上に出動している可能性も充分にありますので、万一、米空母が現れた場合には、味方空母が一隻や二隻では心もとない。敵飛行場と米空母を同時に相手にする必要があるからです。そしてその場合、米空母はマーシャル方面を警戒している可能性が最も高いでしょう。むろん我がほうの基地がマーシャルに存在するからです」

井上が言うとおり、北太平洋に米空母が現れる可能性はかなり低かった。気象条件が悪く、濃霧が断続的に続くし、ハワイ北方に日本軍の基地は存在しない。また、たとえ米空母が現れたとしても、第一艦隊には空母が六隻も在るのだから充分に対処できる。

日本側の攻撃を警戒し、米空母が洋上へ出動しているとすれば、それはジョンストン方面である可能性が高かった。

「なるほど。米空母が出て来たとすれば、三隻ぐらいは必要だな……」

山本は井上の説明にうなずき、にわかに矛(ほこ)をおさめた。

そして、連合艦隊司令部の面々も今回ばかりは軍令部案の妥当性を認め、第一艦隊司令長官の塚原二四三中将は新鋭空母「慶鶴」以下の空母六隻を率いて択捉島ヒトカップ湾から出撃、第二艦隊司令長官の小沢治三郎中将は「赤城」以下の空母三隻を率いてクェゼリン環礁から出撃することになったのである。

3

昭和一六年一二月二日。連合艦隊麾下の各艦隊は既定の方針に従って、出撃の拠点となるそれぞれの基地や泊地ですでに待機していた。

夜になって〝準備が整った〟との報告を幕僚から受けると、連合艦隊司令長官の山本五十六大将はこの日・午後八時きっかりに、満を持して「Z作戦決戦!」を発動した。

第六艦隊の指揮下に在る帝国海軍の潜水艦三〇隻はハワイ方面哨戒の任務を帯びており、山本長官の「決戦発動」を待たずして、一一月二六日にはマーシャル諸島のクェゼリン環礁から出撃していた。

三〇隻の潜水艦は一二月七日(日本時間)までに各担当海域へ進出、哨戒配置に就くことになっていたが、潜水艦部隊とは別にもう一つ、すでに行動を開始している部隊があった。

択捉島のヒトカップ湾から出撃することになっていた第一艦隊である。

塚原二四三中将の指揮下に在る艦艇は油槽船を含めて全部で三四隻。

主力空母六隻、航空戦艦二隻、重巡二隻、軽巡一隻、駆逐艦一二隻、潜水艦三隻、油槽船八隻の陣容だ。

主力空母六隻が搭載する五四〇機のほかに、航空戦艦「伊勢」「日向」は補充用の艦載機、零戦九機、艦爆九機、艦攻一二機ずつを格納庫に収めており、第一艦隊が保有する艦載機は合わせて六〇〇機にも達していた。

一一月二六日の午前八時を期してヒトカップ湾から出撃した第一艦隊は今、旗艦・空母「慶鶴」を先頭にして第一航空戦隊の空母「翔鶴」「瑞鶴」がその後方へ並び、旗艦「慶鶴」の左を第二航空戦隊の旗艦・空母「雲龍」が並走、その後方に空母「蒼龍」「飛龍」が続いていた。したがって主力空母六隻は今、二列縦陣で航行している。

そして、航空戦艦「伊勢」「日向」及び油槽船八隻は、空母群から後方へわずかに離れて航行しており、残る重巡以下の艦艇は空母や戦艦などを大きく取り囲むようにして航行していた。

水上艦艇の最先頭をゆくのは軽巡「阿武隈」だが、さらにその先、およそ一〇海里を三隻の潜水艦が航行している。

ハワイ方面へ向け北太平洋を東進しながら、旗艦「慶鶴」司令部は、東京から送られて来る電波に全神経を集中していた。

どうやら日米間の外交交渉は不調のようで、東京からの電波は〝開戦は必至の情勢！〟と伝えている。日米交渉が決裂すれば、奇襲作戦が本決まりとなり、第一艦隊は万難を排してオアフ島の制空圏内へ飛び込む必要がある。

――開戦か否か……!?

艦内の緊張は否応なく高まったが、日本時間で一二月二日・午後八時過ぎ、ついに決定的な電報が連合艦隊の旗艦「扶桑」から届いた。

『ニイタカヤマノボレ一二〇八』

日米開戦の日は昭和一六年一二月八日（日本時間）と決定された。

連合艦隊からの命令を受け取ると、塚原中将は重苦しい表情でつぶやいた。

「ついにきたか……」

このとき、第一艦隊はすでに日付変更線を越えて西半球（英グリニッジ天文台より西の半球・いわゆる西経）に入っていたが、この日を境にして洋上は不思議と荒れ始めた。

作戦決行の日まで、残りあと六日足らず。この作戦の成否に、連合艦隊のみならず大日本帝国の命運がかかっている。

塚原中将だけでなく、全乗組員の顔に、緊張と覚悟の色がみなぎっていた。

そして、祖国日本の運命を一身に背負う塚原二四三中将には、にわかに荒れ始めた空と海が、この作戦の不吉な前途を暗示しているように思えてならなかった。

4

日本軍の船団が南方に向かっている、という電報が、オアフ島のアメリカ太平洋艦隊情報参謀エドウィン・T・レイトン大佐のもとに届いたのは一九四一年一二月六日早朝のことだった。

その三日前の一二月三日、朝の定例会議のときにレイトン大佐は、太平洋艦隊司令長官のハズバンド・E・キンメル大将に対して、次のように報告していた。

「日本軍・主力空母部隊の行方がわからなくなりました。……まことに面目（めんぼく）ありません」

これに対してキンメル大将は、なかばおどけた調子で応じていた。

「まさかダイヤモンド・ヘッドの近くまで来ているのに、わからないと言うんじゃないだろうな……。まあ、よい」

レイトンは、日本の主力空母六隻は二週間の洋上訓練を終えて、定期補修のために母港に在泊中だと推定される旨を答え、さらに言及した。

「現在、敵空母に関する通信諜報は最低のレベルにあります。通信では敵空母の動きは明らかに停止しております」

しかし連合艦隊司令部は、じつはこのとき日本の主力空母が柱島泊地で碇泊しているよう偽装工作をおこなっており、日本のこのけん制策は見事に成功していたのだった。

そして、六日早朝には俄然うごきがあり、この日、レイトンは午前八時過ぎに、事態は重大であるとキンメル大将に告げた。

それは日本の空母に関する情報ではなく、南方へ向かいつつある船団についてであったが、報告を受けたキンメルは、ただちにレイトンに対し指示をあたえた。

「パイ中将にもこの電報を見せて意見を聞いてくれたまえ。まずは主力部隊をあずかる彼の意向を尊重したい」

戦艦部隊指揮官のウィリアム・S・パイ中将はパール・ハーバーに碇泊する戦艦「カリフォルニア」に司令部を置いていた。

レイトンが電報をたずさえて、その司令部を訪れると、パイ中将はちょうど参謀長のハロルド・C・トレイン大佐と話し合っていた。

パイとトレインは、レイトンの差し出した電報を注意深く読み終えると、まずパイがレイトンに質問した。

「日本軍南下の動きをどうみるかね？」

レイトンは即答した。

「問題は、日本軍がその側面を空けっ放しにするかどうか、つまり南進の際に、フィリピンにも攻撃を仕掛けて来るかどうかです」

するとパイは、まるでオウム返しのように聞き返した。

「きみは、日本が側面を空けっ放しにすると思うかね？」

「いいえ、日本は決してそんなことはしないと思います」

レイトンはフィリピンが攻撃される可能性が高いと指摘したが、パイはその見方におよそ懐疑的だった。

三人はしばらくそのことについて、さらに議論をたたかわせたが、その最後にパイは、断定するように言った。

「日本はアメリカとは戦争をしない。我々はあまりにも大きく、あまりにも力があり、あまりにも強すぎる」

そしてパイは、トレインの方を向いて同意をもとめた。

「ハロルド。きみの考えはどうだ?」

トレインは大きくうなずいて言った。

「同感です。日本が我々に攻撃を仕掛けるようなことはないでしょう」

レイトンはこれに首をかしげながらも、持論をひっこめるしかなかった。

レイトン大佐をまじえて戦艦「カリフォルニア」艦上でパイ中将とトレイン大佐が話し合っていたとき、キンメル大将は同じ電報を前にして、ウィリアム・W・スミス少将、チャールズ・H・マクモリス大佐らと一般的な状況について話し合っていた。

彼らは「日米戦争が二四時間以内に発生する場合に執るべき手段」と題されたキンメル大将の覚書をその席に持参していたが、一同が関心をよせた中心の議題は、パール・ハーバーに在泊中の艦艇を〝そのままにしておくべきかどうか〟ということであった。

太平洋艦隊の大多数がパール・ハーバーにとどまっているかぎり、日本軍にその所在をはっきり知られることは避けがたいが、空母「エンタープライズ」と「レキシントン」がすでに出港してしまった今となっては、空母の護衛なしに艦隊が洋上へ出動するのはかえって危険ではないか、ということで意見が一致した。

太平洋艦隊の指揮下に在るもう一隻の空母「サラトガ」は、西海岸の基地サンディエゴでオーバー・ホールをおこなっていた。

やがて、レイトン大佐が太平洋艦隊司令部に戻って来ると、パイ中将も同様の考えであることがわかり、キンメル大将は太平洋艦隊の主力をそのままパール・ハーバーで待機させておくことに決めたのである。

5

時は刻々と迫っていた。

キンメル大将が艦隊出動の見合わせを決断したころ、塚原中将の第一艦隊は最後の燃料補給を実施していた。

それは塚原機動部隊にとって最も危険な時間だったといえる。すでに相当、敵海域へ近づいていたばかりでなく、慎重を要する給油作業のために艦隊の速度を落とさねばならなかった。このきわめて危険な時間帯に、敵に発見されていたとしたら、第一艦隊司令部は重大な決断を迫られていたに違いない。

塚原中将は厳重な警戒を指令した。

各艦艇がその満載量まで重油の補給を受け終わると、駆逐艦二隻に護衛された補給隊の油槽船八隻は、攻撃後の補給予定地点へ向けて針路を変更した。油槽船のすべてを分離した以上、これから先、塚原中将は各艦艇の積載する燃料だけに頼らねばならない。

このとき、塚原中将の機動部隊はオアフ島の北方・約七〇〇海里の洋上に達しており、これからおよそ一七時間近く南下して真珠湾攻撃に移ろうとしていたのだった。

現在の時刻はハワイ現地時間で一二月六日・午前一一時。あとしばらくは速力二〇ノットで航行し続け、なるべく燃料を節約する必要がある。

米軍飛行艇の哨戒圏はおよそ六〇〇海里。

そして、六日・午後四時（以後はすべてハワイ時間）を迎えると、機動部隊はいよいよオアフ島の哨戒圏内に突入した。

　そのとき、連合艦隊司令部による勅語の伝達がおこなわれ、続いて連合艦隊司令長官・山本五十六大将の激励の辞も送信されてきた。

『皇国の興廃かかりて、この征戦にあり。粉骨砕身各員その任を全うすべし！』

　これを受け、旗艦・空母「慶鶴」のメイン・マストには〝Z〟の信号旗が掲げられた。

　Z旗は、明治三八年五月の「日本海海戦」で連合艦隊司令長官・東郷平八郎元帥が旗艦・戦艦「三笠」に掲げたものと同じであった。

　日米開戦の時はいよいよ迫っている。

　緒戦のハワイ攻略作戦に連合艦隊のすべてを賭けた山本五十六大将以下、連合艦隊司令部の面々は、神に祈るような思いで、日本海海戦の再現を念じていた。

　機動部隊がめざすはオアフ島の真北・約三二〇海里の地点。攻撃隊が六隻の母艦から発進する地点だ。そこまで到達するのに、およそ一二時間を要する。

――これからの一二時間がまさに勝負だ！

　塚原中将はあらためて自身にそう言い聞かせたが、南下中に敵の哨戒網に引っ掛かれば、奇襲攻撃は俄然不可能となる。単なる強襲となってしまい、その場合はおのずと、攻撃効果が半減するに違いなかった。

天候は悪くない。前日まで猛威をふるっていた低気圧から抜け、機動部隊は、北東から吹く追い風に乗って南下していた。視界は良好だが、その反面、敵哨戒機に発見される危険性はかなり高かった。

するとまもなく、旗艦「慶鶴」に、東京からの電報が送られてきた。

『五日。戦艦「ネヴァダ」「オクラホマ」入港。空母「レキシントン」及び五隻出港』

電波はそう伝えたあと、さらに次のように知らせてきた。

『したがって現在、真珠湾に碇泊している敵艦船は、戦艦八隻、重巡二隻、軽巡六隻、駆逐艦二〇隻〜三〇隻』

これが正しいとすれば、太平洋艦隊の戦艦はすべて湾内にいるが、空母はすべて出払っているということになる。

情報を受け取った塚原中将は、いかにも残念そうな面持(おもも)ちで眉間(みけん)にしわをよせ、思わずつぶやきをもらした。

「空母は一隻もおらんのか……」

これに対して、第一艦隊参謀長の寺岡謹平(きんぺい)少将がすかさず応じた。

「ですが、戦艦は全部おりますので上々です」

塚原はこれに静かにうなずくと、吐き出すように胸のうちを吐露した。

「はやく日が暮れんか……」

日没時刻は午後五時二〇分。午後六時ごろまでは薄暮が続くので、あと二時間足らずがまさに勝負である。

塚原がつぶやくのは無理もなく、第一艦隊の全乗員が司令長官の塚原中将とまったく同じ思いであった。

じりじりとした、なんともいら立たしい時間が延々と続くように思われたが、全員が待ち望んだ日没がようやくおとずれた。

夜のとばりが洋上をつつみ、やがて漆黒の闇があたりをおおった。時刻は午後五時五八分になろうとしている。

——よし！　上空から発見される恐れはこれでなくなった！

そう確信すると、塚原中将はただちに艦隊の進撃速度を二四ノットに上げるよう命じた。

オアフ島までの距離はおよそ五六〇海里。

空からの危険は去ったが、まだまだ油断はできない。東京からの情報は、オアフ島の北東に敵潜水艦が出没していると伝えていた。

けれども、敵潜水艦がこちらの存在に気づいた気配はまったくない。

第一艦隊は速度を上げてまもなく、完璧な奇襲態勢を敷いた。

旗艦「慶鶴」をはじめ、空母群の五海里前方に水雷戦隊が前進、続いて、その二五海里前方に航空戦艦「伊勢」「日向」が並び、戦艦の左右には重巡「利根」「筑摩」がひかえた。

そして、空母群の前方を機動性に優れた駆逐艦が護衛し、空母群の背後には潜水艦が張り付いて後方からの攻撃に備えた。

これで警戒隊形が完全に整ったが、その間、旗艦「慶鶴」が傍受しているホノルル放送は、いつもと変わりなく、陽気で軽快なハワイアンを流していた。

その音楽に、ときおりコマーシャルが混じって放送される。

――メイヤーという名のドイツ系警察犬が迷子になりました。探してほしい。

……中古の中国絨毯(じゅうたん)を売りたい。ほとんど新品同然。

といった内容だが、これらはホノルルの日本領事館に勤務する森村正（本名・吉川猛夫(よしかわたけお)）という諜報員が収集した情報を、総領事である喜多長雄(きたながお)が、放送局に料金を支払って放送していたものだった。

じつは〝迷い犬のメイヤー〟や〝中国絨毯〟は真珠湾に碇泊する空母や戦艦を意

味する隠語だったのである。

夜に入って空母「慶鶴」の艦上はにわかに緊迫した。オアフ島までの距離はすでに五〇〇海里を切っている。みずから下着をあらためた艦長の城島高次大佐が、まもなく艦橋に上がって〝総員配置に就け！〟と命じた。

上空は雲が多いうえに、北東の風が相変わらず強かった。旗艦「慶鶴」をはじめとする空母群は激しく揺れた。

帝国海軍の空母六隻は依然としてハワイ北方洋上を速力二四ノットで突き進んでいる。

攻撃隊の発進予定時刻は七日・午前四時ちょうどだ。

やがて時計の針が一二時を指し、日付けが一二月七日に変わった。もちろんハワイ現地時間である。いよいよ待ち望んだ〝決行の日〟がやってきた。が、敵潜水艦に接触されたような気配はまったくなかった。

――どうやら奇襲でいけそうだ……。

そう思い、塚原中将が艦橋から見下ろすと、乗艦・空母「慶鶴」の真新しい飛行甲板が、雲間から差し込む月光によって、きらきらと映し出されていた。

それを見て、塚原は大きく息を吸い込み、胸を膨らませたのである。

第八章　燃えさかる真珠湾

1

　昭和一六年（一九四一）一二月七日、ハワイ現地時間で午前三時五〇分。塚原二四三中将の率いる第一艦隊は、オアフ島の北・約三二〇海里の洋上に達していた。旗艦「慶鶴」をはじめ空母六隻の飛行甲板上では、オアフ島攻撃の任務を帯びた第一波攻撃隊の二二五機が、すでに発進準備を完了し勢ぞろいしていた。

第一波攻撃隊／目標・米艦艇及び米軍飛行場
　第一航空戦隊　塚原二四三中将
　　空母「慶鶴」／零戦一二、艦攻二七
　　空母「翔鶴」／零戦一二、艦攻二七

空母「瑞鶴」／零戦一二、艦攻二七

第三航空戦隊　山口多聞少将

空母「雲龍」／零戦九、艦爆二七

空母「蒼龍」／零戦九、艦爆二七

空母「飛龍」／零戦九、艦爆二七

第一波攻撃隊の兵力は、零戦六三機、艦爆八一機、艦攻八一機の計二二五機。

二二五機の攻撃機は四つの攻撃集団を形成してオアフ島の各目標に襲い掛かる。

四つの攻撃集団とは、飛行隊総隊長の淵田美津雄中佐が直率する第一爆撃隊の艦攻二七機と艦爆二七機、村田重治少佐が率いる雷撃隊の艦攻五四機、高橋赫一少佐が率いる第二爆撃隊の艦爆五四機、それに板谷茂少佐が率いる制空隊の零戦六三機である。

大別すると攻撃目標は二つある。真珠湾に碇泊する米艦艇とオアフ島の米軍飛行場だ。

四つの攻撃集団のうち、淵田中佐の第一爆撃隊と村田少佐の雷撃隊は真珠湾に碇泊する米艦艇へ襲い掛かり、高橋少佐の第二爆撃隊と板谷少佐の制空隊はオアフ島の米軍飛行場へ襲い掛かることになっている。

攻撃が〝奇襲〟でゆけそうなときは村田少佐の雷撃隊が先攻し、攻撃が〝強襲〟になりそうなときは高橋少佐の第二爆撃隊が先に攻撃を仕掛けることになっていた。

午前三時五五分。塚原中将がうなずいて発進の許可を与えると、六隻の空母は北東の風へ向けて一斉に回頭し始めた。

空には雲がかかり、あたりは墨を流したように真っ暗だ。波も高く、全速で走っている艦の動揺は相当に激しい。

真っ黒な海面に、各艦が蹴る波のしぶきが白く砕け散り、遠く航跡となって尾を引いている。跳ねたしぶきが、ときおり飛行甲板にも降り掛かってくる。整備員たちは、それぞれ受け持ちの飛行機にすがりつき、艦の動揺から機体をまもるのに懸命であった。

「それではいってまいります」

飛行総隊長の淵田美津雄中佐が飛行服を身にまとい、空母「慶鶴」の作戦室に姿を現すと、塚原中将はすぐに立ち上がり、淵田中佐の手をかたく握った。

「おう。頼む！」

そして、淵田中佐が搭乗員待機室へ下りてゆくと、すでに艦長の城島高次大佐が艦橋から下りて来ていた。

搭乗員待機室の電灯は淡い。せまい待機室に入れない搭乗員は外の通路にもあふれていた。待機室正面の黒板には午前四時現在における旗艦・空母「慶鶴」の位置が書かれてあった。

――オアフ島の真北三二〇海里。

「気をつけえ！」

淵田が号令を発し、城島艦長に敬礼をおこなうと、艦長はいちだんと声を高くして、雄々（おお）しく命じた。

「所定の命令に従って出発！」

これを受け、搭乗員は待機室を出てそれぞれの搭乗機のほうへ散ってゆく。淵田はその一番あとから待機室を出て、ひとまず発着艦指揮所の方へラッタルを上って行った。

その途中、ちょいと肩をたたく者があり、振り返ると、航空参謀の源田実（げんだみのる）中佐であった。

二人は顔を見合わせてたがいに笑みをたたえうなずいた。無言である。しかし二人の心はそれで充分に通じた。

発着艦指揮所では飛行長の下田久夫(ひさお)中佐が作業員にてきぱきと指示を与えていたが、淵田の姿に気づくと、ただちに諮(はか)った。

「相当に揺れがきついが、暗闇を突いての発艦はどうだろうか?」

「なあに大丈夫ですよ。艦長に予定どおり行けるとおっしゃってください」

下田はその言葉に深々とうなずいた。

出撃の決意を表し、やがて、淵田が愛機の九七式艦攻へ歩み寄ると、そのそばには整備員の先任下士官が待っていた。

「この鉢巻(はちまき)は、整備員たちから〝自分たちも真珠湾にお供したい〟という気持ちを込めての贈り物です。どうか持っていってください」

淵田は大きくうなずくと、日の丸に〝必勝〟と入ったその鉢巻を手に取り、飛行帽の上からきゅっときつく締め付けた。

「始動!」

号令が掛かり、エンジンが回り始める。母艦はすでに北東の風へ立ち向かっていた。

空母「瑞鶴」のメイン・マストにはZ旗とならんで戦闘旗が開かれた。試運転を終えた攻撃機が次々と航空灯を点灯する。無数の航空灯がエンジンの振動で小刻みにふるえていた。

「発艦、はじめ！」

発着艦指揮所で青ランプの信号灯が大きく打ち振られる。そしていよいよ、最前列の零戦が発艦を開始した。

爆音が高まり、先頭の零戦がゆるゆると滑りだす。艦の動揺は相変わらず激しい。飛行甲板がぐらっと傾く。

一瞬、見送る将兵ははっと固唾（かたず）を呑んだが、次の動揺が飛行甲板をゆする直前に、一番機の零戦はもう発艦していた。

慶鶴型空母は飛行甲板の全長が二五〇メートルもあり、一度で最大・四五機の攻撃機を発進させられる。ただし、四五機を一斉に発進させる場合には、後方にひかえる艦爆もしくは艦攻のうちの一五機を、主翼を折りたたんだ状態で待機させておく必要があった。

しかし今回は、発進してゆく攻撃機が三九機なので、全機がすでに主翼を広げた状態で待機している。三九機以下なら、従来どおり全機が主翼を広げた状態で発進できるのだ。

空母「慶鶴」から一番手で発進したのは制空隊隊長・板谷茂少佐のあやつる零戦

だ。板谷機が無事に飛行甲板を蹴って飛び立つと、次の零戦がすぐさまそのあとに続いた。

六空母の艦上では、たちまち嵐のような歓声がわき起こり、手旗や帽子がちぎれんばかりにうち振られた。

第一波攻撃隊が発進を開始したのは予定どおり午前四時ちょうど。一二五機の攻撃機はわずか一七分ほどですべて上空へ舞い上がり、午前四時二五分には一路、オアフ島上空をめざして進撃して行った。

淵田機の誘導によって艦隊上空を大きく旋回した第一波攻撃隊は、淵田中佐の直率する第一爆撃隊を中心にして、その右、五〇〇メートル、高度二〇〇〇メートル下に村田少佐の雷撃隊、同じく第一爆撃隊の左、五〇〇メートル、高度二〇〇〇メートル上に高橋少佐の第二爆撃隊が陣取り、さらに板谷少佐の制空隊が、これら編隊の五〇〇メートル上空に占位して、四周を警戒しながら護衛に当たっていた。

高度二〇〇〇メートルあたりには密雲がたちこめており、第一波攻撃隊は次第に高度を上げ、わずかな雲の切れ目をぬいつつ雲上へ出た。海上の敵艦などからその姿を遮蔽（しゃへい）したのだ。

いっぽう六隻の空母艦上では、整備員らが息を付く間もなく、第二波攻撃隊の発進準備に取り掛かっていた。

第二波攻撃隊／目標・米艦艇及び米軍飛行場
　第一航空戦隊　塚原二四三中将
　　空母「慶鶴」／零戦九、艦爆三六
　　空母「翔鶴」／零戦九、艦爆三六
　　空母「瑞鶴」／零戦九、艦爆三六
　第三航空戦隊　山口多聞少将
　　空母「雲龍」／零戦九、艦攻一八
　　空母「蒼龍」／零戦九、艦攻一八
　　空母「飛龍」／零戦九、艦攻一八

第二波攻撃隊の兵力は、零戦五四機、艦爆一〇八機、艦攻五四機の計二一六機。

二一六機の攻撃機は、今度は三つの攻撃集団を形成してオアフ島の各目標に襲い掛かる。

三つの攻撃集団とは、第二波攻撃隊隊長の嶋崎重和（しまざきしげかず）少佐が直率する第一爆撃隊の艦攻五四機、江草隆繁少佐が率いる第二爆撃隊の艦爆一〇八機、それに進藤三郎大尉が率いる制空隊の零戦五四機であった。

そして、三つの攻撃集団のうち、嶋崎少佐の第一爆撃隊と進藤大尉の制空隊はオアフ島の米軍飛行場や基地の施設へ襲い掛かり、江草少佐の第二爆撃は真珠湾に碇泊する米艦艇へ襲い掛かることになっていた。

午前四時五五分。第二波攻撃隊の発進準備が整うと、六隻の空母は再び北東の風へ向けて艦首を立てた。

相変わらずうねりは激しいが、搭乗員はすでにそれぞれの愛機に乗りこんでいる。第一波の攻撃機はすべて無事に発艦して行ったので、第二波攻撃隊の搭乗員も〝それに続け!〟とばかりに勇んでいた。

六空母のマストに再び戦闘旗が揚げられ、青ランプの信号灯が発着艦指揮所でうち振られた。

「発艦、はじめ!」

直後に甲高い爆音が鳴り響き、第二波の零戦も満を持して助走を開始した。

今度は、第一航空戦隊の空母「慶鶴」「翔鶴」「瑞鶴」は四五機ずつの攻撃機を発進させる。零戦九機と艦爆三六機ずつだ。そのため、飛行甲板の後方に駐機する艦爆一五機ずつは、いまだ主翼を折りたたんだままの状態で待機していた。むろん爆弾はすでに搭載している。

やがて九機の零戦は滞りなくすべて発艦してゆき、空母「慶鶴」艦上では江草隆繁少佐の機乗する艦爆の一番機が助走を開始した。

僚艦の空母「翔鶴」「瑞鶴」艦上でも、同様に艦爆が発進しようとしている。

そして、九機目の艦爆が「慶鶴」から無事に発艦してゆくと、一旦、発進作業が止められ、主翼を広げた状態の一二機がすこし前へ出された。それと同時に、後方の艦爆一五機も主翼を広げながら順に前へ移されてゆく。

まもなくして、およそ二分後に発進作業は再開されたが、そのときにはまだ九機の艦爆が主翼を閉じたままの状態であった。

けれども、二一機目の艦爆（はじめから翼を広げた状態で待機していた最後の艦爆）が助走を開始したときには、残る一五機の艦爆もすべて翼を広げた状態で再整列を終えており、あとは流れに乗って順次、発艦してゆくだけとなった。

内地を出撃する前から第一航空戦隊の母艦整備員はこうした訓練をかさねており、第二波攻撃隊の全機がおよそ二一分で発進を完了した。そして空母「慶鶴」「翔鶴」「瑞鶴」の飛行甲板がもぬけの殻となったとき、時刻は午前五時二二分になろうとしていた。

「全機、発進いたしました！　すべて順調、予定どおりです」

最後に発艦した艦爆を目で追いつつ、航空参謀の源田実中佐がただちに時計を確認、そう報告すると、塚原二四三中将はいかにも満足げに深々とうなずいた。

それもそのはず。今や第一波、第二波を合わせて総計四四一機にも及ぶ帝国海軍の空母艦載機が一路、オアフ島の上空をめざして進撃していたのである。

2

六隻の空母艦上から日本軍の艦載機が続々と飛び立っていたころ、太平洋艦隊情報参謀のエドウィン・T・レイトン大佐は、ただ独り情報部の一室にこもって、日本軍主力空母の行方を突きとめようと躍起（やっき）になっていた。

前日（一二月六日）正午過ぎのことである。

レイトンは、パイ中将と交わした話の要点をキンメル大将に報告したあと、ほかの幕僚たちとの昼食に後れて加わった。

すると、参謀の一人がレイトンの姿を見付けてすかさずひやかした。

「おい。土曜日危機説のレイトン大佐がお出ましだぞ！」

別の者がなぜ昼食に後れたのかを尋ねると、レイトンはいつになく深刻な面持ち（おもも）で、その理由を説明した。

「シャム湾へ向かう日本軍を発見したという電報があったので、それをパイ中将に見せたあと、キンメル大将に返してきたばかりだ」

すると今度は、通信参謀のカーツ中佐が真っ先に聞き返した。

「現在の状況をどう思いますか？」

レイトンは陰うつな表情で答えた。

「状況は極度に悪い。諸君はどうするかしらないが、おれは明日（日曜日）も早くからオフィスに来るつもりだ」

これを小耳にはさむと、最初の参謀がまたもや彼をからかった。

「聞き飽きたぞ、レイトン。先週の土曜日にもそう言ったじゃないか！」

「いや、今週の状況は先週よりはるかに悪い」

レイトンはすかさずそう返したが、この一言で気をそがれた一同は、そこで話を止めて、黙々と食事を続けたのだった。

ちょうどそのころ、通信将校のイースト大尉と作戦参謀補佐官のグッド中佐は連れ立って昼食に出掛けていた。

「なんと、きれいな標的だろう……」

グッドがため息まじりでつぶやいたのは、パール・ハーバーで二列に整然と並ぶ戦艦群のことだった。イーストはグッドのつぶやきにうなずいたが、彼はこの日、昼夜にわたる当直で暗号解読に従事していた。解読した電報のほとんどがマレー半島を今すぐにでも攻撃しそうな日本軍についてのものだったが、イースト自身は、もしパール・ハーバーが攻撃を受けるとすれば、それは〝潜水艦による攻撃だろう〟と思っていた。

──湾内の戦艦を雷撃するのは不可能だが、日本軍の潜水艦がパール・ハーバーの間近まで接近し、突然、浮上して砲撃を仕掛けてくる可能性は確かにある。

けれどもそれは、こけおどし程度の攻撃でしかなかった。

いっぽう肝心(かんじん)のキンメル大将は、三人の幕僚とともに午後一時に司令部を出て、昼食をともにしていた。

食事が終わると、彼ら四名は日本の攻撃に関連した様々な可能性について午後三時まで話し合ったが、パール・ハーバーが攻撃を受ける可能性について言及した者はいなかった。

残務処理を終えたキンメル大将は午後六時まえに宿舎を出て、ハーバート・F・リアリー中将が数人の友人を招待して開いたハレクラニ・ホテルの夕食会に出席した。

旧友や同僚と一緒に、キンメルはいつもどおり一杯の酒をちびりちびりと飲み、彼流の厳か（おごそ）かな態度で話し合いながら一夜を楽しんだ。

ほかの客はトランプをするために夜おそくまで残ったが、キンメルはいつもの習慣を忠実に守って、午後九時半にはそこを辞去し、午後一〇時には床に就いた。

キンメルは翌朝（七日・日曜日）八時からハワイ陸軍司令官のウォルター・C・ショート中将とゴルフの約束をしていた。

キンメル自身は〝フィリピンが日本軍の攻撃を受ける可能性はあるだろう〟とみていたが、ハワイやパール・ハーバーは完全に〝安全地帯だ〟と思っていた。

しかし、彼が床に就いた六日・午後一〇時の時点で、日本軍・第一艦隊の空母六隻は、すでにオアフ島の北・約四六〇海里の洋上へと迫っていたのであった。

エドウィン・T・レイトン大佐は今や太平洋艦隊司令部のなかで孤立していた。

ほかの幕僚の大多数がキンメル大将と同様に〝オアフ島は安全地帯だ〟と信じきっており、日本軍が攻撃して来るとは夢にも思っていなかった。

七日・午前五時まえに司令部へ出勤したレイトン大佐は、真っ先に情報部へ顔を出し、当直将校に確認した。

「日本軍主力空母部隊に関する、なにか新しい電報などが届いていないか？」

しかし残念ながら、それらしい電報はまったく届いておらず、日本の主力空母部隊は依然として行方不明であった。

日本軍空母部隊が行方をくらましてから、もはや一週間近くにもなる。

最もあり得る可能性としては〝それら〟がフィリピン方面へ向かっているという見通しだが、この日曜日に、推測でキンメル長官をわずらわせるわけにもいかず、レイトンは〝なにかヒントがないものか!?〟と夢中になって、蓄積された情報の山をあさっていた。

レイトン大佐が情報の山に埋もれて格闘していたころ、淵田美津雄中佐の率いる第一波攻撃隊はオアフ島へ向け着実に前進していた。

攻撃隊が母艦を飛び立ってからたっぷり一時間ほど経過したころ、東の空がほんのりと白み始めてきた。

それまで真っ黒に見えていた眼下の雲が、次第に白くかがやき始める。空もコバルト・ブルーに光り、やがて太陽が東の空に昇ってきた。燃えるような赤。そして真っ白な雲海のまわりは、黄金色にふちどられてゆく。

「見よ。軍艦旗や……」

淵田中佐が太陽のかがやきを軍艦に掲げられた旭日旗に例えてそうつぶやくと、操縦士の松崎三男大尉はしみじみとうなずいた。

淵田は風防を開き、後方へ振り向いて友軍機の群れを眺めた。一番近くを飛んでいる小隊長の岩井健太郎大尉が手をあげて笑っている。どの銀翼も朝日をいっぱいに受け、まぶしいほどにかがやいていた。

速度計の針は依然、時速一六〇ノットを指している。相当に強い追い風だ。あと一時間足らずでオアフ島上空へ達するに違いない。

しかし雲層のためにほとんど海面が見えず、偏流の測定ができない。オアフ島へ向けて飛んでいるつもりでも、いつの間にどう流されているかもしれない。

雲上飛行はとかく航法をあやまりやすい。

淵田中佐はクルシー（方向探知機）のスイッチを入れ、レシーバーを耳にあてた。

ホノルル放送局の電波をキャッチしようというのだ。

現地時間で午前六時過ぎのことだった。

ダイヤルを回していると、まもなく軽快なジャズが高感度で入ってきた。淵田はすぐさまクルシーの枠型空中線をぐるぐると回し、電波の方位をぴったり測った。

「松崎大尉！」

淵田は伝声管に口をあて操縦席を呼んだ。

九七式艦攻は三座機である。前方の操縦席から松崎が「はい」と答え、後部座席に乗る電信員の水木徳信（みずきのりのぶ）一等飛曹もレシーバーに耳をあて、電波を待ち受けていた。

「ホノルル放送の電波をキャッチした。今から無線航法でいく」

「はい」

松崎が再び応えると、淵田は聞いた。

「操縦席のクルシーの指示計はきっちりと作動しているか？」

「はい、針は五度左を指しております」

「よし、そのとおりだ。それに乗せてゆけ！」

これにうなずくと、松崎は機体をちょっと左に旋回させて針路を修正した。

そして定針すると、松崎は報告した。

「ヨーソロー（宜候）」

淵田はただちに、偵察席の指示計の針が中央になったのを確かめて、返した。

「ヨーソロー」

まずこうしておけば大丈夫。第一波攻撃隊は放っておいてもホノルル放送局のアンテナの真上へ到達する。淵田はほっと一息ついたが、問題は天候だった。

オアフ島も今と同じように雲でおおわれているとすれば、照準が困難になり、爆撃隊の攻撃はかなり難しくなる。

ところが、何気なしに淵田がダイヤルをいじっていると、ホノルル放送の感度がすこし低くなったジャズの奥で、気象放送らしいささやきが入ってきた。

淵田は〝はっ〟と息を呑み、ダイヤルを調節してその放送を追った。ホノルルの航空気象放送らしい……。

『おおむね半晴。山には雲がかかり雲底三五〇〇フィート。視界良好。北の風一〇ノット』

放送はもちろん英語だが、淵田は急いで鉛筆を走らせ、メモを取った。

――しめた！

淵田は思わずほくそ笑んだ。まさに欲しかった情報がよりによってこの重要な時機に飛び込んでくるとは、まさしく付いているとしか言いようがなかった。

　これでオアフ島の天候が手に取るようにわかったので、渕田はすっかり安心し、もう次のことを考えていた。

　――ホノルルが半晴だとすれば、オアフ島上空は雲が切れているだろう。しかし、山に雲がかかって雲底が約一〇〇〇メートルだとすると、予定どおり東側の山脈を越えて北東から接近するのは上手くない。風向きは北だというし、これはむしろ島の西側をまわって、真珠湾の南から進入してやろう……。

　時刻は午前六時一五分になろうとしている。あとすこしで発進してから二時間が経つ。もうそろそろオアフ島が見えてもよさそうなはずだが、前方は相変わらず雲また雲で、山影らしいものもまったく見えない。

　渕田はさらに目を凝らして、前方を見つめていたが、そのときだった。

　突然、眼下の雲の切れ目から、白く泡立っている一線が眼に入った。

　――海岸線だ！

　そう思うや、渕田は声を大にした。

「松崎大尉、下を見ろ！　海岸線のようだ」

「はい、海岸です！」

答えを聞くや、淵田はすばやく航空図を引っぱり出して、地形を判定した。

すると、攻撃隊は間違いなくオアフ島の北端・カフク岬の上空に達していた。

「松崎大尉。まぎれもなくカフク岬だ。今から右へ変針して、海岸線に沿いながら、オアフ島の西側をまわれ！」

「了解、右に変針します」

直後に、淵田機は大きくバンクして、ぐいっと右へ変針した。これに続いて、第一波攻撃隊の全二二五機がオアフ島の西側へ迂回し始めた。

愛機が右へ旋回したので、後続する友軍機の群れがよく見えるようになった。淵田は風防を開けて座席に立ち上がり、数を数えている。

――よーし、一機の落伍もない。

そう確信するや、淵田は再び松崎を呼んで、すかさず指示を与えた。

「左、オアフ島の上空をよく見張れ。敵戦闘機が現れるかもしれんぞ！」

松崎がこれに「はい」と答えると、淵田自身もきっと目を開いて〝一点の影も見落とすまい〟とオアフ島の上空へ目をすえた。

だが、どこにも敵機の姿はなさそうだ。

オアフ島の上空には雲があるばかりで、海岸線のほかはまだ地上も見えない。しかし、そろそろ展開下令の時機が近づいている。

淵田ははやる気持ちをおさえてもう一度オアフ島上空をよく見まわしたが、やはり敵機が現れるような気配はない。

「松崎大尉。見たところ、どうやら奇襲でゆけそうだな……」

「はい！　奇襲できそうに思います」

松崎が即座に同意すると、淵田はいよいよ意を決した。

「よーし。では、展開を下令するぞ。第一爆撃隊はこのまま西側をまわってゆけばよい」

松崎大尉がこれに大きくうなずくと、淵田中佐は信号用の拳銃をとり出し、機外へ向けて大きく一発、撃ち放った。

発砲の号龍が、黒い煙の尾をひいて流れる。

攻撃展開下令の合図だ。

ときに午前六時二〇分。それは日本時間で一二月八日・午前一時五〇分のことだった。

3

　淵田中佐が昇って来た真っ赤な太陽に見とれていたころ、日本側にとって最大の危機がおとずれつつあった。オアフ島の北端・オパナ陸軍基地に設置されていたレーダーが、日本軍・第一波攻撃隊の接近をとらえていたのだ。

　午前五時四六分。オパナ基地で当直に当たっていた信号兵のジョセフ・L・ロッカードとジョージ・E・エリオットは、レーダーのスクリーンに二つの大きな振動波のようなものを認めた。

　その振動波はあまりに強く鮮明だったので、彼らははじめ〝機械の故障ではないか？〟と思ったほどだったが、機械を確かめてみたところ決して故障ではなかった。

　なにかが飛行しているに違いないと思ったロッカードは、これを図に記入するようエリオットに求め、ロッカード自身は受話器を取ってヒッカム飛行場近くのフォート・シャフター空襲警報センターに電話をかけた。

「オアフ島の北方から、なにか大きな振動波が近づきつつあります！」

　空襲警報センターでこの電話を取ったのはカーミット・タイラー中尉で、それは午前五時五五分ごろのことだった。

タイラー中尉は訓練のために配置に就けられたばかりの陸軍パイロットであった。ロッカードの報告を聞いたタイラーは、とっさにあることを思い出した。

この朝、彼は車で出勤するときにラジオでハワイアンを聞いたが、空の要塞といわれるB17爆撃機がアメリカ本土からオアフ島へ来るときには、それを誘導するためにホノルルのラジオ局が終夜ハワイアンを流すのだということを友人の爆撃機パイロットから聞いていたのである。

そのことを思い出したタイラーは、レーダーに映ったのは〝オアフ島へやって来るB17爆撃機に違いない〟と思った。B17がアメリカ本土からやって来ると思ったのは決して間違いではなかったが、オパナ基地のレーダーに映ったのがB17だと思ったのは、完全に間違いだった。

そして機密保持の必要から、タイラーは自分の考えをロッカードやエリオットに説明するわけにいかないので、彼は受話器の向こうで返事を待つロッカードに対して、

「よし、心配するな」

とだけ返答しておいたのだった。

かくしてアメリカ陸海軍は、日本軍艦載機の奇襲攻撃を未然に防ぐ、最大のチャンスを失ったのだが、これは必ずしもタイラー中尉の失策ばかりとはいえなかった。タイラー中尉は味方機と敵機を識別できるほどの熟練者ではなかったし、このとき空襲警報センターで勤務していたのは電話交換手と彼の二人だけであった。

しかも、ハワイの陸軍部隊には、司令官のショート中将以下、レーダーの使用法や機能をきっちりと把握して〝レーダーに映ったデータをどう扱うか〟について熟知している者は、誰一人としていなかったのである。

今、淵田隊長機から号龍一発が発砲されたのを見て、各攻撃隊はただちに了解して展開の行動を起こし始めた。

雲は次第にうすらぎ、切れ間が徐々に多くなってきた。近づくにしたがって、真珠湾の上空はカラリと晴れてきた。

やがて、オアフ島北西の谷を通して、真珠湾の全景が見えてきた。

「隊長、真珠湾が見えます！」

松崎大尉のはずんだ声が聞こえ、淵田中佐はじっと目を凝らした。

――いるわ、いるわ！

真珠湾中央のフォード島をとりまいて、籠(かご)マストの米戦艦が数隻、碇泊している。淵田は静かに双眼鏡を手に取り、注意深くのぞいた。数を数えると、まさに八隻だ。

淵田は双眼鏡をのぞいたまま、伝声管に口をあて、叫んだ。

「水木兵曹、全飛行隊宛てに発信だ。……全軍突撃せよ！」

水木の指が間髪を入れずに電鍵(でんけん)を叩く。簡単な略号〝ト連送〟だ。

「隊長、突撃の発信、終わりました！」

ときに午前六時二九分。日本時間では一二月八日・午前一時五九分のことであった。

指揮官機の発した突撃命令を受けて、真っ先に行動を開始したのは村田重治少佐の率いる雷撃隊だった。

村田少佐が直率する雷撃隊の第一中隊は、真珠湾の入り口を迂回して、今まさにヒッカム飛行場から工廠地帯をぬう雷撃コースに入ろうとしていた。一発の号龍をみて、村田少佐はまさしく〝奇襲〟と了解し、自身が先頭と心得ていた。

第一波各攻撃隊／攻撃開始時刻

雷　撃　隊　　午前六時三五分
第二爆撃隊　午前六時三七分
制　空　隊　午前六時四〇分
第一爆撃隊　午前六時四五分

続いて、ほぼ二分後れで高橋赫一少佐の率いる第二爆撃隊がヒッカム、ホイラー両飛行場に対して突入を開始したが、淵田中佐自身の直率する第一爆撃隊は攻撃間隔の間合いを取るために、そのままオアフ島の西側を迂回して、バーバース岬の上空へと差しかかっていた。

見下ろすと、バーバース・ポイント飛行場が左に見える。なるほど飛行場だけの野原で、地上には一機もなかった。

バーバース岬付近には有力な高射砲陣地があると聞いていたが、どこからも発砲の閃光はあがらない。

——一発も撃って来よらんな……。

続いて淵田は、真珠湾の上空と地上との様子をじっくりと注視した。上空にあるのは味方零戦ばかりで、どこにもまだ空中戦の起こっていそうな気配はない。

地上にもやはり対空砲火のひらめきはない。

湾内の在泊艦は気のせいか、まだ静かに眠っているように見える。レシーバーを耳にあて、聞いていたホノルル放送も、まだなんの異常も告げていない。

——やはり奇襲は成功だ……。

ここまでもってくれれば、飛行隊の腕には絶対の自信がある。戦果をいちいち見とどけなくても、勝利はもはや確実だった。

——よし、報告だ！

意を決した淵田は、水木兵曹を見た。

水木は〝待ってました〟とばかりに、すぐに略語表を手にする。

「水木兵曹。甲種電波で艦隊に宛て発信。……我れ奇襲に成功せり……だ。いいか、電信機の状態をうんとよくして、東京へも到達させるつもりでやれ！」

「はい」

電鍵は叩かれた。

そしてまもなく、水木が報告した。

「隊長。先の発信、『慶鶴』了解！」

ときに午前六時三三分。

奇襲成功の略号は、いうまでもなく〝トラ・トラ・トラ！〟であった。

この電報は、もちろん旗艦・空母「慶鶴」で中継放送されたが、その中継を待つまでもなく、広島湾の連合艦隊旗艦・戦艦「扶桑」でも、東京の大本営でも、直接受信された。

するとまもなく、淵田中佐は、戦艦群の碇泊位置から、魚雷命中を示す巨大な水柱が立ち昇るのを認めた。

さしもの淵田も息を呑み、しばらくその光景をくい入るように見つめた。一つ、二つ、三つ、と次第に水柱の数は増えてゆく。

この瞬間に、淵田美津雄中佐はいよいよ勝利を確信した。

続いてヒッカム飛行場からも立て続けに黒煙が昇り、もはやこうなると、第一爆撃隊もゆっくりとはしておられなかった。飛行場の黒煙があまり広がらないうちに、敵戦艦群へ向けて爆弾をねじ込む必要がある。

「水木兵曹。第一爆撃隊に突撃命令や！」

水木はうなずくと、ただちに〝ツ連送〟を打電した。

――ツツツツツ！

ト連送は〝全軍突撃〟の合図で、ツ連送は各攻撃隊における〝全機突撃〟の合図であった。

発信と同時に、操縦員の松崎大尉は大きくバンクを振り、列機に突撃を知らせる。まもなく全機が了解し、第一爆撃隊も中隊ごとに分かれて真珠湾上空へ迫って行った。

第一爆撃隊の兵力は艦攻二七機、艦爆二七機の計五四機。淵田中佐が直率する艦攻二七機は敵戦艦群に対して水平爆撃をおこない、艦爆二七機は飛龍艦爆隊長の千早猛彦大尉に率いられて同じく敵戦艦群へ向けて急降下爆撃を敢行する。

第一爆撃隊の艦攻二七機は八〇〇キログラム徹甲爆弾一発ずつを搭載しており、同じく第一爆撃隊の艦爆二七機は二五〇キログラム通常爆弾一発ずつを搭載していた。

そして、第一爆撃隊が突撃を開始したときにはもう、村田少佐が率いる雷撃隊は、約三分の一の艦攻が魚雷の投下を終えていた。

米戦艦八隻のなかで真っ先に魚雷を喰らったのは、戦艦列・外側の中央で碇泊していた「ウェストヴァージニア」だった。

最初に魚雷を命中させたのはまさに村田少佐が率いる第一小隊の艦攻三機だったが、戦艦「ウェストヴァージニア」はすでに六本の魚雷を喰らって左へ大きく傾き、その舷側からは大量の重油が流れ出していた。

真珠湾内・米戦艦列

（フォード島側＝内側）

戦艦「メリーランド」「テネシー」「アリゾナ」

（水路側＝外側）

戦艦「カリフォルニア」「オクラホマ」「ウエストヴァージニア」「ネヴァダ」

（工廠ドック内）

戦艦「ペンシルヴァニア」

米戦艦は全部で八隻。そのうち工廠ドック内に在る戦艦「ペンシルヴァニア」やフォード島側に碇泊している戦艦「メリーランド」「テネシー」「アリゾナ」に対しては魚雷を投下することができない。だが、戦艦「アリゾナ」の外側（水路側）に横付けされていた工作艦「ヴェスタル」はすでに魚雷二本を喰らって沈みつつあり、その内側に碇泊していた「アリゾナ」への雷撃はおよそ可能になっていた。

したがって、午前六時四五分過ぎの時点で雷撃可能な戦艦は「カリフォルニア」

「オクラホマ」「ウェストヴァージニア」「アリゾナ」「ネヴァダ」の五隻となっていた。

左へ横転しつつある戦艦「ウェストヴァージニア」は一六インチ(四〇・六センチ)砲八門を搭載しており、いわば長門型戦艦のカウンター・パート(好敵手)だ。それが今や大破して、横転しつつあるのだから、雷撃隊ははやくも大戦果を挙げたといってよかった。

けれども、動かぬ敵戦艦に魚雷を命中させるのは朝飯前の仕事で、村田少佐はむしろ浅海面用の魚雷がきっちりと海中を疾走、機能したことにほっとしていた。

艦攻のほぼ三分の一が雷撃を終えた時点で、戦艦「ウェストヴァージニア」のほかに、戦艦「カリフォルニア」と戦艦「オクラホマ」が魚雷二本ずつ、さらに戦艦「ネヴァダ」が魚雷一本を喰らっていたが、村田雷撃隊の容赦のない攻撃はまだまだ続いた。

しかしそのころには、さすがに米軍将兵も日本軍機の来襲に気づいて反撃を開始しており、遅ればせながら各戦艦の艦上から対空砲火が撃ち上げられていた。

日本の雷撃機はそれをものともせず、果敢に突っ込む。戦艦「ウェストヴァージニア」の被害は甚大とみた残る雷撃機は、戦艦「カリフォルニア」「オクラホマ」

「アリゾナ」「ネヴァダ」の四隻に対して、四個中隊・計三六機がほぼまんべんなく襲い掛かった。

居並ぶ米戦艦の舷側からさらに巨大な水柱が林立し、四つの巨体を震わせる。

魚雷を放った当人である瑞鶴艦攻隊隊長の松村平太大尉も、あまりにも素晴らしい光景に魂を奪われ、心のなかで思わずつぶやいた。

――大勝利だ。……米戦艦のうちの少なくとも五、六隻は、当分のあいだ、おそらく一年以上は動けまい……。

巨大な水柱が敵戦艦の煙突を超えて籠マストのなかほどまで達し、まるで間欠泉が噴出したように海水がどっと落ちてゆく。それが一度や二度ではなく何度も続き、水柱が昇っては落ち、さらにまた水柱が昇るのだ。

愛機が高度一〇〇〇メートルの上空まで達する間に、松村は、少なくとも一〇本の水柱を、その目で確認した。

村田雷撃隊の攻撃は一瞬にして幕を閉じたような印象だが、実際には、その攻撃は三〇分近くにわたっていた。

戦艦列の外側に碇泊していた四隻はいずれも左舷舷側が大きくえぐり取られ、戦艦「ウェストヴァージニア」「オクラホマ」の二隻は横倒しとなって沈み、戦艦

「カリフォルニア」「ネヴァダ」の二隻は傾いた状態で着底していた。
フォード島手前（南東）の海面は、四戦艦から流れ出た重油でドロドロになっている。

米戦艦の被害状況（雷撃終了時）
戦艦「カリフォルニア」　魚雷五本
戦艦「オクラホマ」　魚雷七本
戦艦「ウェストヴァージニア」　魚雷八本
戦艦「アリゾナ」　魚雷二本
戦艦「ネヴァダ」　魚雷四本

その他
標的艦「ユタ」　魚雷五本
工作艦「ヴェスタル」　魚雷二本
軽巡「ヘレナ」　魚雷二本
軽巡「ラーレイ」　魚雷一本

戦艦以外の艦艇に命中した魚雷も含めると、村田雷撃隊は、全部で三六本の魚雷を的艦に命中させており、その命中率は優に六〇パーセントを超えていた。

米戦艦のなかで唯一、最も北東側で碇泊していた「ネヴァダ」のみが、迅速にエンジンの始動に成功し、魚雷一本を喰らった直後に微速で動き始めたが、それに気づいた九機の艦攻から立て続けに襲われ、結局四本の魚雷を喰らって大破、八〇メートルほど前進しただけで「ネヴァダ」もまた傾き、着底していたのであった。

雷撃隊の全機が攻撃を終えた時点で、戦艦「ウェストヴァージニア」「オクラホマ」の二隻が再起不能となって撃沈、戦艦「カリフォルニア」「ネヴァダ」の二隻が大破、着底していたが、じつはこの四戦艦以上に深刻な打撃を被っていたのが、工作艦「ヴェスタル」の内側で碇泊していた戦艦「アリゾナ」だった。

戦艦列の後方（北東寄り）内側で碇泊していた戦艦「アリゾナ」は、淵田中佐の直率する第一爆撃隊から真っ先に狙われた。

第一爆撃隊のうち、水平爆撃隊の艦攻二七機はフォード島の北東側へ迂回して風上から進入、急降下爆撃隊の艦爆二七機はそのまま南西側の風下から進入して米戦艦列に襲い掛かった。

その時点で、雷撃隊のほぼ半数の艦攻がすでに魚雷の投下を終えており、水平爆撃隊と急降下爆撃隊は当然のように、戦艦列の内側で碇泊していた「メリーランド」「テネシー」「アリゾナ」の三隻に爆撃を集中した。

そして、北東側から進入した水平爆撃隊はおもに戦艦「アリゾナ」と戦艦「テネシー」に襲い掛かり、南西側から進入した急降下爆撃隊はおもに戦艦「メリーランド」と戦艦「テネシー」に襲い掛かった。

その結果、独りドックで入渠(にゅうきょ)していた戦艦「ペンシルヴァニア」は、第一波攻撃隊の襲撃からは運よくまぬがれることになる。

淵田中佐の直率する水平爆撃隊が爆撃コースへ進入したとき、眼下の戦艦「アリゾナ」はすでに魚雷一本を喰らっていた。けれども、その被害程度は他の戦艦と比べると軽微であり、淵田中佐の第一中隊・艦攻九機はいよいよ「アリゾナ」に狙いを定めた。

――よし、あれはペンシルヴァニア型や！

淵田中佐の眼にくるいはなく、それは確かにペンシルヴァニア級戦艦の二番艦「アリゾナ」だった。むろん正確な艦名まではわからないが、眼下の戦艦は敵艦隊の本丸・キンメル大将の座乗する旗艦「ペンシルヴァニア」という可能性も充分にあった。というより同型艦だから可能性は〝二つに一つ〟で、そうである確率は五

○パーセントはあったのだ。

当然、太平洋艦隊の旗艦に損害を与えることができれば、キンメル大将の出撃を事前に阻止できる可能性がある。淵田は躊躇なく、このペンシルヴァニア級戦艦に狙いを定めた。

まもなく、淵田の合図で嚮導機が前に出て淵田機は二番機の位置に就いた。

嚮導機の操縦士は渡辺晃一等兵曹、照準手は阿曽弥之助一等兵曹で、二人は帝国海軍で最も頼りになる水平爆撃の名コンビだった。

敵の対空砲火は熾烈をきわめたが、嚮導機は馬車馬のようにわき目もふらず、的艦上空へまっしぐらに突き進んでゆく。

針路の修正がいよいよこまかくなってきた。

――よーし、爆弾を切り離すぞ……。

ところが、まの悪いことに、いざ〝投下〟という直前になって一筋の断雲が流れて来た。直後に標的が雲におおわれる。

淵田は気をもみながら嚮導機の爆弾を注視していたが、なかなか落とさない。もう行き過ぎたと思われた。すると、嚮導機の偵察席にぬうっと阿曾兵曹の顔が現れて、左手を大きく上げ、左右にうち振った。

やはり断雲にさまたげられて、照準をやりそこなったのだ。

嚮導機はかるく左右にバンクを振ったかと思うと、大きく右旋回でホノルルの上空へまわり始めた。ひとまわりしてもう一度やり直しである。やれやれと思い、淵田がふり向くと、敵の対空砲火はすでに目標を変更して第二中隊へ集中されつつあった。


そして、その直後のことだった。

突然、フォード島東側の戦艦群碇泊位置から天を冲するほどの大爆発が上がった。オレンジ色の閃光が走り、火柱は一〇〇〇メートル以上に達するかと思われた。どす黒い煙をともなう真っ赤な炎の火柱だ。

ホノルル上空へ達しようとしていた、淵田の第一中隊にもその響きが伝わり、淵田機もぶるぶるとゆれた。

「見ろ、大爆発や！」

淵田が声を上げると、松崎もすぐに応じた。

「弾薬庫が誘爆したのでしょうな……。すごいですね……」

大爆発を起こしたのは、淵田自身がまさに先ほどまで狙いを定めていたペンシルヴァニア級の戦艦「アリゾナ」だった。

第二中隊の放った八〇〇キログラム爆弾の四発が「アリゾナ」に降りそそぎ、そのうちの一発が第二砲塔近くに命中、上甲板を貫き、その爆弾は下部格納庫で炸裂した。

直後に戦艦「アリゾナ」は大爆発を起こし、その巨体はわずか九分足らずで真っ二つに裂け、怒濤のような水流に呑み込まれながらあっという間に海中へ没していったのだ。

轟沈した「アリゾナ」はもちろん再起不能となり、これで、完全に沈没した米戦艦は「ウェストヴァージニア」「オクラホマ」「アリゾナ」の三隻となった。

このあと、淵田中佐の第一中隊はただちに爆撃をやり直し、戦艦「メリーランド」に爆弾二発を叩きこみ、第三中隊もまた戦艦「テネシー」に八〇〇キログラム爆弾二発を命中させた。

いや、命中弾を得ていたのは水平爆撃隊だけではなかった。千早猛彦大尉の率いる急降下爆撃隊も、時をほぼ同じくして両戦艦に襲い掛かり、戦艦「メリーランド」に爆弾六発、戦艦「テネシー」に爆弾四発を命中させていた。

いっぽう、高橋赫一少佐の第二爆撃隊と板谷茂少佐の制空隊もぬかりなくオアフ島の各飛行場に襲い掛かり、第二爆撃隊の攻撃もまた奇襲となって成功していた。

日米開戦の火ぶたが切って落とされたまさにこの日、アメリカ陸海軍はオアフ島に四〇〇機以上に及ぶ航空兵力を配備していた。

その内訳は陸軍機がおよそ二五〇機、海軍機が約一五〇機であったが、ハワイ防衛軍司令部がスパイによる破壊工作を警戒したため、米陸海軍機の多くが各飛行場のエプロン地帯に引き出されて駐機していた。

ハワイ防衛の要となる陸軍戦闘機はおもにホイラー飛行場に駐機しており、反撃のけん引役となるべき爆撃機は、おもにヒッカム飛行場に配備されていた。

とくにホイラー飛行場には一六〇機もの戦闘機が配備されていたが、日本軍・第一波攻撃隊の突入が奇襲となって成功したため、防衛用の戦闘機だけでなく爆撃機や飛行艇の多くも飛び立つ前に地上で撃破されてしまい、オアフ島の米軍航空隊は、ほとんど為すすべもなく、壊滅的な損害を被っていた。

ホイラー飛行場やヒッカム飛行場、カネオヘ飛行場やフォード島飛行場の滑走路は、破壊された友軍機の残骸でうめ尽くされ、残存の米軍機も容易に飛び立てないような状況だ。

上空にはいまだ米軍戦闘機の姿は見えず、制空隊の零戦が乱舞して、地上の敵機になおも機銃掃射を加えていた。

爆撃を終えた淵田機は、攻撃を終了した艦爆や艦攻に帰投を命じてから、各飛行場の上空を一巡して戦果を確かめた。

どの飛行場からも黒煙が空高く昇り、滑走路だけでなく、格納庫や兵舎なども大損害を被っている。地上でうごめく米兵は復旧作業や消火活動に躍起となっていたが、零戦がときおり低空へ舞い降りて銃撃を加え、容赦なくその作業を妨害していた。

——よし！　敵飛行場もまず心配のない程度に破壊した。

そして淵田中佐は、再び愛機を駆って真珠湾上空へ舞い戻ると、そこではじめて、無傷で入渠中のペンシルヴァニア級戦艦を、もう一隻、発見したのであった。

4

ハズバンド・E・キンメル大将がこの朝、宿舎で最初に電話を受けたのは午前六時二〇分のことだった。

電話をかけてきたのは、太平洋艦隊司令部で当直任務に就いていた、ヴィンセント・マーフィ中佐だった。

『駆逐艦「ワード」がパール・ハーバー湾口近くの洋上で敵潜水艦を発見しました！』

電話を受けたとき、キンメルはまだひげも剃らず、朝食もとっていなかったが、マーフィに「すぐ行く」と返事した。

この日に限らず、司令部はこれまでにも何度か敵潜水艦発見の誤報に悩まされていたので、キンメルはあまり心配していなかった。

いずれにせよ、ショート中将とのゴルフの約束時間までに解決するだろう、とキンメルは楽観していた。

けれども実際には、キンメル大将が着替え始めたころ、日本軍の第一波攻撃隊は、きれいな弧をえがきながら、オアフ島の西岸に沿って攻撃に移ろうとしていた。すでに突入を開始していた村田少佐の雷撃隊は、エヴァ飛行場のすぐ西で二群に分かれ、一群は真珠湾の西へまわり、もう一群は村田機を先頭にヒッカム飛行場の上空から湾内の戦艦列をめざして、まっしぐらに突っ込みつつあったのだ。

ちょうどそのとき、キンメル大将の部屋の電話が再び鳴った。またもやマーフィ中佐からの報告で、進入禁止区域に入った一隻の小さな漁船を発見した駆逐艦「ワード」が、それを沿岸警備隊のほうへ護送しているという内容だった。

マーフィ中佐がまだ電話を切らないうちに、バーバース・ポイントの南側に出た淵田中佐は、指揮下の第一爆撃隊に突撃命令を発していた。

そしてまもなく、村田少佐の雷撃隊はいよいよアメリカ戦艦群に対する攻撃を開始したが、そのときもまだマーフィ中佐はキンメル大将と話している最中だった。

電話が終わらないうちに、一人の下士官が叫びながら、司令部へ駆け込んで来た。

「日本軍機、パール・ハーバーを攻撃中！」

驚いたマーフィは、にわかにはこの告知を信じることができなかったが、とりもなおさず、彼は肝をつぶすようなこのニュースをキンメル大将にも伝えた。

むろんキンメルも、腰を抜かさんばかりに驚いて、受話器を叩きつけると、急いで白い軍服のボタンを掛けながら戸外へ飛び出した。

なるほど、パール・ハーバーの泊地から黒煙が昇っている……。

キンメルは目の前に起こった事実をまったく信じられず、マカラバ台地の宿舎の庭で二分ほどぼう然と立ちすくんだ。この二分間はキンメルの生涯のなかで最も長い二分間だった。

――敵機が群がっているではないか……。これは単なる一過性の攻撃ではない！

キンメルはそう直感したが、彼の庭からはパール・ハーバーの戦艦列がじつによく見え、日本の戦闘機や爆撃機はまるで吸血コウモリのように彼の愛する戦艦にたかっていた。

するとと、不意に声が聞こえて、キンメルが振り向くと、それは隣に住むジョン・B・イアール大佐の夫人が発した声だった。

「あ、アリゾナが沈む！」

「……そのとおり」

キンメルは奇妙なほど冷静に応じた。

歴史はこの瞬間に、キンメルを過去の人にしていた。ハズバンド・E・キンメルはいまだ戦艦同士による決戦を夢見ていたが、日本海軍はまったく〝次元の違う〟戦いを仕掛けてきた。

大量の艦載機を用いた機動航空戦である。

目の前の戦況はキンメルの想像をはるかに超えるはやさで進展し、太平洋艦隊の主力戦艦群はものの一時間足らずで壊滅的な損害を受けつつあった。けれどもキンメルは、ほとんどなにもすることができない。

アリゾナに魚雷が命中し、艦が傾いてゆくのがキンメルにもはっきりと見えた。が、日本軍機の猛攻を押しとどめる手立てはなく、キンメルはくずれゆく現実をただぼう然と見つめているしかなかった。

自分で呼んだのかどうか、キンメルはよくわからなかったが、まもなくしてエドガー・C・ネベル一等機関兵の運転する迎えの車が猛スピードでやって来た。

キンメルはそれに飛び乗ったが、その直後、潜水艦部隊指揮官のフリーランド・ドーピン大佐もステップに飛び乗って来た。やがて車は砂塵(さじん)をけ立て走り出したが、もはやドーピンの非礼をとがめている場合ではなかった。

キンメルとドーピンは午前六時四五分ごろに太平洋艦隊司令部に到着した。それは戦艦「カリフォルニア」に二本目の魚雷が命中したのとほぼ同時刻であった。

キンメルが車から降りたとき、爆弾炸裂のうなり、弾丸の鋭い響き、日本軍機の轟音、そしてパール・ハーバーのいたるところから敵機に向かって火を噴く対空砲火、鼻をつく火薬のにおい、これらが混ざり合って、あたり一帯は地獄さながらの様相を呈していた。

村田少佐の雷撃隊はまだ、魚雷を投下し続けており、高橋少佐の急降下爆撃隊は、どう猛な鷹のようにヒッカム飛行場やフォード島基地に襲い掛かっていた。

あわてふためいたキンメルは、無我夢中で司令部へ駆け込み、くずれ落ちゆく現実から立ち直ろうと、懸命に気力をふりしぼっていた。

やがて、司令長官の姿を認めた幕僚たちがキンメルのところへ集まって来た。

そして、彼の参謀長ウィリアム・W・スミス少将が司令部に到着したとき、キンメル大将は戦艦部隊司令官のパイ中将と並び、作戦室から日本軍機の攻撃に目を見張っていた。

パイは、旗艦「カリフォルニア」に立ち寄って来たため、軍服が油にまみれていた。

スミスは司令部へ到着するや、すぐさまキンメルとパイに進言した。

「お二人が一緒にいると、ここに一発でも爆弾が命中した場合、二人とも倒れて全軍の指揮を執れなくなる恐れがあります!」

スミスの進言はもっともだった。

太平洋艦隊の次席指揮官であるパイはただちにビルの反対側へ移動した。

幕僚のなかで唯一、航空戦を熟知していた航空参謀のアーサー・ディビス大佐は、日本の空母を探し出すための海軍機が〝どこかに残っていないか!?〟と、血眼になって、いたるところへ電話をかけていた。

また、朝早くから独り司令部に出ていたレイトン大佐は、引き続き、日本軍空母部隊の所在を突き止めようと、夢中になって電報の山をあさっていた。

その姿を見て、作戦参謀のチャールズ・H・マクモリス大佐は、前日のことを思い出しながらレイトンに声を掛けた。

「きみの気休めになるなら謝る。……やはりきみのほうが正しかった。我々は間違っていた」

レイトンは是非もなく、マクモリスの言葉にうなずいたのである。

5

日本軍の攻撃はまだ始まったばかりだった。

じつはこのとき、同時にジョンストン島のアメリカ軍飛行場も爆撃を受けており、キンメル大将はまもなくそのことも知った。

——日本の空母はいったいどこに何隻いる!?

しかし、その答えはまるでわからない。

午前七時一五分ごろには、オアフ島に対する攻撃は一旦おさまったが、そのわずか一〇分後には日本軍機の大群がまたもやオアフ島の上空へ来襲した。塚原二四三中将が放った日本軍・第一艦隊の第二波攻撃隊である。

来襲した日本軍機の多さからみて、ハワイ近海で行動中の敵空母は、もはや一隻や二隻ではないことが明らかだった。しかもジョンストン島も同時に空襲されているという。

一週間ほど前にレイトンは「日本の主力空母部隊がこつ然と消えました」と報告していたが、その大半の敵空母が今、ジョンストン島を含むハワイ周辺の海域へ現れたに違いなかった。

「ジョンストン方面に現れた日本軍の空母はいったい何隻だ⁉」

キンメルは航空参謀のディビス大佐に向かってそう問いただしたが、これはまったく答えようのない愚問だった。

司令部は、オアフ島近海で行動している敵空母の数さえ、把握できていないのだ。

ディビスは首をかしげながらも、かろうじて返した。

「オアフ島上空に現れた日本軍機は優に三〇〇機を超えております。そのうえジョンストン島も空襲を受けたとなりますと、少なくとも七隻以上の敵空母が、我がハワイ海域に進入しているものと思われます！」

これはキンメルの常識ではまったく考えられないことだった。

空母の主たる任務は偵察のはず。味方戦艦群から先行して偵察をおこない、運よく敵艦を発見した場合には、その敵艦に対して艦載機で先制攻撃を加える。アメリカ海軍の空母運用法ではそれが常識であり、空母を集団で運用する発想などキンメルにはなかった。

現にこのとき、空母「エンタープライズ」と空母「レキシントン」はそれぞれ別個に前線基地のウェーク方面、ミッドウェイ方面へ出はらっており、もし空母「サラトガ」が作戦可能な状態であれば、ジョンストン方面で行動しているはずだった。なぜなら、第一一任務部隊指揮官のウィルソン・W・ブラウン中将は、あるじの空母「サラトガ」が西海岸でオーバーホール中のため、やむをえず重巡「インディアナポリス」に座乗してジョンストン方面の哨戒任務に当たっていたのである。

ゆえに、空母を集団で運用するという発想はキンメルにはなかったが、日本海軍はまさにそれをやり、敵艦載機の攻撃を受けて味方戦艦群はあっという間に作戦不能におちいってしまった。

——いや、それだけではない。あれだけ在ったオアフ島の航空兵力も今やその大半を撃破されてしまい、我々には執るべき反撃の手段がほとんどないではないか……。

そう思った、次の瞬間、キンメルの頭のなかに不吉な考えがよぎった。

――い、いかん。このまま敵空母に居座られると、オアフ島が占領されてしまう！

そのとおりであった。

そして、キンメルのこの不吉な予感は、まさに的中していた。

帝国海軍の作戦目標は一過性の奇襲攻撃ではなく、あくまでもハワイ・オアフ島を占領することにあった。

米戦艦の大半が〝行動不能におちいった〟とみるや、第二波攻撃隊は、敵戦艦に対する止めをおよそ後回しにして、フォード島をとりまくように碇泊していた巡洋艦以下の艦艇を、優先的に爆撃し始めた。

第二波攻撃隊の総指揮を執る嶋崎重和少佐自身は、第一爆撃隊（水平爆撃隊）の艦攻五四機を直率して、進藤三郎大尉の率いる制空隊の零戦五四機とともに、オアフ島の飛行場や基地の施設へ襲い掛かっていた。

けれども、実質的に第二波攻撃隊の主力をなすのは、江草隆繁少佐の率いる第二爆撃隊（急降下爆撃隊）の艦爆一〇八機であり、真珠湾に碇泊する米艦艇へ襲い掛かることになっていたのだ。

そして今、江草がよく見たところ、フォード島の南東側に碇泊する米戦艦七隻はいずれも、すでに行動不能におちいっていた。

江草のこの観察は正しく、戦艦列の内側で碇泊していた「メリーランド」と「テネシー」はいまだ中破の損害しか被っていなかったが、この二隻をとりまくように、外側に碇泊していた残る五戦艦「カリフォルニア」「オクラホマ」「ウェストヴァージニア」「アリゾナ」「ネヴァダ」の残骸が今や大きな障害となっており、戦艦「メリーランド」と「テネシー」もまったく身動きが取れない状態におちいっていたのである。

するとまもなく、いまだ真珠湾上空でねばっていた淵田中佐の総隊長機が、江草機を見付けてスルスルと近寄って来た。

江草も気づいてよく見ると、淵田機はしきりにバンクを振ってなにか合図しようとしている。

さらに近づくと、いよいよ淵田中佐の姿が見えて、総隊長は右手で何度も工廠地帯のほうを指さしていた。

それを見て、江草はすぐに悟(さと)った。

――ははあ、なるほど。戦艦がもう一隻ドックに入渠しているな……。総隊長は〝あれも逃さず攻撃せよ！〟というのだな……。

そう気づくや、江草はただちにバンクを振って了解したが、彼にはそれとは別に、先ほどから気になっている敵艦がもう一隻あった。

工廠の北、フォード島戦艦列の南の水路で、巡洋艦らしき一隻がすでに航行を開始し、真珠湾入り口の水道へ向かおうとしていたのだ。

このとき湾内には、ざっと見渡しただけで三〇隻以上の巡洋艦、駆逐艦がひしめいていたが、補助艦とはいえ、巡洋艦以下の艦艇が大挙して湾外へ出て来ると、これら敵艦にオアフ島周辺をうろつかれ、味方が上陸作戦をおこなうときに厄介なことになりそうだった。

そこで江草少佐は、自機を含む第一中隊の艦爆九機で、すでに動き始めている眼下の敵巡洋艦へまず襲い掛かり、残る慶鶴隊の第二、第三、第四中隊の艦爆二七機で、入渠中の敵戦艦を攻撃することにした。

ちなみに、ドックで入渠中の大型艦はいうまでもなく戦艦「ペンシルヴァニア」であり、すでに動き始めている巡洋艦らしき艦艇は軽巡「セントルイス」であった。

これら二隻に対する攻撃方針はほどなくして決まったが、それでもなお、江草少佐の指揮下には翔鶴隊の艦爆三六機と瑞鶴隊の艦爆三六機が残っていた。

翔鶴爆撃隊の艦爆三六機は小林道雄大尉が率いており、瑞鶴爆撃隊の艦爆三六機は牧野三郎大尉が率いている。急降下爆撃の腕前はいずれも申し分ない。
問題は、これら七二機の艦爆で〝いったいどの敵艦を攻撃すべきか〟ということだが、このとき湾内には、戦艦を除く一線級の艦艇として重巡二隻、軽巡六隻、駆逐艦二五隻の計三三隻が在泊していた。

真珠湾内在泊艦艇（戦艦を除く）
・重巡「サンフランシスコ」「ニューオリンズ」
・軽巡「セントルイス」「ヘレナ」
・軽巡「フェニックス」「ホノルル」
・軽巡「ラーレイ」「デトロイト」
・駆逐艦ファラガット級×八隻
・駆逐艦マハン級×八隻
・駆逐艦グリッドレイ級×七隻
・駆逐艦ポーター級×二隻

このうち、軽巡「ヘレナ」「ラーレイ」はすでに第一波の攻撃によって撃破され、すぐには動けない状態におちいっており、重巡「サンフランシスコ」「ニューオリンズ」はオーバー・ホールのため入渠中で、主機を分解、点検しており、こちらも動ける状態ではなかった。

とはいえ、ドック内の重巡が主機を分解中であるとは、むろん江草少佐も知らない。

江草は、牧野大尉の率いる瑞鶴隊を工廠周辺の重巡「サンフランシスコ」「ニューオリンズ」などの攻撃に向かわせ、小林大尉の率いる翔鶴隊をフォード島の北側で碇泊している軽巡や駆逐艦などの攻撃に向かわせることにした。

そして、攻撃目標の指示を与えるや、江草機はただちに突撃命令を発し、狙う軽巡「セントルイス」へ向けて真っ先に降下した。

狭い水路を抜ける必要もあって、軽巡「セントルイス」の速度は、いまだ一〇ノットも出ていなかった。速度が遅いので、舵の利きが思わしくない。江草にすればこれはよいカモだった。

軽巡「セントルイス」はありったけの対空砲をぶっ放して応戦するが、江草機はそれをものともせず、突っ込む。

次の瞬間「セントルイス」はようやく左へ回頭し始めたが、およそ間に合わなかった。

江草機は猛烈な速度で高度四〇〇メートルまで急降下、機体をひきおこしながら投じられた二五〇キログラム爆弾は、軽巡「セントルイス」の左上甲板を突き刺して炸裂、二番砲塔と三番砲塔を瞬時に吹き飛ばした。

まばゆい閃光が走り、「セントルイス」の艦上は一瞬、錯乱(さくらん)状態におちいった。多くの米兵がその場でしゃがみこむ。

そこへすかさず、二番機、三番機の艦爆が襲い掛かり、容赦なく爆弾をねじ込む。

彼らの腕もまた抜群で、「セントルイス」は立て続けに二発の二五〇キログラム爆弾を煙突付近に喰らった。

艦中央部からもうもうたる黒煙が昇り、さらにもう一発、四発目の爆弾を喰らった「セントルイス」は、やがて航行を停止した。煙突付近で発生した火災が、同艦の機関部・奥深くまで達したのであった。

――これで当分は動けまい！

江草機はすでに高度二〇〇〇メートル付近まで上昇している。的艦「セントルイス」に〝致命的な損害を与えた〟と確信した江草少佐は、いまだ爆撃を終えていない第三小隊の三機で別の敵艦を攻撃することにした。

そして江草は、たった今航行を停止した敵艦のおよそ一五〇〇メートル後方（南東）に、ほぼ同じような艦影をした巡洋艦がもう一隻、碇泊しているのを認めた。

江草の目に留まったその巡洋艦は軽巡「ホノルル」であった。この日は日曜日ということもあって、このとき「ホノルル」は、艦長をはじめ多くの幹部が艦を留守にしており、今ようやく一人の将校がエンジンの始動を命じたばかりだった。

この命令で軽巡「ホノルル」は、まもなく対空砲が使用可能になったが、機関の出力がいまだ充分に上がりきっておらず、来襲した江草・第三小隊の艦爆一機を撃墜したものの、動き出す前にあえなく、二五〇キログラム爆弾二発を喰らってしまった。

それでも「ホノルル」はなんとか致命傷をまぬがれたが、命中弾の炸裂によって左舷に破孔を生じ、かなりの浸水をまねいて、すみやかな出港は不可能となってしまった。

江草少佐の直率する第一中隊が軽巡「セントルイス」を大破して、軽巡「ホノルル」に中破の損害を負わせていたころ、残る慶鶴隊の艦爆二七機はドッグ内の戦艦「ペンシルヴァニア」へ向けて一斉に降下していた。

そのころになると、米軍の撃ち上げる対空砲火はいよいよ激しさを増していたが、慶鶴爆撃隊はそれをものともせず突っ込んでゆく。

投じられた爆弾が的艦「ペンシルヴァニア」の艦上で次々と炸裂する。

すさまじい連続攻撃だ。

猛爆撃はその後一五分以上にわたって続き、第二、第三、第四中隊の艦爆二一機が猛攻を終えたとき、戦艦「ペンシルヴァニア」は一四発もの二五〇キログラム爆弾を喰らって、艦橋をはじめとする構造物がほとんどなぎ倒されていた。

いや、それだけではない。同じドック内で「ペンシルヴァニア」の前方（南側）に入渠していた駆逐艦「ダウンズ」「カッシン」も、居並ぶ、そのほぼ中央に爆弾一発を喰らって、両艦とも大破していた。

肝心の「ペンシルヴァニア」はさすがに戦艦だけのことはあり、重装甲がものをいって艦の重要部に受けた損害は軽微だった。しかしながら艦上構造物の多くが残骸と化しており、そのままの状態で「ペンシルヴァニア」が出港するのはとても不可能だった。

――よし、これだけ破壊しておけば、この戦艦が外洋へ出るのは無理だろう。

これ以上爆撃を加えても、艦爆だけで的戦艦に致命傷を負わせることはできないので、江草は俄然攻撃中止を下令して、第四中隊の残る標的を戦艦「ペンシルヴァニア」から軽巡「ホノルル」に変更した。

江草のこの処置により、不運な「ホノルル」は第四中隊の残る艦爆六機から再度、襲われることになった。

動けない「ホノルル」は懸命になって全砲門を開き応戦するも、わずかな対空砲で六機の突入を防げるものではなかった。

それでも「ホノルル」は艦爆一機を返り討ちにしたが、さらに爆弾四発を喰らって大破、炎上したのである。

いっぽうその間に、翔鶴爆撃隊と瑞鶴爆撃隊も湾内の敵艦に対し、猛攻を加えていた。

フォード島の北側で攻撃を開始した小林道雄大尉の翔鶴艦爆隊は、まずは九機ずつ、四群に分かれて米艦艇に襲い掛かった。

彼らが狙いを定めた的艦のなかで、最大の獲物はフォード島北岸で碇泊していた軽巡「デトロイト」だった。

小林大尉の率いる翔鶴爆撃隊も江草少佐の慶鶴爆撃隊にまったく引けを取らない、抜群の技量をそなえている。

小林大尉はまさに指揮官先頭で狙う「デトロイト」の西側、およそ三五〇〇メートルの上空から急降下に入り、的艦のほぼ中央・第二煙突と第三煙突のあいだへ、渾身の二五〇キログラム爆弾をたたき込んだ。

艦齢一八年を超える「デトロイト」は、米海軍最初期の巡洋艦で旧式なため、四本煙突の艦形をしている。

すぐ西どなりで碇泊していた同型艦の軽巡「ラーレイ」は、第一波攻撃隊の艦攻から魚雷一本を喰らってすでに中破していたが、今また僚艦の軽巡「デトロイト」も艦の中央部に爆弾一発を喰らい、第二煙突がなぎ倒されて、たちまち火災が発生した。

そこへすかさず第一小隊の二番機と三番機も襲い掛かり、容赦なく「デトロイト」の艦体を痛めつける。三番機の放った爆弾はおしくも至近弾となって命中しなかったが、二番機の投じた爆弾は同艦の艦橋前方へ着弾し、一番砲塔を瞬時に吹き飛ばした。

小林・第一中隊の猛攻はまだ止まらない。そこへ第二小隊・一番機の投じた爆弾がさらに艦の後部へ命中し、後部マストと水偵用クレーンをなぎ倒した。

立て続けに三発の直撃弾を喰らった「デトロイト」は艦上三ヵ所で同時に火災が発生、艦体がどす黒い煙につつまれて、さしもの翔鶴爆撃隊もその後は攻撃がむつかしくなった。

立ち昇る黒煙の影響で第二小隊・二番機、三番機の投じた爆弾は命中せず、二発とも至近弾となってはずれた。しかし、そのうちの一発は、同艦右舷間近の海面で炸裂したため、軽巡「デトロイト」は舷側に破孔を生じて、あえなく浸水をまねいた。

もはや「デトロイト」が出港するのは不可能とみた小林大尉は、第三小隊の標的をにわかに後方の「ラーレイ」に変更、同艦にも爆弾一発と至近弾二発を与えて、軽巡「ラーレイ」も大破させたのだった。

湾内で碇泊していた米海軍の巡洋艦や駆逐艦はなおも執拗に爆撃を受けており、残る翔鶴爆撃隊の第二、第三、第四中隊は、フォード島の東北東から北東へ掛けて碇泊する一〇隻の駆逐艦に襲い掛かっていた。

それら駆逐艦は、五隻が二群に分かれて碇泊しており、それぞれ五隻ずつが団子のようにひとかたまりとなって碇泊していた。が、それがいかにもまずかった。一隻が爆弾を喰らうと、その断片や炎が隣接する駆逐艦にも飛び移り、二七機の艦爆はおよそ三〇分に及ぶ攻撃で、計一九発の爆弾を敵駆逐艦群にたたき込み、一〇隻のうちの九隻までを撃破していた。

一〇隻の駆逐艦の内訳は、ファラガット級とマハン級が四隻ずつ、残る二隻がポーター級で、唯一、小破の被害で乗り切り、航行可能な状態を維持していたのはポーター級駆逐艦の「セルフリッジ」であった。

以上のように、翔鶴爆撃隊もまた申し分のない戦果を挙げていたが、フォード島の南に位置する工廠地帯では、時をほぼ同じくして瑞鶴爆撃隊も暴れまわっていた。

瑞鶴爆撃隊を率いる牧野三郎大尉は、まず指揮下の兵力の半数である艦爆一八機で「サンフランシスコ」と「ニューオリンズ」に襲い掛かり、重巡「サンフランシスコ」に爆弾五発、重巡「ニューオリンズ」にも爆弾四発を命中させて、両艦とも大破させていた。

この攻撃で二隻の重巡も当面のあいだ出撃不可能となったが、瑞鶴爆撃隊の残る一八機はその近辺に碇泊していた駆逐艦などにも爆撃を加え、さらにグリッドレイ級駆逐艦二隻、マハン級駆逐艦一隻、二線級の掃海駆逐艦四隻なども撃破して、ようやくその攻撃を終了していた。

第二波攻撃隊は、いよいよ盛んになっていた敵の対空砲火によって、零戦七機と艦爆一五機の計二二機を失っていたが、基地の施設や飛行場などにも追い撃ちを掛けて、さらに戦果を拡大、午前七時五五分には全機がオアフ島の上空から飛び去って行った。

なかでも江草少佐の急降下爆撃隊は、断雲にじゃまされて軽巡「フェニックス」の存在を完全に見落としていたが、湾内に存在する多くの米艦艇を出撃不能におとしいれ、期待されていた以上の戦果を挙げていた。

太平洋艦隊司令長官のキンメル大将は午前七時三〇分ごろ、パール・ハーバーに在泊中の麾下全艦艇へ向けて、可及的速やかに出港して湾外へ退避するよう命じていたが、結局、多くの米艦艇が江草艦爆隊の猛攻によって撃破されてしまい、キンメル大将の命令に応じることができた米艦艇は軽巡「フェニックス」と駆逐艦一一隻にすぎなかったのである。

6

キンメル大将と太平洋艦隊司令部の面々は、パール・ハーバーから出港することのできた味方艦艇が〝軽巡「フェニックス」以下のわずか一二隻にとどまった〟ということを知って、いよいよ落胆せざるをえなかった。

午前八時にはすべての日本軍機がようやくオアフ島上空から姿を消したが、太平洋艦隊司令部の混乱はまだ続いていた。

キンメル大将は、命からがら湾内から出港した一二隻の艦艇に対して、まもなくオアフ島西方海域の捜索を命じた。が、これはおよそ見当違いな命令であった。いうまでもなく日本軍・第一艦隊の空母六隻は、オアフ島の北方で行動していたのである。

太平洋艦隊司令部が発した、ちぐはぐな命令はそれだけではなく、キンメル大将は洋上行動中の第八任務部隊指揮官ウィリアム・F・ハルゼー中将に対して、空母「エンタープライズ」の艦載機を放って、オアフ島の南方海域を捜索するように命じていた。

しかし、キンメル司令部もやみくもに南方海域の捜索を命じたわけでなく、この命令は〝日本軍機は南から進入して来た〟という証言に基づいて出されていた。そしてなるほど、第一波攻撃隊の多くの機が、はじめはオアフ島の西方へ迂回して飛び、最後は南方から進入し、突撃を開始していたのであった。

ハルゼー中将は、むろんオアフ島司令部の命令に従い、午前八時過ぎから艦載機を放って捜索を開始したが、じつはこの命令が後々に禍根(かこん)を残すことになる。

それにしても、今やオアフ島の味方航空兵力がほぼ壊滅してしまい、日本軍空母部隊がさらなる攻撃を仕掛けて来たとしたら、それを防ぐ手立てはおよそ一つしかなかった。

ミッドウェイ島の南東で行動中の空母「レキシントン」をすぐに呼びもどし、空母「エンタープライズ」と合同させて、日本軍空母部隊に反撃を加えるのだ。いや、日本の空母はオアフ島近海にいったい何隻いるのか、まったく不明だが、味方空母がたった二隻では心もとないので、キンメル大将は、サンディエゴでオーバー・ホール中の空母「サラトガ」にも、オアフ島への急行を命じることにした。

空母「サラトガ」がオアフ島近海へ到達するのに最低でも四日は必要だ。同艦の出撃が間に合うかどうか、それはわからないが、出撃させないわけにはいかなかった。

そして、オアフ島の各飛行場が壊滅状態にあるというのは、なるほどそのとおりだった。

日本軍攻撃隊は、二波にわたる攻撃で零戦一〇機、艦爆一六機、艦攻七機の計三三機を失っていたが、オアフ島に配備されていた米軍機の約二八〇機をすでに撃破しており、主要な飛行場もことごとく大破させていた。

整備員が死に物狂いになって応急修理を施したとしても、滑走路の全面復旧はとても望めず、おそらく散発的に迎撃戦闘機を上げるのが精いっぱいだった。防衛に役立つ陸軍の戦闘機はいまだ六〇機ほど残っていたが、組織だった迎撃は不可能であり、しかも不思議なことに、残存機の多くが旧式のＰ36戦闘機で、新型のＰ40戦闘機はわずか一〇機足らずしか残っていなかった。

しかも、これらの戦闘機はすべて洋上飛行に不慣れな陸軍機なので、太平洋艦隊司令部としてはほとんど当てにできない。

肝心の空母「エンタープライズ」は七日・午前八時の時点で、オアフ島の西・約一九五海里の洋上を速力一六ノットでオアフ島へ向け東進しており、空母「レキシントン」は同じく午前八時にヴィンディケーター爆撃機一八機をミッドウェイ島へ向け発進させて、オアフ島の西北西・約七二〇海里の洋上で反転、ハワイ方面へ取って返そうとしていた。

そして、空母「サラトガ」はオーバー・ホールを急遽中止して、重油を補給したのち、七日・午後一時を期してサンディエゴから出港しようとしていた。

なかでも、キンメル大将が最も頼りにしていたのは、いうまでもなくハルゼー中将の率いる第八任務部隊だったが、運悪く、このとき空母「エンタープライズ」の重油積載量は満載状態の五〇パーセントとなっており、随伴する重巡はおよそ三〇パーセント、駆逐艦にいたっては燃料の残量が約二〇パーセントにまで減っていた。
第八任務部隊は自力ではアメリカ本土西海岸にもたどり着けず、ハルゼー中将はどうしても重油を補給しなければならない状況におちいっていたのである。

7

ハワイ時間で一二月三日・午前一〇時にクェゼリン環礁から出撃した小沢治三郎中将の第二艦隊は、一二月七日・午前五時の時点でジョンストン島の西南西・約二八〇海里の洋上に到達。第二艦隊の空母三隻はそこからジョンストン米軍基地に対する第一波攻撃隊を発進させていた。

第二艦隊　司令長官　小沢治三郎中将
（第一波攻撃隊／目標・ジョンストン飛行場）
第二航空戦隊　司令官　小沢中将直率
空母「赤城」／零戦九、艦攻二七
空母「天城」／零戦九、艦爆二七

空母「葛城」／零戦九、艦爆二七

第一波攻撃隊の兵力は、零戦二七機、艦爆五四機、艦攻二七機の計一〇八機。弱小のジョンストン米軍飛行場を無力化するには充分な航空兵力だ。

第一波の攻撃機は午前五時一五分までに全機が上空へ舞い上がり、一路ジョンストン島をめざして進撃して行った。

ジョンストン島の米軍航空兵力は第一波の攻撃でおそらく無力化できるが、小沢中将の第二艦隊司令部が最も警戒していたのは米空母の存在だった。ジョンストン島は日本の支配する南洋諸島に最も近いため、戦雲たかまるなか、米空母が警戒に当たっている可能性が高い。

そのため小沢中将は、第一波攻撃隊の発進と同時に、北東へ向けて一三機の索敵機を発進させていた。三隻の空母から艦攻三機ずつ、最上型重巡四隻から水偵一機ずつ、艦攻九機と水偵四機からなる索敵隊だ。

これら索敵機が先端に達するまでは決してジョンストン島の攻撃に深入りしてはならない。小沢中将は、米空母が付近で行動していないかどうか確かめてからジョンストンに第二撃を加えるべきだ、と心得ていた。

開戦劈頭の先制攻撃ゆえに第一波の攻撃はかなりの確率で奇襲を期待できる。奇襲が成功すればジョンストン島の米軍機はもはや脅威とならないので、最も警戒すべきは米空母であった。そのため小沢中将は、三空母の艦上に残っている第二波の攻撃機を、敵艦攻撃用の兵装で待機させておくことにした。

第二波攻撃隊／攻撃目標未定（艦上待機）
第二航空戦隊　司令官　小沢中将直率
空母「赤城」／零戦九、艦爆二七
空母「天城」／零戦九、艦攻一八
空母「葛城」／零戦九、艦攻一八

第二波攻撃隊の兵力は、零戦二七機、艦爆二七機、艦攻三六機の計九〇機。三六機の艦攻はすべて雷装で待機することになった。

それとは別に、三空母の艦上には計三三機の零戦が防空用として残されてある。

ジョンストン島付近の本日の日の出時刻はハワイ時間で午前七時五分。したがって午前六時三五分ごろには空が白み始める。

三空母の艦上からすでに発進していた第二艦隊の第一波攻撃隊は、第一艦隊の実施する「真珠湾奇襲」から後れること約三〇分、午前七時を期してジョンストン島の米軍飛行場へ襲い掛かることになっていた。

午前六時一〇分には、三空母の飛行甲板上で第二波の攻撃機が勢ぞろいし、あとは索敵機からの報告を待つのみとなった。

旗艦・空母「赤城」の小沢司令部は先ほどから索敵機が発する電波に耳をそばだてていたが、その後三〇分以上経っても〝敵艦発見〟の報告は入らなかった。

時刻は午前六時四五分になろうとしている。

各索敵機はそろそろ二七〇海里の距離を進出しているころだが、なにも変化はなかった。

ただし、空母「赤城」はこの一〇分ほど前に淵田隊長機の発した『トラ・トラ・トラ!』を直接受信しており、日米戦の火ぶたはすでに切って落とされていた。以後はジョンストン周辺海域でもなにが起きても不思議ではない。

ゆえに油断は禁物だが、第一艦隊の奇襲が成功しつつあるということはオアフ島の米軍は不意を突かれたに違いなく、ジョンストン攻撃もまた奇襲を期待できそうであった。

小沢中将率いる第二艦隊は、第一波攻撃隊を発進させたあと、速力二二ノットでジョンストン島へ向け前進していた。そのため午前六時五〇分の時点でジョンストン島までの距離は二四五海里となっていた。

――あと一〇分ほどで第一波がジョンストン攻撃を開始する。なんら異変はなく、どうやらこちらも奇襲でゆけそうだが、米空母はやはり現れなかったか……。

小沢はそう思ったが、異変が起きたのは、そのわずか五分後のことだった。

午前六時五四分。第一波攻撃隊を率いる橋口喬少佐の艦攻から一報が入った。

最初、小沢は〝第一波は少し早めにジョンストン攻撃を開始するのだな〟と思ったが、通信参謀が報告した内容はおよそ違った。

「橋口隊長機から入電！　ジョンストン島の北北西・約一〇海里に巡洋艦らしき敵艦を発見したとのことです！」

空母ではなかったが、ジョンストン近海にはやはり敵艦が存在したのだ。当然ながら、巡洋艦らしきこの敵艦に攻撃を加えるべきだが、索敵機はまだ先端まで達していなかった。別方向に敵空母が現れる可能性も残っている。

橋口機の報告を受けて、小沢司令部はにわかにまよったが、小沢の決断ははやかった。

「発見した敵艦との距離は？」

「はっ、およそ二四五海里です」

この答えを聞くや、小沢はただちに第二波攻撃隊の発進を命じた。

けれどもこの決定に、参謀長の山田定義少将がすぐさま横やりを入れた。

「長官！　お言葉ですが、索敵機はまだ先端に達しておりません。敵空母の発見に備えて、『天城』と『葛城』の艦攻は温存しておくべきではないでしょうか？」

しかし小沢は、即座にかぶりを振った。

「いや、第二波攻撃隊が発艦を完了するまで一五分は掛かる。その一五分のあいだに索敵機はすべて先端に達するはずだ。発艦作業中に敵空母を発見すれば、攻撃目標を敵空母に変更したうえで第二波を送り出す。……『赤城』が電波を発してもかまわん。第二波攻撃隊は午前七時ちょうどに発進させてもらおう」

小沢がそう決意を示すと、山田はこれにうなずくしかなかった。

急遽予定を変更して、第一波の艦爆で敵艦を攻撃するという手もあったが、第一波の攻撃機はすべて基地攻撃用の兵装で出撃していたし、まずは敵艦にかまわず、ジョンストン島の敵航空兵力を壊滅させておく必要があった。

そして、第二波にすぐさま発進を命じなければこの巡洋艦を取り逃す恐れがあった。相手は巡洋艦だから三〇ノット以上の速力で退避することができ、二時間で六〇海里以上離れてしまう可能性があった。今すぐ発進を命じなければ、味方艦載機の攻撃圏外へ離脱してしまい、この巡洋艦を取り逃す恐れがあったのだ。

——この巡洋艦を確実にやるにはたとえ一分も無駄にできない！

小沢中将はそう決断し、索敵機が先端に達するのを待たずして、第二波攻撃隊に発進を命じたのだった。

午前七時には、第一波攻撃隊が予定どおりジョンストン攻撃を開始し、空母「赤城」「天城」「葛城」は風上に向けて艦首を立て、第二波攻撃隊を発進させた。

第二波攻撃隊の発進は滞りなく進み、午前七時一五分には全機が上空へ舞い上がった。そしてその間に、一三機の索敵機はすべて先端に達し三五〇海里の距離を進出したが、敵空母はもとより敵艦を発見することもできなかった。

結果的に小沢の判断は正しかったのである。

いっぽう、日米開戦初日のこの時点で、ジョンストン島の飛行場には、四〇機の米軍機が配備されていた。

F4Fワイルドキャット戦闘機一二機、SB2Cヴィンディケーター急降下爆撃機八機、TBDデヴァステイター雷撃機八機、PBYカタリナ飛行艇一二機の計四〇機で、これら四〇機はすべて海軍機だった。

日曜日ではあるが、午前六時五〇分ごろにはジョンストン基地にも開戦を知らせる一報がとどいており、ジョンストン航空隊は大急ぎで臨戦態勢を整えつつあった。

そして、基地の上空へ日本軍・第一波攻撃隊が来襲したとき、基地の司令はワイルドキャット戦闘機に緊急発進を命じたが、いまだ完全には発進準備が整っておらず、半数の六機を迎撃に上げるのがやっとだった。

しかも、あわてて離陸したワイルドキャット六機も、充分に高度を確保できておらず、二七機の零戦から波状攻撃を受けて、日本軍の艦爆や艦攻にはまったく手出しができなかった。

散り散りとなった敵戦闘機をしり目に、第一波攻撃隊・隊長の橋口少佐は、すかさず突撃命令を発する。

そして、残る米軍機が滑走路から飛び立つその前に、艦爆や艦攻はジョンストン飛行場へ容赦なく爆弾を叩き込み、第二艦隊の第一波攻撃隊もまた〝奇襲に成功した〟といってよかった。

そのおかげで、第一波の艦爆や艦攻は、すでに哨戒飛行に飛び立っていた六機のカタリナ飛行艇を除く、すべての米軍機を地上で撃破し、零戦も舞い上がったワイルドキャットの四機を撃墜。残るワイルドキャット二機も大破して付近の海へ不時着水した。

ジョンストン島周辺の制空権はたちまち日本側のものとなり、先制攻撃に成功した第一波攻撃隊は、その後も猛爆撃を加えて、二〇分後には米軍飛行場を完膚なきまでに破壊し尽くした。

おまけに橋口少佐は、じつに臨機応変な指揮ぶりを発揮して、第一波攻撃隊の艦爆五四機のうちの九機を基地攻撃に使わず温存していた。

むろん、温存した艦爆九機で、最初に発見した敵巡洋艦を攻撃してしまおうというのだった。

ジョンストン島の北方近海で不運にも橋口機に発見された米巡洋艦は、ウィルソン・W・ブラウン中将の座乗する重巡「インディアナポリス」であった。

第一波攻撃隊がジョンストン島の上空へ到達したとき、重巡「インディアナポリス」は哨戒任務をかねて、同島の観測所を相手に砲撃訓練をおこなっていた。

そのため、重巡「インディアナポリス」はジョンストン島の北北西・約一〇海里の洋上で行動しており、ブラウン中将は、橋口機によって発見される直前に、オアフ島空襲の知らせを聞いたばかりだった。

――これは戦争だ！　オアフ島を空襲しているのは日本軍の艦載機に違いない！

ブラウンはそう直感したが、まさに対日戦の勃発を証明するようにして、ジョンストン島上空にも日本軍機の大群が現れ、ブラウン中将はいよいよ危機感を強めるとともに、俄然、難しい対応を迫られた。

眼前で飛行場を空襲し始めたのは疑いもなく日本軍の艦載機で、ジョンストン近海にも敵空母が現れたに違いなく、味方戦闘機の護衛なしで「インディアナポリス」が近海をうろついているのはいかにも自殺行為だった。

しかも、来襲した日本軍機は一〇〇機を下らない大群なので、ジョンストン近海で行動している日本の空母は〝少なくとも二隻はいる！〟と思われた。

――とにかく、一刻もはやく、この海域から離脱するしかない！

そう思うやブラウンは、にわかに砲撃訓練の中止を命じ、重巡「インディアナポリス」の針路を北東へ執った。オアフ島も空襲を受けているということだが、ブラウンは〝パール・ハーバーへ向かうしかない！〟と思った。

ところで重巡「インディアナポリス」は、このとき単艦で行動していたわけではなく、二線級の掃海駆逐艦五隻を随伴していた。

午前七時四分にブラウン中将が急ぎ当該海域からの離脱を命じると、五隻の駆逐艦も追いすがるようにして、重巡「インディアナポリス」の航跡に続いた。

危機感を募らせたブラウン中将は速力三〇ノットでの離脱を命じたが、こしゃくな日本軍機は決してそれをゆるさなかった。

午前七時三〇分。北東へ向け一〇海里ほど前進したところで、重巡「インディアナポリス」は日本軍急降下爆撃機から猛攻を受け始めた。

日本軍爆撃機は「インディアナポリス」の針路を妨げるようにして爆弾を投下してきたので、艦長は急速回頭を命じ、北東へ向けた針路を一時、西へ変更せざるをえなかった。

すでに高速航行に入っていた重巡「インディアナポリス」は艦長の絶妙な舵さばきで、投じられた爆弾の六発目までをかわしたが、七発目の爆弾が至近弾となって艦首付近に着弾し、右舷前寄りの舷側に亀裂を生じてしまった。

それでもまだ「インディアナポリス」は速力三〇ノットで航行していたが、八発目の爆弾がついに艦首付近・一番砲塔の前へ命中、その瞬間に同艦の速力は、いきおい、二七ノットまで低下してしまった。

が、それは一時的なことで、まもなく同艦の速力は三〇ノットまで回復。しかしながら、九機の艦爆から執拗な攻撃を受けた重巡「インディアナポリス」は、橋口少佐の機転によって、たっぷり一五分ほど足止めされたのだった。

時刻は午前七時四五分になろうとしている。

重巡「インディアナポリス」は再びオアフ島へ向け針路を執ったが、午前八時過ぎにはキンメル大将の太平洋艦隊司令部から緊急電が入り、ブラウン中将はオアフ島司令部から次のような指令を受けた。

『貴隊はただちに北上し、すみやかに第一二任務部隊と合同せよ！』

午前八時ごろには、オアフ島に対する空襲が止み、ようやく落ち着きを取り戻したキンメル司令部は、重巡「インディアナポリス」のブラウン中将に対して空母「レキシントン」と合同するよう求めてきたのだった。

この命令を受けて、重巡「インディアナポリス」は三〇ノットの速力を維持したまま、北東へ向けていた針路を北へ変更することになった。

このとき、空母「レキシントン」を基幹とする第一二任務部隊は、ちょうど重巡「インディアナポリス」の北方・約四八〇海里の洋上で行動していた。

第一二任務部隊は当然南下して来る。したがって重巡「インディアナポリス」は、今からおよそ一〇時間後の七日・午後六時ごろには、オアフ島の西方・約五八〇海里の洋上で空母「レキシントン」と合同できるはずだった。

敵機の空襲をひとまず小破の損害でしのぎ、ブラウン中将は〝これで最大の危機は去った〟と思い、ほっとしていた。

なぜなら、日本の空母はジョンストンの味方飛行場に全力攻撃を仕掛けて来たに違いなく、今しばらくは〝敵機が来襲することはないだろう〟と考えたからだった。

ジョンストン上空に飛来した日本軍機はおよそ一〇〇機。幕僚の推測では、ジョンストン近海に現れた日本の空母はおそらく二隻程度で、それら二隻は、六〇機〜七〇機を搭載できる中型空母に違いないというのであった。

「オアフ島の飛行場や味方戦艦群などが甚大な損害を受けたということは、日本の主力空母部隊は現在、オアフ島近海で行動しているはずです。ジョンストン方面に現れた敵は中型空母二隻程度とみて、まず間違いないでしょう」

推測にすぎないが、幕僚のこの発言には妙な説得力があった。

アメリカ海軍はこの時期、日本の主力空母が九隻も存在するとは考えていなかった。じつはマル二計画で建造された空母「天城」「葛城」の存在を見落としていたのである。ましてやアメリカ海軍は、日本の主力空母が軒並み〝八〇機近くもの艦載機を搭載している〟とは考えておらず、日本軍がジョンストン方面に派遣し得る空母は中型のものが二隻程度で、一〇〇機が来襲したということは、それら中型空母二隻は、搭載する艦載機のほぼ全力をはたいてジョンストン島の味方飛行場を空襲して来たに違いなかった。

「それら中型空母がなおも艦載機を温存しているとは思えません。また、温存する理由も見当たりませんし、温存するほどの余裕は敵空母にはないでしょう」

幕僚がそう進言すると、ブラウン中将は飛びつくようにして、これに同意した。

ところが、実際には、ブラウン司令部のこの推測は間違っていた。

午前九時八分。小沢中将の放った第二波攻撃隊が、重巡「インディアナポリス」の上空へ殺到したのである。

第二波攻撃隊の兵力は、零戦二七機、艦爆二七機、艦攻三六機の計九〇機。来襲した敵機の数があまりにも多いので、ブラウンは思わず卒倒しそうになった。が、かろうじて持ちこたえ、不意にうめき声を発した。

「なっ、なぜだ！　日本軍の空母はいったい何隻いる!?」

しかし、幕僚も答えようがない。その幕僚も目を見張り、口をあんぐりと開けていた。

彼らが混乱するのも無理はなかった。飛来した日本軍機はまたもや一〇〇機近くに及び、ジョンストン近海で行動している日本の空母は、二隻ではなく四隻と考えるしかなかった。

しかしどう考えても、支戦場であるはずのジョンストン方面に、日本軍が四隻もの空母を動員できるはずがなかった。

いうまでもなく、小沢中将の指揮下にある空母は、四隻ではなく三隻だった。しかし、折りたたみ翼の本格的な採用によって、空母三隻の総搭載機数は二四〇機に達していた。

そして仮に、中型空母の搭載機数が六〇機だとすれば、それはちょうど、四隻分の航空兵力に相当するのだった。

重巡「インディアナポリス」の艦上がいかに混乱していようとも、関係ない。第二波攻撃隊の艦爆、艦攻は、容赦なく的艦「インディアナポリス」に襲い掛かった。

重巡「インディアナポリス」の左右から、海面を這うようにしてまず一八機の艦攻が突入、それをみて、上空からさらに九機の艦爆が立て続けに急降下を開始した。

鬼気迫る雷爆同時攻撃だ。上空を守る米軍戦闘機はもちろん一機もいない。重巡「インディアナポリス」の艦長がいかに優秀といえども、鍛え抜かれた日の丸飛行隊のこの猛攻をすべてかわし切れるはずがなかった。

わずか一〇分ほどの攻撃で、重巡「インディアナポリス」は、たちまち爆弾四発と魚雷五本を喰らって大破、炎上した。大量の浸水をまねいて速度も一〇ノット以下に低下している。

さらにそこへ、最後の魚雷一本がスルスルと近づき、またもや「インディアナポリス」の左舷舷側を突き刺した。その瞬間、同艦はぶきみな重低音を響かせながら横転、直後に艦内で大爆発が発生し、重巡「インディアナポリス」は爆炎につつまれながら轟沈していった。

それは攻撃開始からわずか一六分後のことだった。あまりのあっけなさにブラウン中将は総員退去の許可を出すいとまもなかった。午前九時二五分、重巡「インディアナポリス」は海の藻屑と化し、ウィルソン・W・ブラウン中将は艦と運命をともにしたのである。

最大の獲物・重巡「インディアナポリス」に五本目の魚雷が命中するや、第二波攻撃隊の残る艦爆一八機と艦攻一八機は、もはや同艦に対する攻撃は無用になったと見定め、周辺警護に当たっていた五隻の掃海駆逐艦に対して、手当たり次第に襲い掛かった。

そして延べ三〇分に及ぶ猛攻のすえに、第二波攻撃隊は、重巡「インディアナポリス」と敵掃海駆逐艦三隻をまんまと撃沈し、まもなく意気揚々と、ジョンストン北方海域から引き揚げて行ったのである。

しかし、第二波攻撃隊の進出距離は三一〇海里にも及び、彼らが空母「赤城」「天城」「葛城」に着艦、収容されたとき、帰投機の多くがほぼガソリンを使い果たしていた。

また、小沢治三郎中将の率いる、第二艦隊の空母三隻は、一連のジョンストン攻撃と敵艦攻撃によって、零戦三機、艦爆六機、艦攻六機の計一五機を失っていた。

8

米軍飛行場の破壊に成功した小沢治三郎中将の第二艦隊は、その指揮下から重巡「最上」「三隈」と駆逐艦二隻を割いて、ジョンストン島の砲撃に差し向け、さらに敵の砲台や防御陣地なども徹底的に破壊することにした。

今からおよそ一〇時間後の七日夜には、三川軍一中将の率いる第八艦隊がジョンストン近海へ到達し、海軍陸戦隊・約六〇〇名を上陸させることになっている。それまでのあいだ二隻の重巡で継続的に艦砲射撃をおこない、米軍の防御施設を無力化、敵飛行場の復旧を妨害して、ジョンストン島周辺の制空海権を引き続き維持しておこう、というのであった。

空母三隻を基幹とする小沢中将の本隊は、午前中にもう一度だけジョンストンの米軍基地を空襲し、午後一時三〇分にはオアフ島へ向けて進撃を開始した。進撃速度は二二ノット。翌八日・正午過ぎには、第二艦隊も艦載機の攻撃圏内にオアフ島をとらえることができる。

オアフ島の太平洋艦隊司令部や第八任務部隊指揮官のウィリアム・F・ハルゼー中将はいまだ気づいていなかったが、このとき空母「エンタープライズ」は、帝国海軍の主力空母九隻から徐々に包囲されつつあったのだ。

主戦場はあくまでもオアフ島方面である。

小沢中将の率いる三空母がジョンストン島へ向けて第三波攻撃隊を放っていたころ、塚原二四三中将の率いる空母六隻は、第一波、第二波攻撃隊の収容をほぼ完了し、オアフ島再攻撃の準備を進めていた。

七日・午前一〇時一五分。塚原中将の第一艦隊はオアフ島の北・約二五〇海里の洋上に達し、旗艦・空母「慶鶴」は、全攻撃機のしんがりで帰投して来た江草機の収容を終えた。最後に帰投した江草少佐が搭乗員待機室に姿を現すと、総隊長の淵田美津雄中佐はすべての戦果報告をまとめ、ただちに艦橋へ上った。

淵田中佐の姿を認めるや、塚原中将は待ちかねたようにして声を掛けた。

「やあ、ご苦労。戦果はどうかね？」

参謀長の寺岡謹平少将は淵田に目配せし、直接答えるようにうながした。

「はっ、戦果は上々です。真珠湾在泊中の敵戦艦八隻のうち五隻の撃沈は確実です。一隻は完全に轟沈し、二隻は転覆して再起不能、残る二隻は転覆せずとも着底すること確実です」

塚原中将は、目をほそめてこれに大きくうなずき、かさねて聞いた。

「うむ。五隻は確実か。よし！　して、ほかの戦艦三隻は？」

「時間の経過が少なく正確な判定は難しいのですが、残る三隻もかなり被弾し、少なくとも中破以上の損害を被っております」

「すると、湾外へ出るのは無理だな？」

塚原に代わって寺岡がそう聞くと、これにも淵田は即答した。

「五隻が湾外へ出るのはとても不可能です。残る三隻も、おそらく二週間程度は動けないものと推測いたします」

寺岡はこれにこくりとうなずいたが、さらに質問をかさねた。

「うむ、上々だ。それでは航空基地のほうはどうかね？」

この質問には、淵田は少し考えてから答えた。

「オアフ島上空が黒煙でおおわれており、航空基地の戦果判定は容易ではありません。しかし、見た限りでは壊滅的のように思います。上空に敵戦闘機の姿は見えませんでしたし、ヒッカム、フォード、ホイラーの三基地では、地上に動くものも認めませんでした。概括（がいかつ）して相当にやっつけたと思いますが、動ける敵機もまだ残っていると考えておくべきです。……ですが、組織だった敵機の反撃はないでしょう」

すると今度は、首席参謀の小田原俊彦（おだわらとしひこ）大佐が聞いてきた。

「敵の対空砲火はどうでした？」

「敵対空砲火の発砲は意外と迅速（じんそく）でした。最初の発砲は五分とたっていません。雷撃隊でも最後のほうはかなり撃たれましたし、第二波がオアフ島上空へ到達したころには、ずいぶん猛烈になっていました」

これにみながうなずくと、寺岡参謀長がもう一度、口を挟んできた。

「戦艦以外の敵艦艇はどうかね？」

これも重要な点である。淵田は正直に「自分の目で確かめたわけではありませんが」と断ったうえで答えた。

「江草少佐の報告によれば、重巡や軽巡はほぼ撃破し、湾外へ出撃できるとしても一、二隻だろうということです。また駆逐艦は、三〇隻ほど碇泊していたうちの、約半数を撃破し、健在なものは一〇数隻ということです。したがいまして、一五隻程度の敵艦が洋上へ出撃して来る可能性はあると思われます」

するると、寺岡はこれにうなずき、あらためて淵田の見解をただした。

「当然、再攻撃を仕掛けるが、攻撃目標はなにを選ぶかね？」

「……やはりもう一度、比較的損害の少ない戦艦三隻を攻撃し、戦果を徹底させること。それに巡洋艦以下の艦艇も攻撃する必要がございます。また、飛行場にも追い撃ちを掛け、復旧作業を妨害する必要もあるでしょう。とにかく、攻撃目標には事欠きませんので、第三波、第四波を繰り出して、工廠や修理施設なども徹底的に破壊しておくべきです」

これで、淵田は一応用済みとなり、寺岡は飛行隊の労をもう一度ねぎらって「爾後の攻撃方針は司令部で決定します」と彼に言い渡した。

そして淵田中佐が艦橋から出てゆくと、航空参謀の源田実中佐が真っ先に口を開いた。

「オアフ島の再攻撃もむろん重要ですが、問題は敵空母です。まずは索敵をおこない、米空母の動向を探る必要がございます」

　源田の言うとおりだった。

　オアフ島の米軍飛行場は相当程度に破壊したので、最も警戒すべきは、行方をくらましている米空母の出現であった。

　第一艦隊の空母六隻は、第二波攻撃隊を発進させた直後の午前五時三〇分に、各母艦から三機ずつ、計一八機の艦攻を索敵に出して、周辺洋上を捜索していた。けれども、この第一段索敵はあえなく空振りに終わり、一八機の艦攻はそれらしい敵を発見することなく午前九時五〇分には全機が帰投していた。

　じつは、そのうちの艦攻一機は午前七時三〇分過ぎに、空母「エンタープライズ」の手前・約四〇海里の上空まで迫っていたのだが、もう一歩のところで機首を返してしまい、残念ながらこれを取り逃していたのである。

　オアフ島を空襲された米軍は今、躍起になって日本の空母部隊を探しているに違いなかった。だとすれば、米空母はオアフ島近海に現れる可能性が高い。こちらはもう一度、索敵機を出し、米空母の出現に備える必要がある。

　また、巡洋艦以下の敵艦艇が真珠湾から出撃している可能性もあるので、真っ先に周辺洋上を捜索する必要があった。

「よし、すぐに索敵機を出そう。……何機、用意できる？」

寺岡がそう聞き返すと、源田は即答した。

「艦攻二七機を出しましょう」

源田は平然と返したが、寺岡はこれに驚かざるをえなかった。

「に、二七機も出すのか……、索敵機を？」

「はい。周辺洋上をくまなく捜索するにはそれだけの索敵機が必要です」

寺岡は一瞬首をかしげたが、なるほど、この状況下では索敵が最も重要であった。

オアフ島はいつでも空襲できるが、オアフ島攻撃中に米空母が現れると、じつに厄介なことになる。今握っている主導権が一転して敵空母のほうへ移り、味方空母六隻は不意を突かれて、敵艦載機の餌食になりかねない。

それを避けるには、おしむことなく艦攻二七機を索敵に出すしかない。六空母の艦上には、確かに、あふれるほどの攻撃機が存在した。

――なるほど、味方空母六隻の艦上にこれだけ多くの艦載機が存在するのは、これも、折りたたみ翼を〝全面的に採用した〟その効用にほかならない……。

寺岡はふとそう思ったが、寺岡が黙っているので業を煮やした源田は、その具体的な数字をすかさず示した。

「母艦六隻の艦上には三一九機もの艦爆、艦攻が残っておりますので、出しおしみする必要はございません」

源田の言うとおりだった。

現在、六空母の艦上には、零戦一八八機のほかに、艦爆一七三機と艦攻一四六機の計三一九機が残っていた。しかも、空母群に随伴している航空戦艦「伊勢」「日向」には、それぞれ三〇機ずつの予備機が搭載されてある。出しおしみする必要はまったくなかった。

「わかった。では、二七機を索敵に出そう」

寺岡がうなずくと、塚原長官もただちにこれを追認したが、確認すべきことがいまひとつ残っていた。

第三波攻撃隊の編成である。

「米空母の出現に備えて、攻撃機の約半数は艦上で待機させておく必要があるだろう」

塚原中将が確認を求めると、これにも源田が即答した。

「はい。第三波は艦爆主体の編成で出し、オアフ島を再攻撃します。淵田中佐の報告によれば、オアフ島の敵航空兵力は組織的な反撃が不可能になっているとのこと。

この機に乗じて我が艦隊はさらに南下し、オアフ島に波状攻撃を仕掛けて米空母をこの近海へ誘い出すべきです」

そしてまもなく、源田中佐が第三波攻撃隊の編成を具体的に示すと、塚原中将はうなずき、この編成に許可を与えた。

第三波攻撃隊／目標・戦艦三隻及び米軍基地
　第一航空戦隊　塚原二四三中将
　空母「慶鶴」／零戦九、艦攻二一
　空母「翔鶴」／零戦九、艦爆三〇
　空母「瑞鶴」／零戦九、艦爆三〇
　第三航空戦隊　山口多聞少将
　空母「雲龍」／零戦九、艦攻一八
　空母「蒼龍」／零戦九、艦爆二四
　空母「飛龍」／零戦九、艦爆二四

第三波攻撃隊の兵力は、零戦五四機、艦爆一〇八機、艦攻三九機の計二〇一機。

第三波攻撃機は三つの攻撃集団を形成してオアフ島の各目標に襲い掛かる。

三つの攻撃集団とは、飛行隊総隊長の淵田美津雄中佐が直率する第一爆撃隊の艦攻二一機と艦爆六〇機、嶋崎重和少佐が率いる第二爆撃隊の艦攻一八機と艦爆四八機、それに板谷茂少佐が率いる制空隊の零戦五四機であった。

そして三つの攻撃集団のうち、淵田中佐の第一爆撃隊は、中破した戦艦三隻及び海軍工廠や修理施設などに襲い掛かり、嶋崎少佐の第二爆撃隊と板谷少佐の制空隊は米軍飛行場や防御陣地などへ襲い掛かることになった。

第三波攻撃隊の発進予定時刻は午前一一時一五分と決定されたが、空母六隻はその前に索敵機を発進させる必要がある。

索敵の任務を帯びた二七機の艦攻は、第一航空戦隊の空母「慶鶴」「翔鶴」「瑞鶴」からそれぞれ六機ずつ計一八機が飛び立ち、第二航空戦隊の空母「雲龍」「蒼龍」「飛龍」からそれぞれ三機ずつ計九機が発進してゆくことになった。

本日、二度目の索敵だ。今度こそ米空母や米艦艇の発見が期待されており、二七機の艦攻はそれぞれ三五〇海里の距離を進出して海上に目を光らせる。

第一航空戦隊の艦攻一六機は西へ向けて扇型（おうぎがた）に広げられた索敵網を展開し、第二航空戦隊の艦攻九機は東へ向けて扇型に広げられた索敵網を展開する。が、残る第一航空戦隊の艦攻二機は、オアフ島の東側へ進入し、ラハイナ泊地を偵察することになっていた。

現在、第一艦隊の空母六隻はオアフ島の北二五〇海里付近で行動しているため、第一航空戦隊の艦攻二機が南南東へ向けて三五〇海里ほど進出すれば、ちょうどラハイナ泊地の上空へ到達するのであった。

二七機の艦攻は午前一〇時三五分までに、全機が無事、索敵に飛び立って行った。

それはよかったが、じつは重要な問題がもう一つ残っていた。

艦上で待機させておく〝第四波攻撃隊の兵装をどうするか〟ということである。

米空母が出て来れば当然雷装が望ましいが、出て来なければ第四波も敵基地を攻撃することになり、当然爆装が望ましいのだ。

第三波攻撃隊は予定どおり午前一一時一五分に発進を開始したが、塚原中将はこの点を直接、源田中佐に確認した。

「第四波の兵装をどうするかね？」

さしもの源田もこればかりは迷った。

——今日中に米空母が現れる確率はそう高くはないだろう。けれども、巡洋艦などの敵艦が真珠湾から出撃して来る可能性はかなりある！

だとすれば、雷装で待機させてもよいが、源田はなかなか踏ん切りが付かなかった。

しかし、その答えを出すのが、まさに航空参謀としての自分の役目である。源田は思い切って進言した。

「攻撃機の約半数に敵艦攻撃用の兵装を施し、残る半数の攻撃機にはなにも装備せず、格納庫で待機させておきます」

すると、寺岡参謀長が口を入れてきた。

「兵装を施した攻撃機は飛行甲板へ上げておくのかね？」

「はい。上げます」

「索敵機がなにも発見しなければ、そのときはどうする？」

「敵駆逐艦などが真珠湾から出撃している可能性は大いにあるとみます。索敵機が空母を発見しなければ、それら補助艦を攻撃します」

「しかし、敵艦が真珠湾から一切、出撃していなければ、雷装はまったくの無駄になる」

それはそのとおりだが、源田は〝敵艦の一部はかなりの確率で真珠湾から出撃している〟と思っていた。だが、万一出撃していなければ、せっかくの魚雷が無駄になってしまう。

源田は俄然返答に窮（きゅう）したが、ここで塚原中将が鶴の一声を発した。

「まあ、よい。私も、敵艦が出撃している可能性は高いと思う。兵装を施した第四波の攻撃機は飛行甲板へ上げておこう」

司令長官の決断である。むろん寺岡もうなずいて、この決定に従った。

ほどなくして第三波攻撃隊の発進が完了し、その全機が午前一一時三〇分までにオアフ島上空をめざして飛んで行った。

そしてこの時点で、六空母の艦上には、零戦一三四機、艦爆六五機、艦攻八〇機の計二七九機が残っていた。

艦上に残った攻撃機のうちの零戦二機、艦爆八機、艦攻二機は、最初の出撃時にかなり被弾しており、どうしても修理が必要だった。また、修理が必要な二機を除いた零戦一三二機のうちの七八機は、米空母の出現に備えて防空用に残すことが決まっていた。

したがって、第四波攻撃隊の兵力は、零戦五四機、艦爆五七機、艦攻七八機の計一八九機。

塚原中将は、源田中佐の進言を容（い）れて、これら一八九機の攻撃機を次のような状態で待機させておくことにした。

第四波攻撃隊／攻撃目標・未定
（第一群・飛行甲板上で待機）
空母「慶鶴」／零戦九、艦爆一八（陸用弾）
空母「翔鶴」／零戦九、艦攻九（魚雷）
空母「瑞鶴」／零戦九、艦攻九（魚雷）
空母「雲龍」／零戦九、艦爆一八（陸用弾）
空母「蒼龍」／零戦九、艦攻九（魚雷）
空母「飛龍」／零戦九、艦攻九（魚雷）
（第二群・格納庫内で待機）
空母「慶鶴」／艦爆一二（兵装なし）
空母「翔鶴」／艦攻一二（兵装なし）
空母「瑞鶴」／艦攻一二（兵装なし）
空母「雲龍」／艦爆九（兵装なし）
空母「蒼龍」／艦攻九（兵装なし）

空母「飛龍」／艦攻九（兵装なし）

陸上基地攻撃用の二五〇キログラム爆弾は、艦艇に対してもある程度の攻撃効果を期待できる。そこで源田は、飛行甲板上で待機させる艦爆にはすべて陸用爆弾を装着し、艦攻には魚雷を装着することにした。

索敵機が敵空母などを発見した場合には、まず飛行甲板で待機している第一群を放ち、格納庫に在る第二群には、すみやかに兵装を施して、二の矢を継ごうというのであった。

ひるがえって、索敵機がなにも発見しなかった場合には不都合を生じるが、塚原はすでに肚(はら)を括(くく)っていた。

――浅海面用の魚雷じゃないので攻撃効果はおよそ期待できないが、索敵機がなにも発見しなければ、一か八か、真珠湾に碇泊する敵艦に魚雷をぶち込むしかあるまい！　いや、敵艦の一部は必ず真珠湾から出て来るに違いない！

闘志満々の表情で艦橋に仁王立ちとなっている塚原中将の姿を見て、源田実は、得も言われぬ頼もしさを感じていたのであった。

9

　第八任務部隊の旗艦、ウィリアム・F・ハルゼー中将の将旗を掲げる、空母「エンタープライズ」は、七日・午前一一時の時点でオアフ島の西・約一五〇海里の洋上に達していた。

　空母「エンタープライズ」はこの日、午前六時一〇分過ぎに偵察爆撃隊のドーントレス一六機を放ちオアフ島へ先行させていた。

　これら一六機のドーントレスは、日本軍の空襲が止んだ直後の午前八時過ぎに相次いでパール・ハーバーの上空へ到達したが、日本軍機と間違われて誤射を受け、味方の対空砲火によってあえなく五機を失っていた。

　友軍の砲火をかわして、かろうじてフォード島基地にたどり着いた一一機のドーントレスは、必要最小限のガソリンを補充して午前九時には飛行場を飛び立ち、母艦「エンタープライズ」へ戻るために西進した。

　日本軍空母部隊との戦いを予期したハルゼー中将が、急ぎ彼らを「エンタープライズ」へ呼び戻したのだった。

その間、空母「エンタープライズ」は、太平洋艦隊司令部から敵空母捜索の命令を受け、さらに一六機のドーントレスを索敵に出してオアフ島の南方海域を捜索していた。

後発の一六機は、午前一〇時三〇分ごろにはすべて索敵線の先端に達したが、オアフ島の南方に日本の空母がいるはずもなく、捜索は空振りに終わり、彼らもまた「エンタープライズ」へ向けて帰投しつつあった。

「ジャップの空母部隊はオアフ島の北で行動しているに違いありません」

第八任務部隊参謀長のマイルズ・R・ブローニング大佐はハルゼー中将に向かってそうつぶやいたが、午前一一時の時点で空母「エンタープライズ」の艦上には、ワイルドキャット戦闘機二四機とデヴァステイター雷撃機一六機しか残っていなかった。これではオアフ島北方の偵察はなかなかできない。

八機のワイルドキャットが近接哨戒のため艦隊上空へ上がっており、デヴァステイター雷撃機は航続距離が短く偵察に不向きだった。また、ワイルドキャット戦闘機は単座機のため、遠距離の偵察を実施するのは困難だった。

ハルゼー中将も〝ジャップの空母は北にいるに違いない〟と思い始めていたが、早朝に発進させた一一機のドーントレスが戻るまでは、北方の索敵は自重せざるをえなかった。

しかし、その一一機はまもなく第八任務部隊の上空へ舞い戻り、空母「エンタープライズ」は午前一一時二〇分までに彼らを収容。ハルゼー中将は叱咤（しった）激励して、正午には一一機のドーントレスに北方の索敵を命じた。

航続距離を延ばす必要があるため、爆弾は一切装備せず、一一機のドーントレスは二五〇海里の距離を進出してゆくことになった。

一一機で北へ向けて飛び、扇型の索敵網を展開するのだが、索敵線の先端に達してそれでも日本の空母を発見しなければ、彼らパイロットはあらためてエンタープライズ司令部の指示を仰（あお）ぐことになっていた。

空母「エンタープライズ」は依然、オアフ島へ向け速力一六ノットで航行している。その周囲には、三隻の重巡「ノーザンプトン」「ソルトレイクシティ」「チェスター」と駆逐艦九隻が付き従っていた。

午後零時三〇分。後発のドーントレス一六機が第八任務部隊の上空へ帰投して来た。

これら一六機を急いで収容し、およそ一時間後の午後一時三〇分には、爆弾や魚雷を装備したドーントレスやデヴァステイターが飛行甲板で勢ぞろい、いよいよ戦闘態勢が整う。

北方の索敵に出たドーントレスがまんまと敵空母の発見に成功すれば、ハルゼー中将は、現在艦上に在るワイルドキャット一二機、ドーントレス一六機、デヴァステイター一六機にすぐさま発進を命じ、発見した敵空母に〝先制攻撃を仕掛けてやろう〟と意気込んでいた。

午後零時四五分には一六機のドーントレスがすべて着艦、空母「エンタープライズ」の艦上では今、収容したドーントレスやデヴァステイターの出撃準備があわただしく進められている。

そしてまもなく、午後一時を迎えた時点で「エンタープライズ」はオアフ島の西一二〇海里の洋上に達したが、およそ一時間後の午後二時ごろには、北方の索敵に出た一一機のドーントレスが二五〇海里の距離を進出、全機が索敵線の先端へ達する予定であった。

「攻撃隊の出撃準備は予定どおり午後一時三〇分に完了いたします！」

ブローニングがそう報告すると、ハルゼーはこれに〝よし！〟とうなずいた。

ブローニングの言葉を証明するように空母「エンタープライズ」の飛行甲板上では、ワイルドキャット戦闘機やドーントレス爆撃機、さらにはデヴァステイター雷撃機が続々と整列しつつある。攻撃隊の発進準備は着実に進んでいるが、このときエンタープライズ司令部にはもう一つ朗報が入っていた。

敵機の空襲をまぬがれてパール・ハーバーから出港していた軽巡「フェニックス」と駆逐艦一隻が、第八任務部隊の近くまで西進しており、午後二時三〇分には「エンタープライズ」と合流できるというのであった。

そして、なによりうれしいことに、軽巡「フェニックス」の部隊は、重油をたっぷりと積んだ給油艦「ネオショー」を伴ってパール・ハーバーから出港していたのだ。

「ボス！『ネオショー』が到着すれば、我が部隊は重油不足を一気に解消できます！」

「ああ、なによりだ。これでジャップの空母と思う存分、戦える！」

ハルゼーは闘志満々でブローニングの言葉にそう応じたが、じつはこのときウィリアム・F・ハルゼー中将の第八任務部隊にはすでに大きな脅威が迫りつつあった。

空母「エンタープライズ」が後発のドーントレス一六機を懸命に収容していた、午後零時三〇分過ぎのことである。

索敵機として発進していた二七機の艦攻のうちの一機が、およそ二八〇海里の距離を進出し、抜かりなく空母「エンタープライズ」を発見していたのである。

その艦攻は、上空に漂う雲を上手く利用して第八任務部隊へと近づき、ハルゼー司令部にまったく悟られることなく〝米空母発見!〟の報告を打電していた。

空母「エンタープライズ」は日米開戦のこの時点で、すでに対空見張り用レーダーを装備していたが、レーダーの性能がいまだ充分でなく、四〇海里圏内の飛行物体をようやく感知できる程度の性能しかなかった。

ましてや、空母「エンタープライズ」はこのとき、帰投して来たドーントレスを大急ぎで収容していたため、艦上は帰投機の収容作業で忙殺(ぼうさつ)されており、対空レーダーもまた、敵味方機の判別が不可能だった。

唯一、上空で直掩(ちょくえん)に当たっていたワイルドキャット一機が、わずか一瞬だけ、接近して来た〝鳥のようなもの〟を目にしたが、その後は、艦攻の搭乗員が巧みに雲を利用したので、ワイルドキャットのパイロットはついに〝それが何であったのか〟特定するにいたらなかった。

この日はあいにく雲が多かった。

そして、その艦攻は午後零時三八分に報告電を発し、この電報はまもなくして塚原二四三中将の座乗する空母「慶鶴」に届いた。

通信参謀から報告を受けた塚原中将は、航空参謀の源田実中佐にすぐさま諮った。

「敵空母との距離は!?」

「はっ、およそ二六〇海里です。索敵機が発見した敵空母は、我が艦載機の攻撃圏内で行動しております！」

ときに七日・午後零時四一分。塚原中将は、源田中佐の答えに〝よし！〟とうなずき、六空母の飛行甲板上ですでに待機していた零戦五四機、艦爆三六機、艦攻三六機に対してただちに発進を命じたのである。


午後二時ちょうど。攻撃隊の出撃準備を完了したウィリアム・F・ハルゼー中将は、空母「エンタープライズ」の艦上で索敵機の報告を〝今や遅し〟と待ちわびていた。マイルズ・R・ブローニング大佐も、索敵機からの報告に耳をそばだてている。

しかし、二人は知る由(よし)もなかった。

塚原中将の放った一二六機の攻撃機は雲上飛行をおこない、七日・午後二時の時点ですでに、空母「エンタープライズ」の手前・約一〇〇海里の上空まで迫っていたのである。

第二部

集結！米英機動部隊

第一章　ビッグ『E』の死闘

1

第八任務部隊指揮官のウィリアム・F・ハルゼー中将は、空母「エンタープライズ」の艦上で俄然(がぜん)目をほそめ、幕僚の報告に〝よし！〟とうなずいた。

一二月七日・午後二時二分。北方の索敵に出ていたドーントレス一機が、ついに日本軍の空母を発見し、それを報告してきたのである。

攻撃隊の出撃準備はすでに整っている。ワイルドキャット戦闘機一二機、ドーントレス急降下爆撃機一六機、デヴァステイター雷撃機一六機の計四四機からなる攻撃隊だ。

ハルゼー中将はすぐさま発進を命じたが、いかんせん距離がすこし遠かった。発見した日本軍の空母は三隻。三隻の敵空母は空母「エンタープライズ」の北北東・

約二二五海里の洋上で行動していた。ワイルドキャットやドーントレスはぎりぎりとどくが、航続距離の短いデヴァステイターを出すには距離が遠い。並みの指揮官であれば攻撃を躊躇するところだが、見敵必戦のハルゼー中将は迷わず命じた。

「かまわん、戦闘機隊と降下爆撃隊はただちに発進させよ！　速力三〇ノットで急ぎジャップの空母群へ近づき、雷撃隊は三〇分後、午後二時三〇分に発進させる！」

風は都合よく北東から吹いていた。ワイルドキャットとドーントレスを発進させるために風上へ向けて高速航行すれば、おのずと敵空母との距離が縮まる。

まもなく午後二時一五分には、ワイルドキャット一二機とドーントレス一六機がすべて飛行甲板を蹴って飛び立ち、空母「エンタープライズ」は北北東へ向けて五海里ほど前進した。

――日本軍空母部隊もおそらく我が方へ向けて南下して来るに違いない！

ハルゼー中将の推測は的を射ていたが、それでもデヴァステイターの航続距離が足りなかったので、空母「エンタープライズ」は給油を後回しにして、ぐんぐん北上して行った。

そのため、重油の残量が少なくなっていた一部の駆逐艦は、旗艦「エンタープライズ」の進撃に付いてゆけず、後方の給油艦「ネオショー」と先に合流することになった。

にわかに置いてきぼりを喰った六隻の駆逐艦に代わって、パール・ハーバーから出撃して来た軽巡「フェニックス」及び駆逐艦一一隻が快速を飛ばして北上、もうしばらくで「エンタープライズ」に追い付こうとしていた。

したがって、空母「エンタープライズ」に付き従う護衛艦艇は、午後二時一五分過ぎのこの時点で、重巡三隻、軽巡一隻、駆逐艦一四隻となっていた。

第八任務部隊指揮官　W・F・ハルゼー中将
空母「エンタープライズ」
重巡「ノーザンプトン」「チェスター」
「ソルトレイクシティ」
軽巡「フェニックス」　駆逐艦一四隻

今、旗艦「エンタープライズ」の左右にぴったりと張り付いているのは、はじめから行動を伴にしていた三隻の重巡と駆逐艦三隻のみである。

かなり心細い陣容だが、ハルゼー中将は幕僚の心配などまるで意に介さず空母「エンタープライズ」の艦橋で仁王立ちとなり、進撃の手を緩めることは決してなかった。

午後二時三〇分。敵空母との距離はいまだ二〇〇海里以上も離れていたが、ハルゼー中将は先の宣言どおり雷撃隊に発進を命じた。

艦橋から出された発進命令を受け、先頭のデヴァステイター雷撃機が〝待ってました!〟とばかりに「エンタープライズ」の艦上で助走を開始する。ところがそのとき、先に発進していた降下爆撃隊の隊長機から、のっぴきならない緊急電が飛び込んできた。

『一〇〇機以上の敵機が我が艦隊の方へ近づきつつある! エンタープライズの北北東・約三五海里。注意されたし!』

報告を入れて来たのは一五分ほど前にしんがりで「エンタープライズ」から飛び立った、降下爆撃隊を率いるリチャード・H・ベスト大尉のドーントレスだった。

ベスト機の報告を聞くや、第八任務部隊参謀長のマイルズ・R・ブローニング大佐は、血相を変えてハルゼー中将に進言した。

「敵機群は、あと一五分ほどで『エンタープライズ』の上空へ来襲します!」

これには、さしものハルゼー中将も驚きの色を隠せなかった。

一〇〇機以上もの敵機が味方艦隊上空へ迫りつつあるというのだから、雷撃機の発進よりも戦闘機の発進を優先しなければならない。このとき空母「エンタープライズ」艦上には、すでに直掩に当たっている八機の戦闘機のほかに、一二機のワイルドキャットが残されていた。

敵機群が「エンタープライズ」上空へ進入して来るまで、あと残り、わずか一五分。そのわずか一五分で、すべてのデヴァステイターとワイルドキャットを発進させられるかどうかじつにきわどいが、ハルゼーは〝発進の順序をにわかに変更すると、かえって混乱を招く!〟と即断、あくまでデヴァステイター雷撃機の発進を優先させることにした。

しかし居ても立ってもおられず、ハルゼーは大声で命じた。

「直掩のワイルドキャット八機に至急、敵機編隊の足止めを命じよ! 雷撃隊の発進が終わり次第ただちに一二機のワイルドキャットを追加で発進させる。発進準備を急げ!」

そのときにはもう、三機目のデヴァステイターが助走を開始していたが、ハルゼー中将の叱咤激励を受けて、空母「エンタープライズ」の艦上はまさに、てんてこ舞いの忙しさとなった。

ブローニング大佐も親指の爪を噛みながら、いかめしい顔付きになっている。

午前二時三八分。最後のデヴァステイターがようやく「エンタープライズ」の飛行甲板を蹴って舞い上がった。と、同時に、艦上に残っていたワイルドキャットの一番機が、立て続けに助走を開始した。

ハルゼー中将の鬼気迫る命令を受けて、艦上待機中のワイルドキャット一二機は危険をかえりみず、まさに綱渡りのようなきわどい間隔で発艦を開始した。

一二機に与えられた発艦の間隔はわずか二〇秒ほど。ブローニングは、親指を喰いちぎりそうなほど、強く噛み、その光景に見入っていたが、エンタープライズ飛行隊は米海軍のなかでも最もよく訓練されており、一二名の戦闘機パイロットは期待にたがわず緊急発進を成し遂げた。

一二機目のワイルドキャットが「エンタープライズ」の飛行甲板を蹴ったとき、時計の針は午後二時四二分をまわったばかりであった。

――よし、新記録だ。わずか四分で発進をやり遂げたぞ！

ブローニングは思わずひざを叩いたが、息を付くひまはまったくない。部隊は「エンタープライズ」を中心に輪形陣を執り、すみやかに防空戦の隊形を整える必要があった。

艦長のジョージ・D・マレー大佐が一旦減速を命じ「エンタープライズ」が二〇ノットで航行し始めると、軽巡「フェニックス」以下の護衛艦艇がようやく追い付いて来た。

しかし、そのときにはもう、上空直掩に当たっていた八機のワイルドキャットは、その数を三機に減らしていた。

2

索敵機として出撃させていた二七機の艦攻のうちの一機が、午後零時四〇分ごろに空母「エンタープライズ」を発見すると、第一艦隊司令長官の塚原二四三(つかはらにしぞう)中将は、六空母の艦上で待機させていた零戦五四機、艦爆三六機、艦攻三六機にすぐさま発進を命じた。

第四波攻撃隊の第一群となる計一二六機の攻撃機である。

それと同時に塚原中将は、六空母の格納庫内で待機させていた第四波の艦爆二一機、艦攻四二機にもただちに敵艦攻撃用の兵装を命じ、午後一時三〇分には、これら六三機の攻撃機も、第四波攻撃隊の第二群として追加発進させていた。

したがって、ハルゼー中将がワイルドキャット一二機とドーントレス一六機に発進を命じた午後二時過ぎの時点で、総計一八九機にも及ぶ帝国海軍の艦載機が一路、空母「エンタープライズ」の上空をめざして進撃していたのであった。

これに対して、ハルゼー中将の放った攻撃機はわずか四四機。しかも、最後のデヴァステイター雷撃機が空母「エンタープライズ」から発進したのは、午後二時三八分のことだった。

開戦の初日にして、はやくも日米両海軍の空母部隊同士がハワイ沖で激突し、帝国海軍の空母六隻「慶鶴」「翔鶴」「瑞鶴」「雲龍」「飛龍」「蒼龍」対米空母「エンタープライズ」の戦いが、今まさに始まろうとしていた。

日米両軍の放った攻撃隊のなかで、いちはやく敵空母群の上空へたどり着いたのは、いうまでもなく、塚原中将の放った第四波攻撃隊の第一群であった。

午後二時三五分。第一群を率いる慶鶴艦爆隊長の江草隆繁少佐は眼下の洋上に米空母「エンタープライズ」の姿を認めたが、その直後に第一群は八機の米軍戦闘機から急襲を受けた。

日本軍攻撃隊の背後からひそかに急襲を仕掛けたのは、はじめから直掩任務に就いていたワイルドキャット八機。この一撃によって江草少佐の第一群は、たちまち艦爆二機と艦攻四機を撃墜されてしまった。

編隊の前の方に陣取っていた江草隊長機はこの一撃をなんとかまぬがれたが、これで危機感を強めた江草少佐は、すぐさま手元から三六機の零戦を割いて、降下してゆく米軍戦闘機を追い掛けさせた。

果敢に攻撃を仕掛けた八機のワイルドキャットは、先制攻撃には成功したものの、四倍以上もの零戦によってたちまち包囲されてしまい、その後は日本軍の艦爆や艦攻には一切、手出しができなかった。

次々と零戦の餌食になってゆく敵戦闘機を尻目に、ヨークタウン型米空母の姿をすでにとらえていた江草少佐は、午後二時四二分、躊躇することなく〝全軍突撃!〟の命令を発した。

奇しくもそれは、空母「エンタープライズ」から最後のワイルドキャットが飛び立ったのと、まったく同時刻であった。

江草機の発した〝ト連送〟を受けて、米軍戦闘機の一撃をかわした艦攻三二機は、一気に低空へと舞い降り、江草の直率する艦爆三四機は、約三五〇〇メートルの高度を維持したまま、敵空母の後方(南西)風下へとまわりこんだ。

六六機が狙う標的はただ一つ、ヨークタウン型米空母に集中攻撃を仕掛けるのだ。

百戦錬磨の江草は、味方雷撃隊の動きを横目で見すえながら、直率する爆撃隊を敵空母の後方へと導き、巧みに間合いを取りつつ〝雷爆同時攻撃を仕掛けてやろう〟と虎視眈々、敵艦の群れへと迫って行った。

そしてまもなく、江草は〝雷撃隊はすべて低空へ舞い降りた！〟と直感、直率する艦爆隊にいよいよ〝全機突撃〟を下令しようとしたが、その刹那になってこしゃくなことに、雲間から思わぬ伏兵が現れた。

後れて「エンタープライズ」から飛び立っていた一二機のワイルドキャットのうちの六機が、味方空母群上空への〝進入を阻止してやる！〟と躍起になり、江草艦爆隊に捨て身の急襲を仕掛けて来たのである。

いや、敵戦闘機から急襲を受けたのは江草の爆撃隊だけではなかった。ほぼ同時に雷撃隊も六機のワイルドキャットから襲われて、前上方から猛烈な一連射をあびていた。

このとき、雷撃隊の上空にも爆撃隊の上空にも零戦九機ずつが陣取って味方攻撃隊の直衛に当たっていたが、米軍戦闘機は雲を利用して巧みに急襲を仕掛けて来たので、一八機の零戦は完全に不意を突かれて、すぐには応戦することができなかった。

それにしても攻撃隊本隊を〝まる裸〟にしていなかったのが不幸中の幸いだった。一八機の零戦はその後すぐさま反撃に移ったが、ワイルドキャット一二機による捨て身の攻撃によって、第四波攻撃隊の第一群は、さらに艦爆四機と艦攻五機を撃墜された。

これで攻撃兵力は今や、艦爆三〇機、艦攻二七機となってしまい、常に沈着冷静な江草もさすがに、悔しさをあらわにした。

――くそっ、やられた！

九機の喪失はバカにならない。しかも攻撃命令の下令が暫時、後れてしまい、空母「エンタープライズ」を取り巻く米艦艇は、その間にまんまと輪形陣を完成させていた。

江草があらためて見下ろすと、狙う空母の左右両舷側に敵巡洋艦二隻ずつがぴたりと張り付いており、さらに一〇隻以上の敵駆逐艦によって、入るすき間もないほど敵空母の周囲が埋め尽くされていた。

そして、それら二〇隻近くの米艦艇が、今や一丸となって高角砲をぶっ放し、さかんに黒い弾幕を張っている。

とくに上空から降下する江草の爆撃隊は、この不気味な弾幕をいとわず突破しなければ、狙う米空母に対して、およそ命中弾を与えることができないのであった。

――やれやれ、面倒なことになった……。

江草はそう思い、にわかに〝ふう〟とため息をひとつ付いたが、母艦を出撃したときからすでに命は捨てている。そしてそれは、江草だけでなく帝国海軍の搭乗員全員が、まったく同じ気持ちであった。

一八機の零戦は遅まきながら反撃に転じ、敵戦闘機を残らず空戦にまき込んでいる。それを再確認した江草は意を決し、同乗する後部座席の石井樹(いつき)飛曹長に向かって〝ツ連送〟の発信を下令、ついに突撃命令を発した。

「全機、突撃せよ！」

江草機はまさに指揮官先頭、どす黒い弾幕へ飛び込み、真っ先に急降下してゆく。はるか下方では雷撃隊もいよいよ襲撃態勢に入っていた。

日本軍機が味方戦闘機隊の迎撃網を突破して一斉に襲い掛かって来たので、エンタープライズ艦長のマレー大佐は急遽(きゅうきょ)、回頭を決意し、取り舵を命じた。マレー艦長が〝取り舵〟を命じたということは、空母「エンタープライズ」はまもなくして左へ回頭し始めるに違いなかった。

そしてマレー艦長の意図が麾下の全艦艇に伝わると、重巡「ノーザンプトン」が寄り添うように前進して、空母「エンタープライズ」の右舷側を固めた。

――「エンタープライズ」が左へ急速回頭すれば、ビッグ〝E〟の右舷ががら空きとなり、日本軍雷撃機から狙われるに違いない！

とっさにそう判断して、座乗艦・重巡「ノーザンプトン」に急遽、前進を命じたのは、第五重巡戦隊司令官のレイモンド・A・スプルーアンス少将だった。

開戦初日にしてはやくも空母の重要性に気づいたスプルーアンスは、指揮下の重巡三隻を犠牲にしてでも「エンタープライズ」を守り切ってやろうと決意を固めていた。

ハルゼー中将は、重巡「ノーザンプトン」が座乗艦「エンタープライズ」の右舷側にぴったり寄り添ったのを見て、いかにも満足げな表情で〝よし！〟とうなずいた。

けれども、日本軍機の襲撃は大胆かつ正確なこと無比であった。座乗艦「エンタープライズ」の舵が利き始める前に、真っ先に降下して来た日本軍の急降下爆撃機一機が、目にもとまらぬ勢いで爆弾を投じて来た。

同機の見事な襲撃法にはさしものハルゼー中将も〝敵ながらあっぱれ！〟と舌を

巻き、命中を覚悟せざるをえなかった。

そしてハルゼーの予感はやはり的中した。その敵機が投じた爆弾は、あえなく空母「エンタープライズ」の艦上で炸裂、艦橋前方の飛行甲板でたちまち火災が発生した。

しかし、その直後にようやく舵が利き始め、空母「エンタープライズ」は続けて投じられた敵の爆弾を次々とかわし、訓練で鍛え抜かれた本領を発揮し始めた。

的艦・空母「エンタープライズ」に爆弾を命中させたのはむろん江草少佐が操る九九式艦爆だったが、そのあと列機が投じた爆弾は一発も命中せず、さしもの江草も、空母を中心とする米艦隊の輪形陣に感心せざるをえなかった。

——これは我が帝国海軍を凌ぐ、徹底した母艦防御の布陣だ……。この鉄壁の防御網を突破するのは容易なことではないぞ！

江草はそう直感したが、空母「エンタープライズ」を核に据えたこの輪形陣は、ハルゼー中将がスプルーアンス少将と相談して独自に編み出した陣形であり、米海軍としていまだ全面的に採用していたわけではなかった。

それはともかく、江草の予想は的中し、爆撃隊のみならず雷撃隊も、なかなか「エンタープライズ」に命中弾を与えることができなかった。しかも、空母「エンタープライズ」の乗員はなるほどハルゼー中将によってよく鍛えられており、江草機の爆撃によって生じた火災はわずか五分ほどで消し止められた。

「あと一五分後ほどで飛行甲板の亀裂も復旧いたします。発着艦に支障はありません！」

マレー艦長がそう報告すると、ハルゼー中将はこれに大きくうなずいた。

江草隊長機が突撃命令（ツ連送）を発してからすでに一〇分ほどが経過しており、この時点でおよそ三分の一の日本軍爆撃機、雷撃機が攻撃を終了していた。時刻は午後二時五八分になろうとしている。

ヨークタウン型米空母に与えた命中弾はわずか爆弾一発のみ。江草機が投じたその爆弾も、本来は陸上施設攻撃用の二五〇キログラム爆弾だったので、敵空母に大きな損害を与えることはできなかった。

眼下の米空母はいまだ平然と三〇ノット以上の高速で走り続けており、戦闘力が低下した様子はみじんもない。江草少佐もさすがにあせりを感じ始めていた。

しかしほどなくして、江草が待ち望んでいた変化がようやくおとずれた。

米空母の右（北東側）で並走していた敵巡洋艦の舷側から突如、水柱が昇り、狙う米空母の右側海上に〝雷撃隊が突入するためのすき間〟がうまれたのだ。

右舷舷側から突如水柱を上げたのは、まさにスプルーアンス少将が座乗する重巡「ノーザンプトン」であった。

メイン・マストに少将旗を掲げる「ノーザンプトン」は、これまでに五本以上の魚雷をかわしていたが、ついに魚雷一本を喰らって速度がみるみるうちに二四ノットまで低下。同艦は旗艦「エンタープライズ」に付いてゆけず、隊列から徐々に落伍(らくご)し始めた。

この好機を、残る日の丸飛行隊が見逃すはずもなかった。

「ござんなれ！」

間隙(かんげき)を突いて三機の九七式艦攻が立て続けに魚雷を投下する。そしてそのうちの一本が、高速で疾走する空母「エンタープライズ」の右舷舷側をついにとらえた。

僚艦「ノーザンプトン」の速度がおとろえたとみるや、マレー艦長はすかさず〝面舵〟を命じていたが、およそ間に合わなかった。

やがて艦内に鈍い衝撃が走り、ハルゼー中将も魚雷が命中したことを悟った。

――くう、やられたな……。

右舷、艦尾近くの舷側に浸水をまねき、速度があきらかに低下している。ようやく舵が利き「エンタープライズ」は右へ回頭し始めたが、速度は二七ノットに低下していた。

そして、定針するや、今度は上空から五機の日本軍爆撃機が、息も継がせず立て続けに急降下して来た。

——いかん、これはやられるぞ！

ハルゼー中将はにわかに直感したが、無理もない。空母「エンタープライズ」はたった今定針したばかりで、身動きの取りようがなかった。

それでもマレー艦長は急ぎ〝取り舵〟を命じたが、艦はまるでいうことを聞かず、艦橋に居るもの全員の表情が青ざめた。参謀長のブローニング大佐もそのうちの一人で、ブローニングはもはや被弾を覚悟していた。

が、まもなくサイド・デッキからけたたましい勢いで機銃掃射が始まり、降下して来た敵五機のうちの二機をたちどころに撃墜、一機は海面に激突し、もう一機は空中で跡形もないほど粉々（こなごな）に砕け散った。

それを見てブローニングは〝これは助かるかもしれない……〟と思いなおしたが、まもなくその期待は無残にうちくだかれた。

続けて降下して来た日本軍爆撃機三機が、「エンタープライズ」の艦上めがけて容赦なく爆弾をねじ込む。そしてそのうちの二発が、ブローニングの期待もむなしく、「エンタープライズ」の飛行甲板を連続で突き刺した。

二発の爆弾は飛行甲板のほぼ中央・艦橋付近で立て続けに炸裂。その瞬間、閃光が走り、周囲がみるみるうちに黒煙でおおわれた。

――や、やられた！

間近で炸裂したため、ブローニングは思わず身を伏せた。いや、ブローニングだけでなく、ハルゼー中将も含めて艦橋に居る者ほぼ全員がその場でしゃがみこんだ。

やがて黒煙が収まり、ブローニングが顔を上げると、すでにダメコン・チームの隊員らが現場へ急行していた。

艦橋の真横で火災が発生している。

ただちに放水が始まり、火の勢いはやがておとろえたが、艦橋付近の飛行甲板が〝大きく陥没している……〟ということがブローニングにもすぐにわかった。

被弾後もマレー艦長は鋼のような意志で指揮を執り続け、空母「エンタープライズ」はさらに投じられた爆弾数発を見事にかわした。

しかし日本軍機の攻撃は執拗で、まだ止まらない。手負いとなった「エンタープライズ」の動きはあきらかに鈍っていた。

マレー艦長はうって変わってすでに〝面舵〟を命じていたが、舵が利き始めるその前に、三機の日本軍雷撃機が左舷側から肉迫、空母「エンタープライズ」に対し、これ以上ないほど近づいて魚雷を投下して来た。

　ぶきみな魚雷が三本、するすると近づく。その航跡が艦橋からも確認できた。

　数秒後、ようやく舵が利き始め、空母「エンタープライズ」は右へと回頭し始めた。

　──よし、もう少しだ！　なんとかまわり切ってくれ！

　ブローニングは心のなかで懸命に祈ったが、その願いはまたもや、あともう一歩のところで、ふみにじられた。

　二本はそれた。が、最後の一本は空母「エンタープライズ」の左舷、艦尾付近をまんまと突き刺し、巨大な水柱を上げた。

　ぶきみな振動が艦橋にも伝わる。その瞬間ハルゼー中将と目が合ったが、ブローニングは大きくかぶりを振って、すぐに目を伏せた。

　艦の速度がみるみるうちに低下してゆく。ハルゼーは心配そうに艦長の後ろ姿を見ていたが、やがてマレー大佐は振り向き、つぶやくようにして報告した。

「残念ながら……、同艦の速度は二二ノットまで低下しました……」

　ハルゼーはその言葉に、黙ってうなずくしかなかった。

けれども、そのころにはもう、猛威をふるっていた日本軍機もようやく飛び去り、艦隊上空から姿を消しつつあった。

どうやら空母「エンタープライズ」は、沈没だけはまぬがれたようである。だが、その両脇を守っていた、重巡「ノーザンプトン」は魚雷一本と爆弾一発を喰らって中破し、重巡「ソルトレイクシティ」にいたっては、魚雷三本を喰らって左へ大きく傾き、大破していた。

旗艦「エンタープライズ」の速度が低下したため、重巡「ノーザンプトン」はまもなく隊列に復帰した。が、重巡「ソルトレイクシティ」は出し得る速度がわずか一〇ノットに低下し、隊列から今や完全に落伍していた。

肝心(かんじん)の「エンタープライズ」は爆弾三発と魚雷二本を喰らっている。問題は艦載機の運用が可能かどうかだが、艦尾近くの左右両舷に大量の浸水をまねいた「エンタープライズ」は、速度を二二ノット以上に回復できず、戦闘力はあきらかに低下していた。

「飛行甲板の陥没をふさぐのにあと三〇分ほど掛かりますが、作業が終わり次第、艦載機の運用は可能となります！」

被害状況を確認したマレー艦長がそう報告すると、ハルゼー中将はうなずきながらも、すかさず念を押した。

「よし。ならば、『エンタープライズ』はまだ戦えるな!?」

しかし、マレーが答えを返す前に、ブローニングがにわかに横やりを入れた。

「ボス！　残念ですが、もはや潮時です。本艦の速度は二二ノットに低下しており、再攻撃を受ければ取り返しのつかないことになります。今すぐこの海域から離脱しなければ敵艦載機の追い撃ちを受けるのは必定ですし、護衛の重巡二隻も手痛い損害を被り、周囲の守りは俄然、手薄になっております！」

ブローニングの言うとおりだが、ハルゼーはすぐにはうなずかない。

「……出した攻撃機はどうする？」

空母「エンタープライズ」から飛び立った四四機の攻撃機は、もうしばらくで日本軍空母部隊の上空へ到達するはずだった。

現在の時刻は午後三時二七分。とくに、先発したワイルドキャット一二機とドーントレス一六機は、おそらくあと二〇分ほどで、敵艦隊の上空へ到達するはずだった。

出した攻撃機は収容しなければならない。けれども、ブローニングは戦いの行方をもはや達観していた。

「出した攻撃機はすべて、オアフ島の飛行場へ帰投させます！」

「……だが、デヴァステイターは、おそらく味方飛行場へはたどり着けんぞ！」

ハルゼーの言うとおりだった。日本軍空母部隊は現在、オアフ島の北方二〇〇海里付近で行動していると推定される。だとすれば、ドーントレスやワイルドキャットはぎりぎりオアフ島の飛行場へ帰投できるだろうが、攻撃半径がわずか一七五海里しかないデヴァステイターは、とてもたどり着けないのであった。

しかしブローニングは、対応策をきっちりと考えていた。

「我が任務部隊の指揮下から駆逐艦一隻を割いてカフク岬沖へ急行させます。デヴァステイターはなるほどガス欠で不時着水を余儀なくされるでしょうが、搭乗員は可能な限り、その駆逐艦で救助いたします」

空母「エンタープライズ」を危険から遠ざけるにはもはやその手しかなかった。

ところが、ハルゼーはなかなか煮え切らない。

やむを得ず、ブローニングはハルゼーの背中を押した。

「これ以上、『エンタープライズ』が戦場にとどまっていてもなにも得るものはありません。そして搭乗員は、決して見殺しにせず、可能な限り救助するのです！」

ブローニングの言うとおりだった。敵空母は少なく見積もっても三隻。いや、おそらく五、六隻はいるだろう。敵はあまりにも強大で、これ以上戦場にとどまると、空母「エンタープライズ」は敵機の波状攻撃にさらされて、海の藻屑と化すに違いなかった。

もちろん「エンタープライズ」を失うわけにはいかない。すでに同艦はよく戦い、戦いの帰趨はおおむね決した。戦争はまだ始まったばかりであり、ここで意地を張って貴重な〝ビッグE〟を失うべきではなかった。

オアフ島上で指揮を執る太平洋艦隊司令長官のハズバンド・E・キンメル大将もそのようなことは決して望んでいないだろう。だとすれば、ここは隠忍自重し、再起を期すべきであった。

「……わかった。今回は、卑劣なジャップに不意を突かれ、まともな戦いができなかった。しかし我々は、やるべきことはやった。もはや撤退も致し方なかろう」

ハルゼーがそうつぶやくと、ブローニングは大きくうなずいた。けれどもハルゼーには、もうひとつだけ確認しておくべきことがあった。

「よかろう、軍を退こう。しかし、ジョンストン方面でもジャップの空母部隊が行動していると聞く。我々が南下すれば、ジョンストン方面に出て来た敵と衝突することにならんか？」

ハルゼーの言うとおりだった。じつは空母「エンタープライズ」はこのとき、日本軍の空母九隻によって南北から包囲されつつあったのだ。

しかし、ここはなんとしても、その包囲網から脱出すべきであり、ブローニングは冷静にその方策を述べた。

「時刻はすでに午後三時三〇分をまわっております。ジョンストン方面に現れた敵空母群が今日中に近海へ現れることはないでしょう。まずは北方の敵との戦いを避けるために日没まで最速で南下し、夜間は一気に東進してアレヌイハハ海峡（マウイ島とハワイ島の間）を突破、給油艦「ネオショー」を伴って、本土西海岸の基地へ引き揚げるしかございません」

まさにその手しかなかった。が、ハルゼーはさらにもうひとつ確認した。

「重巡『ソルトレイクシティ』はどうする？　速度が一〇ノットに低下しておるぞ……」

「……残念ですが、行動を伴にすることはできません。空母『エンタープライズ』の戦場離脱が最優先です！」

ハルゼーは、ブローニングの進言にやむなくうなずいた。

そして、ハルゼー司令部の方針が麾下の全艦艇に伝わると、スプルーアンス少将は重巡「ソルトレイクシティ」の護衛に駆逐艦「ディル」を残すことにし、ハルゼー中将は駆逐艦「モナガン」を指揮下から割いて、カフク岬沖へ急行させることにした。

午後三時三三分。ハルゼー中将に率いられた第八任務部隊の空母「エンタープライズ」及び重巡二隻、軽巡一隻、駆逐艦一二隻は速力二二ノットで南へ向け針路を執った。

この時点で、第八任務部隊の上空を守る戦闘機は、先の防空戦によってワイルドキャット九機を失い、一一機となっていた。

そして、そのうちの一機から緊急電が入ったのは、空母「エンタープライズ」が南へ変針してからわずか三分後のことだった。

「敵機編隊接近！　その数およそ六〇機。我が艦隊の北北東・約三五海里！」

幕僚から報告を聞いて、ハルゼーは思わず声を荒げた。

「なにっ!?　そんなはずはない！」

ハルゼー中将が驚くのも無理はない。

なぜなら、日本軍空母部隊は、ハルゼー部隊を空襲するのと同時に、オアフ島へ向けても攻撃隊を出しており、午後二時過ぎまでオアフ島を攻撃していた日本軍機も〝二〇機は下らない〟と報告されていたからであった。

いうまでもなく午後二時過ぎまでオアフ島を空襲していたのは、塚原二四三中将が放った第三波攻撃隊の二〇一機だった。

現在の時刻は午後三時三七分。基地を再攻撃した日本軍機は午後二時過ぎにオアフ島上空から引き揚げて行ったのだから、これほどはやく第八任務部隊の上空へ現れるはずがない。

また、先ほどハルゼー部隊を空襲して来た一二〇機ほどの日本軍機も、わずか一五分ほど前に味方の上空から引き揚げたばかりであり、これほどはやく第八任務部隊に再攻撃を仕掛けて来るはずがなかった。

したがってハルゼーやブローニングは、日本軍艦載機が「エンタープライズ」を再攻撃して来るとしても、それはいくらはやくても〝午後五時以降になるはずだ〟とみていた。

ところが驚くべきことに、直掩に当たっているワイルドキャットの報告によれば、六〇機近くもの日本軍機がまたもや「エンタープライズ」の上空へ迫っているという。

ハルゼーはとても報告を信じられず、さらに罵(ののし)りの声を上げた。

「敵空母はいったい何隻いる!?　……ジャップの空母はいったいどれほど多くの艦載機を搭載しているんだ!?」

ハルゼーの罵りに答えられる者はむろん誰一人としていなかった。が、帝国海軍のとくに慶鶴型空母は〝一〇二機〟もの艦載機を搭載し、内地から出撃していたのである。

ちなみに、SBDドーントレス急降下爆撃機は折りたたみ翼機構を備えていない。重量級の一〇〇〇ポンド（約四五四キログラム）爆弾を搭載して急降下爆撃をおこなうドーントレスに、折りたたみ翼機構を採用できるほど米海軍の技術はまだ進歩していなかった。エセックス級空母などが軒並み一〇〇機以上もの艦載機を搭載できるようになるのは、後継機となるSB2Cヘルダイヴァー急降下爆撃機が各母艦へ配備されるようになってからのことであり、日米開戦のこの時点では、米海軍のレキシントン級空母もヨークタウン級空母も、一〇〇機近くもの艦載機を積んで戦うことはできなかった。

空母「エンタープライズ」の艦橋では、ハルゼー中将の罵声（ばせい）がこだましたあと、声を発する者がおらず、しばらく沈黙が続いた。

結局ハルゼーは再度、声を張り上げ、命じるしかなかった。

「至急、一一機のワイルドキャットを迎撃に向かわせよ！　ジャップの攻撃機を『エンタープライズ』に絶対、近づけるな！　上空へ進入して来る前にすべて叩きのめせ！」

ハルゼーの命令はすぐに伝えられたが、一一機のワイルドキャットは、第一群の零戦との戦いでもはやかなり疲弊していた。

午後三時三五分過ぎにハルゼー空母部隊の上空へ到達したのは、いうまでもなく第四波攻撃隊の第二群だった。

第二群は午後三時四〇分ごろからワイルドキャットの攻撃を受け始めたが、第二群に随伴する零戦は一機もいなかった。そのため第二群は、ワイルドキャットの迎撃網を突破するまでに、一六機もの攻撃機を撃ち落とされてしまった。が、狙う米空母はもはや眼前に迫っている。

午後三時四八分。第二群を率いる翔鶴艦攻隊長の村田重治少佐は、空母を中心とする敵輪形陣の北端へ達するや、間髪を入れずに突撃命令〝ツ連送〟を発した。

「全機、突撃せよ！」

攻撃兵力は艦爆一四機と艦攻三三機。村田少佐は雷撃隊の艦攻三三機を直率して一気に低空へと舞い降りた。

それを見て、危機感を強めた艦長のマレー大佐は緊急回避を命じたが、すでに手負いとなっていた空母「エンタープライズ」の速度は思うように上がらず、周囲の守りもまた、それまでと違って手薄になっていた。

――よし、しめた！　米空母の速度は二〇ノットそこそこだ！

そう見てとるや、村田少佐は自機を含む九機で狙う敵空母の右舷側から迫り、第二中隊の艦攻九機を左舷側から差し向けた。いや、それだけではない。ほぼ同時に、上空から九機の艦爆が次々と急降下を開始した。

左右、上空の三方から狙われ、さしものマレー大佐も対応に苦慮した。しかし、指をくわえて見ているわけにはいかない。マレー艦長は意を決して、しゃにむに命じた。

「取り舵いっぱい！」

右舷側ではスプルーアンス少将の乗る重巡「ノーザンプトン」が守りを固めていたので、マレー大佐はそれを頼みとして、急遽左への回頭を命じたのだ。

居並ぶ米艦艇から猛烈な対空砲火が撃ち上げられる。が、それをものともせず、帝国海軍の艦爆や艦攻が爆弾や魚雷を次々と投下する。

そして舵が利き始める前に、「エンタープライズ」は爆弾一発を飛行甲板後部に喰らった。同艦の対空砲が一瞬、沈黙する。

しかし、ようやく舵が利き始め、村田・第一中隊の放った魚雷九本は「エンタープライズ」まで到達せず、そのうちの二本が重巡「ノーザンプトン」の右舷舷側を突き刺した。

かろうじて魚雷をかわした「エンタープライズ」は大きく弧をえがき、左へ旋回しながら疾走してゆく。

しかしそれを見透かしたようにして、第二中隊の艦攻九機が魚雷を投下。九本の魚雷はすでに海中を疾走していた。

——いかん、このままではやられる！

そう直感したマレー艦長は、急遽〝面舵〟を命じたが、乗艦「エンタープライズ」の反応は鈍くまったく間に合わなかった。

艦首が右へまわり始めた次の瞬間、空母「エンタープライズ」の左舷舷側から巨大な水柱が林立した。

命中した魚雷は三本。二本は左舷中央を連続で突き刺し、残る一本はすこし遅れて「エンタープライズ」の左舷後部に命中した。

みるみるうちに失速して、「エンタープライズ」の速度は一気に七ノットまで低下。加えて船体が大きく左へ傾いて、この瞬間、空母「エンタープライズ」は、航空母艦としての機能を完全に喪失した。

——か、神は我を見放した……。

さしものハルゼー中将も観念し、思わず天をあおいだが、豪気なハルゼーはすぐに気合を入れ直し、近いうちに〝必ず雪辱を果たしてやる！〟と心に誓った。

そう誓ったのはよいが、乗艦「エンタープライズ」が戦闘力を喪失したからには旗艦をすみやかに変更しなければならない。マレー艦長は、ハルゼー中将に対して司令部の移乗を進言したが、自身はいまだ艦上に残って「エンタープライズ」を救うつもりでいた。

しかしながら、日本軍機はそれを決してゆるさなかった。

あともうひと押しで〝敵空母は沈む〟とみた村田少佐は、さらに手元から艦爆五機と艦攻六機を割いて、手負いの「エンタープライズ」に容赦なく追い撃ちを掛けた。

空母「エンタープライズ」を囲む全艦艇がしゃかりきとなって対空砲をぶっ放し、その突入を阻止しようとする。しかしこれは、もはやむなしい抵抗だった。

突入した一二機は、猛烈な砲火によって艦爆二機と艦攻一機を撃墜されたが、抜かりなく爆弾一発と魚雷二本をねじ込み、空母「エンタープライズ」の息の根を止めた。

まもなく被害状況を確認したマレー艦長は、ついに復旧を断念、ハルゼー中将の許可を得て午後四時六分に総員退去を命じた。

そして第一群の攻撃と合わせて、結局、爆弾五発と魚雷六本を喰らった空母「エンタープライズ」は、その後ゆっくりと左へ傾きながら沈み、バーバース岬の西方・約九〇海里の洋上から、静かに姿を消したのである。

それはハワイ現地時間で一二月七日・午後四時四二分のことだった。

第二章　キンメル大将の決断

1

ウィリアム・F・ハルゼー中将の放った四四機の攻撃機は、結局、日本の空母になんら損害を与えることができなかった。

塚原二四三中将は七八機に及ぶ零戦を艦隊上空の守りに残しておいた。二倍近くもの零戦から反撃を喰らった米軍攻撃隊は、出撃機のおよそ三分の二を撃墜されて戦意を喪失、日本軍空母部隊への攻撃をあきらめて、むなしく引き揚げるしかなかった。

塚原中将はこの日、四波にわたる攻撃隊を繰り出して真珠湾の敵戦艦や空母「エンタープライズ」などを撃沈したが、第一艦隊の六空母は初日の戦いで七二機の艦上機を喪失していた。

午後五時五〇分には、しんがりで出撃していた第四波攻撃隊の第二群も母艦へ帰投し、幕僚から報告を受けた塚原中将は、ヨークタウン級空母だけでなく、重巡一隻を撃沈し、重巡もう一隻を大破させたことも知った。

大破した重巡とは「ノーザンプトン」のことであり、沈んだ重巡とは「ソルトレイクシティ」のことだった。

ハルゼー中将は幕僚、艦長などを伴って「エンタープライズ」から脱出、すでに軽巡「フェニックス」に移乗しており、レイモンド・A・スプルーアンス少将もまた艦長や幕僚を伴って重巡「チェスター」に移乗していた。

そして、大破した重巡「ノーザンプトン」は結局、復旧の見込みが立たず、味方駆逐艦の魚雷によって自沈処理された。周辺洋上の制空権は完全に日本側に握られており、下手にパール・ハーバーへ曳航（えいこう）しようとすれば、護衛の駆逐艦などが巻き添えを喰う恐れがあった。それにパール・ハーバーももはや決して安全ではなく、自力航行が困難な「ノーザンプトン」を西海岸の基地まで曳航するのは〝とても不可能である〟と判断されたのだった。

軽巡「フェニックス」や重巡「チェスター」など第八任務部隊の残存艦艇は、夜間に東進して夜明け前にアレヌイハハ海峡へ到達、海峡通過後に給油艦「ネオショー」から給油を受けた。ハルゼー中将やスプルーアンス少将は、日本軍艦艇の包囲網から逃れて、アメリカ本土西海岸への脱出に成功した。

いっぽう塚原二四三中将は、第四波攻撃隊の収容が午後六時近くになったので、初日の攻撃をこれで終了した。

なかでも、ヨークタウン級の主力空母一隻を初日に撃沈できたのは上々の戦果であったが、ハワイ周辺海域では別の米空母数隻が行動してる可能性もある。塚原中将はみずから油断を戒め、明日以降の戦いに備えるために、航空戦艦「伊勢」「日向(ひゅうが)」搭載の六〇機を日没までに六空母の艦上へ移した。初日の戦いで喪失した七二機を両戦艦搭載の六〇機で穴埋めしたのである。

主翼が強化された零戦や艦爆、艦攻などは航空戦艦「伊勢」「日向」の射出機で撃ち出すことができるようになっており、この日・日没を迎えた時点で第一艦隊の母艦航空兵力は、総計五二八機に回復していた。

第一艦隊　司令長官　塚原二四三中将

・第一航空戦隊　司令官　塚原中将直率

空母「慶鶴」　搭載機数・計九九機

（零戦三九、艦爆三〇、艦攻二七、艦偵三）
空母「翔鶴」搭載機数・計九九機
（零戦三九、艦爆三〇、艦攻二七、艦偵三）
空母「瑞鶴」搭載機数・計九六機
（零戦三六、艦爆三〇、艦攻二七、艦偵三）
・第三航空戦隊　司令官　山口多聞(たもん)少将
空母「雲龍」搭載機数・計七八機
（零戦三〇、艦爆二七、艦攻一八、艦偵三）
空母「蒼龍」搭載機数・計七八機
（零戦三〇、艦爆二七、艦攻一八、艦偵三）
空母「飛龍」搭載機数・計七八機
（零戦三〇、艦爆二七、艦攻一八、艦偵三）

第一艦隊は初日の戦いで零戦一二機、艦爆三六機、艦攻二四機の計七二機を喪失していた。零戦一二機を失ったのはほぼ想定どおりだったが、艦攻よりも艦爆の喪失機数が多かったのは予想外のことだった。

かたや、航空戦艦「伊勢」「日向」から移された艦載機は零戦一八機、艦爆一八機、艦攻二四機の計六〇機。したがって、六空母の艦上に在る零戦は六機増えて、艦爆は一八機減り、艦攻は喪失した二四機をちょうど穴埋めすることができたので増減なしであった。

その結果、一二月七日の日没を迎えた時点で第一艦隊の航空兵力は、零戦二〇四機、艦爆一七一機、艦攻一三五機、偵察用艦攻一八機の計五二八機となっていたのである。

いっぽう、小沢治三郎中将の第二艦隊は、初日の戦闘で一五機の艦載機を喪失していた。

第二艦隊　司令長官　小沢治三郎中将

・第二航空戦隊　司令官　小沢中将直率

空母「赤城」　搭載機数・計七五機

(零戦二四、艦爆二七、艦攻二一、艦偵三)

空母「天城」　搭載機数・計七五機

(零戦三〇、艦爆二四、艦攻一八、艦偵三)

空母「葛城（かつらぎ）」搭載機数・計七五機
（零戦三〇、艦爆二四、艦攻一八、艦偵三）

第二艦隊が喪失した艦載機は零戦三機、艦爆六機、艦攻六機の計一五機。その結果、一二月七日の日没を迎えた時点で第二艦隊の航空兵力は、零戦八四機、艦爆七五機、艦攻五七機、偵察用艦攻九機の計二二五機となっていた。
明日以降も引き続きオアフ島に航空攻撃を加えて敵基地を無力化し、なおかつ、米空母をさらに撃沈することができれば、いよいよハワイの占領が見えてくる。それには小沢中将の第二艦隊と合同しておくのが肝要（かんよう）であり、味方上陸船団を守ることにもつながる。日没後、塚原中将は麾下（きか）の全艦艇に南下を命じ、第一艦隊はオアフ島の西岸に沿って軍を進めたのである。

2

太平洋艦隊司令長官ハズバンド・E・キンメル大将の表情は苦悩に満ちていた。
――まったく信じられん。日本軍の空母はいったい何隻いるんだ……!?

日本軍艦載機の猛攻を受けて、指揮下の戦艦五隻が再起不能の状態となって沈没、残る三隻も大破して動けず、空母「エンタープライズ」まで沈められてしまった。

いや、それだけではない。ジョンストン島近海では重巡「インディアナポリス」が撃沈され、オアフ島近海でも重巡「ノーザンプトン」と「ソルトレイクシティ」を失っている。

さらにパール・ハーバーでは、重巡二隻、軽巡五隻、一線級の駆逐艦一四隻なども手痛い損害を被り、身動きを取れずにいた。

頼みの第八任務部隊はおよそ〝飛んで火に入る夏の虫〟となってまともな戦いができず、ハルゼー中将指揮下の残存部隊はすでに西海岸の基地へ向け引き揚げつつあった。

しかも、三度目に来襲した日本軍機の空襲が決定打となって、オアフ島の陸海軍機はその大半を失い、味方基地航空隊は反撃の芽を完全に摘み取られてしまった。

わずか一日で、太平洋のアメリカ陸海軍は信じられないほど大きな損害を被り、キンメル大将はにわかに決断を迫られていた。

ハワイの防衛を〝あきらめるか否か〟ということである。

あくまでもハワイを死守するとすれば、取るべき手段はおよそ一つしかなかった。

空母「レキシントン」と「サラトガ」をハワイの北東海域ですみやかに合同させ、日本軍空母艦隊に戦いを挑むのだ。

空母「サラトガ」はすでにサンディエゴから出港しており、キンメル司令部は、空母「レキシントン」の部隊に対して、ハワイの北東海域へ向かうよう緊急命令を発していた。

しかし、両空母の合同ははやくても三日後のことになる。しかも味方空母はわずか二隻。戦いを挑んだとしても勝利を勝ち取るのはかなり難しいであろう。

勝利の可能性は低いとみざるをえないが、キンメルは司令長官就任時に、フランクリン・D・ルーズベルト大統領から太平洋艦隊のハワイ進出を直々に命ぜられていた。そのため、ハワイをみすみす放棄して、簡単に西海岸へ退くわけにはいかなかった。

七日・午後六時過ぎ、キンメルは作戦室に幕僚らを招集し、今後、採るべき方策について慎重に協議した。

「ハワイは是が非でも死守せねばならん。……しかし空母戦を挑んで、はたして勝つ見込みがあるかね？」

口火を切ったのはキンメル自身だったが、この質問に〝勝てる見込みはある〞と断言できる者は誰一人としていなかった。

みなが黙ったままうつむいている。

キンメルはやむをえず質問を変えた。

「我がほうの空母は二隻。『レキシントン』と『サラトガ』で戦いを挑むしかないが、問題は敵空母が何隻存在するかだ。……敵艦隊の兵力をどうみるかね?」

キンメルがそう聞くと、航空参謀のアーサー・ディビス大佐がようやく口を開いた。

「来襲した敵機の多さからみて、オアフ島近海で行動している敵空母は、少なくとも六隻はいるでしょう」

情報参謀のエドウィン・T・レイトン大佐が真っ先にうなずくと、それを待っていたかのようにして全員が一斉にうなずいた。

それを見てキンメルが続ける。

「敵空母のおよそ半数を撃破できれば、日本軍は作戦の継続を断念するかもしれん。空母数は二対六とあきらかに劣勢だが、三隻ぐらいなんとか沈められんか? いや、沈められずとも、敵空母の戦闘力を奪うだけでよい。そのためなら、我が空母二隻が傷付くのも致し方なかろう」

味方空母二隻は三倍の敵を相手にしなければならない。敵空母の半数以上を撃破するというのはかなり難しい注文だが、おめおめと戦いをすてるわけにはいかなかった。

するとディビスが、意を決して口を開いた。

「正面から戦いを挑んでも勝てる相手ではありません。我がほうの勝利条件を満たすにはそれなりの準備が必要です」

「……むろん、できる限りのことはする。準備とはなんだね？」

キンメルがそう返すと、ディビスはゆっくりと説明し始めた。

「日本軍空母部隊は夜間に移動しているかもしれません。それがいったいどこに現れるのか、そして敵空母はいったい何隻いるのか、そのことを確かめたうえで空母戦を挑む必要がございます。つまり、少なくとも索敵はオアフ島配備の飛行艇などでおこない、味方空母二隻の負担を軽減してやるべきです。両空母の艦載機で索敵を自力でやるとなりますと、おそらく『レキシントン』と『サラトガ』は『エンタープライズ』の二の舞となるでしょう。……敵空母部隊はオアフ島をさらに攻撃してくるはずです。まず基地の飛行艇で敵空母部隊の所在を突き止め、敵空母がオアフ島に攻撃隊を放ったことを確認してから、一気に空母『レキシントン』と『サラトガ』を敵に近づけ、奇襲攻撃を仕掛けるべきです。空母同士で索敵合戦から始めたのでは、味方空母二隻に到底、勝ち目はありません」

ディビスの言うとおりだった。

アメリカ軍艦載機は日本軍艦載機よりも航続距離が短い。日米の空母双方が同時に索敵を開始すると、アメリカ軍の空母だけが一方的に発見されてしまう恐れがあった。

それを避けるには、味方飛行艇の力を借りるしかない。力を借りるしかないのだが、その飛行艇が問題だった。

ディビスがその点を指摘した。

「一機や二機ではダメです。索敵を満足にやるには、最低でも一〇機程度は味方飛行艇をそろえる必要がございます」

しかし、オアフ島の飛行場はいずれも壊滅状態におちいっており、満足に飛べる飛行艇が残っているかどうかが問題だった。

幕僚らは手分けして各飛行場と連絡をとり、飛行可能な飛行艇を懸命にさがした。するとほぼ無傷の飛行艇がカネオへ基地に二機、フォード島基地にも一機だけ残っていた。さらに、今夜中に修理可能な飛行艇がフォード島、カネオへ両基地に二機ずつ残っており、合わせて七機のPBYカタリナ飛行艇を準備できそうだった。

けれども、七機では心もとない。そこでディビスは、キンメル大将に提案した。

「七機では不安ですので、陸軍にも応援を頼みましょう。B17爆撃機がもし残っていれば、優秀な索敵機として使えます」

キンメルもB17爆撃機の優れた航続力と高高度性能はよくわかっていたので、即座にディビスの提案に同意して陸軍と連絡をとった。

すると、ヒッカム飛行場から回答があり、飛行可能なB17爆撃機が五機、残っていることがわかった。これら五機のB17はいずれも今朝、アメリカ本土からやって来たばかりだった。そのうちの二機は着陸時に機体を破損していたが、今夜中に修理できるというのである。

ハワイ陸軍司令官のウォルター・C・ショート中将はもちろんキンメルの協力要請を快諾し、これでB17爆撃機が五機、PBYカタリナ飛行艇が七機となって、計一二機の索敵機を準備することができた。

そして、開戦二日目となる一二月八日未明、五機のB17爆撃機とカタリナ飛行艇七機は、日本軍艦載機が再び来襲する前に各飛行場から飛び立った。一二機に発進の命令が下りたのは午前五時ちょうど、それは日の出（午前六時二八分）の一時間三〇分ほど前のことだった。

しかしせいぜい一二機では、オアフ島の全周を捜索することはできない。前日の日本軍空母部隊の動きから推測して、太平洋艦隊司令部は北方の索敵を重視せざるをえなかった。そこで一二機は北北西を中心とする一六〇度の索敵網を展開したが、午前中に日本軍空母部隊を発見することはできなかった。

それどころか、日本軍艦載機は南西方面から来襲し、午前七時ごろからオアフ島の飛行場や軍事施設に再度攻撃を仕掛けて来た。

「くそっ、我々の予想は完全にはずれた……」

ディビスは天をあおいでそうつぶやいたが、もはやあとの祭りである。彼はキンメル大将の許可を得て、午前八時過ぎに一二機の索敵機をオアフ島へ呼びもどした。日本軍空母部隊は夜間にオアフ島の南西へ移動したに違いなく、もはや北方の索敵は必要なかった。北へ向けて索敵機を出したのは完全な失敗だったが、太平洋艦隊司令部としては、まずは北方の索敵を重視せざるをえなかった。

なぜなら虎の子の空母「レキシントン」と「サラトガ」は、オアフ島の北北東・約三八〇海里の洋上で合同することになっており、不意の遭遇戦を避けるには、どうしてもまず、オアフ島の北方に〝敵空母がいないかどうか〟を確かめておく必要があったのだ。

呼びもどした一二機の索敵機は、午前一一時ごろに相次いで各飛行場に帰投して来た。そのころ敵の空襲は完全に止(や)んでいたが、ディビスは空襲が下火になる時間帯を見計らって、索敵隊をはやめに帰投させていた。

各飛行場の滑走路はまたもや穴だらけとなったが、索敵隊が帰投して来るまでに懸命の復旧をおこない、カタリナ飛行艇とB17爆撃機は全機が無事に着水、着陸した。

それはよかったが、搭乗員に与えられた休憩時間はわずか一時間ほどだった。全機が一時間以内にガソリンを補充して、一二機の索敵機は午後零時一五分には再び上空へ舞い上がった。もちろん今度は、南西方面を中心とした索敵網を展開するのだ。

再発進を急いだのには歴とした理由がある。日本軍艦載機が本日二度目の空襲を仕掛けて来る前に、これら一二機をどうしても上空へ上げておく必要があった。

「索敵隊は全機無事に発進して行きました！」

まもなくディビスがそう報告すると、キンメル大将をはじめ司令部幕僚の全員が、ほっと胸をなでおろしたのである。

3

小沢治三郎中将の率いる第二艦隊がオアフ島の南西およそ二八〇海里の洋上に達し、塚原二四三中将の率いる第一艦隊と合同したのは八日・午後零時三〇分のことだった。

第二艦隊と合同するまでのあいだ、塚原中将は攻撃隊の全機を収容し、一八機の艦攻を索敵に出して周辺洋上の捜索に努めたが、米空母を発見することはできなかった。

第一艦隊と第二艦隊が合同し、これで、艦載機の攻撃圏内にオアフ島をとらえている帝国海軍の空母は合わせて九隻となった。

こうなれば、もはや怖いものなしである。

第一艦隊の空母六隻が午前中に失った艦載機はわずか九機だった。したがって、空母九隻の艦上には七二六機もの艦載機が在る。いや、索敵に飛び立って帰投中の艦攻一八機も含めると、全部で七四四機だ。

周辺洋上にはめぼしい敵艦が見当たらなかったので、第一艦隊は第二艦隊の艦載機を加えてもう一度オアフ島を空襲することになる。まさに鬼に金棒だが、昨日のようにいつ何時、米空母が現れぬとも限らないので、引き続き索敵だけは重視する必要があった。

そこで塚原中将は、第二艦隊の空母「赤城」「天城」「葛城」から艦攻三機ずつ、そして、第一艦隊の空母「慶鶴」「翔鶴」「瑞鶴」「雲龍」「飛龍」「蒼龍」からも艦攻三機ずつを出して、計二七機でさらに周辺洋上をくまなく捜索することにした。昨日も同じく二七機の艦攻を索敵に出して、首尾よくヨークタウン級空母を撃沈する、という戦果に恵まれた。

第一艦隊司令部の攻撃方針が第二艦隊の旗艦・空母「赤城」にも伝わると、午後零時四五分には空母九隻の艦上から、二七機の艦攻がまず索敵に飛び立った。

そのうえで塚原中将は、九〇機の零戦を防空用として手元に残し、それ以外の六〇九機を二群に分けて攻撃隊を編成することにした。六〇九機のおよそ半数にあたる三一二機でオアフ島に再攻撃を加え、残るもう半数の二九七機を九空母の艦上で待機させておき、米空母の出現に備えようというのであった。

とにかく、艦上機に折りたたみ翼を採用したおかげで、各空母の艦上は零戦や攻撃機であふれかえっている。

――米空母は多く見積もって、三隻ほど出て来る可能性はあるが、二九七機もの攻撃機を艦上で待機させておけば、おそらく三隻とも撃沈できるに違いない！

塚原中将は、空母「慶鶴」の飛行甲板に居並ぶ攻撃機を見下ろしながら、大きく胸をふくらませていた。

いっぽう、午後零時一五分ごろにオアフ島から再発進したB17爆撃機やカタリナ飛行艇は、巡航速度を維持して飛び続け、各索敵線上を着実に前進していた。

そして、そのうちの一機であるB17爆撃機がついに日本軍・第一、第二艦隊の上空へ到達し、午後二時一〇分に報告電を発した。

『敵艦隊発見！　空母らしきもの数隻、戦艦および三〇隻以上の中・小艦艇を伴う。敵艦隊はオアフ島の南西・約二七〇海里の洋上を北東へ向けて航行中！』

探し求めていた日本軍空母艦隊は、やはりオアフ島の南西にいた。これは、太平洋艦隊司令部の誰しもが待ちのぞんでいた報告だったが、航空参謀のディビスだけは首をひねり、けわしい顔付きになっていた。

「この報告では日本軍の空母がいったい何隻いるのか、まったくわかりません！」

それもそのはず。B17爆撃機の搭乗員はいうまでもなく全員が、陸軍の軍人であり、およそ艦種の判別に慣れていなかったのだ。

「近くを飛ぶカタリナ飛行艇を、至急、敵艦隊の上空へ向かわせます！」

キンメル大将は〝やれやれ〟と思いつつ、ディビスの進言にうなずいた。

同時にそのB17爆撃機に対しては〝接敵を続けて正確な敵空母の数を知らせよ！〟

という指令が出された。が、同機がこれに応じて第二報を入れてきたのは、たっぷり一五分ほど経過してからのことだった。

『空母は一一隻なり！』

この第二報を受けて、太平洋艦隊司令部の全員が腰を抜かしそうなほどに驚いた。

「……なにっ⁉ 一一隻だと⁉」

キンメル自身がそうつぶやくと、続いて作戦参謀のチャールズ・H・マクモリス大佐も吐き捨てるようにして言った。

「バカな……。そんなはずはない！」

この報告はむろん間違いだったが、B17爆撃機の搭乗員は航空戦艦の「伊勢」「日向」を空母と見間違えたのだった。

「なにかの間違いです。一一隻もいるはずがありません」

ディビスがそう応じると、みなが一様にうなずいたが、もはやこれで、B17爆撃機の報告を誰も信用しなくなってしまった。ただし、日本軍の空母艦隊がオアフ島の南西で行動しているということに疑いを持つ者はいなかった。

「敵がオアフ島の南西に現れたということは、敵艦隊は、昨日までジョンストン方面で行動していた別の空母艦隊とすでに合同したのかもしれません。……しかしそれにしても、敵空母が一一隻ということは絶対にありえません」

ディビスがそう言及すると、またもや全員がうなずいた。けれども敵空母が〝本当はいったい何隻いるのか〟まったく判然としない。

いずれにしても、六隻以上は確実にいると思われたが、ようやくその答えが出たのは、それからたっぷり二〇分以上が経過した午後二時五二分のことだった。

待望の報告を入れてきたのは、ディビスの進言によって急遽オアフ島の南西方面へ針路を変えていた一機のカタリナ飛行艇だった。

『敵艦隊見ゆ！　空母九隻、戦艦八隻、その他随伴艦三〇隻以上。敵艦隊は二群に分かれて北東へ向け航行中！　速力一六ノット。オアフ島の南西およそ二六〇海里』

報告を聞いてうなずくや、ディビスが真っ先に進言した。

「敵艦隊はやはり合同しているようです。……戦艦も八隻いるということは、日本の艦隊のほぼ全力に匹敵する兵力です！」

ディビスの言うとおりだった。

敵艦隊が二群に分かれて行動しているということは、指揮系統の異なる二つの艦隊が一緒に行動しているに違いなく、オアフ島近海に現れた敵空母艦隊とジョンストン島近海に現れた敵空母艦隊はすでに合同している、とみるべきだった。だとすれば、空母が〝九隻〟という飛行艇の報告にもうなずける。

しかもディビスが指摘したとおり、カタリナ飛行艇の報告が正しいとすれば、これは日本海軍のほぼ全力に匹敵するほど〝強大な敵〟に違いなかった。

問題は、この強大な敵に〝空母戦を挑むべきかどうか〟ということである。

ディビスは、大きくひとつ息を吸い込み、恐るおそるキンメル大将に決断を求めた。

「長官。敵空母は九隻です。我が飛行艇が敵空母の数を見誤ることは、おそらくないでしょう。……『レキシントン』と『サラトガ』で戦いを挑みますか？」

空母兵力はじつに二対九である。

戦いたいのは山々だが、圧倒的な兵力差に気おされ、さしものハズバンド・E・キンメルもすぐには結論を出せなかった。

するとそれを見て、作戦参謀のマクモリス大佐がたまらず横やりを入れた。

「昨日早朝にパール・ハーバーが奇襲攻撃を受けて以来、我々はすべての面において完全に後手にまわされております。敵空母九隻が早々と合同した今となっては、味方空母二隻だけで戦いを挑むのはいかにも無謀です。……ここは是非、自重していただきたい」

しかし空母戦を断念すれば、オアフ島はもはや風前のともし火となる。最も信頼するマクモリスの進言といえども、キンメルは簡単にうなずくことができなかった。

「きみは……、ハワイの防衛をあきらめろと言うのかね?」

酷(こく)な質問だが、キンメルとしてはそう問いたださざるをえなかった。

しかしマクモリスは〝敵空母は九隻〟と聞いて達観し、もはや決意を固めていた。

――長官の〝暴走〟を止められるのは、私しかおるまい……。

そう決心したマクモリスは、心を鬼にしてキンメルの言葉に応じた。

「もはや後の祭りですが、日米開戦が必至の情勢のなか我々が空母三隻を分散させていたのは間違いでした。日本軍は空母を集中的に運用し、昨日は『エンタープライズ』を沈め、今度は九隻もの空母を集中して〝二匹目のどじょうがいないものか……〟と、手ぐすねをひいて待ち構えているのです。客観的かつ冷静に判断して、我々には到底勝ち目がございません」

マクモリスの言うとおりだった。

日本軍の空母兵力は味方の四倍以上。あわよくば「レキシントン」「サラトガ」による奇襲が成功したとしても、多数の護衛戦闘機を持つ敵によって味方攻撃機は返り討ちにされ、手痛い反撃を喰らって両空母も「エンタープライズ」の二の舞となるに違いなかった。

じつのところキンメルもうすうすそう感じていた。そう感じてはいたが、ハワイの失陥は決してゆるされることではなかった。

ハワイの失陥は、即ち、キンメルの海軍人生の終焉を意味していた。

どうにかしたいが、マクモリスを説得するための材料がキンメルにはまるでなかった。圧倒的な兵力差に気おされて、多くの幕僚も戦いを望んでいないことが明白だ。

キンメルが口を閉ざしたままなので、再びマクモリスが口を開いた。

「戦争は始まったばかりです。我々は空母をそろえて態勢を立て直す必要がございます。戦いには勢いというものがある。残念ながら今の日本軍には勢いがあります。戦えば我がほうの損害が増すばかり、ここはなけなしの空母二隻を温存し、日本軍空母艦隊に対抗しうる戦力を整えたのちに立ち上がるべきです」

「ソク（マクモリスのあだ名）……、きみの言うとおりだろう。しかし、戦わずして退くのは我が信条に反する。ハワイを失うぐらいなら、戦って死んだほうがまだマシだ」

キンメルは重い口をようやく開き、とうとう本音を吐露した。

〝戦って死んだほうがマシだ〟というキンメルの気持ちはマクモリスにもよくわかった。マクモリスもそれはまったく同感だったが、空母二隻や太平洋艦隊司令部が犠牲になったからといって、ハワイを守り切れるわけではなかった。

「お気持ちはよくわかります。ですが、ここは恥を忍んで軍を退くべきです。そして〝退く〟という決断こそが、最も勇気ある決断であり、長官が真の勇気を示されたことは、ここにいる全員が証人となって心に刻んでおきます！」

マクモリスがそう宣言すると、一人残らず全員がこの宣言に重々しくうなずいた。腹心の部下であるマクモリス大佐に引導を渡されて、キンメルとしては、もはや決断を下すしかなかった。

「……わかった。やむをえまい。空母『レキシントン』と『サラトガ』に、西海岸への引き揚げを命じてくれたまえ」

キンメル大将がついに空母戦を断念した。

この瞬間にハワイの失陥は決まったといってよかった。

マクモリスは、敬意を表してキンメル大将の決断に頭を下げ、続けざまに航海参謀に対して特別な指示をあたえた。

「日没までに、脱出用の潜水艦を一隻、手配しておいてもらいたい」

その意味を出席者の全員が瞬時に理解し、やがて会議は散開となって、銘々が重要機密書類の処分に掛かった。

口にこそ出しはしないが、マクモリスは肚のなかで思っていた。

――本当の責任はワシントンにある！　我々は大統領府から〝先制攻撃の機会は日本側にゆずるように！〟と厳重な警告を受けていたのだ。手足を縛られていたのに、まともな戦いができようはずもない！　それにしても、たたみ掛けるような日本軍機動部隊の空襲は、敵ながらあっぱれだった。日本軍は〝開戦劈頭に勝負を掛けよう〟とかなりはやくから準備していたのに違いない。でなければ、九隻もの主力空母をハワイ海域に集中できまい。……確かに我々は〝ハワイの防備は鉄壁である〟と慢心していた。正直なところ敵がハワイを攻撃して来るとは思いもしなかった。そういう意味では我々にも責任はあるが、ワシントンから事前通告さえあれば、もうすこしマシな戦いができたのに！

マクモリスは唇を噛みしめ、悔しさをあらわにしたが、彼が言明するまでもなく、太平洋艦隊司令部のほぼ全員が〝惨敗を喫した本当の責任はワシントンにある！〟と思っていた。

八日・午後六時二〇分。ハズバンド・E・キンメル大将以下、太平洋艦隊司令部の面々は、潜水艦「トレイトン」に乗ってひそかにパール・ハーバーから脱出したのである。

4

太平洋艦隊の支えを失ったハワイ防衛軍はこのあと悲劇的な戦いを強いられた。

一二月一〇日未明。帝国陸軍の精鋭二個師団がオアフ島北部のサンセット海岸から上陸し、帝国海軍陸戦隊・約六〇〇〇名と一部の陸軍部隊が南部のワイキキ海岸から上陸した。

帝国海軍は上陸の直前に戦艦「長門」「陸奥」「金剛」「榛名」「比叡」「霧島」によって猛烈な艦砲射撃を実施し、味方攻略部隊の上陸を強力に支援した。また、翌日以降は航空戦艦「伊勢」「日向」や重巡以下の艦艇なども艦砲射撃に加わり、オアフ島の敵防御陣地を徹底的に破壊した。

昼間はオアフ島上空全域を帝国海軍の空母艦載機が支配し、味方上陸部隊の進軍を全面的に支援した。そのため、ハワイ防衛軍は夜間にゲリラ的な反撃を加えるのが精いっぱいだった。それでも日本軍の上陸をゆるした一〇日後までは米軍も相当な抵抗を示したが、上陸一一日後の一二月二一日にホイラー飛行場やヒッカム飛行場などが相次いで陥落すると、米軍の反撃は目立って弱体化していった。

結局、米軍はその後も敗勢を挽回するにいたらず、ハワイ防衛軍司令官のウォルター・C・ショート中将は一二月二四日・正午になってついに白旗を掲げ、麾下全軍に対し武装解除を命じた。それは日本軍の上陸開始からちょうど二週間後のことだった。

帝国海軍はその間、第一、第二、第八艦隊のほぼ全艦艇がオアフ島近海にとどまり続けたが、重巡以上の艦艇で重油不足におちいった艦艇は一隻もなかった。

それでも五五〇〇トン級の軽巡や駆逐艦などは途中で給油が必要になったが、第八艦隊に随伴していた油槽船八隻や油槽戦艦「山城」から重油の補給を受け、帝国海軍の全艦艇がそれぞれの任務を完遂することができたのである。

一九四一年一二月二五日。フランクリン・D・ルーズベルト大統領はホワイトハウスで最悪のクリスマスを迎えることになった。

側近からオアフ島の陥落を知らされたルーズベルトは、その報告に顔色ひとつ変えず「そうか……」とつぶやいただけだった。

その翌日。大統領から呼び出しを受けてウィリアム・F・ノックス海軍長官がホワイトハウスに赴く(おもむ)と、ルーズベルトはにべもなく、ノックスに告げた。

「キンメルを代えるしかあるまい」

「……しかし、さしたる落ち度が彼にあったとは思えませんが……」

ハワイへの事前通告を避けたという後ろめたさがあり、ノックスは一応キンメルのことを弁護した。が、大統領の返事はつれなかった。

「責任の所在をあきらかにし、国民や兵士の奮起をうながす必要があるだろう。……キンメルの更迭(こうてつ)はやむをえまい」

むろん口には出さないが、フランクリン・D・ルーズベルトにとって、ハズバンド・E・キンメルは〝はじめから当て馬〟だった。

そして二人は、即日〝本命馬〟を指名して、後任の太平洋艦隊司令長官にはチェスター・W・ニミッツ大将（少将から昇進）が就任した。

第三章　大捷！ 帝国海空軍

1

マレー半島沖の南シナ海は荒れていた。夜半から雨が断続的に降り、風もきつかった。

帝国海軍の第七艦隊とイギリス東洋艦隊は夜中に五〇海里近くまで接近していたが、双方ともに敵を見失っていた。

昭和一六年一二月一〇日未明。開戦からおよそ二日後のことである。

旗艦・重巡「鳥海」に将旗を掲げる草鹿任一中将は、雲がようやく薄らぎ始めた夜空を見上げながら、今日こそ〝いよいよ戦いになる！〟と覚悟を決めていた。

敵は強大だ。戦艦二隻と空母一隻を基幹とするイギリス東洋艦隊が〝シンガポールから出撃した！〟と草鹿は聞かされていた。

鈍足の旧式戦艦ならいざ知らず、出て来た英戦艦は最新鋭の戦艦「プリンス・オブ・ウェールズ」と巡洋戦艦「レパルス」の二隻だ。両戦艦とも二八ノット以上の速力を発揮できる。しかも、イラストリアス級の新鋭空母も加わっているというのだから、草鹿は驚くしかなかった。

二隻の戦艦とともにシンガポールから出撃していたのは、イラストリアス級空母の四番艦「インドミタブル」だった。

空母「インドミタブル」はシンガポールへ向かう途中の一一月三日、ジャマイカ近くのカリブ海で座礁事故を起こしていた。完全復旧には一ヵ月ほど掛かりそうだったが、〝日本の空母がバシー海峡を通過してマレー方面へ向かいつつある〟というフィリピン米軍からの通報を受けて、同艦は急遽、応急修理のみをおこない、開戦直前にシンガポールへ入港していた。

そのため、空母「インドミタブル」は本来の速力（時速三〇・五ノット）を出せなかったが、それでも二八ノットでの航行は可能であった。

イギリス東洋艦隊
／司令長官　トーマス・フィリップス中将

戦艦「プリンス・オブ・ウェールズ」
巡洋戦艦「レパルス」
空母「インドミタブル」搭載機・計四五機
（戦闘機二一機、雷撃機二四機）
駆逐艦六隻

空母「インドミタブル」は四五機の艦載機を搭載して出撃している。

英海軍の艦上機は一風変わっており、艦上戦闘機は二種類、単座機のシーハリケーン九機と、複座機のフェアリー・フルマー一二機が搭載されていた。雷撃機は現時点で最新のフェアリー・アルバコア二四機が搭載されていたが、同機はいまだに複葉の機体を採用しており、日・米の雷撃機に比べるとあきらかに見劣りした。加えて英海軍は急降下爆撃機を実用化できておらず、空軍機の開発を優先したことがアダとなっていた。

大英帝国は、日本やアメリカと違って、独立した「空軍」をすでに保有していたのである。

昨日までの荒天が一変、空は晴れつつある。波も比較的おだやかだ。
——英空母の動きを封じるには、索敵で先手を取る必要がある！
そう考えた草鹿任一中将は、空が白み始めると同時に八機の索敵機を発進させた。

第七艦隊　司令長官　草鹿任一中将
　独立旗艦・重巡「鳥海」
第五射撃戦隊　司令官　阿部弘毅少将
重巡「那智」「羽黒」「妙高」「足柄」
第五航空戦隊　司令官　原忠一少将
軽空「龍驤」　搭載機数・計三六機
（零戦一八機、艦爆九機、艦攻九機）
護空「大鷹」　搭載機数・計三〇機
（零戦一二機、艦爆九機、艦攻九機）
第三水雷戦隊　司令官　橋本信太郎少将
軽巡「川内」　駆逐艦一六隻
第四潜水戦隊　司令官　吉富説三少将

軽巡「鬼怒（きぬ）」　潜水艦八隻
第五潜水戦隊　司令官　醍醐（だいご）忠重（ただしげ）少将
軽巡「由良（ゆら）」　潜水艦六隻
第二二航空隊　司令官　松永貞市（さだいち）少将
（サイゴン、ツダウム基地）
零戦一二機、陸攻九九機

索敵機は五隻の重巡「鳥海」「那智」「羽黒」「妙高」「足柄」と、軽巡三隻「川内」「鬼怒」「由良」からそれぞれ水偵一機ずつ計八機が出てゆく。同海域はマレー半島とインドシナ半島によって囲まれており、彼我艦隊の行動可能範囲はおよそ限られていた。したがって第七艦隊は、おおむね南方洋上を捜索すればよく、さほど多くの偵察機を必要としなかった。

それはさておき、第七艦隊の指揮下には、原忠一少将の率いる第五航空戦隊の改造空母二隻が在る。艦上機に折りたたみ翼を採用したことによって、二隻の改造空母には合わせて六六機の艦載機が搭載されていた。零戦三〇機、艦爆一八機、艦攻一八機の計六六機だ。

昭和八年以降、帝国海軍は完全に航空主兵主義に転換し、空母の増産を着々と進めていた。そのながれで戦時予備艦として貨客船から空母に改造されていた「大鷹」は、陽炎型駆逐艦用の主機に換装して、最大速度が時速二五・五ノットに向上していた。種別は護衛空母で決して一人前とはいえないが、同艦は、軽空母「龍驤」と同一戦隊を組むことによって、二隻でほぼ正規空母一隻分に匹敵する航空兵力を有していた。

現に、空母「龍驤」「大鷹」の搭載機数・六六機は、敵空母「インドミタブル」の四五機を完全に上まわっていた。

それだけではない。頼もしいことに第七艦隊の指揮下には、松永貞市少将が率いる第二二航空隊の零戦一二機、九六式陸攻七二機、一式陸攻二七機も編入されていた。

これら基地航空隊の空撃力を存分に活かすためにも、草鹿中将はまず〝『龍驤』『大鷹』の艦載機で英空母を撃破しておく必要がある!〟と考えていたのである。

2

動きがあったのは、日本時間で午前九時一五分過ぎ、現地シンガポール時間で一〇日・午前七時四五分過ぎのことだった。

薄明とともに索敵に出ていた水偵のうちの一機が、抜かりなく英艦隊を発見し、その所在を報告してきた。

索敵機の報告によると、英戦艦二隻と英空母一隻は、サイゴンの南およそ四二〇海里の洋上を速力・約二〇ノットで南下中だった。

南下しているということは、英艦隊はどうやら日本軍船団への攻撃をあきらめ、シンガポールへ向け引き揚げつつあるようだった。

脅威は一時的に去ったといえるが、これを取り逃すと、後々厄介なことになる。英艦隊が再び暴れ始めると、味方上陸部隊は海上からの補給を断たれ、物資不足におちいりかねない。また、英艦隊が健在である限り、第七艦隊は依然としてマレー近海にとどまり続け、これと対峙しなければならないのであった。

できれば、この機を逃さず、英艦隊の動きを封じておきたい。

「敵艦隊との距離は!?」

草鹿中将がそう問いただすと、航海参謀はただちに答えた。

「はっ、敵艦隊は『鳥海』の南およそ二二〇海里の洋上で行動しております！」

味方艦載機の悠々攻撃圏内だ。敵艦隊がたとえ二時間半ぶっとおしで、速力三〇ノットで南下し続けたとしても、三〇〇海里圏外へ出ることはできない。

草鹿は即座に攻撃を決意し、第五航空戦隊司令官の原忠一少将に命じた。

「ただちに艦載機を発進させ、発見した敵艦隊を攻撃せよ！」

むろん原少将もそのつもりで、二空母の艦上ではすでに爆弾や魚雷を装備した攻撃機が満を持して待機していた。

第一波攻撃隊／攻撃目標・英空母
軽空「龍驤」　零戦六機、艦爆九機
護空「大鷹」　零戦三機、艦爆九機

第二波攻撃隊／攻撃目標・英空母
軽空「龍驤」　零戦六機、艦攻九機
護空「大鷹」　零戦三機、艦攻九機

最大速度が二五・五ノットに向上していたとはいえ、護衛空母「大鷹」は一度に一二機の攻撃機を発進させるのが精いっぱいだった。とくに魚雷を抱いた九七式艦攻は重く、攻撃機を二波に分けて発進させるしかなかった。

　第一波攻撃隊の兵力は零戦九機、艦爆一八機の計二七機。第二波攻撃隊の兵力は零戦九機、艦攻一八機の計二七機。まずは艦爆による爆撃で敵空母の飛行甲板を破壊し、次いで艦攻による雷撃で敵空母に致命傷を与えようというのだ。

　第一波攻撃隊は午前七時五〇分（現地時間）に発進を開始し、第二波攻撃隊は午前八時一五分に発進を開始した。

　しかし第二波の攻撃機が発進しているさなかの午前八時一〇分過ぎ、複葉の敵偵察機（アルバコア）が上空に現れたので原少将は、〝敵空母も攻撃を仕掛けてくるかもしれない〟と考えて一二機の零戦を手元に残しておいた。

　いっぽうそのころ、サイゴン基地に司令部を置く第二二航空隊の松永貞市少将も、第七艦隊の水偵が発した報告電を幕僚から受け取り、攻撃隊の出撃準備を急いでいた。

　松永少将もまた、薄明と同時に九機の九六式陸攻を索敵に出していたが、それら索敵機はいまだ英艦隊の上空に到達していなかった。それもそのはず。第七艦隊・水偵の報告によれば、英艦隊はサイゴンの南・約四二〇海里の洋上へすでに退いているというのだった。

指揮下の索敵機（九六式陸攻九機）からはいまだ敵発見の報告が入っていない。が、水偵が報告してきた敵艦隊との距離はおよそ四二〇海里。九六式陸攻や一式陸攻の航続力をもってすれば、余裕で攻撃を仕掛けられる。

とはいえ、英艦隊には空母も存在する。松永はただちに幕僚に諮った。

「攻撃隊には、是非とも一二機の零戦も付けてやりたい。零戦の往復は無理かね？」

航空参謀は少し考えてから答えた。

「水偵の報告によりますと、敵はかなりの速度で南下しているようです。我が攻撃隊が敵艦隊上空へ到達するまで、四時間は掛かるとみておく必要がございますので、零戦は五〇〇海里以上の距離を進出せねばならず、随伴させるのはとても不可能です」

松永はいかにも残念そうにうなずいたが、零戦の援護がなければ、陸攻隊は敵空母搭載の戦闘機によって返り討ちにされかねない。

そこで松永は、もうひと押しした。

「攻撃後、零戦だけを『龍驤』『大鷹』で収容できないだろうか……？」

航空参謀は首をひねりながら答えた。

「単座機の零戦を洋上の母艦でうまく収容するには、第七艦隊に長波の輻射を了承

してもらい、二空母の上空まで零戦を誘導してもらう必要がございます。はたして
それを、草鹿中将がお認めになるかどうか……」
すると、松永はすぐにうなずき、ただちに第七艦隊の旗艦・重巡「鳥海」と連絡
を取って、草鹿司令部の意向を確かめた。
そして回答を待つあいだも松永は、攻撃隊の発進準備を進め、零戦にも増槽を装
備して待機させておくように命じた。
はたして、洋上の「鳥海」から回答があったのは午前八時過ぎのことだった。
うれしいことに、第七艦隊司令部の回答はいたって前向きだった。
『長波の輻射を実施するので零戦も攻撃に参加させよ！』
これに俄然勇気をえた松永少将は〝すわ！〟と勇み立ち、すぐさま攻撃隊に発進
を命じた。
そして午前八時四〇分には、零戦一二機、九六陸攻六三機、一式陸攻二七機から
なる基地の攻撃隊も一路、英艦隊上空をめざして飛び立って行ったのである。
松永少将は、飛び立つ攻撃機を見送りながら目をほそめ、陸攻などが黒い点とな
って消えるまで南の空を見つめていた。

3

イギリス東洋艦隊司令長官のトーマス・フィリップス中将は、旗艦・戦艦「プリンス・オブ・ウェールズ」の艦橋で、信頼するパリサー参謀長からの電報にうなずいていた。

東洋艦隊参謀長のパリサー大佐は独りシンガポールに残っていた。日本軍の動きを探って洋上のフィリップス提督に伝え、陸軍や空軍と連携をはかるためだった。

——日本軍はおおむね上陸を終えている。しかも敵に発見されて奇襲が不可能になった今となっては、東洋艦隊をシンガポールへ帰投させて、兵力を温存したほうが賢明だ。

そう考えたパリサー参謀長は、昨夜おそくに旗艦「プリンス・オブ・ウェールズ」へ向けて、撤退をうながす電報を打っていた。

イギリス東洋艦隊が一転して南下していたのはそのためだったが、一〇日・午前七時四五分の時点で、シンガポールまでの距離はいまだ二〇〇海里ほど残っていた。速力二〇ノットで南下し続けたとしてもシンガポールに入港できるのは一〇時間後のことになる。

そして、フィリップス中将の率いる東洋艦隊が日本軍の水偵によって接触されたのは、その直後のことだった。

午前七時四八分。日本軍偵察機は抜けめなく電報を発し、北方へ飛び去って行った。幕僚から報告を受けたフィリップス中将は嫌な予感がして顔をしかめた。

東洋艦隊も薄明とともに空母「インドミタブル」から一二機のアルバコアを発進させていたが、それら索敵機から敵艦隊発見の報告はいまだ入っていなかった。

それもそのはず。複葉のアルバコアは巡航速度が時速一〇〇ノット程度で、最大でも時速一四〇ノットしか発揮できなかった。

索敵に出たアルバコアからいまだ報告がないということは、日本の艦隊は一八〇海里以上の遠方で行動しているに違いなかった。

だとすれば、たとえ敵艦隊を発見したとしても戦闘機は攻撃に出せない。フルマーやシーハリケーンは航続距離が極端に短く、空母「インドミタブル」の艦上に残してあるアルバコア一二機を味方戦闘機の護衛なしで攻撃に送り出すしかないのであった。

しかも東洋艦隊は、シンガポールへ向け急いでいるので、空母「インドミタブル」だけを単独で北上させるわけにもいかなかった。フィリップス中将は、味方艦上戦闘機の航続力不足をうらめしく思った。

案の定、索敵機のアルバコア一機から連絡が入ったのは、ようやく午前八時一二分になってからのことだった。

「日本軍の空母は二隻！　敵艦隊は我が艦隊の北方二三〇海里付近で行動しております」

幕僚がそう報告すると、フィリップスはいよいよ眉をひそめた。

敵を足止めするためにアルバコア一二機で攻撃を仕掛けるしかないが、まさに、出したアルバコアを収容するために、空母「インドミタブル」は高速で南下できない。

けれどもフィリップス中将は、このときはまだ状況を楽観視していた。

戦闘機を攻撃に使えないのは、ひるがえってみれば、艦隊防空用の戦闘機が二一機に増えるということだ。

――相手は日本軍機。ドイツ軍機じゃあるまいし、防空戦闘機が二一機もあれば、そう簡単にやられることはあるまい……。

フィリップスはあきらかに日本軍機の実力をあなどっていた。出て来た日本軍の空母は二隻とも小型だし、敵機が来襲しても〝せいぜい三〇機程度だろう〟と見積もった。

イギリス海軍の小型空母「ハーミス」は艦載機を二〇機ほどしか積めないので、フィリップスはそう考えた。

ましてやフィリップスは、日本軍の双発爆撃機が基地から飛んで来るとは思っていなかった。四時間後には、日本軍の航空拠点・サイゴン基地から五〇〇海里以上も離れた洋上へ達するので〝大丈夫だろう〟と楽観していた。

また、万一それが飛んで来たとしても、双発爆撃機は命中率の低い〝水平爆撃しか仕掛けられないはず〟なので、味方戦闘機の援護があれば、充分に凌げると思っていた。

午前八時一五分。フィリップス中将は一二機のアルバコアに発進を命じて、敵小型空母二隻の攻撃に差し向けた。

そして、それらアルバコアを空母「インドミタブル」で収容する必要があるため、フィリップスは麾下全艦艇の速度を、依然として二〇ノットに保ち、東洋艦隊は引き続きシンガポールへ向けて南下。フィリップス提督が増速の命令を発することは、ついになかったのである。

4

戦艦「プリンス・オブ・ウェールズ」の対空見張り用レーダーが日本軍機の接近をとらえたのは午前九時一五分のことだった。

通信参謀の報告によると、敵機編隊は「プリンス・オブ・ウェールズ」の北およそ五〇海里の上空まで迫っており、その機数は約三〇機ということだった。

実際には原少将が放った第一波攻撃隊の兵力は零戦九機、艦爆一八機の計二七機だったが、フィリップス中将は日本軍艦載機の来襲をむろん予期していた。しかも、実際に来襲した敵機の数はほぼ予想どおり〝約三〇機〟と報告されたので、フィリップスは二一機の戦闘機にすぐさま発進を命じ、迎撃の態勢をととのえた。

このとき上空ではすでに六機のシーハリケーンが直掩に当たっていたが、艦隊司令部の命令に応じて空母「インドミタブル」からただちに六機のシーハリケーンと九機のフルマーが飛び立ち、二一機のイギリス軍戦闘機は自軍艦隊の手前・約二五海里の上空で迎撃網をきずいた。

第一波攻撃隊に随伴する零戦九機は、倍する敵戦闘機からハデなお出迎えを受け、さすがに苦戦を強いられた。

敵の一撃をゆるした第一波攻撃隊は、たちまち零戦一機と艦爆二機を失った。が、空戦能力では断然、零戦のほうが勝っており、すぐさま反撃に転じた零戦は、わずか五分ほどでシーハリケーン二機とフルマー四機を返り討ちにし、さらに敵方へ突っ込み、八機のシーハリケーンを空戦にまき込んだ。

イギリス迎撃戦闘機隊は、空戦能力の劣る複座機のフルマーで日本軍の艦爆や艦攻を攻撃し、シーハリケーンで零戦に戦いを挑む、という戦法を採った。

零戦は獅子奮迅の戦いぶりを示すも敵戦闘機の攻撃をすべて排除することはできず、英艦隊上空へ達したとき、第一波攻撃隊は零戦四機と艦爆九機を撃墜されていた。

さらにポンポン砲を装備した英艦艇の対空砲火は執拗かつ激烈で、英空母へ向けて突入を開始したとき、第一波攻撃隊の兵力はわずか艦爆六機となっていた。

しかも第五航空戦隊の搭乗員は若干、練度が低く、空母「インドミタブル」の飛行甲板を突き刺した爆弾はわずか一発にとどまった。

加えて、命中したその爆弾は破壊力に劣る二五〇キログラム爆弾で、装甲の張られた「インドミタブル」の飛行甲板に、大きな損害を与えることはできなかった。

空母「インドミタブル」は制動索二本を断ち切られただけで悠々と航行している。艦載機の発着艦は依然として可能であった。

「……『インドミタブル』の損害は軽微。同艦は依然として二八ノットでの航行が可能、戦闘力を維持しております！」

幕僚がそう報告すると、フィリップス中将はほっと胸をなでおろした。

しかし、それもつかの間、通信参謀が続けざまに報じた。

「新たな敵機が北方から近づいております。その数およそ三〇機。……あと一〇分ほどで我が上空へ達します！」

またもや「プリンス・オブ・ウェールズ」の対空レーダーが日本軍機の接近をとらえたのだが、レーダーが探知したその編隊は、むろん原少将が放った第二波攻撃隊の二七機だった。

「なにっ⁉　また来たか？」

フィリップス中将は思わず首をかしげたが、これで来襲した敵機の数は、あわせて六〇機近くにもなる。

――日本の小型空母はそんなに艦載機を積めるのか……？

フィリップスが首をかしげるのは無理もなかった。イギリス海軍の空母は軒並み搭載機数が少なく、イラストリアス級の正規空母でさえも、せいぜい四〇機ほどしか積めないのであった。

その改良型である四番艦の空母「インドミタブル」は格納庫の一部を二段式に改め、四〇機以上を搭載できるようになっていたが、一番艦から三番艦までの空母「イラストリアス」「ヴィクトリアス」「フォーミダブル」は格納庫が一段しかないため、それより搭載機数が少なかった。

イギリス空母の搭載機不足問題は、のちにアメリカ海軍から折りたたみ翼機構を装備したグラマン・マートレット（F4Fワイルドキャットの改造型）戦闘機などの供与を受け、若干解消されることになるが、それは一九四二年五月以降のことだった。

はじめに来襲した約三〇機をまず無難に退けたのはよかったが、フィリップス中将は俄然、焦（あせ）りの色を濃くしていた。

なぜなら、日本軍の戦闘機はめっぽう強く、最初の戦闘で一〇機もの味方戦闘機を消耗し、艦隊上空を守る戦闘機は今や、シーハリケーン六機とフルマー五機の計一一機に激減していたからであった。

しかし、零戦の強さに驚いたシーハリケーンやフルマーのパイロットは、今度は戦法を変えてきた。いや、変えざるをえなかった。戦闘機同士の格闘戦を徹底的に避け、爆撃機や雷撃機の迎撃を優先するのだ。

とはいえ、速度は零戦のほうが速く、それも至難の業（わざ）だった。戦闘機の数は今や一対九とほぼ拮抗（きっこう）している。シーハリケーンやフルマーは零戦の追撃を受けて、なかなか日本軍の攻撃機に手出しができない。

その敵攻撃機が、今度は低空へ舞い下りた。

――雷撃を仕掛けるつもりだな！

白面のパイロットはみな、まもなくそう気づいたが、零戦の追撃を受けて苦戦を強いられ、撃墜することのできた日本軍攻撃機は六機にとどまった。その反面、零戦との戦いを避けたシーハリケーンは、六機とも撃墜をまぬがれた。

敵戦闘機の迎撃網をかいくぐった第二波の艦攻一二機は、六機ずつに分かれて空母「インドミタブル」の左右両舷から迫ってゆく。

それを見て、一機のフルマーが右舷へ向かった艦攻六機を猛然と追撃し始めた。が、その後方から二機の零戦がすさまじい勢いで迫り、かわるがわる機銃を連射。無数の弾丸をあびたフルマーはついに力尽き、火を噴いて海面に激突した。

空戦能力に劣るフルマーはこれで全滅し、五機とも撃墜された。

フルマーの追撃をまぬがれた艦攻六機が満を持して魚雷を投じる。空母の左舷側から迫った艦攻六機もほぼ同時に魚雷を投下した。が、その直後に艦攻一機が火を噴き、敵艦の対空砲火によって撃墜された。

空母「インドミタブル」は速力二八ノットで右へ急速回頭、放たれた魚雷を懸命になってかわそうとしている。

ぶきみな魚雷数本が海中をひたひたと疾走してゆく。が、まもなく「インドミタブル」は、右舷側から放たれた魚雷六本をすべてかわした。

第五航空戦隊の搭乗員の技量はやはり若干低かった。

しかしながら、新鋭空母「インドミタブル」といえどもすべての魚雷をかわすことはできず、左舷側から放たれた魚雷のうちの一本がついに同艦の艦尾を突き刺した。その瞬間、巨大な水柱が昇り、空母「インドミタブル」の速度はみるみるうちに低下してゆく。

空母「インドミタブル」は左舷艦尾近くに大量の浸水をまねき、速度が一気に一六ノットまで低下した。

このあと、懸命の復旧作業によって「インドミタブル」の速力は二〇ノットまで回復。報告を受けたフィリップス中将は思わず安堵の表情を浮かべたが、東洋艦隊は空母「龍驤」「大鷹」発進の攻撃機によって、たっぷり四〇分ほど足止めされたのだった。

5

やがて日本軍艦載機が上空から飛び去り、午前一〇時二〇分には「インドミタブル」の速力が二〇ノットに回復。フィリップス中将はしきりにうなずき〝これで予定どおりシンガポールへたどり着けるに違いない!〟と確信した。

ところが予想に反して、東洋艦隊の苦闘はまだ始まったばかりであった。

寝耳に水の報告が旗艦「プリンス・オブ・ウェールズ」の艦橋に入ったのは、午後零時一二分のことだった。

「敵機多数、北方・約六五海里から近づきつつあります! 我が隊の上空へあと三〇分ほどで到達いたします!」

またしても「プリンス・オブ・ウェールズ」のレーダーに反応があったのだが、フィリップスはこの報告に首をかしげざるをえなかった。

敵空母の艦載機がもう一度来襲したとは考えにくい。日本軍艦載機は午前一〇時ごろに東洋艦隊の上空から引き揚げて行った。それが再びやって来るまで、少なくとも四時間は掛かるに違いなかった。いや、帰投、収容に約二時間、再装備を施して再び飛び立つのに約一時間、そしてもう一度東洋艦隊の上空へやって来るのにおよそ二時間は必要だから、敵空母の艦載機が再び上空へ現れるのは、はやくても五時間後の午後三時ごろになるはずだった。

ところが、現在の時刻は午後零時一〇分過ぎである。今、近づきつつあるのは、インドシナ半島の基地から発進した日本軍の双発爆撃機に違いなかった。

「……何機かね？」

問題は敵機の数である。フィリップスが問いただすと、通信参謀はかぶりを振りながらいたって慎重に答えた。

「定かではありませんが、レーダーの反応はこれまで以上に大きく、おそらく五〇機を超える大編隊かと思われます！」

しかし、松永貞市少将の放った攻撃機は、実際にはその二倍以上、零戦一二機、陸攻九〇機の計一〇二機に及んでいた。

フィリップスは五〇機でも多いと思ったが、とにかく、いまだ飛行可能なシーハリケーン六機を迎撃に上げるしかない。

フィリップスはすぐさま発進を命じたが、気が気ではなかった。しかし司令長官たる者、決して動揺を顔に出してはならない。

——シーハリケーンは一〇倍の敵を相手にすることになるかもしれないが、彼らが敵機の爆撃を妨害してくれれば、なんとか最小限の被害で乗り切れるだろう。

フィリップスは努めて前向きに考え、みずからにそう言い聞かせた。

ところが、その二〇分後には、はやくも期待が裏切られることになる。

最後の砦であるはずのシーハリケーンが、ものの一〇分ほどで四機も撃墜され、残る二機も〝敵戦闘機〟から猛反撃を受け、艦隊上空へ引き返しつつある、というのだ。

「なっ、なんだと⁉」

フィリップスの顔はみるみるうちに真っ青となり、もはや感情をおさえられず、がっくりと肩をおとすしかなかった。

——て、敵戦闘機だと……⁉

フィリップスはなにが起こったのかまったく理解できず、動揺のあまり言葉を継ぐことができなかった。

無理もない。東洋艦隊の現在地は、敵航空基地の在るサイゴンから、もはや五〇〇海里以上も離れているのだ。

イギリス海軍の常識では、五〇〇海里以上もの距離を進出して戦闘機が攻撃を仕掛けて来るなど断じてありえないことだった。しかし、長大な航続力を誇る「零式艦上戦闘機」にはそれが可能だったのである。

松永少将はそのための準備を抜かりなく進めていた。

開戦前のことである。英空母のシンガポール進出を知った松永少将は、草鹿中将の同意を得たうえで、連合艦隊司令部に対し〝増槽付き零戦〟の追加派兵を求めていた。

「おい。第七艦隊からこういう要望書が来ておるが、どうする？」

連合艦隊司令長官の山本五十六大将がそう諮ると、航空参謀の三和義勇大佐はわずかに考えてから答えた。

「至当な要求かと思います。一二機が限度ですがすぐに手配しましょう」

「……だが、増槽付きの零戦は台湾にしか配備されとらんぞ……」

「空母『龍驤』『大鷹』で迎えにやらせます」

すでにこのとき、第五航空戦隊の改造空母「龍驤」と「大鷹」は、第七艦隊のほかの艦艇などとともに海南島の三亜基地に進出していた。

三和は、この二空母を香港沖の南シナ海へ移動させて、台湾の高雄基地から飛び立つ零戦一二機を〝両空母で収容する〟というのであった。

戦艦の建造を一切止めて増額された航空予算のおかげで、このとき台湾の飛行場には計一六八機もの零戦がうなっていた。そのうちのほんの一二機を〝増槽付きで南部仏印へ移動させよう〟というのが三和の考えだった。

台湾の航空兵力は充分に足りていたので、山本も三和の考えにうなずいたが、およそ確認しておくべきことがもうひとつあった。

「しかし零戦は、増槽を装備したまま母艦に着艦できるかね？」

零戦は母艦帰投時には通常、増槽を切り離している。山本がそう聞くのも当然だったが、三和はこともなげに答えた。

「一二機に装着する増槽はカラにしておきますので大丈夫です。それに、艦攻が魚雷を抱いたまま空母に着艦した例もございますので、まったく問題ございません」

魚雷を抱いたままの着艦は、むろん通常は禁止されていたが、高価な魚雷がもったいないということで、魚雷を装着したまま着艦した例があるにはあった。それに比べれば、カラの増槽を装備しての着艦は、三和が言うようにまったく問題なかった。

結局一二機の零戦は無事に「龍驤」「大鷹」へ着艦、飛行甲板に露天繋止(けいし)されたまま運ばれ、一二月八日の開戦時にはすでにサイゴン基地へ移動していたのである。

撃墜をまぬがれた二機のシーハリケーンも、今や六機の零戦から猛追を受けており、艦隊上空を守るどころのさわぎではない。

しかも驚くべきことに、来襲した日本軍双発爆撃機は一〇〇機近くにも及び、その多くが低空へ舞い降りようとしている。

——なにっ⁉　ヤツらは雷撃を仕掛けようというのか……？

フィリップス中将は旗艦「プリンス・オブ・ウェールズ」の艦上でにわかに首をかしげたが、その悪い予感はまもなく的中した。

松永貞市少将の放った陸攻九〇機のうち、三六機が爆装で出撃しており、残る五四機は魚雷を装備して出撃していた。

そして松永少将は、出撃してゆく彼ら陸攻隊に重要な指示を与えていた。敵戦闘機の迎撃が激しい場合には〝まず敵空母〟を攻撃し、そうでない場合には〝二隻の戦艦に集中攻撃を加えよ！〟というのであった。

松永少将の予想にたがわず六機の英軍戦闘機が迎撃に上がって来た。しかし、随伴する零戦が苦もなくそれら敵戦闘機を蹴散らし、今や英艦隊の上空は〝がら空き〟となっている。

攻撃隊を率いる宮内七三（しちぞう）少佐（一式陸攻二七機を直率）と中西二一（かずじ）少佐（九六式陸攻六三機を直率）は、同様に、敵戦闘機の迎撃は〝もはや無きに等しい！〟と判断し、二隻の戦艦に集中攻撃を加えることにした。

ちなみに、一式陸攻二七機はすべて雷装で出撃しており、九六式陸攻六三機のうちの、二七機が雷装で出撃していた。

まもなく両少佐が〝ト連送〟を発して戦艦を攻撃するように命じると、その後は各中隊長が次から次へと〝ツ連送〟を下令して戦艦「プリンス・オブ・ウェールズ」と巡洋戦艦「レパルス」に襲い掛かった。

砲煙弾雨とはまさにこのこと。戦艦や、二隻を取り巻く駆逐艦などは一斉にポンポン砲を撃ち上げて応戦したが、帝国海軍・陸攻隊による猛攻は一時間以上にわたって続いた。

戦艦二隻が高速で回避運動に入ったため、東洋艦隊の陣形は大きくくずれ、速度がすでに低下していた空母「インドミタブル」は、独り後方へ取り残されつつある。

二戦艦を守る駆逐艦はわずかに六隻。この手薄な陣容が、イギリス東洋艦隊にとっては、まさに致命的だった。

上空から無数の爆弾が降りそそぎ、魚雷を抱いた一式陸攻や九六式陸攻が、敵艦の合間をぬって次々と魚雷を投下してゆく。

そして攻撃開始からおよそ二〇分後、戦艦「プリンス・オブ・ウェールズ」の左舷舷側に二本の魚雷が相次いで命中すると、それを皮切りにして雷撃隊の放つ魚雷が、英戦艦二隻の舷側を次々ととらえ始めた。

遁走(とんそう)をくわだてたシーハリケーン二機も、六機の零戦から猛追を受けて、あえなく撃墜されてしまった。それだけではない。戦艦「プリンス・オブ・ウェールズ」は爆弾二発、巡洋戦艦「レパルス」が爆弾一発を喰らって、対空砲も減殺されつつあった。

両戦艦に命中した爆弾三発は、いずれも五〇〇キログラム爆弾だった。

魚雷や爆弾の命中によって乗艦「プリンス・オブ・ウェールズ」の速度はあきらかに低下しており、もはや回避運動もままならない。それをよいことに、日本軍の双発雷撃機が容赦なく次々と襲い掛かって来る。

右舷から迫り来る雷撃機の群れを見て、フィリップスは思わず声を張り上げた。

「……か、艦長、面舵だ！」

艦長のジョン・リーチ大佐はフィリップス提督に指図されるまでもなく、右への回頭をすでに決意しており、直後に面舵を命じた。が、敵機の猛攻にさらされているのは「プリンス・オブ・ウェールズ」だけではなく、リーチ艦長が面舵を下令したのとほぼ同時に、左手をゆく僚艦「レパルス」の左舷舷側から、巨大な水柱三本が立て続けに昇った。

——ああ、なんたることか……、「レパルス」もやられた……。

フィリップスは顔面蒼白となって天をあおいだが、彼の自尊心はもはやズタズタに引き裂かれていた。

それもそのはず。日本軍機の実力はフィリップスの想像をはるかに超えており、頼みの僚艦「レパルス」もまた、重大な損害を負わされたことがもはや明白だった。そして、その恐ろしい魚雷が今、「プリンス・オブ・ウェールズ」に近づきつつある。

「ろ、六本、来ます！」

参謀の一人がそう叫んだ直後に、乗艦「プリンス・オブ・ウェールズ」は、ようやく右へ回頭し始めたが、まったく間に合わなかった。

戦艦「プリンス・オブ・ウェールズ」の右舷から巨大な水柱が次々と昇る。その数三本、艦首付近に一本と、一番砲塔近くの右舷舷側に二本が立て続けに命中した。

間欠泉のように噴き上がった海水が艦橋にも降りそそぎ、命中の瞬間を目の当たりにしたフィリップス中将は、たまらず声を上げた。

「……やっ、やられた……」

乗艦「プリンス・オブ・ウェールズ」の行き足はみるみるうちにおとろえ、速度は一気に一六ノットまで低下している。

それでもフィリップスはまだ、シンガポールへの帰投をあきらめず、巨大戦艦の不沈性に一縷の望みをたくしていた。

――キングジョージ五世級の我が新鋭戦艦がそう簡単に沈むはずはない……！

けれども、それをあざ笑うかのようにして敵機の猛攻はさらに続いた。

海水のしぶきが艦橋へどっと落ちた直後に、またもや右舷から三機の敵雷撃機が迫り、どす黒い魚雷を切り離してゆくのが見えた。その距離わずか一五〇〇メートル。落ちて来た水しぶきによって視界が一瞬さえぎられ、対空機銃の初動があきらかに後れた。

しかも「プリンス・オブ・ウェールズ」はようやく今、右への回頭を終えて、直進航行に入ったばかりだった。

「とっ、取り舵いっぱい！」

リーチ艦長はなかば自暴自棄になってそう命じたが、到底、回避することはできなかった。

放たれた魚雷は三本。距離が近すぎて一本は戦艦「プリンス・オブ・ウェールズ」の艦底をくぐり抜けて行ったが、二本目は後部艦橋付近の右舷舷側に命中、さらにもう一本が艦尾近くの右舷舷側をまんまと貫いた。

二本の魚雷が命中した瞬間、戦艦「プリンス・オブ・ウェールズ」は、舵取り機械室を破壊されて自力航行が不可能となり、ただ惰性で動いているだけの状態となってしまった。

もはや「プリンス・オブ・ウェールズ」が沈むのは時間の問題だった。

今や不沈戦艦の威容は見るかげもなく、艦は次第に傾斜を深めてゆく。

駆逐艦「エキスプレス」が「プリンス・オブ・ウェールズ」の右舷に接舷して、生存者の収容を開始した。

猛威をふるっていた日本軍機もようやく東洋艦隊の上空から飛び去りつつあったが、その直後のことだった。

巡洋戦艦「レパルス」が轟音(ごうおん)を発してにわかに転覆、午後一時四八分に「レパパルス」は、海面に巨大な波紋を残して海中へ没して行った。

　同艦にとどめを刺したのは鹿屋航空隊の一式陸攻九機だったが、結局、巡洋戦艦「レパルス」は一〇本以上もの魚雷を喰らって、まさに轟沈したのである。

　ちょうどそのとき、旗艦「プリンス・オブ・ウェールズ」の艦橋では、参謀の一人がフィリップス提督に退艦を懇請していたが、僚艦「レパルス」が沈みゆく光景を目の当たりにして、フィリップスは責任を痛感、懇願する幕僚に対して、静かにつぶやいた。

「……ノー・サンキュー」

　このあと、戦艦「プリンス・オブ・ウェールズ」は艦内で大爆発を起こし、突如、左へ横倒しとなって艦尾から波間に消えて行った。ときに午後二時五〇分、それは戦闘開始からおよそ二時間後のことだった。

　サー・トーマス・フィリップス中将は、艦長のジョン・リーチ大佐と二人して退艦を拒み、潔く艦と運命をともにしたのである。

　それは大艦巨砲主義の全き終焉を意味し、帝国海空軍は先の「ハワイ沖海戦」とあわせて大勝利をおさめ、航空主兵時代の到来を、実戦で見事に証明してみせた。

　いっぽう、主力艦のなかで独り海上に取り残された空母「インドミタブル」は、このあと空母「龍驤」「大鷹」の放った第三波の攻撃機によって再度空襲にさらされたが、シンガポールの飛行場から飛び立ったバッファロー戦闘機一一機の救援が間に合い、なんとか魚雷一本だけの命中でこの窮地(きゅうち)を脱していた。魚雷の命中によって空母「インドミタブル」の速度はわずか一二ノットに低下していたが、やがて日没を迎えて、空母同士の戦いは時間切れとなり、同艦は、翌一二月一一日の未明にかろうじてシンガポールへ入港した。

イギリス海軍にとって「インドミタブル」の生還は不幸中の幸いに違いなかったが、同艦をシンガポールのセレター軍港で完全復旧するには膨大な時間が必要だった。また、作戦不能な状態で長くシンガポールにとどめておくと、日本軍航空隊に〝入渠中(にゅうきょちゅう)の空母を撃沈！〟というムダな戦果を献上することが目に見えていた。

空母「インドミタブル」はセレター軍港で応急修理のみを施し、その後は喜望峰(きぼうほう)経由でアメリカ東海岸の基地へ回航された。

そして「インドミタブル」は、約八ヵ月後には米・英海軍の貴重な戦力となって、第一線に復帰することになる。

第四章　空前の大機動艦隊

1

フィリピン航空撃滅戦は、台湾の基地から発進した零戦一二〇機、陸攻一二〇機が在フィリピン米軍航空兵力を圧倒して、開戦初日にして大勢が決した。

その余勢をかって帝国陸海軍は、香港（ホンコン）、フィリピン、ボルネオなどを次々と攻略して、昭和一七年（一九四二）二月一五日にはシンガポールの占領にも成功、同年三月いっぱいで南方資源地帯のほぼ全域を手中におさめた。

南方作戦のけん引役となったのは零戦や陸攻をはじめとする海軍の基地航空隊だったが、改造空母「龍驤」「瑞鳳」「祥鳳」「大鷹」なども途中からこの作戦に加わり、セレベス島やジャワ島などの要地を空襲した。さらに、その再終盤には、豪華客船から改造された中型空母「隼鷹（じゅんよう）」も補助空母群に加わって、南方資源地帯攻略の総仕上げにひと役買っていた。

空母「隼鷹」は、艦上機の折りたたみ翼化により搭載機・定数六三機、最大速力二五・五ノットを発揮することができ、一線級の空母に準ずる性能を持つ航空母艦として、昭和一七年二月八日に竣工していた。

帝国陸海軍はほぼ思惑どおり三ヵ月余りで南方作戦を完遂したが、被った損害は決してゼロではなく、海軍は南方作戦中に潜水艦六隻と駆逐艦四隻「如月」「東雲」「狭霧」「夏潮」を失い、さらに重巡「妙高」が中破、軽空母「龍驤」と水上機母艦「千歳」が小破の損害を受けていた。

いっぽうハワイ方面では、帝国陸海軍は、昭和一六年一二月一三日にまずジョンストン島の占領に成功し、一二月二四日にはオアフ島の占領にも成功していた。

ハワイ作戦もことのほか順調にすすんだわけだが、オアフ島を占領してからが、これまた一苦労であった。

海軍の艦載機が、飛行場を含め、基地の施設や軍港などを徹底的に破壊していたので、これら旧米軍施設を復旧しなければ、とても艦隊根拠地として利用することができない。

そして、いつ何時、米軍がオアフ島の奪還に乗り出して来るとも限らないので、第一、第二、第八艦隊の海軍艦艇は、制空海権を維持するために占領後も引き続き、ハワイ近海にとどまらねばならなかった。

日本の上陸部隊にはもちろん工兵や海軍設営隊なども含まれていたが、掃海などを終えて真珠湾が本来の軍港として使えるようになったのは、年が明けて、ようやく昭和一七年一月二〇日になってからのことだった。

幸いにもその間、米軍が奪還作戦を仕掛けて来るようなことはなかったが、港湾施設を復旧するのにほぼ一ヵ月を要したことになる。しかし、使えるようになったのは港湾のみ、工廠施設の復旧にはさらに歳月を要することになる。

ともかくこれで空母や戦艦なども真珠湾に碇泊（ていはく）できるようになり、連合艦隊司令部としても〝ほっと一安心〟というところだった。オアフ島攻撃時に味方艦載機が重油タンクへの爆撃だけは極力避けていたので、米軍が貯蔵していた重油はほぼそっくりそのまま使うことができた。そのことが重油不足を解消するための一助となった。

また、一月末には、ホイラーやヒッカムなどの主要飛行場も一応整備され、陸攻などの大型機も離発着が可能になった。

とはいえ、やるべきことはまだ山ほどある。

滑走路以外の飛行場の復旧や、工廠の復旧などもそうだが、できるだけはやくミッドウェイ島を攻略しておく必要がある。

現状では、マーシャル諸島からジョンストン島経由でしか物資を輸送できない。けれども、ミッドウェイ島を支配下におさめれば、硫黄島（いおうとう）から南鳥島（みなみとりしま）、さらにはウェーク島からミッドウェイ島を経由して物資を輸送できるようになる。日本本土からハワイまでの補給線を、もう一つ増やすことができるので、機材や戦略物資の移動が断然やりやすくなるのだ。

南鳥島にはすでに、昭和一一年に飛行場が建設されていた。

足の長い陸攻であれば、日本本土の基地からまず硫黄島へ飛び、さらに南鳥島、ウェーク島、ミッドウェイ島を経由して、最終的にオアフ島まで自力で飛行できるのだった。いや、じつはぎりぎりだが、増槽を装備した零戦は、同じルートでの自力飛行をやってやれないことはなかった。

ルート上で最も距離が長いのはオアフ島―ミッドウェイ島間の一一五〇海里だ。

増槽を装備した零戦は、ラバウルからガダルカナル島まで往復（一〇八〇海里）して、そのうえ一五分間の全力飛行が可能である。零戦の全力飛行（最大速度）は時速二八九ノットだから一五分間（一時間の四分の一）で七二海里（二八九海里÷

四）の距離を前進できる。したがって、一〇八〇海里＋七二海里＝一一五二海里となり、ミッドウェイ島からオアフ島まで（あくまで計算上だが）自力で飛べるのである。

そのいっぽうで、マーシャル諸島の基地からジョンストン島までの距離はおおむね一三〇〇海里もある。一三〇〇海里だと、零戦の航続力ではもちろん自力飛行は無理だし、陸攻でもかなりきわどい飛行を強いられる。

だから帝国海軍としては、真珠湾を連合艦隊の根拠地として使うためにも、早急にミッドウェイ島を確保しておきたいところであった。

そして、ミッドウェイ島のほかにもう一つ、連合艦隊には、どうしてもおさえておきたい拠点があった。ラバウルである。

内南洋諸島の拠点トラック基地は、南に支援基地を持たず敵の進入をゆるしやすい。そのためトラックの南方・約八〇〇海里に位置するラバウルを、連合艦隊としてはどうしても確保しておきたいのであった。

オアフ島の主な飛行場が使用可能になると、連合艦隊司令部は第一艦隊（主力空母六隻）と第二艦隊（主力空母三隻）に対してミッドウェイ、ラバウルの攻略を命じた。

作戦命令が出されたのは二月一日のことだったが、小沢治三郎中将の第二艦隊はこのときすでにトラック基地へ移動していた。

つまり、第二艦隊の空母三隻「赤城」「天城」「葛城」でラバウルを攻撃し、塚原二四三中将が率いる第一艦隊の空母六隻「慶鶴」「翔鶴」「瑞鶴」「雲龍」「飛龍」「蒼龍」でミッドウェイを攻撃しようというのであった。

対する米軍はというと、一九四二年二月一日の時点で、米海軍は太平洋に四隻の空母を配備していた。空母「レキシントン」「サラトガ」「ヨークタウン」「ホーネット」の四隻である。

四隻のうち空母「ヨークタウン」と「ホーネット」は太平洋へ回航されたばかりだった。

加えて前年（一九四一年）一〇月二〇日に竣工したばかりの「ホーネット」には、ダグラス・マッカーサー大将の要請に応えてB17爆撃機などの陸軍機をオーストラリア方面へ輸送する、という任務が課せられていた。

マッカーサーはフィリピンから脱出し、オーストラリアを拠点にして反撃の態勢を整えようとしていた。しかし味方航空兵力があまりにも貧弱なため、海軍に協力を要請して陸軍の重爆や戦闘機などをオーストラリア方面へ移動させるよう強く求めた。そしてルーズベルト大統領や統合作戦本部はマッカーサーの主張を認め、太平洋艦隊司令長官に就任していたチェスター・W・ニミッツ大将に対して空母「ホーネット」のオーストラリア派遣を命じたのである。

2

ニミッツ大将が日本側の動きを察知したのは、二月三日・午後一時過ぎのことだった。

「日本軍空母艦隊がミッドウェイへ向け、動き出した模様です！」

サンディエゴの太平洋艦隊司令部で、情報参謀のエドウィン・T・レイトン大佐がそう報告すると、ニミッツはただちに聞き返した。

「いよいよ動き出したか……、ミッドウェイへ向かいつつある敵空母の数は？」

「敵信傍受によれば、敵空母はおよそ六隻と予想されます」

「六隻か……」

ニミッツはつぶやくと、おもむろに葉巻入れを手元に引き寄せて、一本つまみ上げながらさらに聞いた。

「……で、敵はミッドウェイに対していつ攻撃を開始する？」

「今からおよそ四〇時間後、敵空母部隊はおそらく五日・早朝にミッドウェイを空襲してくる、と思われます」

レイトンの答えを聞くと、ニミッツは葉巻に火を点けながら、しずかにつぶやいた。

「我が空母は三隻。ミッドウェイ近海まで六日は掛かる。それまでミッドウェイ守備隊が持ちこたえられるかどうかだ……」

空母「ホーネット」がオーストラリア方面へ出はらっているので、太平洋艦隊は空母「レキシントン」「サラトガ」「ヨークタウン」の三隻で日本軍空母艦隊に戦いを挑み、ミッドウェイを救援するしかない。

これら空母三隻は今、サンディエゴに碇泊している。サンディエゴからミッドウェイ近海までの距離はおよそ二九〇〇海里。時速二〇ノットで西進したとすれば、味方三空母は今から六日後の二月九日・夕刻に、ミッドウェイ近海へたどり着くことになる。

が、それでは遅い。九日の朝には日本軍の空母六隻を攻撃圏内にとらえたいので、空母三隻を基幹とする味方機動部隊は、時速二二ノットで西進する必要があった。

そしてレイトンが言うように、日本軍空母部隊が五日・早朝を期してミッドウェイを空襲して来るとすれば、ミッドウェイ守備隊は六月五日から八日までのまる四日間、日本軍艦載機の空襲にさらされることになる。

味方空母三隻がミッドウェイ近海に到着するするまでミッドウェイ守備隊が持ちこたえられるかどうか、それがまさに問題だった。

ニミッツは葉巻をくゆらせながら、今度は作戦参謀のチャールズ・H・マクモリス大佐に意見を求めた。

「三隻を出すべきかね？」

ニミッツは、キンメル時代の幕僚をほぼそっくりそのまま抱え込み、自分を支えるスタッフとして太平洋艦隊に留任させていた。

マクモリスは即答した。

「ミッドウェイを見殺しにすれば、我が軍の士気はますます低下します。勝負は時の運。三空母を断固、救援に差し向けるべきです！」

ニミッツはこれに大きくうなずいたが、念のため、航空参謀のアーサー・ディビス大佐にも意見を求めた。

「空母数は三対六、我が兵力は敵の半数でしかない。しかし、指をくわえて見ているわけにはいかんだろう……」

ミッドウェイ方面へ向かいつつある敵空母の数が〝六隻〟というのはほぼ間違いがなかった。

日本軍の主力空母は全部で九隻。前日にはラバウル北方で味方飛行艇が日本軍の空母三隻を発見していたし、それを証明するようにして今朝、ニミッツの太平洋艦隊司令部にもラバウル空襲の知らせが届いていた。

残念ながら連合国側には、日本軍のラバウル攻撃を阻止する手立てはなかった。そのうえミッドウェイまで見捨てたとなれば、連合国側の士気はいよいよ低下するに違いなかった。

幸い、空母「レキシントン」「サラトガ」「ヨークタウン」の出撃態勢はほぼ整っていた。ただちに出撃を命じれば、今からおよそ二時間後の本日・午後三時には、三空母はサンディエゴから出港できる。

ディビスは声を励まして進言した。

「敵空母六隻がミッドウェイ攻撃に熱中し、索敵をおろそかにしているとすれば、勝機はあるとみます。……敵の背後から忍び寄り、一気に攻撃を仕掛けましょう！」

ディビスの答えを聞いて、ニミッツは大いに満足だった。

ニミッツは惜しげもなく葉巻をもみ消し、参謀長のミロ・F・ドレーメル少将に向かって、いきおい宣言した。

「ただちに三空母を出撃させる！　任務部隊を編成し、出港準備を急いでくれたまえ」

ドレーメルはもちろんニミッツ大将の出撃命令を麾下の全艦艇に伝えたが、主力の空母三隻とともに出動部隊へ加えることのできた艦艇は、重巡二隻、軽巡二隻、駆逐艦一一隻のわずか一五隻にすぎなかった。

日本軍の真珠湾攻撃によって、アメリカ太平洋艦隊は戦艦だけでなく、多くの補助艦艇を失っていた。

一五隻の補助艦を二隊に分けると、空母の守りが目立って手薄になる、そのため、ドレーメルは空母三隻を一つの任務部隊にまとめ、第一六任務部隊を編成した。

そして、第一六任務部隊の指揮官にはウィリアム・F・ハルゼー中将が任命され、ハルゼー中将は空母「ヨークタウン」に将旗を掲げて、二月三日・午後三時過ぎにサンディエゴから出撃したのである。

3

情報参謀レイトン大佐の予想は的中し、日本軍空母部隊は五日・早朝から大量の艦載機を放ってミッドウェイを空襲してきた。

ミッドウェイに来襲した日本軍機は五日の午前中だけでおよそ四五〇機に及び、同島のアメリカ軍航空隊は午前中の攻撃だけでほとんど壊滅してしまった。

勢いに乗った日本軍は、午後からもミッドウェイの陣地や基地の施設などを空襲し、この日・夕刻にははやくも部隊を上陸させてきた。それはニミッツ司令部の予想をはるかに上回るはやさでの上陸開始だった。

ミッドウェイ攻撃に先だって日本軍・第一艦隊には金剛型戦艦四隻が編入されており、夜には猛烈な艦砲射撃が加えられ、ミッドウェイ守備隊は日本軍上陸部隊の進撃をまったく阻止することができなかった。

そして、上陸をゆるした翌日の六日夜には、サンド島のほぼ全域が日本軍によって制圧され、イースタン島でもアメリカ軍守備隊は島の北東部へ追いやられてしまった。

ミッドウェイ守備隊はサンディエゴの司令部から、できるだけ戦いを長引かせるよう督励（とくれい）されていたが、ほとんど平坦な地形のミッドウェイ両島には、戦車などをかくまうための塹壕（ざんごう）や丘陵が存在せず、日中、日本軍機から度重なる空襲を受けて、米側は重火器や戦車などをことごとく破壊されてしまった。

七日・早朝から再び日本軍機が来襲すると、ミッドウェイ守備隊をあずかる第六海兵大隊指揮官のハロルド・D・シャノン大佐は〝もはやこれまで！〟と敗北を悟り、正午になってついに白旗を掲げた。

なおも抵抗を続けると、島を防衛できぬうえに屍（しかばね）の山を築くばかりで、シャノンとしては生き残った兵士らをこれ以上、無駄死にさせるわけにはいかなかった。

結局、空母三隻による救援は二日ほど遅かったことになるが、ハルゼー中将の率いる第一六任務部隊は七日・正午の時点でまだ、ミッドウェイ島の東方およそ一〇〇海里の洋上にしか到達していなかった。

ミッドウェイが陥落（かんらく）したとなると、日本軍空母部隊は大量の索敵機を投入して、周辺洋上の警戒を強めてくるに違いなかった。

空母兵力は三対六と圧倒的に不利である。基地攻撃から解放された日本軍空母部隊に正面から戦いを挑んでも勝てる見込みはない。

「ミッドウェイが占領されてしまった以上は、空母三隻を呼び戻し、西海岸の防備を早急に固めるべきです。……残念ですが、第一六任務部隊には引き揚げを命じましょう」

マクモリスがそう進言すると、ニミッツ大将はやむなくうなずいた。

まもなく太平洋艦隊司令部の方針が伝わり、ハルゼー中将は反転を決意、第一六任務部隊の針路を東へ向けた。

「なにっ、ミッドウェイが陥落しただと⁉　ここまで来て引き返せば、我がほうの士気はそれこそガタ落ちではないか！」

ハルゼーは地団太をふんで悔しがったが、参謀長のマイルズ・R・ブローニング大佐がいさめると、それにうなずくしかなかった。

「敵の兵力は我がほうの二倍。戦えば、我が空母も必ず手痛い損害を被るでしょう。ミッドウェイが陥落した今となっては、本土西海岸の防衛が最優先、やみくもに戦いを仕掛けて空母を傷付けるべきではありません！」

信頼するブローニングにそうさとされると、ハルゼーも渋々うなずき、引き揚げを命じるしかなかったのである。

いっぽう帝国海軍は、早期にミッドウェイを攻略するという所期の目的を果たしたわけだが、ミッドウェイ攻略に参加した日本側の艦艇も決して無傷ではなかった。ミッドウェイ環礁の泊地には米軍魚雷艇八隻が配備されており、その反撃を受けて駆逐艦「不知火（しらぬい）」が沈没、戦艦「榛名」も魚雷一本を喰らって中破していた。

結果的に米側が空母戦を断念したので、帝国海軍は今回、米空母を撃破できる機会には恵まれなかった。そして、ニミッツ大将が自重し、空母三隻を温存したことが、およそ半年後に〝未曾有（みぞう）の空母決戦〟を発生せしめる、その遠因となるのであった。

4

帝国海軍は昭和一七年二月五日にまずラバウルを占領、二月七日には周知のとおりミッドウェイ島の占領にも成功した。

南方資源地帯の攻略もきわめて順調にすすんでおり、連合艦隊は、四月一五日の定期異動と編制替えにともなって、司令部をオアフ島の真珠湾へ前進させることにした。

これに従い、山本五十六大将の将旗を掲げる連合艦隊の旗艦・戦艦「扶桑（ふそう）」も八ワイへ進出することになり、戦艦「扶桑」は、四月二日に柱島泊地から出港、四月一四日までに真珠湾へ入港することになった。

三月中旬になると、南方の制圧に一定のめどが付き、飛行場や工廠といったオアフ島の各施設もおおむね使えるようになった。また、南方作戦に駆り出されていた補助空母群や基地航空隊なども敵地攻撃の任務から解放されて、補助空母群はハワイ方面への機材、物資の輸送に従事し、基地航空隊の一部も整備の成ったオアフ島の各飛行場へ移動することとなった。

これら兵力移動をほぼ一ヵ月で完了して、オアフ島は昭和一七年四月一五日までに、連合艦隊の大兵力を支える帝国海軍最大の拠点として生まれ変わるのであった。

米軍はその間、日本軍の兵力移動を、ほとんど指をくわえて見ているしかなかった。反攻作戦を仕掛けようにも海兵隊の兵力がいまだ充分に整っておらず、空母数もあきらかに不足していた。

それでも米海軍は、潜水艦を使って日本軍の輸送を妨害しようとしたが、この時期、米海軍の潜水艦は軒並み魚雷不備問題に悩まされており、めぼしい戦果を挙げることができなかった。そして米潜水艦の魚雷不備問題は一九四四年（昭和一九）の初頭まで続きそうだった。

――日本軍の勢いを止めるには、空母の絶対数がまるで足りない！

サンディエゴに司令部を構えていると、ハワイはおよそ目と鼻の先のように感じてしまう。オアフ島の敵艦隊兵力が増勢されてゆく、その気配をひしひしと肌で感じ、チェスター・W・ニミッツ大将は居ても立ってもおられず、ワシントンの統合作戦本部に泣きついた。

――空母「ワスプ」を早急に太平洋へ回してもらいたい！

対日戦が勃発してからも、空母「ワスプ」はイギリス海軍の作戦に協力するため、引き続き大西洋艦隊の指揮下に残されていた。イギリス本国艦隊と共同で機材の輸送や船団の護衛任務に従事していたのだが、肝心（かんじん）の本土西海岸が大きな圧迫を受け始め、ニミッツとしてはもはや我慢の限界に達していた。

日本の艦隊がいつ〝大作戦〟に撃って出るやも知れず、ニミッツには「ワスプ」が大西洋で遊んでいるようにしか思えない。

ニミッツが重ねて「ワスプ」の回航を懇願すると、合衆国艦隊司令長官と海軍作戦部長を兼務しているアーネスト・J・キング大将も、ようやくその必要性を認め、空母「ワスプ」を大西洋から手放して、太平洋艦隊の指揮下へ編入することに同意した。

キング作戦部長がニミッツの懇請にうなずいたのは四月一〇日のこと。空母「ワスプ」は、五月はじめにはサンディエゴに回航されて来ることになった。

オーストラリア方面へ派遣中の空母「ホーネット」も四月いっぱいで輸送任務から解放されることになっており、太平洋艦隊の指揮下に在る空母は、五月はじめには全部で五隻となる。

空母「レキシントン」「サラトガ」「ヨークタウン」「ホーネット」「ワスプ」の五隻だが、これら主力空母五隻に加えて、商船改造の護衛空母「ロングアイランド」も四月六日にはサンディエゴに到着していた。

速度の遅い「ロングアイランド」を機動航空戦に動員するのは不可能だが、これで指揮下の空母は大小あわせて六隻となり、ニミッツはようやく安堵の表情を浮かべた。

――日本の主力空母は全部で九隻のはず。護衛空母「ロングアイランド」を加えると、なんとか敵の六割程度の空母をそろえることができた。……西海岸の飛行場に配備されている味方基地航空隊と連携すれば、ひとまずこれで西海岸の防衛は可能であろう。

ところが、ニミッツが安堵の表情を浮かべたのはほんの数日のこと。四月一三日には情報参謀のエドウィン・T・レイトン大佐がまたもや重要な報告をおこなった。

「敵の通信頻度がこのところ異常に増えております。……日本軍の次なる攻撃目標はどうやらポートモレスビーのようです」

そして翌日には案の定、マッカーサー司令部が統合作戦本部を通じて「新たな空母をオーストラリア方面へ派遣せよ！」と言ってきた。

このとき空母「ホーネット」は、大きくポリネシア方面へ迂回して、サンディエゴへ帰投している途中であった。しかも「ホーネット」は、陸軍機の輸送に徹していたため、固有の艦載機を必要最小限しか搭載していなかった。したがって、空母「ホーネット」は戦力としてほとんど期待できず、マッカーサーおよび統合作戦本部は〝別の空母をオーストラリア方面へ回せ！〟と言ってきたのである。

——我々は、マッカーサー大将に振り回されてばかりだ！　せっかく西海岸の防備にめどが付いたというのに、またしてもオーストラリア方面へ空母を回さねばならんのか！

ニミッツは思わず嘆息し、統合作戦本部の命令に肩をおとすしかなかった。

5

昭和一七年四月一五日。帝国海軍は連合艦隊の指揮下に「南東方面艦隊」を新設した。

ソロモン、ニューギニア方面の防衛力を強化するためだが、軍令部はその手始めにまず「ポートモレスビー攻略作戦」を提案してきた。

連合艦隊司令部は当初、軍令部の提案に反対していたが、結局は、「ポートモレスビー攻略作戦」を受け容(い)れざるをえなかった。

帝国海軍は四月中旬のこの時点で、まさに空前と言ってよいほどの「大機動艦隊」を保有するにいたっていた。

昭和一七年の三月には大鷹型改造空母の二番艦である「雲鷹(うんよう)」が竣工し、さらに四月一日には三番艦の「冲鷹(ちゅうよう)」も竣工していた。

それだけではない。四月八日には準一線級の中型空母「飛鷹(ひよう)」も竣工し、これで帝国海軍の保有する空母は全部で一七隻（練習空母「鳳翔(ほうしょう)」を除く）となっていた。

第一航空戦隊／空母「慶鶴」「翔鶴」「瑞鶴」
第二航空戦隊／空母「赤城」「天城」「葛城」
第三航空戦隊／空母「雲龍」「飛龍」「蒼龍」
第四航空戦隊／空母「隼鷹」「飛鷹」
第五航空戦隊／軽空「龍驤」「祥鳳」「瑞鳳」
第六航空戦隊／護空「大鷹」「雲鷹」「冲鷹」

山本五十六大将の座乗する戦艦「扶桑」はすでに真珠湾に進出していた。

これら一七隻の空母のうち、第一、第二、第三航空戦隊の主力空母九隻は、戦艦「扶桑」などとともにオアフ島・真珠湾に在泊している。

そして、第六航空戦隊の大鷹型護衛空母三隻は引き続き日本本土―オアフ島間の輸送任務に従事しており、第四航空戦隊の飛鷹型空母二隻と第五航空戦隊の軽空母三隻は、四月一五日付けで新設された「南東方面艦隊」の指揮下に編入されて「ポートモレスビー攻略作戦」に動員されることになっていた。

「真珠湾から主力空母を引き抜くつもりはありません。ポートモレスビーは南東方面艦隊所属の五空母で攻略いたしますので、なんら支障はないはずです」

軍令部からそう説得されると、連合艦隊司令部としてはこれを拒否する正当な理由がおよそ見当たらず、連合艦隊司令長官の山本五十六大将も結局は「ポートモレスビー攻略作戦」を認めざるをえなかった。

しかし山本五十六は、ただで軍令部案を認めたわけではなく、交換条件として軍令部にきっちり釘を刺していた。

「戦線を拡大するのはソロモンおよびニューギニアの線までだ。軍令部がさらに南へ戦線を拡大するというなら、そのときは連合艦隊を辞めさせてもらう」

山本五十六に辞められてはもちろん困る。軍令部は、それ以上〝戦線は拡大しない〟と約束したが、もう一つ連合艦隊司令部に対して注文を付けてきた。

南東方面艦隊がポートモレスビー攻略作戦を実施するのと同時に、ハワイの連合艦隊は主力空母九隻の艦載機で〝米本土西海岸を空襲せよ〟というのであった。

米本土を空襲するのは連合艦隊司令部としてもやぶさかでなかった。

米本土を空襲すれば、米国民の継戦意欲をそぐことができるだろうし、米空母の多くを西海岸に拘置できるに違いない。米側は本土西海岸の守りを重視せざるをえず、とても豪北方面へ空母を派遣できないのだ。

米空母が南太平洋に存在しなければ、ポートモレスビー攻略作戦は断然やりやすくなる。

連合艦隊司令部は軍令部の言い分を認め、山本五十六も米本土空襲作戦に同意した。

そして帝国海軍は、五月一〇日にポートモレスビーを攻略し、五月一日に西海岸の要衝サンディエゴを空襲することになった。

ところが周知のとおり、アメリカ太平洋艦隊の暗号解読班は、日本側がもくろむ「ポートモレスビー攻略作戦」を、通信解析によってすでに察知していたのだった。

チェスター・W・ニミッツ大将は統合作戦本部の求めに応じて、空母「レキシントン」と護衛空母「ロングアイランド」をオーストラリア方面へ派遣することにした。

だが、これはニミッツにとっても苦渋の決断であった。四月一八日にはレイトンが新たな情報をニミッツに伝えていたのだ。

「開戦時と同じです！　日本軍の主力空母部隊がこつ然と消えました。……敵空母九隻はパール・ハーバーから出撃したと思われます！」

サンディエゴの暗号解読班は継続して日本軍空母部隊の通信を傍受していたが、この日を境にして、パール・ハーバーに碇泊していたはずの日本軍主力空母九隻が、一切、電波を発しなくなったのである。

「なにっ⁉　問題は……それが〝どこへ向かっているのか〟ということ、だ……」

ニミッツは顔色を変えてつぶやいたが、さしものレイトンにもその答えはわからなかった。

じつは、軍令部は連合艦隊に対して〝西海岸の米軍基地を空襲せよ！〟とは命じていたが、具体的な攻撃目標の選定については連合艦隊司令部にその一切を任せていた。

そして作戦会議の結果、連合艦隊司令部は〝サンディエゴ〟を攻撃目標に選んだのだが、攻撃場所の決定がなされたのは戦艦「扶桑」が真珠湾へ到着してからのことだった。それは四月一六日のこと。したがって軍令部はサンディエゴの選定に一切、関与しておらず、内地とオアフ島のあいだでは、この件に関するやり取り（通信）は、一切おこなわれていなかった。しかも、日本の主力空母九隻は真珠湾出撃後、完全に無線封止を敷いていたので、レイトンや暗号解読班がその行方を突き止めることができないのは、しかるべき当然のことだった。

日本の空母九隻がこつ然と消えてしまい、困ったのはニミッツである。

「よもや、敵空母九隻はサンディエゴに向かっているのではあるまいな……」

ニミッツとしては、まず、そう考えざるをえなかった。だが、レイトンはすこし考えてから別の可能性を示唆した。

「ポートモレスビー方面に向かったということも充分に考えられます」

指揮下に在る空母は「ロングアイランド」を含めても六隻。これら味方空母六隻を〝どこへ向かわせるのか？〟ということが、まさに喫緊の大問題であった。

「いうまでもなく、……西海岸の防衛を重視せざるをえまい……」

ニミッツは吐きすてるように、そうつぶやいたが、レイトンは、それほど簡単に割り切ることができなかった。

「敵空母九隻がオーストラリア方面に向かっている可能性も捨てきれません」

日本軍がポートモレスビーに触手をのばそうとしていることはまず、間違いがなかった。そして重要なことに、暗号解読班は「日本軍は五月一〇日ごろにポートモレスビーを攻撃してきます」とレイトンに告げていた。

レイトンは、日本の主力空母九隻が〝今日・四月一八日に〟こつ然と姿を消したのは、それがオーストラリア方面へ向かっているからではないかと推測した。なぜならパール・ハーバーから出撃した日本軍空母部隊は、少なくとも五日もあればアメリカ西海岸沖へ到達できる。それがわざわざ今日パール・ハーバーから出撃したのは、日本軍空母部隊の目的地が〝もっと遠くに在る〟からではないか、とレイトンは考えたのだ。

レイトンが考えた〝もっと遠くに在る〟敵の目的地とは、ポートモレスビー以外になかった。

日本軍がハワイからサンゴ海へ艦隊を派遣するには、おおむね二週間ほど掛かる。いっぽうで、ハワイより遠いサンディエゴからサンゴ海へ艦隊を派遣するには、強行軍を強いたとしても二〇日は必要であった。だからレイトンは、四月二〇日までに〝結論を出すよう〟ニミッツ大将に求めていた。

四月二〇日には出撃を命じないと、サンディエゴから出撃する味方空母部隊は、サンゴ海に間に合わないのだ。

日本軍の主力空母九隻が早々とパール・ハーバーから姿を消した、そのことが、レイトンにはどうしても解せない。

――敵の目的地はやはり、ポートモレスビー沖のサンゴ海ではないか!?

レイトンはそう直感したが、みずからの直感がもしはずれており、万一、敵空母九隻が西海岸沖に現れたとすれば、ニミッツ大将が懸念しているとおり、肝心かなめのアメリカ本土が日本軍艦載機によって蹂躙(じゅうりん)されてしまう。それを避けるにはどうしても、大多数の空母をサンディエゴにとどめておく必要がある。

そしてニミッツ大将は、結局本土の防衛を重視せざるをえなかった。とはいえ、統合作戦本部の要請がある以上、サンゴ海へ派遣する空母がゼロというわけにもいかなかった。ニミッツは悩み抜いた末に、空母「レキシントン」と護衛空母「ロングアイランド」をオーストラリア方面へ派遣することにした。

まさに苦渋の決断だが、ニミッツ大将の命を受けた空母「レキシントン」と護衛空母「ロングアイランド」は、軽巡一隻および駆逐艦七隻を従えて、四月二〇日早朝、サンディエゴからいそいそと出港して行ったのである。

第五章　サンディエゴ大空襲

1

エドウィン・T・レイトン大佐の予想はめずらしくはずれていた。

真珠湾から出撃した帝国海軍の主力空母は〝九隻とも〟サンディエゴをめざしていた。したがってレイトンの予想ははずれたことになるが、連合艦隊司令部が主力空母九隻に対してはやめに出撃を命じたのは、まさに米側の目をごまかすことが目的だった。

塚原二四三中将の率いる空母九隻は、五月一日早朝（現地時間）を期して、サンディエゴを空襲することになっている。

四月一八日に真珠湾から出撃した帝国海軍の主力空母部隊は、一旦、南太平洋へ向かうような疑似針路を執って南下し、四月二一日の日没後に針路を返して北上、四月二五日・午後六時の時点でサンディエゴの真西およそ二四〇〇海里の洋上に達していた。

帝国海軍の空母九隻およびその随伴艦は、これから九時間ほど掛けて最後の給油をおこない、その後、針路を東へ執って、一気にサンディエゴへ迫ってゆく。

真珠湾から出撃する前のことである。

目標をサンディエゴに選定した連合艦隊司令部は、第一、第二艦隊の司令官や幕僚を旗艦「扶桑」に招集し、最後の作戦会議をおこなった。

会議の冒頭、連合艦隊参謀長の大西瀧治郎少将がまず作戦の趣旨を説明し、その最後にいっそう語気を強めて言及した。

「……サンディエゴを突けば、米空母は十中八九迎撃に出て来ます！」

出席者のなかで、この発言に異を唱える者は誰もいなかった。現にニミッツ大将は指揮下に在る空母の大半を西海岸にとどめていた。

みながうなずくと、第一艦隊司令長官の塚原二四三中将が全員を代表して質問した。

「連合艦隊の予想では、迎撃に出て来る米空母はいったい何隻かね？」

「まず妥当なところで三隻とみておりますが、最大で、五隻は出て来る可能性がある、とみておく必要があるでしょう」

連合艦隊司令部は空母「ワスプ」が太平洋に移動したことを知らなかったが、移動している可能性は充分にあったので、大西はそう答えた。

——現在、太平洋に在る米空母は四隻程度と思われるが、そのうちの一隻ぐらいは、豪州方面で行動している公算が高い。

連合艦隊司令部はそう分析しており、大西はこの分析にしたがい、出て来る米空母は〝三隻の可能性が高い〟と示唆したのだった。護衛空母「ロングアイランド」にいたっては連合艦隊司令部の眼中にまったくなかった。

大西の答えを聞いて、今度は第二艦隊司令長官の小沢治三郎中将が口を開いた。

「三隻なら、まず問題なかろうが、五隻だと、すこし厄介だな……」

「ですから我が空母の一部は、サンディエゴ空襲には参加させず、米空母の出現に備えて兵力を温存しておくべきだ、と考えます」

大西がそう応えると、塚原はまず連合艦隊司令部の考えをただした。

「連合艦隊としては、米空母の撃破を優先するのか、それとも米本土への攻撃を優先するのか、まずそこのところを、はっきりとしておいてもらいたい」

もっともな注文である。大西は塚原の問い掛けに即答した。

「米空母の撃破が最優先です」

けれども大西は、すぐに口をつないで、これに注釈を付けた。

「しかし米本土を空襲しなければ、米空母は出て来ないでしょう。……それにポートモレスビー攻略作戦を間接的に支援するためにも、サンディエゴは必ず空襲しなければなりません」

するとこれを聞いて、今度は、第三航空戦隊司令官の山口多聞少将が口を開いた。

「なるほど、米空母を西海岸に拘置し、誘い出すのが目的なら、なにも本気でサンディエゴを空襲する必要はない。我が空母九隻のうち、三隻でサンディエゴを空襲し、残る六隻で米空母の出現に備えれば、それでよかろう」

山口の意見はおよそ妥当に思われたが、大西はこの考えに不満をあらわした。

「いや、サンディエゴに対する攻撃が奇襲となって成功した場合、米空母の多くがいまだ湾内で碇泊(ていはく)している可能性がある。その場合、空母三隻分の航空兵力だけでは充分とはいえず、米空母と敵飛行場を一挙に撃破するのはむつかしい。だからサンディエゴを空襲する我が空母は、やはり六隻のほうが望ましい」

サンディエゴを空襲する際に真っ先に破壊しなければならないのは敵飛行場であ

る。まずは飛行場に配備されている敵機を一掃し、反撃の芽(め)を摘み取っておく必要がある。

だが、米空母が湾内に碇泊していた場合、大西が言うように、米空母と敵飛行場の両方を撃破するには、空母三隻分の航空兵力では少々もの足りないのであった。

大西の意見ももっともに思われたが、山口はにわかに目をむいてかみついた。

「奇襲だと……!? 貴様なにを、能天気なことを言っとる!」

能天気とまで言われては、大西としては黙っておられない。大西もすぐさま〝負けじ〟と言い返した。

「奇襲の可能性はゼロではあるまい! ……いつから貴様、それほど弱腰になった!?」

弱腰と揶揄(やゆ)されて、山口のほうもいよいよムキになった。

「この期(ご)におよんで奇襲を期待するなど、まったくの空論だ! 机の上でしかものを考えとらんから、そうやってぶくぶく太るんだ。これからは大西じゃなく〝ふとにし〟と呼んでやる!」

またもや肥満体の話である。あまりに子供じみた山口の言い草に、大西は顔を真っ赤にして〝爆発寸前〟となった。

その爆発を喰い止めるために俄然、仲裁に入ったのは小沢治三郎だった。

「まあ、どちらの言い分も一理ある。奇襲が、むつかしいのはそのとおりだし、可能性がゼロではないのもそのとおりだ」

「お言葉ですが、いったい、どちらの意見に賛成なんですか!? ……失礼ながら余計な口出しは止めていただきたい」

大西は〝標的〟を変えて小沢に八つ当たりしたが、小沢はこれをかるくいなして、みずからの考えをすらすらと口にした。

「まあ、聞きたまえ。……サンディエゴに対しては空母六隻で攻撃を仕掛けるが、半数の艦載機は米空母の出現に備えて温存しておく。奇襲を期待できるのは第一波の攻撃だけだから、第二波攻撃隊を艦上で待機させておけば、基地攻撃には、実際は空母三隻分に等しい航空兵力しか使わないで済むことになる。……そうすれば、たとえ米空母が五隻出て来たとしても、充分これに対処できるだろう?」

小沢の言うとおりだった。

仮に便宜上、空母一隻が八〇機の艦載機を搭載しているとすると、空母九隻の合計・搭載機数は七二〇機となる。六隻なら四八〇機で、三隻だと二四〇機だ。単純計算でそうなる。

そして小沢は、サンディエゴ空襲に参加する空母は〝六隻〟と言ったが、半数の艦載機は温存しておくのだから、実際に基地を攻撃する艦載機は二四〇機。残る半数の二四〇機は、基地攻撃に参加しない空母三隻の二四〇機とともに温存されることになる。

したがってサンディエゴへ向けて第一波攻撃隊を放った時点で、空母九隻の艦上にはまだ四八〇機の艦載機が残されている。

温存した四八〇機は空母六隻分の航空兵力に相当するから、出て来た米空母がたとえ五隻だとしても数で上回り、小沢は〝充分に対処できる〟と言うのであった。

しかも、サンディエゴを空襲する二四〇機はすべて〝第一波〟の攻撃機だから奇襲を期待できるし、運よく米空母が湾内に碇泊していた場合でも数に不足はなく、米空母と敵飛行場を一網打尽(いちもうだじん)にできるのだった。

要するに、基地攻撃に参加する空母は見掛け上は六隻だが、実際には第一波のみ〝三隻分〟の艦載機しか使わず、残る六隻分の艦載機は米空母の出現に備えて温存しておこう、というのが小沢の新たな提案だった。これならば、空母六隻を基地攻撃に使いたいという大西案と、空母三隻しか基地攻撃に使いたくないという山口案のいわば〝いいとこ取り〟をできるので、小沢のこの新提案には出席者の全員がうなずいた。

小沢は念のため、山口と大西にもう一度確認したが、二人ともみずからの主張を引っ込めてこの案にうなずいた。

それはよかったが、司会役は大西である。大西は冷静になってみずからの役目を思い出し、あらためて問題を提起した。

「では、空母六隻で、」サンディエゴをとりあえず一度だけ空襲し、残る空母三隻を米空母に対する備えとしますが、米空母に備える三空母は、一航戦にしますか、二航戦にしますか、それとも三航戦にしますか？」

大西がそう問い掛けると、これに真っ先に応じたのは、やっぱり山口だった。

「その役目、是非とも我が三航戦にお任せいただきたい！」

第三航空戦隊司令官の山口多聞少将は空母「雲龍」「飛龍」「蒼龍」の三隻を率いて出撃することになっている。

山口は〝米空母は必ず迎撃に出て来る〟とみており、真っ先に手を挙げたのだ。

けれども大西は、これに首をかしげた。

「しかし、貴様の三航戦は第一艦隊の指揮下にある。指揮の混乱をまねく恐れがあるから、やはり第一艦隊の空母六隻（第一、第三航空戦隊）でサンディエゴを空襲し、第二艦隊の空母三隻（第二航空戦隊）で米空母の出現に備えるべきではないか？」

大西がそう返すと、山口はいかにも不服そうにくちびるをすぼめた。

するとと山口の不満を察して、またもや小沢が新たな提案をおこなった。

「サンディエゴを空襲しているさなかに米空母部隊が現れると、我々は二兎を追わねばならない可能性が高く、今回はとくに柔軟な対応が必要になります。従来の艦隊編制にこだわらず、機動部隊を三つに分けて編成し、第一、第二、第三機動部隊とすべきではありませんか？　……もちろん全部隊の統一指揮は塚原さんに執っていただきますが、そのほうが各航空戦隊での戦闘指揮が柔軟にでき、迅速かつ臨機応変な対応が可能になるように思います」

これは、まさに山口が望んでいたことだが、問題は塚原中将が認めるかどうかである。

大西はちらっと中将のほうを見たが、塚原はいつになく渋い顔をしている。

――こりゃ、塚原さんは、あんまり乗り気じゃなさそうだな……。

大西はそう感じたが、そのときだった。

後ろの方から〝鶴の一声〟が聞こえた。

「私も、今回はそれがよいと思うが、……塚原くん、どうかね？」

声の主は、連合艦隊司令長官の山本五十六大将だった。

山本長官も、米空母が出て来た場合には〝個々の航空戦隊が臨機応変かつ迅速な対応を執れるほうが望ましい〟と思ったようで、小沢の「機動部隊三分割案」に俄然、乗り気となった。

山本が直接そう問い掛けると、塚原もさすがにこだわりを捨て、すぐにうなずいた。

「長官がそうおっしゃるなら、まったく異存はございません」

塚原中将の答えを聞いて、山本長官は大きくうなずいている。

みなが軽度の緊張から解放されるや、大西はすかさずまとめに入った。

「では、今回は第一、第二艦隊を三分割し、三個機動部隊を編成いたします」

そして、大西の宣言に全員がもう一度うなずくと、山本五十六は、塚原二四三の顔を立てるために、小沢治三郎と山口多聞に対して、再度、念を押した。

「米空母が出て来た場合には、航空戦の指揮を二人に任せることにするが、そうでない場合は塚原くんの指示に従い、くれぐれも独断専行は慎んでくれたまえ」

もちろん小沢と山口は、山本長官の言葉に素直にうなずいたのである。

・第一機動部隊　指揮官　塚原二四三中将

第一航空戦隊　司令官　塚原中将直率

　空母「慶鶴」「翔鶴」「瑞鶴」

第二射撃戦隊　司令官　高木武雄中将

　航空戦艦「伊勢」「日向」

第八射撃戦隊　司令官　阿部弘毅少将

　重巡「利根」「筑摩」

第一水雷戦隊　司令官　大森仙太郎少将

　軽巡「阿武隈」　駆逐艦八隻

・第二機動部隊　指揮官　小沢治三郎中将

第二航空戦隊　司令官　小沢中将直率

　空母「赤城」「天城」「葛城」

第三射撃戦隊　司令官　栗田健男中将

　戦艦「比叡」「霧島」「金剛」

第一六射撃戦隊　司令官　木村進少将

軽巡「長良（ながら）」「名取（なとり）」
第二水雷戦隊　司令官　田中頼三（らいぞう）少将
軽巡「神通（じんつう）」　駆逐艦八隻
・第三機動部隊　指揮官　山口多聞少将
第三航空戦隊　司令官　山口少将直率
空母「雲龍」「飛龍」「蒼龍」
第七射撃戦隊　司令官　西村祥治（しょうじ）少将
重巡「鈴谷（すずや）」「熊野」「最上（もがみ）」「三隈（みくま）」
第七水雷戦隊　司令官　高間完（たかまたもつ）少将
軽巡「木曾（きそ）」　駆逐艦八隻

翌日に示された部隊編成を見て、山口は大いに満足だった。

2

日本軍の主力空母九隻がサンディエゴのはるか西方洋上で最後の給油をおこなっ

ていたころ、太平洋艦隊司令長官のチェスター・W・ニミッツ大将は、日本軍空母艦隊の行方を突きとめようと躍起(やっき)になっていた。

ニミッツ大将は陸軍にも協力を要請し、B17爆撃機二八機を索敵計画に組み込んだ。海軍のPBYカタリナ飛行艇は実質六〇〇海里程度の索敵をおこなうのが限度だったが、陸軍のB17爆撃機は巡航速度も速く、八〇〇海里程度の索敵が可能だったからである。

行方をくらました日本軍空母艦隊が〝いったいどこへ向かっているのか〟まったく不明だが、太平洋艦隊の威信にかけても、アメリカ本土に対する空爆だけはなんとしても阻止(そし)しなければならない。

アメリカ陸海軍は四月二四日から本格的な索敵作戦を開始し、一日当たり三六機以上の索敵機を動員して、西海岸沖の太平洋上にくまなく目を光らせた。陸海軍機だけではない。この索敵作戦には三二隻の潜水艦も動員されていた。

しかし作戦開始から五日経過しても、敵艦隊を発見することができず、ニミッツ大将は日増しに焦燥感を募らせていった。

——やはり、日本軍空母艦隊は南太平洋へ向かったのではあるまいか……!?

ニミッツは夜も熟睡できぬほど疲労困憊(こんぱい)していたが、索敵作戦開始から七日後の四月三〇日・夕刻になって、ついに一機のＢ17爆撃機が待望の報告を入れてきた。

そのＢ17爆撃機の報告によると、日本の大艦隊は、三〇日・午後四時過ぎの時点でサンディエゴの西およそ六〇〇海里の洋上を二〇ノット以上の速力で東進しており、数隻の〝空母を含む〟ということだった。

この報告では敵空母の詳しい数はわからなかったが、ニミッツは報告を受けて〝これは日本軍の主力空母部隊に違いない！〟と確信した。

そして、即座に幕僚を集めて協議した結果、ニミッツ司令部は、明日・五月一日の早朝を期して日本軍空母艦隊はサンディエゴを空襲して来るに違いない、という結論に達した。

ニミッツ司令部の推定は完全に的を射ていたのだが、これはまさに一刻を争う事態だった。事前の協議で太平洋艦隊司令部は、日本軍空母艦隊が近海に現れた場合、サンディエゴの南西・約二〇〇海里の洋上へ味方空母四隻を進出させて迎撃する計画を立てていた。

しかし、敵がいつ現れるかわからぬまま味方空母部隊を出撃させるわけにもいかず、また、敵が本土近海に現れるという確信もなかったため、ニミッツ司令部は今の今まで出撃命令をためらっていたのだった。

予断のもと早々と出撃を命じれば、肝心の敵が現れる前に、味方空母部隊が重油不足におちいるという心配もあったのだが、索敵機が〝空母を含む〟敵の大艦隊を発見したからには、もはや一刻の猶予(ゆうよ)もならなかった。

太平洋艦隊司令部はわずか一〇分ほどで迎撃方針を決定し、ニミッツは午後四時二〇分には味方空母部隊に出撃を命じた。

第一七任務部隊／フランク・J・フレッチャー少将
　第二空母戦隊
　　空母「サラトガ」「ワスプ」
　第三重巡戦隊
　　重巡「アストリア」「ミネアポリス」
　　重巡「ヴィンセンス」
　第四水雷戦隊
　　軽巡「アトランタ」　駆逐艦八隻
第一六任務部隊／レイモンド・A・スプルーアンス少将
　第一空母戦隊

空母「ヨークタウン」「ホーネット」
第五重巡戦隊
重巡「ポートランド」「ペンサコラ」
重巡「ルイスヴィル」
第六水雷戦隊
軽巡「フェニックス」　駆逐艦八隻

空母二隻ずつを基幹とする第一六、一七任務部隊は、午後五時四〇分までに全艦艇が湾内から出撃した。それはよかったが、両部隊は出撃時からちょっとした問題をかかえていた。

本来、第一六任務部隊の指揮官はウィリアム・F・ハルゼー中将が務めていたが、ハルゼー中将は皮膚病を患い、とても指揮を執れる状態になかった。ニミッツはやむをえず代わりの指揮官にレイモンド・A・スプルーアンス少将を任命。ハルゼーは病をおして出撃すると言い張ったが、ニミッツは今後のことも考えて、それを許さなかったのだ。

スプルーアンスを代わりの指揮官に推薦したのはハルゼー自身だったが、スプルーアンス少将は第一七任務部隊指揮官のフランク・J・フレッチャー少将より指揮継承順位が低いため、急遽、フレッチャー少将が全部隊の統一指揮を執ることになったのである。

重大な戦をひかえたニミッツ大将は、みずから埠頭に立って出撃部隊を見送り、四空母が無事に出港してゆくと、ほっと胸をなでおろした。

これで両任務部隊は、およそ一〇時間後の五月一日・午前四時には、サンディエゴの南西・約二〇〇海里の迎撃待機位置へ到達するに違いなかった。ところが、アメリカ太平洋艦隊はこのとき、まったく付いていなかった。

あろうことか、この日・日没を迎えた直後の午後六時三六分になって、まさに寝耳に水の報告が太平洋艦隊司令部に飛び込んできた。

「ちょ、長官。大変です！　……『サラトガ』が湾外およそ一五海里の地点で敵潜水艦から雷撃を受け、大損害を被りました！」

「な、……なんだとっ!?」

ニミッツは衝撃のあまり顔面蒼白となって、二の句を継ぐことができなかった。

ニミッツががく然とするのも無理はない。虎の子の空母四隻のうちの一隻が、戦いが始まる前に手痛い損害を被り、にわかに戦闘力を奪われてしまったのである。

空はまだほんのりと明るく、湾外に潜んでいた敵潜水艦は日没後の一瞬のすきを突いて、待ち伏せ攻撃を仕掛けてきたのだ。

空母「サラトガ」は、左舷に魚雷二本を喰らって大破し、出し得る速度が一二ノットに低下していた。しかも、第一七任務部隊旗艦の「サラトガ」にはフレッチャー少将が座乗している。

ニミッツはすぐに洋上のフレッチャーと連絡を取り、被害状況を再確認したが、空母「サラトガ」はとても戦える状態ではなかった。

まさに踏んだり蹴ったりだが、断じて戦いをあきらめるわけにはいかない。アメリカ本土への空襲は是が非でも阻止する必要がある。

ニミッツはフレッチャーに対して、速やかに空母「ワスプ」へ移乗するよう命じ、同時に「サラトガ」の艦上に在る艦載機を、できるだけほかの三空母へ移すよう求めた。

この命令に従ってフレッチャーや幕僚はまもなく「サラトガ」から退艦したが、第一七任務部隊は事態を収拾するのにほぼ一時間を要した。

そして両任務部隊は、浪費したこの一時間を取り戻すために、速力二二ノットで迎撃待機位置へ向かわねばならなかった。

結局、大破した「サラトガ」は戦いに参加できず、パナマ運河経由で東海岸の基地まで撤退することになったのである。

空母「サラトガ」の艦上に在った戦闘機のうちの二四機が、それぞれ八機ずつに分かれて、残る三空母の艦上へ移された。

3

昭和一七年（一九四二）五月一日・サンディエゴ現地時間で午前三時五五分……。

塚原二四三中将が率いる帝国海軍の主力空母九隻は、サンディエゴの西およそ三二〇海里の洋上に達していた。

本日の日の出時刻は現地時間で午前五時ちょうど。波は比較的おだやかで、北東から弱い風が吹いている。上空にはわずかに千切れ雲が漂う程度で天気も申し分ない。周囲はまだ暗いが、視界は良好だった。

しぶきを蹴立て、颯爽(さっそう)と航行する空母九隻のうち、山口多聞少将の率いる第三機動部隊の空母三隻「雲龍」「飛龍」「蒼龍」は、米空母の出現に備えて艦載機を温存するため、サンディエゴ空襲には参加しない。

前日。敵のB17爆撃機が上空に現れたことをきっちりと確認していた山口は、米空母は〝必ず出て来るに違いない！〟とみずからに言い聞かせていた。

第三機動部隊はあくまで米軍機動部隊との戦いに徹するのだ。

それ以外の六空母の飛行甲板上では、サンディエゴ空襲の任務を帯びた第一波の攻撃機が、すでに発進準備を完了し、勢ぞろいしていた。

第一波攻撃隊／目標・飛行場及び米軍基地
（攻撃参加部隊／第一、第二機動部隊）

・第一航空戦隊　塚原二四三中将
　空母「慶鶴」／零戦一二、艦攻二七
　空母「瑞鶴」／零戦一二、艦攻二七
　空母「翔鶴」／零戦九、艦爆三六
・第二航空戦隊　小沢治三郎中将
　空母「赤城」／零戦一二、艦攻二七
　空母「天城」／零戦九、艦爆二七
　空母「葛城」／零戦九、艦爆二七

第一波攻撃隊の兵力は、零戦六三機、艦爆九〇機、艦攻八一機の計二三四機。六空母の艦上では累々たる機体がすでに翼を広げ、エンジンを振るわせている。

第一波の出撃機数は緒戦の真珠湾攻撃時と比べて六機ほど多い。また、基地攻撃のため攻撃機はすべて陸用爆弾を装備していた。

時計の針は午前四時を指そうとしている。

「……時間です」

第一艦隊参謀長の酒巻宗孝少将がまもなくそう告げると、塚原中将は即座に第一波攻撃隊の発進を命じた。

エンジンの轟音(ごうおん)も高らかに、六空母の艦上から一斉に第一波の攻撃機が発艦してゆく。

第一波攻撃隊の空中指揮官は飛行総隊長の淵田美津雄(ふちだみつお)中佐。わずかな月明かりを頼りにして、まもなく淵田機が「慶鶴」の飛行甲板を蹴って舞い上がると、同機を目標にして次々と攻撃機が集まり、艦隊上空で編隊を整えていった。

時刻は午前四時二二分になろうとしている。

空母「翔鶴」は攻撃機を四五機も発艦させたので発進作業を終えるのにたっぷり

二一分を要したが、今や第一波攻撃隊の全二三四機が空中集合を終えて、一路サンディエゴ上空をめざし進撃して行った。

当然ながら塚原や小沢も、前日、B17爆撃機が接触して来たことを承知していた。したがって二人とも、緒戦の真珠湾攻撃とは違い、今回は〝奇襲がむつかしいだろう〟とみていた。

――サンディエゴ上空では敵戦闘機が待ち構えている可能性が高い。が、零戦は無敵だ。零戦にかなう敵機はおるまい……。

不安は無きにしも非ずだが、第一波攻撃隊には六三機の零戦が随伴している。二人は〝彼ら戦闘機隊がなんとかしてくれるだろう〟と、零戦の活躍に、大いに期待していた。

第一波攻撃隊の発進後ほどなくして、午前四時二六分には空が白み始めてきた。

空母六隻の艦上に休む暇はなかった。

そしてここからは、第三航空戦隊の空母三隻もいよいよ作戦を開始する。米空母はすでに洋上へ出撃している可能性が高く、帝国海軍の空母九隻は薄明と同時に索敵機を放ち、周辺洋上を捜索することになっていた。

出撃を命じられた索敵機は計二七機。九隻の母艦からそれぞれ艦攻三機ずつを発進させて、艦隊のほぼ全周囲を捜索する。二七機もの艦攻を索敵に出すと、その分、攻撃兵力は減るが、米空母はサンフランシスコなど西海岸北部の基地から出撃して来るやも知れず、北にも南にも目を光らせておく必要があった。

空が白み始めると同時に発進の命令が下り、索敵隊の艦攻二七機もまた、午前四時三〇分までに全機が発進して行った。

いっぽうそのころ、前日に泊地から出撃していた第一六、一七任務部隊は、空母「サラトガ」を欠きはしたが、サンディエゴの南西およそ二〇〇海里の洋上に達していた。

ニミッツ大将は両部隊がサンディエゴから出撃する前に、フレッチャー、スプルーアンス両少将に対して重要な忠告を与えていた。

――敵空母を撃破できる見込みがない限り、味方空母を敵の眼にさらしてはならない！

フレッチャーとスプルーアンスは、この忠告を深く胸にきざみ込み、きわめて慎重に部隊を前進させていた。今現在、部隊の統一指揮はフレッチャー少将が執っている。

――日本軍の空母九隻は今、サンディエゴの西方およそ三〇〇海里の洋上で行動している違いない！

そう推測したフレッチャーは、速力一六ノットで部隊の針路を北西に執り、空が白み始めると同時に索敵を開始した。

索敵機の数は一六機。もし予想が当たっていれば、敵空母九隻は第一七任務部隊の北西二五〇海里付近で行動しているはずだ。

フレッチャーは、空母「ヨークタウン」「ホーネット」の艦載機を温存するため、彼の座乗艦である空母「ワスプ」から、一六機のドーントレスを発進させた。

それにしても〝味方空母を敵の眼にさらしてはならない〟というニミッツ大将の忠告は、実現するのがじつに困難であった。なにせ、味方艦載機の航続力は、日本軍のそれよりもあきらかに短いので、運を天に任せるしかない。

フレッチャーとしてはおよそ敵失に期待するしかなかったが、それでも彼は、精いっぱいぎりぎりの索敵計画を立て、索敵隊発進後は進撃速度を二五ノットに上げて、両部隊を敵方へ向け急接近させていた。

フレッチャーの考えはこうだった。

――味方艦載機の攻撃半径は二〇〇海里ほどしかないが、予想が間違っていなければ、索敵隊のドーントレスがおよそ二時間後には、二五〇海里ほど先に居る敵空母部隊を発見するだろう。その二時間で我が部隊は五〇海里ほど前進しているので、ぎりぎり二〇〇海里圏内に敵空母をとらえることができる！

そしてフレッチャーのこの考えには、第一七任務部隊指揮官のスプルーアンス少将や同参謀長のマイルズ・R・ブローニング大佐も〝それしかない！〟と前もって同意していた。

そこで、フレッチャーは午前四時二五分過ぎに一六機のドーントレスを索敵に出したのだが、ほぼ同じころ、日本軍の空母九隻も二七機の艦攻を索敵に出していた。したがって日米両軍機動部隊はほぼ同時に索敵を開始したことになるが、索敵合戦でまず先手を取ったのは、はたして米側のほうだった。

午前六時一五分。薄明を待たずしてニミッツ大将が発進を命じていたカタリナ飛行艇のうちの一機が、真っ先に敵艦隊の上空へ到達し、一報を入れてきたのだ。

この飛行艇は午前三時三〇分過ぎにサンディエゴの泊地から発進していた。

『敵大艦隊発見！　空母六隻以上、戦艦数隻および多数の随伴艦を伴う。敵艦隊は、サンディエゴの西・約二七五海里の洋上を、速力二五ノットで東進中！』

この報告電は、サンディエゴのニミッツ司令部はもとより、フレッチャー少将の旗艦・空母「ワスプ」艦上でも直接受信された。

通信参謀から報告を受けたフレッチャーは、ひざを叩いて〝よし！〟とうなずいた。

日本軍空母部隊はほぼ予想どおりの位置へと前進している。幕僚の一人がすかさずフレッチャーに報告した。

「我が隊との距離はおよそ二二〇海里！　あと三〇分ほどで、味方艦載機の攻撃圏内に敵艦隊をとらえることができます！」

フレッチャーはその言葉に再度〝よし！〟とうなずき、味方空母三隻に対して攻撃隊の発進準備を急ぐよう命じた。

カタリナ飛行艇が報告してきたとおり敵艦隊も二五ノットで航行しているとすれば、幕僚が言うように、今から三〇分後には、敵艦隊との距離が二〇〇海里以内に縮まるのだった。

フレッチャーの命令が伝わるや、空母三隻の艦上があわただしく動き始める。ドーントレス爆撃機やアヴェンジャー雷撃機が続々と飛行甲板で整列してゆくが、ほとんどの攻撃機がすでに、爆弾や魚雷を搭載していたので、フレッチャーは発進予定時刻をすこし繰り上げて、今から一五分後の午前六時三五分に発進を命じることにした。

敵艦隊がなおも東進し続けこちらへ近づいて来るとすれば、一五分ほどはやめに発進を命じてもおよそ問題はなかった。

あっという間に一〇分が経過し、艦長のフォレスト・P・シャーマン大佐がまもなくフレッチャーに報告した。

「攻撃隊の発進準備が整いました!」

すると、それと呼応するようにして、スプルーアンス少将から隊内電話が入り、第一六任務部隊の空母「ヨークタウン」「ホーネット」も攻撃隊の発進準備を完了したことがわかった。

第一次攻撃隊/目標・日本軍空母部隊

第一空母群

空母「ヨークタウン」　出撃機数五八機

(艦戦二二、艦爆三二、雷撃機一四)

空母「ホーネット」　出撃機数五八機

(艦戦二二、艦爆三二、雷撃機一四)

第二空母群

空母「ワスプ」　　出撃機数四〇機
（艦戦一二、艦爆一六、雷撃機一二）

第一次攻撃隊の兵力はワイルドキャット戦闘機三六機、ドーントレス急降下爆撃機八〇機、アヴェンジャー雷撃機四〇機の計一五六機。

索敵に出たドーントレスを除いて、それ以外のほぼ全力といえる兵力だが、フレッチャーは艦隊の防空を重視して、七六機のワイルドキャットを手元に残すことにした。

——これだけの航空兵力があれば、必ず敵空母数隻に手痛い損害を与えられる！

フレッチャーはそう確信したが、空母「ヨークタウン」と「ホーネット」はそれぞれ五八機もの攻撃機を発進させるため、全機を発艦させるのにおよそ三〇分は必要であった。

時刻は午前六時三二分になろうとしている。

予定より、さらに三分ほどはやいが、空母三隻は風上へ向け、すでに疾走している。フレッチャーは思い切って攻撃を決断、発進を命じようとしたが、その刹那のことだった。

「上空に敵機かと思われます！」

見張り員が「ワスプ」艦上でそう叫んだときには、上空直掩に当たっていたワイルドキャットのうちの二機が、すでにその敵機に襲い掛かろうとしていた。

フレッチャーは〝はっ〟と上空を見上げ、その成り行きを見守っていたが、およそ二分に及ぶ追撃戦の末に、ワイルドキャットはまんまとその敵機を撃墜した。

けれども同機は、なるほど日本軍の偵察機に違いなく、撃墜される直前に報告電を発していたのだった。

――我が部隊の所在もいよいよ敵の知るところとなったに違いない！

敵機が電波を発したので、フレッチャーとしては、そう考えざるをえなかった。

この瞬間フレッチャーの脳裏に、再びニミッツ大将の忠告がよぎった。

――味方空母三隻を敵の眼にさらしてはならない！

攻撃隊を発進させる刹那になって敵機に発見されてしまい、味方空母群は今や、この忠告に反する事態におちいったことが明白だった。

――まずいことになった！　ここは攻撃を中止して後方へ退くべきではないか!?

なにせ、日本軍の空母は味方の三倍、九隻もいるのだ。正面から戦いを挑んで勝てる相手ではなかった。

　フレッチャーは迷い、にわかに攻撃を躊躇したが、ニミッツ大将の言葉をよく思い出し、さらに自問自答をかさねた。

　――いや、長官は〝敵空母を撃破できる見込みがない限り、味方空母を敵の眼にさらしてはならない〟と言っていた。今すぐ攻撃隊に発進を命じれば、敵空母を撃破できる見込みはあるのではないか……!?

　なるほど、三空母の艦上では一五六機もの攻撃機がうなっていた。搭乗員も発進の命令が下りるのを〝今や遅し!〟と待ちわびている。

　しかもフレッチャーは、一〇分ほど前に〝サンディエゴの味方飛行場が敵機の空襲を受け始めている〟という報告を受けていた。

　――敵空母九隻は保有する艦載機の多くをはたいてサンディエゴを空襲しているはずだ。だとすれば、おそらく、敵空母の艦上に残っている艦載機は少なく、我がほうにも充分、勝ち目があるはずだ!

　フレッチャーが自問自答していると、そこへ再び隊内電話が入り、電話に出た幕僚がスプルーアンス少将の伝言をフレッチャーに告げた。

「発進の命令は〝まだか!?〟という催促です!　……いかがいたしますか!?」

　幕僚は受話器を握ったままである。

攻撃精神旺盛(おうせい)な参謀長のブローニング大佐がスプルーアンス少将を焚き付けて催促の電話を入れてきたのだが、フレッチャーも、これに背中を押されるようにして、もはや発進命令を下すしかなかった。

「ああ、わかっとる！　第一次攻撃隊をただちに発進させよ！」

ときに午前六時三七分、フレッチャー少将がついに意を決して発進を命じると、第一次攻撃隊の全一五六機が、午前七時一〇分までに飛び立って行ったのである。

4

サンディエゴへ向けて飛び立った帝国海軍の第一波攻撃隊は、敵戦闘機の迎撃を受けて、思わぬ苦戦を強いられていた。

米軍はハワイ失陥(しっかん)時に大量の陸海軍機を失っていたが、ニミッツ大将はそれでも、ありったけの陸海軍機をサンディエゴのノース・アイランド飛行場にかき集め、一〇〇機以上の戦闘機を上げて万全の迎撃態勢を整えていた。

迎撃に出て来た米軍戦闘機はＰ40ウォーホーク五四機、Ｆ４Ｆワイルドキャット三六機、それに一六機のＰ38ライトニングが加わっていた。

これら一〇六機の敵戦闘機から急襲を受けた第一波攻撃隊は、たちまち二一機もの攻撃機を失って、その兵力は零戦六三機、艦爆八一機、艦攻六九機の計二一三機となってしまった。

しかしその後は、制空隊の零戦四五機が一気に反撃に転じ、Ｐ40の大半とワイルドキャットのほぼ半数を空戦にまき込み、戦闘機同士の戦いは俄然、膠着状態におちいった。

攻撃隊本隊の守りにはいまだ直掩隊の零戦一八機が残されていたが、一六機のＰ38と二〇機のワイルドキャットから執拗な波状攻撃を受けて、およそ四〇分に及ぶ激戦の末、第一波攻撃隊は零戦一二機、艦爆二一機、艦攻二七機の合わせて六〇機を撃墜された。

日本側は出撃時の約二六パーセントに相当する航空兵力を失ったことになるが、撃墜をまぬがれたその他の攻撃機も、多くが敵機の銃弾を喰らい大損害を被っていた。

とはいえ、米側も、日本軍機の攻撃を完全には阻止することができず、ノース・アイランド飛行場は滑走路が二本とも大破し、復旧には数時間を要する損害を被っていた。

制空隊の零戦は敵地上空で暴れまわり、四二機の米軍戦闘機を撃墜、さらに二〇機以上の敵戦闘機を再発進不能の状態におとしいれていたが、攻撃隊を率いる淵田美津雄中佐は、敵機の猛烈な反撃に遭って多くの列機を失い、攻撃効果は〝不充分〟と判定せざるをえなかった。

淵田は午前七時過ぎに引き揚げを命じたが、同時に旗艦・空母「慶鶴」へ向けて〝第二次攻撃の要あり！〟と打電したのである。

第一機動部隊の旗艦「慶鶴」が第一波攻撃隊の突撃命令を受信したのは午前六時二〇分過ぎのことだった。

塚原中将以下、ほとんどの幕僚が「慶鶴」の作戦室に集まり、サンディエゴ上空での戦闘の成り行きに注意深く耳を傾けていたが、味方攻撃機の発する電波は、およそ苦戦を伝えるものが大半を占めていた。

第一波攻撃隊によるサンディエゴ空襲は期待に反する結果に終わったに違いなく、淵田隊長機は案の定、第二次攻撃を打電してきた。

けれども、そのときにはもう、索敵隊の艦攻が米空母三隻を発見しており、塚原司令部と小沢司令部は悩ましい判断を迫られた。

第二波攻撃隊を、再度基地攻撃に差し向けるのか、それとも米空母の攻撃に差し向けるのか、ということである。
だが、塚原、小沢両司令部は〝こういうこともあろうか〟と考えて、およそ手堅い作戦準備を整えていた。第二波攻撃隊の艦爆には、陸用爆弾を装着し、艦攻には、魚雷を装着して飛行甲板上で待機させていたのだ。

第二波攻撃隊・第一群／サンディエゴ再攻撃
・第一航空戦隊　塚原二四三中将
空母「慶鶴」／零戦六、艦爆三六
空母「瑞鶴」／零戦六、艦爆三六
空母「翔鶴」／零戦一二
・第二航空戦隊　小沢治三郎中将
空母「赤城」／零戦なし、艦爆二七
空母「天城」／零戦九
空母「葛城」／零戦九

第二波攻撃隊・第二群／米空母部隊攻撃
・第一航空戦隊　塚原二四三中将
空母「慶鶴」／零戦三
空母「翔鶴」／零戦三
空母「瑞鶴」／零戦なし、艦攻二七
・第二航空戦隊　小沢治三郎中将
空母「赤城」／零戦九
空母「天城」／零戦なし、艦攻一八
空母「葛城」／零戦なし、艦攻一八

第一機動部隊と第二機動部隊は第二波攻撃隊の兵力を二群に分けることにした。

そのうえで、第一群の零戦四二機と艦爆九九機をサンディエゴの再攻撃に差し向け、第二群の零戦一五機と艦攻六三機を敵空母部隊の攻撃に差し向けたのである。

第二波攻撃隊の発進命令は午前七時五分過ぎに下り、午前七時三〇分には第二波の全機が飛行甲板を蹴って飛び立った。

そして、第二波の攻撃機はまもなく二手に分かれ、東（サンディエゴ）と南東

（米空母部隊）へ向けて進撃を開始したが、六空母の艦上には合わせて七五機の零戦が防空用に残されていた。

かたや、時系列が多少前後するが、はじめから米空母の出現に備えていた第三機動部隊の空母三隻は、索敵隊の艦攻から〝米空母発見〟の報告が入るや、山口少将は即座に攻撃を決意して、二波にわたる攻撃隊を母艦三隻から続けざまに発進させていた。

第一波攻撃隊／攻撃目標・米空母部隊
・第三航空戦隊　山口多聞少将
空母「雲龍」／零戦九、艦爆二七
空母「飛龍」／零戦九、艦爆二七
空母「蒼龍」／零戦一二、艦攻一八
第二波攻撃隊／攻撃目標・米空母部隊
・第三航空戦隊　山口多聞少将

空母「雲龍」／零戦九、艦攻一八
空母「飛龍」／零戦九、艦攻一八
空母「蒼龍」／零戦六、艦爆二七

第一波攻撃隊の兵力は、零戦三〇機、艦爆五四機、艦攻一八機の計一〇二機。

第二波攻撃隊の兵力は、零戦二四機、艦爆二七機、艦攻三六機の計八七機。

山口少将が発進を命じるや、第一波攻撃隊は午前六時三五分に発進を開始し、第二波攻撃隊は午前七時一五分に発進を開始した。

そして午前七時三〇分には、合わせて一八九機におよぶ攻撃機が敵空母上空をめざして進撃して行ったが、山口少将もまた三六機の零戦を手元に残しておいたのである。

5

索敵隊のドーントレスがフレッチャー少将の旗艦・空母「ワスプ」に一報を入れてきたのは午前六時四〇分過ぎのことだった。

そのドーントレスは、まず日本軍の空母三隻を発見し、敵空母三隻は〝艦載機を発進させている真っ最中だ!〟と報告してきた。

そこでフレッチャーは、同機に対して可能な限り接触を保つように命じたが、同機の第二報によると、敵空母から発進しつつある艦載機は、どうやら味方空母三隻の方へ向かいつつある、というのだった。

この第二報を聞いて、フレッチャーは当然ながら〝味方空母三隻も敵艦載機から攻撃を受けるのは必至である〟と覚悟を決めた。

ところがそのドーントレスは、さらに別の敵空母六隻を北方に発見し、それら六隻も〝艦載機を発進させようとしている〟と報告してきた。その第三報が入ったのは午前七時五分ごろのことだった。この第三報を聞いて、フレッチャーはいよいよ困惑した。

――敵空母三隻分の艦載機ならその攻撃をしのげる可能性はあるだろうが、九隻分の敵艦載機が一斉に襲い掛かって来るとすると、手元に残した七六機のワイルドキャットでは敵の攻撃を防げぬかもしれない!

第三報を受けた午前七時五分過ぎの時点で、味方三空母はちょうどあと三分ほどで、第一次攻撃隊の一五六機をすべて発艦させ、発進作業を完了するところだった。

——空母九隻分の敵機が来襲するとすれば、我が空母三隻はただちに攻撃を中止して南へ退避すべきではないか!?

急にそう思い直し、フレッチャーは迷いにまよった。下手をすると、味方空母の一隻か二隻、いや、最悪の場合、三隻とも失うようなことになりかねない。

けれども、発進した味方攻撃機のおよそ半数はすでに日本軍空母部隊の方へ向けて進撃しつつある。アメリカ軍艦載機は余計なガソリンの浪費を嫌って、空中集合してから進撃するという戦法を採っていなかった。

しかもここまできて攻撃中止を命じれば、作戦指揮が〝消極的すぎる!〟と上はもとより下からも批判の的にされかねない。

とはいえ、危機感を募らせたフレッチャーは手をこまねいて見ているわけにもゆかず、発進させた第一次攻撃隊の戦闘機を大きく割愛し、さらに一八機のワイルドキャットを艦隊防空用として手元に残すことにした。

その結果、第一次攻撃隊の兵力はワイルドキャット一八機、ドーントレス八〇機、アヴェンジャー四〇機の計一三八機となり、艦隊防空用に残されたワイルドキャットは結局、九四機となったのである。

午前六時三五分ごろから午前七時過ぎに掛けて日米両軍機動部隊は相次いで攻撃隊を発進させたが、狙う敵艦隊の上空へいちはやくたどり着いたのは、山口少将の放った第三機動部隊の第一波攻撃隊だった。

米空母三隻はすでに優秀な対空見張り用レーダーを装備しており、フレッチャー少将の旗艦・空母「ワスプ」の対空レーダーは午前七時五四分に接近しつつある敵機群を探知した。

「敵機編隊はあと四〇分ほどで我が部隊の上空へ来襲します！」

通信参謀がそう報告すると、フレッチャー、スプルーアンス両少将はただちに保有するすべてのワイルドキャットを迎撃に上げたが、フレッチャーは午前七時一五分ごろ、両任務部隊をすでに南東へ向けて退避させていた。

というのが、帰投しつつあった索敵隊のドーントレスが最後に〝三〇〇機近くもの敵機が味方艦隊の方へ向かいつつある！〟と報じてきた。そのためフレッチャー少将はいよいよ危機感を募らせて、ワイルドキャット九四機では〝とても敵の攻撃を防ぎきれない〟と判断、味方部隊に早々と離脱を命じていたのだった。

実際には米空母群の上空へ迫りつつあった日本軍攻撃機は全部で二六七機だった。索敵隊のドーントレスが報じた〝三〇〇機近く〟という数字は少々大げさだったが、フレッチャーとしては、この報告を決して看過できず、部隊に引き揚げを命じるしかなかった。

——くそっ！　『サラトガ』が脱落していなければ、もうすこしはマシな戦いができたものを……残念だ！

スプルーアンスやブローニングは同じ思いでフレッチャーの命令に黙して従い、サンディエゴのニミッツ大将も、「サラトガ」を欠いたフレッチャーの心中を察して、この撤退命令を追認したのであった。

そのため、日本軍空母部隊の攻撃に向かった一三八機の攻撃機は、攻撃終了後は母艦へは帰投させず、サンディエゴの味方飛行場へ向かわせることになった。そうなると攻撃機がガソリン不足におちいることが心配だったが、味方空母三隻を救うには、カタリナ飛行艇などをサンディエゴの沿岸へ飛ばし、不時着水となった味方艦載機の搭乗員を救うしか、手がなかった。

第一六、一七任務部隊は午前七時一五分過ぎに反転、速力二八ノットで南東へ向け退避し始めたが、一時は二〇〇海里近くまで日本軍空母部隊に近づいていたので、敵機の空襲をとてもまぬがれることはできなかった。

舞い上がった九四機のワイルドキャットは、自軍艦隊の手前・約四〇海里の上空で迎撃網をきずいた。

第三機動部隊の第一波攻撃隊・一〇二機は、米艦隊上空をめざして果敢に進撃して行ったが、ほぼ同数に近い米軍戦闘機からハデなお出迎えを受け、米空母群の上空へ進入する前になんと六〇機近くもの攻撃機を撃墜、もしくは撃退されてしまった。

彼らが眼下の洋上に米空母を発見したとき、その兵力は今や、零戦一八機、艦爆二一機、艦攻六機の計四五機となっていた。

攻撃兵力を大きく減殺されたので、第一波の艦爆や艦攻は、そのときちょうど手前（北寄り）で航行していた空母「ヨークタウン」と空母「ホーネット」に襲い掛かった。

しかし、猛烈な対空砲火と追いすがる敵戦闘機にじゃまされて、艦攻六機は一発も魚雷を命中させることができず、また、艦爆の攻撃も次々とかわされて、ようやく、空母「ヨークタウン」に爆弾一発、空母「ホーネット」に爆弾二発を命中させるのが関の山だった。

被弾から二〇分後には、両空母とも卒なく消火に成功し、空母「ヨークタウン」および「ホーネット」はいまだ三〇ノット近くでの航行が可能であった。

時刻は午前九時になろうとしている。

まもなく、隊内電話で報告を受けたフレッチャー少将は、両空母がなんとか最小限の被害で乗り切ったことを知って〝ほっ〟と胸をなでおろしたが、それもつかの間、今度は自身の乗る空母「ワスプ」が攻撃を受ける順番だった。

午前九時一二分。空母「ワスプ」上空に新手の日本軍攻撃隊が進入し、突入を開始した。

上空を守るワイルドキャットは先の戦闘で一八機が撃ち落とされ、今やその数は七六機に減っていた。しかしそれでも、彼ら迎撃戦闘機隊は奮戦し、さらに四〇機以上の日本軍機を撃墜もしくは撃退した。

進入して来たのは第三機動部隊の第二波攻撃隊だった。第二波攻撃隊は空母「ワスプ」上空へ到達するまでに四二機を撃退され、残る兵力は零戦一二機、艦爆一二機、艦攻二一機の計四五機となっていた。

第二波が洋上に米空母三隻を発見したとき、空母「ヨークタウン」と「ホーネット」の艦上からは、いまだかすかに煙が昇っていた。

第一波が「ヨークタウン」と「ホーネット」に攻撃を加えたのはあきらかで、第二波攻撃隊は当然ように、無傷で航行していた空母「ワスプ」に集中攻撃を加えることにした。

上空のワイルドキャットは獅子奮迅のはたらきでこれまで日本軍機を次々と撃退してきたが、さしもの彼らも四〇分以上にわたる空中戦でかなり疲弊しており、その活動は今やあきらかに精彩を欠いていた。

そのため、敵戦闘機の迎撃網を突破した第二波の艦爆や艦攻は、その後はさほど妨害を受けることなく、狙う敵空母〈ワスプ〉へ向けて突入することができた。

上空や、海面すれすれの低空から、三〇機以上に及ぶ日本軍機が一斉に乗艦「ワスプ」へ襲い掛かって来る。

それを見たフレッチャーは、もはや〝「ワスプ」も敵弾を避けきれまい！〟と観念した。しかも同艦の対空レーダーは、さらに接近しつつある〝第三の敵機編隊〟をすでにとらえていた。

――なるほど、接近しつつある第三の敵機群を加えると、来襲した日本軍機は優に二五〇機を超えるだろう……。

そう悟ったフランク・J・フレッチャーは、日本人にも負けぬ潔さで覚悟を決め、直後に驚くべき命令を発した。

「艦長。敵弾を回避するついでに『ワスプ』の針路を〝北西〟へ向けてもらおう」

針路を北西に執れば、独り「ワスプ」は日本軍空母部隊の方へ接近してゆくことになる。艦長のシャーマン大佐は思わず耳を疑い、フレッチャーに聞き返した。

「ほ、北西ですか⁉」

「ああ、そうだ。敵機の攻撃をこの『ワスプ』で吸収する！」

そして、続けざまにフレッチャーは、隊内電話の受話器を手にし、空母「ヨークタウン」艦上のスプルーアンス少将を呼び出して、直接、指示をあたえた。

「貴隊は、我が隊にかまわず、全速で南東へ向け退避せよ！」

『な、なんですと⁉』

スプルーアンスは受話器の向こうで思わず首をかしげたが、フレッチャーの覚悟と決意は微動だにしない。

「全滅を避けるためだ。急げ！」

フレッチャー少将がこれほど強い口調で命じるのはめずらしい。スプルーアンスは即座にその真意を察して『了解！』とただ一言ひときわ大きく応答し、空母「ヨークタウン」の速度を三三ノットに上げ、空母「ホーネット」の速度も二九ノットに上げるよう命じた。

爆弾二発を喰らっていた空母「ホーネット」は二九ノットまでしか増速できなか

ったのだが、スプルーアンスの命令に応じて、まもなく両空母に随伴する第一六任務部隊の全艦艇が、南東へ向けて全速で退避し始めた。

かたや空母「ワスプ」はその間、投じられた敵の爆弾四発を見事にかわしつつ、いよいよ北西へ向け、回頭を完了していた。

直進航行に入った敵空母はみるみるうちに速度を上げゆく。まもなく、その速度は三〇ノット以上に達した。

空母「ワスプ」の設計上の最大速度は時速二九・五ノットだったが、同艦は今、過去に公試運転でマークした〝三〇・七三ノット〟という最高記録をぬり替えようとしていた。

この動きを見て、驚いたのは帝国海軍の搭乗員たちであった。

一隻の米空母が随伴する護衛艦艇とともに、味方空母部隊の方（北西）へ向けてにわかに突進し始めたのだ！　第二波攻撃隊の艦爆や艦攻は、いよいよこの米空母を捨て置けず、鬼気迫る勢いでこの突進を阻止しようと、決死の連続突入を開始した。

ところが、敵空母は巧みな舵さばきで左右に投弾をかわし、日本側の投じた爆弾や魚雷はなかなか命中しない。約半数の攻撃機がすでに突入を終えており、残る攻撃機は艦爆四機、艦攻一二機の計一六機となってしまった。

しかし遅ればせながら、そこへ第一、第二機動部隊の攻撃機が到着し、空母「ワスプ」への攻撃に加勢した。

これで日本側の攻撃兵力は一気に艦爆四機、艦攻六〇機となって、周囲は海上を這う日本軍雷撃機によってにわかに埋め尽くされた。

第一、第二機動部隊の攻撃機もまた、ワイルドキャットの迎撃に遭って零戦三機と艦攻一五機を撃退されていたが、それでも四八機の艦攻が敵戦闘機の迎撃網を突破して、北進する敵空母の上空へと駆け付けていた。

疾走する空母「ワスプ」は、今また左への大回頭で三本の魚雷をかわし、無傷のまま全速航行を続けている。

この米空母はまったく不死身に思われたが、同艦の奮戦も、さすがにこれが最後だった。

空母「ワスプ」が大回頭を終えた直後に、その右舷側からスルスルと、不気味な魚雷九本が近づき、そのうちの二本がついに、同艦の艦腹を連続で突き刺した。

今回はいかにも相手が悪かった。米空母の動きを見切って、魚雷を投じたのは第一機動部隊の艦攻、村田重治少佐の直率する翔鶴雷撃隊・第一中隊の九機だった。

天を冲するほどの巨大な水柱が二本、空母「ワスプ」の右舷舷側から昇り、直後に大量の浸水をまねいた同艦は、みるみるうちに行き足がおとろえ失速した。

そこへ爆弾二発が命中。空母「ワスプ」は右へ大傾斜するとともに、艦上が業火(ごうか)に見舞われた。

――くう、ついに、やられた！

艦橋では、フレッチャー少将が脂汗(あぶらあせ)をかきながら、顔面蒼白となって支柱にしがみついている。フレッチャーやその幕僚は日本軍機の恐ろしさをあらためて思い知った。

空母「ワスプ」の速度は一気に一八ノットまで低下。村田雷撃隊の突入によって、形勢は一挙に逆転した。

半身不随となった「ワスプ」に、もはや魚雷をかわす力はなく、同艦はその後、立て続けに四本の魚雷を喰らった。

万事休す、である。

結局、右舷に四本、左舷に二本の魚雷を喰らった「ワスプ」は、最後（六本目）の魚雷が命中した直後に巨大な破孔を生じ、右へ大きく傾きながら徐々に沈みつつあった。

まもなくシャーマン艦長が〝総員退去！〟を命じ、フレッチャー少将以下、司令部幕僚の面々も重巡「アストリア」への移乗を開始した。

しかし戦いは、まだ終わっていなかった。

村田少佐の指揮下には、いまだ攻撃を終えていない艦攻が一八機ほど残っていた。

眼下の米空母に対する攻撃はもはや必要ない。

そして村田は、上空で愛機を旋回させつつ、水平線の彼方へ消えつつある別の米空母一隻を、きっちりと視野におさめていた。

攻撃隊を守る零戦は、第三機動部隊の所属機も含めて、二一機がいまだ敵艦隊の上空でねばっている。けれども、敵ワイルドキャット戦闘機もいまだ五〇機近く上空を闊歩しており、まもなくしてそのうちの一〇数機が、零戦の追撃を振り切り後方から迫って来た。

それを見て、村田は愛機を駆ってみずから一八機の艦攻を先導、南東へ向け退避しつつある米空母の上空へと急いだ。

もちろん攻撃を終えていない艦攻一八機で、もう一隻の米空母にも攻撃を仕掛けるのだ。

しかし如何(いかん)せん、敵戦闘機のほうが速度が速かった。頼みの零戦も、他のワイルドキャットとの戦いに忙殺されて、敵戦闘機の追撃を阻止することができなかった。

村田少佐が目を付けた米空母は、いうまでもなく第一六任務部隊の所属艦「ホーネット」だったが、空母「ホーネット」の上空へたどり着くまでに村田雷撃隊は八機の艦攻を撃退され、結局、攻撃を仕掛けることのできた艦攻はちょうど一〇機だった。

ワイルドキャットも、これ以上〝味方空母に手出しさせまい！〟として、死にもの狂いになって攻撃を仕掛けて来たのだ。

村田は急いで突撃を命じたが、狙う米空母は三〇ノット近くの高速で魚雷を次々とかわし、さしもの村田雷撃隊も魚雷一本を命中させるのがやっとだった。

魚雷を喰らった直後に空母「ホーネット」の速度はいきおい一九ノットまで低下した。が、それは一時的なことで、およそ三〇分後には同艦の速度は二六ノットまで回復。結局、空母「ヨークタウン」「ホーネット」の二隻は戦場からの離脱に成功するのだった。

山口少将は、午前九時過ぎに索敵隊の艦攻九機を放って当該海域を入念に捜索したが、第三機動部隊の三〇〇海里圏内に米空母を発見することはついにできなかったのである。

あるいは米空母がもし、三隻ともかたまって行動しておれば、少なくともそのうちの二隻の速度を大幅に低下させて、日本軍空母部隊は二の矢を継げていたかもしれない。その場合は空母「ワスプ」だけでなく空母「ホーネット」も海の藻屑と化していた可能性がある。

しかし、そうならなかったのは、フランク・J・フレッチャー少将の下した、はやめの退避命令が功を奏したからに違いなかった。

海軍作戦部長のキング大将は「フレッチャーの指揮はじつに消極的だ！」と彼の更迭（こうてつ）をにおわせたが、ニミッツ大将や作戦に参加した将兵らがこぞってフレッチャーをかばい弁護したので、キングも渋々矛（ほこ）をおさめて、フレッチャーは首の皮一枚で現役にとどまることができた。

いっぽう、彼の放った一三八機の攻撃機は、一一一機もの零戦から執拗な反撃を受けて苦戦を強いられ、空母「蒼龍」にわずか爆弾一発を命中させたにすぎなかった。

撃墜をまぬがれた米軍攻撃機八二機のうち、一六機がガソリン切れとなって海上に不時着水したが、翌日、三機のカタリナ飛行艇によって、それら搭乗員の多くが救助された。

かたや、爆撃を受けた空母「蒼龍」は、その後三時間近くにわたって艦載機の発着艦に支障をきたしたが、残る帝国海軍の空母八隻は、午後からもサンディエゴを空襲し、飛行場や基地の施設などを徹底的に破壊した。

米海軍は総力を挙げて復旧工事に努めたが、サンディエゴが再び太平洋艦隊の根拠地として使えるようになったのは、それから約三週間後の五月二〇日過ぎのことであった。

敗戦の報を受けたフランクリン・D・ルーズベルト大統領は、ホワイトハウスにニミッツ大将を直々に呼び出し、いつになくきびしい口調で強く釘を刺した。

「黄色いサルに二度と本土を空襲させるな！」

しかしルーズベルト大統領は、ただ叱責しただけでなく、ニミッツ大将に対して、政府を挙げての〝強力な支援〟をこのとき約束した。

その手始めとして、最後まで大西洋に残されていた空母「レンジャー」が急遽、太平洋へ回航されることになったのである。

ニミッツはもちろん大統領の言葉におとなしくうなずいた。

6

帝国海軍の主力空母九隻が米本土初空襲に成功したその約一週間後、ハワイ諸島のはるか南に位置するサンゴ海でも、日米空母部隊同士の戦いが生起しようとしていた。

ニューギニアの南東端ポートモレスビーの攻略を企図した帝国海軍は、四月一五日付けで連合艦隊の指揮下に「南東方面艦隊」を設立、その初代司令長官には南雲忠一中将が就任していた。

南東方面艦隊　司令長官　南雲忠一中将

・第一航空艦隊　司令長官　南雲中将兼務

（在ラバウル／ソロモン防衛）

第二一航空隊　司令官　多田武雄少将

（ポートモレスビー空襲）

第二三航空隊　司令官　竹中龍造 少将

（ポートモレスビー空襲）

・第七艦隊　司令長官　三川軍一（みかわぐんいち）中将

（ポートモレスビー攻略）

独立旗艦・重巡「鳥海」

第五射撃戦隊　司令官　宇垣纏（うがきまとめ）少将

重巡「那智」「足柄」「羽黒」

第四航空戦隊　司令官　角田覚治（かくたかくじ）少将

空母「隼鷹」「飛鷹」

第五航空戦隊　司令官　原忠一少将

軽空「龍驤」「祥鳳」「瑞鳳」

第一六射撃隊　司令官　左近允尚正（さこんじようなおまさ）少将

軽巡「長良」「名取」

第三水雷戦隊　司令官　橋本信太郎少将

軽巡「川内」　駆逐艦一六隻

第六水雷戦隊　司令官　梶岡定道（かじおかさだみち）少将

軽巡「夕張」　駆逐艦八隻

南雲中将の南東方面艦隊はラバウルに司令部を置き、南雲中将は第一航空艦隊の司令長官を兼務している。ラバウルの各飛行場には零戦一五〇機と陸攻一二〇機が配備されており、ラバウル航空隊は五月五日から約一週間にわたってポートモレスビーを空襲することになっていた。

そのいっぽうで、帝国海軍は海上からもポートモレスビーを攻撃し、これを攻略する。そのために、南東方面艦隊の指揮下に編入されたのが第七艦隊であった。

第七艦隊司令長官の三川軍一中将は、重巡「鳥海」に将旗を掲げてラバウルから出撃する。その指揮下には、空母五隻を基幹とする、角田覚治少将の第四機動部隊が「ポートモレスビー攻略作戦」のために、新たに編成されていた。

第四機動部隊　指揮官　角田覚治少将
　第四航空戦隊　司令官　角田少将兼務
　　空母「隼鷹」　　搭載機数・計六三機
　（零戦二四、艦爆一八、艦攻一八、艦偵三）
　　空母「飛鷹」　　搭載機数・計六三機

（零戦二四、艦爆一八、艦攻一八、艦偵三）

第五航空戦隊　司令官　原忠一少将

軽空母「龍驤」搭載機数・計三六機

（零戦一八、艦爆九、艦攻九）

軽空母「祥鳳」搭載機数・計三六機

（零戦一八、艦爆九、艦攻九）

軽空母「瑞鳳」搭載機数・計三六機

（零戦一八、艦爆九、艦攻九）

第四機動部隊の航空兵力は零戦一〇二機、艦爆六三機、艦攻六三機、艦偵六機の計二三四機。これは、第三機動部隊の雲龍型空母三隻が搭載する航空兵力（七八機×三隻＝二三四機）とまったく同数であった。

これら五空母の航空兵力にラバウル航空隊の基地航空兵力二七〇機を加えると、その合計機数は五〇〇機を超える。

帝国海軍は陸上基地と洋上の艦隊から合わせて五〇〇機以上に及ぶ攻撃機を繰り出して、ポートモレスビーの米豪航空兵力を一掃、同地を一気に攻略しようとしていたのである。

いっぽう、日本軍の「ポートモレスビー攻略作戦」を事前に察知した太平洋艦隊は、周知のとおり空母「レキシントン」と護衛空母「ロングアイランド」を南太平洋へ派遣していた。

第一一任務部隊／オーブリー・W・フィッチ少将
　第三空母戦隊
　　空母「レキシントン」　搭載機数八〇機
　　（艦戦三二、艦爆三二、雷撃機一六）
　第七重巡戦隊
　　重巡「シカゴ」「チェスター」
　支援空母戦隊
　　護空「ロングアイランド」　機数二〇機
　　（艦戦一二、艦爆八）
　付属駆逐隊　駆逐艦六隻

ウィルソン・W・ブラウン中将が開戦初頭のジョンストン沖海戦で戦死したため、第一任務部隊の指揮官にはオーブリー・W・フィッチ少将が就任。フィッチ少将は空母「レキシントン」に将旗を掲げて、五月六日・夕刻にエフェテ島のハバナ港から出港した。

オーブリー・W・フィッチは生粋(きっすい)の航空屋である。搭乗員の信頼も厚く、その指揮ぶりには定評があった。

フィッチ少将の指揮下に在る航空兵力は、護衛空母「ロングアイランド」の艦載機を含めて、ワイルドキャット戦闘機四四機、ドーントレス急降下爆撃機四〇機、アヴェンジャー雷撃機一六機の計一〇〇機。

決して多いとは言えないが、太平洋艦隊司令部は迎撃戦に徹すれば〝勝算は充分にある〟とみていた。しかし、ここにひとつの誤算があった。米軍もむろん全知ではない。ニミッツ大将は、南太平洋へ出て来る日本軍の空母は中小のものが〝四隻程度だろう〟とみており、四月八日に竣工していた空母「飛鷹」の存在にまったく気づいていなかった。

敵空母が中小四隻だとすれば、その搭載機数は全部で〝一五〇機を超えることはないだろう〟と計算。太平洋艦隊司令部の計算では、中型空母の搭載機数が約五〇機、小型空母三隻がそれぞれ約三〇機ずつとなっており、敵空母四隻の航空兵力が一四〇機程度なら、空母「レキシントン」「ロングアイランド」の計一〇〇機で日本側のほぼ七割に相当し、迎撃戦に徹すれば、充分に対抗できると考えていたのだった。

ところが、艦上機に本格的な折りたたみ翼を採用した帝国海軍の空母五隻は、合わせて二三四機もの艦載機を保有していた。実際には、米側の試算より一〇〇機近くも多かったのだ。

両軍機動部隊ははたして五月八日にサンゴ海で激突した。

薄明を迎えると、ほぼ同時に索敵を開始し、たがいに攻撃隊を発進させた。フィッチ少将も戦闘意欲が旺盛で角田少将に引けを取らなかったが、如何せん航空兵力に差があり過ぎた。

日本側はまず二波にわたる攻撃をおこない、空母「レキシントン」に爆弾三発と魚雷一本を命中させた。

空母「レキシントン」は艦載機の発着艦に支障をきたし、速力も二四ノットに低下。中破の損害を受けた「レキシントン」は、飛行甲板の復旧に時間を要し、第二次攻撃を断念して午後には戦場から離脱した。

いっぽう、日本側も空母「隼鷹」が爆弾二発を喰らって大破、空母「飛鷹」も爆弾一発を喰らって艦爆や艦攻の発進が不可能になった。

ちなみに角田覚治と原忠一は同期（海兵三九期卒）である。しかも二人は、昭和一四年一一月一五日付けで同時に少将に昇進していた。そこで兵学校卒業時の席次が生きてくる。いわゆるハンモック・ナンバーは角田が〝四五番〟で原が〝八五番〟のため、角田のほうが序列が上だった。したがって、第四機動部隊の統一指揮は角田覚治が執ることになっている。

角田少将は原少将に命じて二の矢を継ごうとしたが、軽空母三隻は、「飛鷹」「隼鷹」の艦載機も収容せねばならず、艦上がごった返してすぐには第三波攻撃隊を出すことができなかった。

飛行甲板の狭い軽空母では、やはり正式空母のように素早く攻撃機の再発進準備を整えることができず、第三波攻撃隊の発進は正午過ぎになってしまった。

それでも第三波攻撃隊は発進し、午後三時前にはめざす海域の上空まで飛んで行ったが、攻撃可能な三〇〇海里圏内には、もはや米空母の姿はなかったのである。

大物をあと一歩のところで取り逃し、角田少将は悔しさをあらわにした。角田は旗艦「隼鷹」が戦闘力を奪われたにもかかわらず、日没までずっと「隼鷹」艦上で指揮を執り続けた。

空母「隼鷹」は、艦載機の発着艦は不可能になったが、二〇ノットでの航行は可能であった。作戦指揮の混乱を避けるために、角田は僚艦「飛鷹」への移乗を日没後にしたのだが、その「飛鷹」も飛行甲板前部が破壊されて、戦闘機しか飛ばせなくなっていた。

母艦としての機能を喪失した「隼鷹」はひと足先にラバウルへ引き揚げることになったが、角田少将は、以後も空母「飛鷹」艦上で指揮を執り続け、五月九日には原少将麾下の軽空母三隻とともに、予定どおりポートモレスビーを空襲した。

五月九日・朝の時点で使用可能な艦載機はおよそ一〇〇機に減っていたが、それでも角田少将は空母「飛鷹」から一二機の零戦を出撃させて、軽空母三隻の攻撃に加勢した。

むろん角田はその間も、第四機動部隊の指揮をずっと執り続けた。

味方艦載機の兵力が半数以下となったので、第七艦隊司令長官の三川軍一中将は、一時はポートモレスビー攻略を危ぶんだが、角田少将に引っ張られるようにして作戦を続行、五月一〇日には予定どおり部隊を上陸させることができた。

ラバウル航空隊の空襲によってポートモレスビーの敵航空兵力は、五月九日の時点ですでに、かなり減殺されていたのだった。

そして、第四機動部隊は五月一三日までサンゴ海にとどまり続け、その航空支援を受けた上陸部隊は、五月一三日・午後四時、ついにポートモレスビーの占領に成功したのである。

米側の失った航空兵力は第一一任務部隊の艦載機も含めて二五〇機近くに及んでいた。

が、一週間以上にわたる激戦で、日本側もほぼ同数の航空兵力を失っていた。

第六章　ルーズベルトの策謀

1

「二度と本土を空襲させるな」というルーズベルト大統領の言葉は、チェスター・W・ニミッツ大将の肩に重く圧し掛かっていた。

サンディエゴに対する空襲を阻止できなかったばかりか、日本軍はオーストラリア方面にも触手を伸ばし始めている。ポートモレスビーの失陥はニミッツに大きな衝撃をあたえた。

オーストラリア政府も動揺している。

日本軍の進撃を止められない、その理由ははっきりしていた。

——空母の絶対数が足りない！

ニミッツは悲鳴を上げたいほどだったが、頼みのエセックス級空母が就役するのは一九四三年の一月になる見通しだった。それまで、あと七ヵ月以上もある。

この七ヶ月間をどう乗り切るのか、まさに由々（ゆゆ）しき大問題であった。

空母「サラトガ」が大破に近い損害を受け、空母「レキシントン」「ホーネット」が中破して、空母「ヨークタウン」まで損傷している。

五月二八日には空母「レンジャー」が太平洋へ回航されてきたが、ハワイを根城にする日本の連合艦隊には健全な空母が八隻もあるので、味方空母が「レンジャー」一隻だけではまったく話にならない。

幸い日本側にもしばらく動きはなく、六月一八日にはまず、空母「ヨークタウン」が復旧工事を完了した。

サンディエゴの工廠施設は五月二〇日過ぎにはおおむね使えるようになり、空母「ヨークタウン」の修理は同地で実施できた。けれども中破以上の損害を受けた「サラトガ」「レキシントン」「ホーネット」の三隻は、東海岸の基地へ回航して修理をおこなう必要がある。

日本軍空母部隊がいつ攻撃を仕掛けて来るかわからず、西海岸の基地はどこも決して安全とはいえない。シアトル近郊のピュージェット・サウンドで空母の修理をおこなうのはいかにもリスクがありすぎた。

三空母はすでに入渠済みで突貫工事を実施しているが、戦線への復帰ははやくて二ヵ月後、八月中旬ごろになるとみなければならない。

空母増産中に三空母の復旧工事が急に割り込んできたため、さしものノーフォーク工廠といえども人手が足りず、ボーグ級護衛空母の改造工事を一時中断、民間造船所から工員の応援を受ける必要があった。エセックス級空母の建造工事も遅延は決してゆるされない。

それにしてもアメリカ海軍の空母不足はじつに深刻だった。三空母が予定どおり復旧工事を完了しても味方空母は五隻しかない。そのころには日本軍も損傷した空母の修理を終えて、敵空母の数は再び九隻となっているに違いなかった。

ニミッツ大将のこの推測は正しく、帝国海軍は損傷した「蒼龍」の修理を七月中に完了する予定であった。空母「蒼龍」は飛行甲板を復旧するだけでよく、真珠湾の工廠で修理を実施することができた。

空母数が五対九では全然安心できない。

五隻とはいっても、空母「レンジャー」は旧式で防御力が弱く、本格的な空母戦に投入するには少々物足りなかった。

敗戦後ホワイトハウスに呼び出されたとき、ニミッツは切々と窮状(きゅうじょう)を訴えた。

「大統領。空母の数が足りません！　ですが、次こそは〝全滅を賭して〟でも必ず本土空襲を阻止してみせます！」

これを聞いてルーズベルトは一瞬、厭な顔をした。本土空襲を必ず阻止するというニミッツの意気込みはよいが、味方空母が全滅してもらっては困るのだ。

「……全滅だけは是非とも避けてもらおう」

「お気持ちはわかります。しかしながら我が空母兵力は敵の六割にも満たないのです。ワシントン軍縮会議で決まった日本側の主力艦保有量よりもなお悪いのですから、空母はもとよりあらゆる艦艇を注ぎ込み、全滅覚悟で決死の戦いを挑む必要がございます。でないと、本土空襲はとても阻止できません。……それともやはり戦いは避け、空母を温存したほうがよろしいですか？」

ニミッツにこう返されると、ルーズベルトもさすがに参った。

フランクリン・D・ルーズベルトは当時海軍次官補として「ワシントン軍縮会議」に深くかかわっていた。守備側とはいえ、六割以下の兵力では到底勝ち目がないことを、ルーズベルト自身がよく承知していた。だからこそワシントン会議では日本海軍に六割以下の戦艦保有量を押し付けようとしたのだ。

ところが今や、肝心の空母兵力で、アメリカ海軍は日本海軍の六割未満にあまんじている。

本土空襲を阻止してなおかつ味方空母の全滅を避けようというのは、まったく道理に合わず、いかにも虫が良すぎた。

合理主義者を自認するルーズベルトは、ニミッツの主張が正しいことを認め、その上で「政府を挙げて全面的な支援をあたえる！」と彼に約束したのである。

2

アメリカ合衆国は世界の超大国だ。その大統領であるフランクリン・D・ルーズベルトにはいくつもの切り札があった。

弱小の日本と比べれば、人、物、金が有り余っている。その有り余った物資を大きく貸し付けている国があった。

大英帝国である。

――ようやく戦備が整いつつあります。至急お会いして、ご相談したいことがある。

ルーズベルト大統領が会談を申し込むと、ウィストン・チャーチル首相はふたつ返事でこれを受けた。

五月一二日にはサウスダコタ級戦艦の三番艦である「マサチューセッツ」が竣工しており、ルーズベルト大統領は戦艦「マサチューセッツ」に乗ってニュー・ファンドランド島沖へ出港、六月一日にチャーチル首相との会談が大西洋上でおこなわれた。

この日のために特別にしつらえた「マサチューセッツ」の貴賓室へ、チャーチル首相が招かれると、ルーズベルト大統領は立ち上がって握手を求め、さっそく要件を切り出した。

「護衛空母の建造は着々と進んでおります。しかしながら我が国は、正式空母の多くがいまだ建造中で、じつに難しい局面を迎えております。是非ともお力添えをお願いしたい」

チャーチル首相もむろんサンディエゴが空襲されたことを知っている。チャーチルはルーズベルトの言葉を聞いて、すぐにその言わんとするところを察した。

――ははあ……大統領はアメリカ本土の防衛にことのほか手こずり、我が海軍の正式空母を〝貸りたい〟というのだな……。

しかし、空母が不足しているのはイギリス海軍も同じこと。膨大な物資の供与をアメリカから受けている以上、チャーチルは〝この申し出は断れまい〟と覚悟したが、あまり過大な要求だと困るので、一旦はしらばっくれた。

「我が陸海空軍も正念場を迎えております。それにしても貴国の生産力はうなぎのぼりだ。じつに心強いですな……」

「いいえ、なにもかも軌道に乗り始めたばかりです。戦備はいまだ整っておらず、この一年がまさに勝負となりましょう」

ルーズベルトも適当に調子を合わせたが、貸しは充分、遠慮する必要はまったくない。

この七月までに大々的に陸軍航空隊をイギリス本土へ派遣することになっているし、建造中の護衛空母も優先的にイギリス海軍へ貸与することになっていた。これらの援助を「止める」とほのめかせば、チャーチル首相は大いにまごつくに違いなかった。

取引材料はいくらでもある。ルーズベルトは単刀直入、強気に申し出た。

「これ以上、空襲をゆるすと、我が国民のあいだに厭戦(えんせん)気分が広がり、戦時体制への移行がやり難くなる。そうなれば貴国にも迷惑をお掛けし、不利益を生じるでしょう。……ここは一致協力して日本軍空母部隊に痛撃を加え、黄色いサルの鼻をへし折ることが肝要です。……是非ともイラストリアス級空母四隻の助太刀をお願いしたい。なに貸与期間は半年ほどで結構です」

ルーズベルトは平然と言ってのけたが、あまりに法外なこの要求に、チャーチルは開いた口がふさがらなかった。

「よっ、四隻ですと……!?」

チャーチルはかろうじてそう返したが、これはとても呑めるような要求ではなかった。

チャーチルがあきれ返っているので、ルーズベルトはその必要性を説いた。

「日本軍の感心は今、たまたまアメリカ本土に向けられておりますが、この二ヵ月ほど前（三月下旬ごろ）には、我が情報部は日本軍にインド洋進出の動きがあることをつかんでおりました」

確かにルーズベルトの言うとおりで、一時は日本軍に〝インド洋進出の動きがあった〟ということを、チャーチルも承知していた。

チャーチルが小さくうなずいたのを見て、ルーズベルトが続ける。

「ものは考えようです。もし今後、日本軍が有力な空母部隊を出してオーストラリアやインドを攻撃して来るようなことがあれば、貴国としてもこれを黙って見過ごすわけにはいかず、空母数隻を出して対抗せざるをえないでしょう。しかしここで、イギリス、アメリカ両海軍の主力空母を結集し一気に日本軍空母部隊を叩いておけば、オーストラリアやインド洋の連合国側領地はまず安泰となります。イギリス海軍の空母とアメリカ海軍の空母が個々に日本軍空母部隊と戦うのは感心できません。数で圧倒されて各個撃破されるからです。しかも、西海岸の我が基地には大量の陸軍機を配備することができます。西海岸沖で両国海軍の主力空母を結集して戦えば、黄色いサルに痛撃を喰らわせることができましょう」

なるほどチャーチルとしても、イギリス連邦の一員であるオーストラリアを見殺しにするわけにはいかなかった。インド洋への進出はどうやら沙汰止みになったようだが、現に日本軍は、オーストラリアへ触手を伸ばし始めている。

オーストラリアの脱落はなんとしても阻止する必要がある。だとすれば、大統領の話にもうなずける。それにチャーチルは〝両海軍の主力空母を結集する〟という、大統領のアイデアに魅力を感じ始めていた。

しかしそれにしても、四隻というのは法外な要求だ。なにせ、空母「アークロイヤル」はすでに戦没してしまっているので、イギリス海軍の主力空母はまさにイラストリアス級の四隻しか残っていない。それをすべて手放すとなれば、海軍が必ず文句を言うだろう。

しかも戦えば、空母は必ず傷付く。四隻が無事に戻されるという保証はどこにもない。

そんなことは考えたくもないが、万一〝四隻とも失う〟というようなことになれば、首相の座も危ういかもしれない。

少なくとも絶対に一隻は本国艦隊に残しておく必要がある。

チャーチルはきっぱりと断った。

「大統領。そのお話、私自身はおもしろいと思いますが、四隻は無理です」

しかしルーズベルトにも〝四隻〟欲しい歴(れっき)とした理由があった。

空母「レンジャー」を含めてアメリカ海軍の空母は五隻。これにイギリス海軍の空母四隻が加われば、少なくとも主力空母の頭数では、日本海軍と対等になるのだ。

「どうしても無理ですか？」

ルーズベルトは未練がましく念を押したが、チャーチルもこれだけはどうしても譲るわけにいかなかった。

「そんなことを約束すれば、海軍から総スカンを喰らい、私の首が飛びます」

首相のチャーチルには、大統領ほどの権限は持たされていないのだ。

「……二隻ならなんとかしましょう」

チャーチルはあらためてそう提案したが、二隻ではルーズベルトが全然納得しなかった。

四隻なのか二隻なのか、まさに数の問題だ。もはやこうなると水掛け論だが、たがいに譲ろうとしない。しかしルーズベルトが、これまでの両国関係が〝水の泡になる〟とすごんで見せると、ついにチャーチルのほうが折れた。

「……わかりました。そうまでおっしゃるなら三隻が限度です。しかしこれ以上は、絶対に譲れません！」

すると、ルーズベルトは無言で右手を差し出しやにわに握手を求めた。チャーチルはなかばやけくそで、その手をがっちりと握り返し、これでイギリス海軍からアメリカ海軍に貸与される正式空母は〝三隻〟と決まった。

3

ポートモレスビー占領の知らせは真珠湾の連合艦隊司令部にも届いていたが、山本五十六大将の表情はあまり冴えなかった。米本土に対する初の攻撃「サンディエゴ空襲作戦」の結果が思わしくなかったからである。

サンディエゴの米軍飛行場や基地の施設にはある程度の損害をあたえた。しかし、味方機動部隊は一挙に二三〇機もの艦載機を失い、この損失を穴埋めするのに二ヵ月は必要だった。

確かに、米空母一隻（ワスプ）を撃沈したのは良かったが、味方機動部隊が搭乗員や機材の補充をおこなっているあいだに、米軍機動部隊もまた戦力を立て直してくるに違いない。

予想されたことだが、西海岸の飛行場には大量の敵機が配備されており、敵基地と敵機動部隊の両方を相手にして戦うと、味方機動部隊も多くの艦載機を消耗することが今回の戦いであらためて実証された。

七月一〇日には機材や搭乗員の補充がようやく完了し、空母「蒼龍」も七月二四日には修理を完了した。機動部隊は戦力を立て直し、主力空母九隻は再び出撃可能となったが、次なる作戦を〝どうするか〟が問題だった。

米空母は依然として四隻以上、残っている。

――敵機動部隊を誘い出し、米空母だけを撃破する、ないか良い手はないものか……。

できれば、基地に配備されている敵陸上機は相手にしたくない。先のサンディエゴ空襲作戦では二兎を追うことになったため、味方機動部隊は全搭載機数の三〇パーセントに相当する艦載機を一挙に失っていた。

敵機動部隊だけを相手にして戦えば、もっと味方の損害機数を抑えられるか、もしくは、もっと多くの米空母を撃破できるはずだった。

そして米空母の多くを先に撃破しておけば、米本土空襲作戦はもっと効率良く実施できるに違いなかった。

この考えのもと、山本五十六大将は作戦計画の立案を急がせて、七月中旬に連合艦隊首席参謀の黒島亀人大佐がまとめた計画が「パナマ運河破壊作戦」だった。

アメリカ合衆国にとって、パナマ運河は最大の弱点である。パナマ運河を破壊し、これを封鎖することができれば、東海岸の基地で建造中の新型米空母は南米のホーン岬へ大きく迂回しなければ太平洋に進出できない。

しかも、パナマ運河攻撃の構えを見せれば、米空母は必ず迎撃に出て来る。

そしてパナマの敵飛行場は、西海岸の飛行場と比べて規模が小さいので、配備されている敵機の数も少ないはずであった。

山本五十六大将は黒島大佐のパナマ攻撃案を承認し、例によって旗艦「山城」艦上で作戦会議がおこなわれた。

黒島案では、まず空母三隻の攻撃機でパナマの敵飛行場を破壊し、米軍機動部隊を誘い出すことになっていた。次に、できる限り空母九隻で、出て来た敵機動部隊に戦いを挑み、敵空母の大半を撃破する。そして最後に、もう一度パナマ運河を攻撃し、閘門や運河の施設を徹底的に破壊するというのであった。

今回もサンディエゴ空襲時と同じように機動部隊を三つに分け、塚原中将の第一機動部隊がまずパナマの敵飛行場を破壊、小沢中将の第二機動部隊と山口少将の第三機動部隊は、米空母の出現に備えて、大半の艦載機を温存することになっていた。より具体的には、敵飛行場に対する最初の攻撃は、第一機動部隊の第一波攻撃隊を主体におこない、第二機動部隊の一部戦闘機のみがこれに加勢することになっていた。

会議に出席した司令官や幕僚の全員がこの黒島案におおむね同意したが、サンディエゴ空襲時の戦訓にかんがみて、母艦航空隊の編成に若干の変更が加えられることになった。

小沢中将の指摘によって、慶鶴型空母三隻と空母「赤城」は艦爆や艦攻の機数を減らし、零戦を多めに積むことにしたのだ。

第一機動部隊　指揮官　塚原二四三中将
・第一航空戦隊　司令官　塚原中将直率
空母「慶鶴」　　搭載機数・計一〇二機
（零戦四五、艦爆二七、艦攻二七、艦偵三）
空母「翔鶴」　　搭載機数・計一〇二機
（零戦四五、艦爆二七、艦攻二七、艦偵三）
空母「瑞鶴」　　搭載機数・計一〇二機
（零戦四五、艦爆二七、艦攻二七、艦偵三）
・第二射撃戦隊　司令官　高木武雄中将
航空戦艦「伊勢」　搭載機数・計三〇機
（零戦九、艦爆九、艦攻一二）
航空戦艦「日向」　搭載機数・計三〇機
（零戦九、艦爆九、艦攻一二）
第二機動部隊　指揮官　小沢治三郎中将
・第二航空戦隊　司令官　小沢中将直率

空母「赤城」　搭載機数・計八四機
（零戦三六、艦爆一七、艦攻一八、艦偵三）
空母「天城」　搭載機数・計七八機
（零戦三〇、艦爆二七、艦攻一八、艦偵三）
空母「葛城」　搭載機数・計七八機
（零戦三〇、艦爆二七、艦攻一八、艦偵三）
第三機動部隊　指揮官　山口多聞少将
・第三航空戦隊　司令官　山口少将直率
空母「雲龍」　搭載機数・計七八機
（零戦三〇、艦爆二七、艦攻一八、艦偵三）
空母「飛龍」　搭載機数・計七八機
（零戦三〇、艦爆二七、艦攻一八、艦偵三）
空母「蒼龍」　搭載機数・計七八機
（零戦三〇、艦爆二七、艦攻一八、艦偵三）
規模が小さいとはいえ、今回もまた敵飛行場を最初に攻撃しなければならない。

敵空母群を誘い出す必要上、これだけはどうしても避けて通れない。そして、味方攻撃機の損害を減らすには、母艦に戦闘機を多めに積み、零戦によって制空権を確保するしかなかった。

変更の結果、主力空母九隻の航空兵力は、零戦三二一機、九九式艦爆二四三機、九七式艦攻一八九機、二式艦偵二七機の合わせて七八〇機となった。これに航空戦艦「伊勢」「日向」の予備機・計六〇機を加えると、帝国海軍機動部隊の航空兵力は八四〇機に達する。

ちなみに艦上偵察機は、これまで九七式艦攻でその役目を代行してきたが、二式艦上偵察機が制式採用にこぎつけて、首尾よく二七機を準備できたので、今回の作戦から同機が三機ずつ各母艦に搭載されることになった。

ハワイからパナマ近海までの距離はおよそ四六〇〇海里（八五〇〇キロメートル）もある。

帝国海軍艦艇の航続距離は軒並み延びているとはいえ、作戦参加部隊は油槽戦艦「山城」やタンカーなどを伴う必要があった。

洋上補給をおこないながらの進軍になるので、平均航行速度は時速一三ノット程度だ。

内地と連絡を取って作戦の最終調整をおこなったところ、軍令部も連合艦隊司令部の立案したこの「パナマ運河破壊作戦」を承認し、敵飛行場に対する攻撃開始日時は八月一五日・早朝（パナマ現地時間）と決定された。

ハワイとパナマの時差は五時間ほどあり、パナマ近海ではハワイより五時間ほどはやく八月一五日の攻撃日を迎える。

攻撃計画は七月二〇日に最終決定され、母艦航空隊は一旦オアフ島の陸上基地に上げられて時差調整をおこなった。同時に一週間ほど掛けてパナマ攻撃を想定した簡単な演習がおこなわれ、これで航空隊の出撃準備は万事整った。

作戦参加艦艇は七月三一日の正午までに重油タンクをいっぱいに満たし、油槽戦艦「山城」は便宜上、第三機動部隊の指揮下に編入された。

第一機動部隊の指揮下には航空戦艦「伊勢」「日向」が在り、第二機動部隊の指揮下には金剛型戦艦四隻が在ったが、第三機動部隊の指揮下には戦艦が一隻も無かったからである。

ミッドウェイ島攻略時に中破していた戦艦「榛名」は、すでに修理を完了していた。

そして、すべての出撃準備を完了した第一、第二、第三機動部隊は、一路パナマ近海をめざして八月一日・午前七時に真珠湾から出撃した。

第七章　米・英連合機動部隊

1

チェスター・W・ニミッツ大将のもとに朗報がもたらされたのは六月一二日のことだった。

「イギリス海軍のイラストリアス級空母三隻が七月中に太平洋へ回航され、提督の指揮下に加えられます」

ワシントンの海軍監察官ヴィントン・マドックス大佐が直接ニミッツの執務室を訪れ、大統領の意向を伝えたのだ。

マドックスの話を聞いて、ニミッツはまさに飛び上がらんばかりに喜んだ。

「そっ、それは本当かね!?」

無理もない。イラストリアス級空母は速力三〇ノット以上、アメリカ海軍の主力空母と比べ、搭載機数は少なめだが、防御力に優れ、機動航空戦に資する性能を充分に備えている。

空母不足で苦しむなか、味方空母が一挙に三隻も増えるのだから、ニミッツが手放しで喜ぶのも当然だった。

マドックス大佐の話をさらによく聞くと、イラストリアス級空母三隻を率いる司令官として、イギリスからフィリップ・L・ヴィアン海軍少将がアメリカに派遣され、七月中に太平洋艦隊の指揮下に入るという。

そして、派遣されて来る、肝心の空母は「イラストリアス」「フォーミダブル」「インドミタブル」の三隻と決まっていた。

三隻のうち、緒戦のマレー沖海戦で大破に近い損害を受けていた空母「インドミタブル」は、遠くアメリカ東海岸の基地まで回航され、ノーフォーク工廠でこの六月はじめに修理とオーバー・ホールを完了したばかりだった。空母「インドミタブル」は、このままアメリカ海軍最大の拠点ハンプトン・ローズに留め置かれ、残る二空母の到着を待つことになった。

一隻は難なく用意できた。問題となるのは残る二隻だが、空母「イラストリアス」と「フォーミダブル」は日本軍の動きに備えて、ともに一旦はインド洋へ派遣されていた。

けれども結局、日本軍にインド洋進出の動きはなく、空母「フォーミダブル」はひと足はやくスカパ・フローへ引き揚げて本国艦隊に復帰し、空母「イラストリアス」はマダガスカル島の攻略を支援してから、七月はじめに本国艦隊に復帰する予定になっていた。

そして、イギリス海軍のフィリップ・L・ヴィアン少将は、空母「イラストリアス」に将旗を掲げて、空母「フォーミダブル」とともにスカパ・フローを出港、七月末までに空母「インドミタブル」の待つハンプトン・ローズへ向かうことになっていたのである。

――そうと決まれば〝善は急げ〟だ！

ニミッツ大将はこれら三空母を迎え入れるための準備を急いだ。というのが、イラストリアス級の空母三隻はいずれも固有の艦載機を積んではいるが、その機数が四〇機足らずとおよそ物足りない。これでは日本海軍の主力空母に充分対抗できないので、ニミッツは、アメリカ海軍の艦載機をこれら三空母に供与して、その航空兵力を強化してやろうと考えた。

そこで目を付けたのが、グラマン「マートレットＭｋⅡ」戦闘機だった。

基本的にはグラマンＦ４Ｆワイルドキャット戦闘機と同じ機体だが、有力な艦上戦闘機の開発に後れていたイギリス海軍は、手狭な護衛空母などでの運用を考慮して、アメリカ海軍のＦ４Ｆに先駆けて、主翼の折りたたみ機構を追加した機体の開発をグラマン社に依頼していた。

そして開発されたのが、「マートレットＭｋⅡ」戦闘機だった。ちょうど一九四二年六月のこの時点で、同機はまとまった機数を生産できるようになっており、ニミッツ大将は、完成した「マートレットＭｋⅡ」を太平洋艦隊の指揮下に入るイギリス空母三隻へ優先的にまわすよう、関係各所と折衝した。

ニミッツの要求は難なく容れられ、彼はとりあえず必要としていた四八機の「マートレットＭｋⅡ」戦闘機を七月一〇日までに確保することができた。

このようにイギリス空母三隻の受け入れ態勢はとんとん拍子で進んでいたが、七月一五日過ぎになると、ニミッツ大将には、機動部隊の出撃準備を急がねばならない〝のっぴきならない事情〟が出てきた。

むろん、その事情に対処するには、イギリス空母三隻の作戦参加が欠かせなかった。

当初ニミッツは、イギリスからパイロットをまねいて「マートレットＭｋⅡ」の訓練をおこなうつもりであったが、空母「イラストリアス」「フォーミダブル」の到着を待ってからパイロットの訓練を開始したのでは、その〝のっぴきならない事情〟にはおよそ間に合いそうになかった。

そこでニミッツは、先着していた空母「インドミタブル」を用いて、先に「マートレットMkⅡ」の発着艦訓練を開始し、アメリカ海軍のパイロットをマートレットに乗せて、この難局を乗り切ることにしたのだった。

つまり、空母「イラストリアス」「フォーミダブル」「インドミタブル」の三隻は、艦長以下の乗員と固有艦載機の搭乗員はすべてイギリス軍の将兵だが、三空母で運用されるマートレットのパイロットだけはアメリカ軍の将兵を起用し、艦上に米英のパイロットが混在する状態で三空母は戦いにのぞむことになったのである。

2

七月一五日過ぎに生じた〝のっぴきならない事態〟とは、いうまでもなく、連合艦隊が計画していた「パナマ運河破壊作戦」だった。

この時期になると、サンディエゴのアメリカ海軍情報部は日本海軍の暗号をほぼ九割がた解読できるようになっていた。

「日本軍の次の狙いはパナマ運河です！」

情報参謀のレイトン大佐がニミッツ大将の部屋へ駆け込み、そう報告すると、ニミッツは即座に聞き返した。

「なにっ、それはいつかね⁉」

「八月中旬、日本軍主力空母部隊は八月一五日の早朝を期してパナマ運河を空襲して来ると思われます！」

サンディエゴの暗号解読班は連合艦隊司令部と軍令部間のやり取りを傍受し、日本側の計画をほぼ九割がた把握していたのだった。

レイトンの答えを聞くや、ニミッツはマートレット戦闘機の訓練を即決し、すぐさま兵備局へ電話して空母「レキシントン」「サラトガ」「ホーネット」の修理を急ぐよう命じた。

「緊急事態だ！　八月三日までになんとしても三空母の修理を完了してくれ！」

ニミッツは怒鳴り付けるようにして受話器を置くと、今度は参謀長のスプルーアンス少将を部屋へ呼び、会議の招集を命じた。

アメリカ太平洋艦隊の参謀長は七月一日付けでミロ・F・ドレーメル少将からレ

イモンド・A・スプルーアンス少将に交代していた。

そして、会議のメンバーが集まるまでの間、ニミッツは、ワシントンの統合作戦本部へ電話を掛け、可能な限りの陸海軍機を八月一〇日までにパナマの飛行場へ集めるよう依頼した。

それを片付けてニミッツが作戦室へ入ると、すべてのメンバーがすでに集まっていた。

「日本軍主力空母部隊がパナマ運河を空襲して来る。攻撃日は八月一五日・早朝だ。……我々はこれにどう対処すべきかね？」

ニミッツが開口一番そう言うと、空母部隊先任指揮官のフランク・J・フレッチャー中将が真っ先に聞き返した。

「敵空母は九隻ですか？」

フレッチャーは七月一日付けで中将に昇進しており、ウィリアム・F・ハルゼー中将はいまだサンディエゴの海軍病院で入院していた。退院は九月以降になる見通しのため、フレッチャーが洋上で指揮を執ることになる。

この質問にはレイトンが答えた。

「そうです。例のごとく主力空母九隻です」

「我がほうは『レキシントン』『サラトガ』『ホーネット』がたとえ修理を完了したとしても、五隻だ……」

フレッチャーはため息交じりでそうつぶやいたが、ニミッツが言下にこれを否定した。

「いや、八隻だ。……『ロングアイランド』も加えれば、九隻になる！」

これを聞き全員が目をまるくしているので、ニミッツは、イラストリアス級空母三隻が七月中にハンプトン・ローズへやって来ることを、このときはじめて告げた。

全員がこれに納得すると、今度はスプルーアンスが口を開いた。

「問題は、どこで敵を待ち受けるか、です」

スプルーアンスが続けて言うには、パナマ空襲を阻止するには当然、太平洋側へ移動して敵を迎撃しなければならないが、味方機動部隊が根拠地として利用できる近隣の要港は、ペルーのカラオ港かハバ・カリフォルニア半島のマグダレナ港しかない、というのであった。

両港とも設備がよく整い、大艦隊が根拠地とするのにふさわしい良港だが、カラオ港もマグダレナ港も、パナマ運河から一四〇〇海里以上も離れており、いかにも〝距離が遠すぎる〟というのが難点だった。

「カラオのほうが近い。カラオ港を根拠地にして敵を待ち受けるしかあるまい」

ニミッツはぶ然としてそう返したが、スプルーアンスは、ニミッツが作戦室へ来る前に〝ひとつの案〟をひねり出していた。

「艦隊を支える設備は充分ではありませんが、ガラパゴス諸島を我が機動部隊の策源地にしてはいかがでしょうか……。多数の島に囲まれたガラパゴス諸島の内海は、艦隊泊地として充分な広さがあり、飛行艇の離発着も可能でしょう。しかもパナマ運河までの距離は九〇〇海里で、遠すぎず近すぎず、絶好の位置にあります。……ガラパゴスの泊地から飛行艇を飛ばせば、パナマに近づく敵機動部隊を事前に発見できる可能性が高く、我が機動部隊は敵の背後から急速接近、奇襲を仕掛けられます」

スプルーアンスにこう言われて、ニミッツが海図をもう一度よく見てみると、なるほどガラパゴス諸島は、敵機動部隊を待ち受けるのに、絶好の位置に在る。しかも諸島内のバルトラ島には、小規模ながら飛行場が建設中である、ということをニミッツも知らされていた。

ニミッツはにわかに会議の中断を命じ、一時間後に再開するとした。その間にガラパゴス諸島の地勢をよく調べ、本当に艦隊泊地として使えるかどうか、調べることにしたのだ。

はたして一時間後、ニミッツの命を受けた副官が同地に関するあらゆる資料を携えて作戦室に戻って来ると、ニミッツは、それら資料にみずから目を通し、ガラパゴス諸島を機動部隊の泊地として利用することは〝およそ可能である〟という結論に達した。

諸島内最大のイサベラ島、サンタクルス島、サンチァゴ島、バルトラ島に囲まれた内海は、艦隊泊地として充分な広さがあり、赤道直下で波も穏やか、飛行艇の離発着も可能である、ということが判明した。

――よし、これなら使える！

そう確信したニミッツは、俄然、ガラパゴス諸島へ機動部隊を前進させることにし、あらためて迎撃方針の策定に執りかかった。

「できれば奇襲を仕掛けたい……」

ニミッツがそうつぶやくと、今度はフレッチャーが口を開いた。

「我が基地を空襲する場合、その三〇〇海里付近から攻撃隊を出して来るのが日本軍機動部隊の常套手段です。やはり敵にパナマを空襲させて、我が機動部隊が敵の背後から襲い掛かれば、奇襲できる可能性が高まるでしょう」

フレッチャーの言うとおりだが、ひとつ問題がある。それをニミッツが指摘した。

「しかし、運河に対する空襲だけはなんとしても阻止せねばならん。閘門などを破壊されてしまうと、大西洋から太平洋への兵力移動がきわめて困難になる。だから今回は、基地をおとりに使うことはできない」

つまり、基地を攻撃させれば、日本軍機動部隊の位置を特定しやすく、味方機動部隊は背後から奇襲を仕掛けやすいが、運河が空襲を受け破壊されてしまう恐れもあるのだ。

飛行場は破壊されてもよいが、運河を破壊されるわけには断じていかない。かといって、敵がパナマを空襲する前に空母戦を挑めば、純然たる機動部隊同士の戦いとなってしまい、優勢な日本軍機動部隊を相手に、味方機動部隊は苦戦を強いられるだろう。

味方艦載機の足は短く、純然たる空母戦を挑むのは不利だ。やはり基地をおとりにして、敵の背後から襲い掛かるべきだった。

すると今度は、スプルーアンスが口を開いた。

「敵は、運河地帯よりも飛行場の破壊を優先するはずです。我々は、運河をおとりに使うことはできませんが、飛行場をおとりに使うことはできるはずです」

スプルーアンスの言うとおりだった。

日本軍機動部隊はアメリカ軍機の反撃を阻止するためにまず飛行場を攻撃して来るに違いなかった。だとすれば、飛行場はおとりに使える。

ニミッツはこれにうなずき、いつになく慎重にみなの見解を求めた。

「大量の戦闘機があれば、運河への攻撃は阻止できるだろう。……パナマに配備する戦闘機は何機必要かね？」

しかしこの質問に、明確に答えられる者はいなかった。みなが顔を見合わせて返事がない。ニミッツが仕方なく続ける。

「……六〇機でどうかね？」

現実的に準備できそうな数は、陸海軍あわせておよそ六〇機だった。

「いや、六〇機では不安ですな……」

フレッチャーがそう返すと、みなが一斉にうなずいた。それを見てやむなくニミッツがハードルを上げた。

「ならば、一〇〇機でどうだ⁉　……それ以上は難しい」

むろん多ければ多いに越したことはないが、誰もが〝一〇〇機が限度だろう〟と思った。それを察してフレッチャーが〝けり〟を付けた。

「わかりました。ならば、それに賭けてみるしかないでしょう」

一〇〇機という数字にはまったく根拠がないわけでもなかった。サンディエゴ空襲時にはおよそ一〇〇機の戦闘機で迎撃し、飛行場だけの損害で最初の攻撃を切り抜けていた。

次は敵がどれほどの攻撃機を放って来るかわからず、大して当てになる数字ではないが、ニミッツとしては、これをひとつの目安として作戦計画を策定するしかなかった。それに、パナマの飛行場に一〇〇機以上もの味方戦闘機を配備するのは現実的に不可能だった。

ニミッツはフレッチャーの言葉に静かにうなずき、八月一〇日までに一六機のカタリナ飛行艇をガラパゴスの泊地に配備すると決定し、八月一二日までに味方機動部隊をガラパゴス諸島へ進出させると決めた。

もはや戦機は迫っていた。太平洋艦隊の迎撃方針がようやくかたまり、あとは空母「レキシントン」「サラトガ」「ホーネット」の修理を待つばかりとなったのである。

3

七月三〇日。空母「イラストリアス」に将旗を掲げるフィリップ・L・ヴィアン少将が僚艦の空母「フォーミダブル」を伴ってハンプトン・ローズに入港すると、チェスター・W・ニミッツ大将は〝いよいよ機は熟した〟とみて、決戦にのぞむ機動部隊の編成を一新した。

第五〇機動部隊／指揮官　F・J・フレッチャー中将
・第一空母群司令官　フレッチャー中将直率
　空母「サラトガ」「レキシントン」
　重巡「アストリア」「ミネアポリス」
　軽巡「アトランタ」　駆逐艦八隻
・第二空母群司令官　T・C・キンケイド少将
　空母「ヨークタウン」「ホーネット」
　重巡「ポートランド」「ペンサコラ」

軽巡「フェニックス」 駆逐艦八隻

・支援空母群司令官　R・H・ノイス少将

空母「レンジャー」

護衛空母「ロングアイランド」

重巡「ヴィンセンス」「ルイスヴィル」

駆逐艦六隻

・火力支援群司令官　W・A・リー少将

戦艦「ワシントン」「ノースカロライナ」

戦艦「サウスダコタ」「インディアナ」

軽巡「ブルックリン」「ボイス」

駆逐艦六隻

・大英空母群司令官　F・L・ヴィアン少将

空母「イラストリアス」「フォーミダブル」

空母「インドミタブル」

重巡「ドーセットシャー」「コンウォール」

軽巡「グラスゴー」「ガンビア」

軽巡「バーミンガム」
軽巡「モーリシャス」　駆逐艦六隻

空母「サラトガ」と「ホーネット」はすでに修理を完了していたが、遠くサンゴ海で損傷した空母「レキシントン」の工事は遅れ、八月四日に修理を完了する予定であった。

空母「レキシントン」の戦闘不参加は決してゆるされず、工員を総動員して最後の追い込みを掛けている。復旧間近の「レキシントン」に対しても他の多くの艦艇と同様に〝八月五日の出港〟が厳命されていた。

一線級空母は全部で八隻。護衛空母「ロングアイランド」も加えると九隻だ。主力空母八隻が搭載する航空兵力は、五五〇機以上に達していた。

第一空母群／フランク・J・フレッチャー中将
空母「サラトガ」　搭載機数八二機
（艦戦三二、艦爆三二、雷撃機一八）
空母「レキシントン」　搭載機数八二機

（艦戦三二、艦爆三二、雷撃機一八）
第二空母群／トーマス・C・キンケイド少将
空母「ヨークタウン」　搭載機数八二機
（艦戦三二、艦爆三二、雷撃機一八）
空母「ホーネット」　搭載機数八二機
（艦戦三二、艦爆三二、雷撃機一八）
支援空母群／レイ・H・ノイス少将
空母「レンジャー」　搭載機数六八機
（艦戦二八、艦爆二八、雷撃機一二）
護空「ロングアイランド」予備機数二二機
（艦戦一〇、艦爆六、雷撃機六）
大英空母群／フィリップ・L・ヴィアン少将
空母「イラストリアス」　搭載機数四八機
（艦戦①一二、艦戦②一二、雷撃機二四）
空母「フォーミダブル」　搭載機数四八機
（艦戦①一二、艦戦②一二、雷撃機二四）

空母「インドミタブル」　搭載機数六〇機
（艦戦①一二、艦戦②二四、雷撃機二四）

※艦戦①シーハリケーン、艦戦②マートレット

第五〇機動部隊の航空兵力は、護衛空母「ロングアイランド」搭載の予備機を除いて、ワイルドキャット戦闘機一五六機、マートレット戦闘機四八機、シーハリケーン（英）戦闘機三六機、ドーントレス急降下爆撃機一五六機、アヴェンジャー雷撃機八四機、アルバコア（英）雷撃機七二機の計五五二機。これに「ロングアイランド」搭載の予備機を加えると、総航空兵力は五七四機に達していた。

ちなみに機動力に欠ける護衛空母「ロングアイランド」は、艦載機の補充任務に徹するため、攻撃には参加しない。

フレッチャー中将は知る由（よし）もなかったが、日本軍主力空母九隻の搭載機総数は七八〇機だったので、空母八隻が搭載する五五二機はその兵力の七割に達していた。

一般的に、防御側が攻撃側の七割の兵力を保有していれば〝防衛が成り立つ〟とされている。

しかもニミッツ大将は、ほぼ約束どおり、九六機のアメリカ軍戦闘機をパナマの飛行場に配備していた。P40ウォーホーク四八機、F4Fワイルドキャット三六機、P38ライトニング一二機の計九六機だ。

これら基地配備の九六機を加えると、戦いに資する米側航空兵力は全部で六四八機となり、日本側兵力七八〇機の八割以上（およそ八三パーセント）に達していたのだった。

空母「レキシントン」の修理は予定どおり完了した。

速度が一六・五ノットしか出せない「ロングアイランド」は駆逐艦二隻を伴い、すでに三日前にハンプトン・ローズから出港していた。

八月五日朝。太陽が水平線から顔を出し、まぶしいほどに輝いている。

――今回こそ日本軍機動部隊に大損害をあたえることができる！

チェスター・W・ニミッツ大将は自信を持って第五〇機動部隊に出撃を命じ、その全艦艇が八月一二日までにガラパゴス諸島内の泊地へ入港するのであった。

パナマへ向け洋上進撃中の塚原二四三中将は帝国海軍の〝暗号が解読されている〟ということにまったく気付いていなかった。

第八章　パナマ沖空母決戦

1

昭和一七年（一九四二）八月一五日。パナマ現地時間で午前四時五五分――。

主力空母九隻を基幹とする帝国海軍の第一、第二、第三機動部隊はパナマの南西・約三〇〇海里の洋上に達していた。

艦隊は前日、米軍飛行艇によって発見されており、米軍機動部隊が迎撃に現れる可能性はかなり高かった。

「我が部隊（第一機動部隊）もパナマ攻撃を後回しにし、敵機動部隊の出現に備えるべきではないかね？」

塚原二四三中将は攻撃隊を発進させる前にそう確認していたが、参謀長の酒巻宗孝少将は確信に満ちた表情でこれを否定した。

「いえ。第一機動部隊は既定方針どおりパナマを空襲し、敵飛行場を叩いておくべきです。……たとえ敵空母が出て来たとしましても、作戦可能な米空母は全部で〝五隻〟です。第二、第三機動部隊の空母六隻が攻撃機を温存し、敵機動部隊の出現に備えておりますので、まったく恐れるに足りません」

酒巻の言うとおりだった。

小沢治三郎中将の第二機動部隊と山口多聞少将の第三機動部隊は、基本的にパナマ攻撃には参加せず、米軍機動部隊の出現に備えて艦爆や艦攻を温存することになっていた。

米空母が五隻とも出て来たとしても兵力で上回っているし、米軍艦載機の足は短いので不意撃ちを喰らうようなことはまずない。

第二、第三機動部隊が負けるようなことはおよそ考えられず、第一機動部隊は、既定の方針に従って攻撃隊を出し、パナマの敵飛行場を破壊しておくべきだった。

塚原は酒巻の進言にうなずき、予定どおり第一波攻撃隊をパナマ攻撃に出すことにした。

第一波攻撃隊／攻撃目標・パナマ米軍飛行場

・第一機動部隊（第一航空戦隊）
空母「慶鶴」／零戦一二、艦爆二七
空母「翔鶴」／零戦一二、艦爆二七
空母「瑞鶴」／零戦一二、艦爆二七
・第二機動部隊（第二航空戦隊）
空母「赤城」／零戦一二
空母「天城」／零戦一二
空母「葛城」／零戦一二

第一波攻撃隊の兵力は零戦七二機、艦爆八一機の計一五三機。

まずは、飛行場を確実に破壊しておく必要がある。そのために、零戦を多めに出撃させてパナマ上空の制空権を奪取。零戦の傘の下で艦爆が精密爆撃をおこない、飛行場を一気に叩いてしまおうというのだ。

主敵はあくまで米空母だからパナマの敵飛行場を何度も攻撃するわけにはいかない。敵地上空で確実に制空権を握るには、第一機動部隊の零戦だけではもの足りず、第二機動部隊も零戦のみを出撃させて、第一機動部隊の攻撃に加勢することになっていた。

本日の日の出時刻は午前六時一二分。午前五時四〇分ごろには空が白み始める。

第一波攻撃隊は日の出の約一時間後（午前七時一五分ごろ）にパナマ上空へ進入し、敵飛行場に対して攻撃を開始する予定だ。

時刻は今、午前五時になろうとしている。そしてまもなく、時計の針がきっかり〝一二〟を指すと、塚原中将は予定どおり第一波攻撃隊に発進を命じた。

空には無数の星が瞬（また）き、よく晴れている。

風は弱く、海もいたって穏やかだ。

まずは〝絶好の攻撃日和〟といってよく、母艦の発進作業を妨（さまた）げるようなものは、なにひとつなかった。

第一機動部隊の空母「慶鶴」「翔鶴」「瑞鶴」は北東へ向けて疾走し、次々と攻撃機を発進させてゆく。

第二機動部隊の空母「赤城」「天城」「葛城」からも零戦が続々と舞い上がり、発進した攻撃機があっという間に艦隊上空を埋めていった。

「第一波攻撃隊、全機発進いたしました！」

航空参謀の内藤雄（ゆう）中佐がまもなくそう報告すると、塚原中将はこれに〝よし〟とうなずいた。

時刻は午前五時一八分になろうとしている。

しばらくして、第一波の攻撃機が上空からすべて姿を消すと、第一機動部隊は一旦小休止。次は第二、第三機動部隊の出番であった。索敵機を放ち、周辺洋上をくまなく捜索する。

これまでは、二七機の艦攻を索敵に出すことが多かったが、今回は違う。艦隊の北には地峡帯を含む陸地が大きく連なっているので、陸地を乗り越えて敵機動部隊が現れることはない。敵艦隊が北方から現れるとすれば、パナマ運河を通過するしかなく、運河方面にはすでに第一波攻撃隊が向かっていたので、北方洋上を捜索する必要はまったくなかった。

したがって第二、第三機動部隊は、南を捜索するだけでよく、南西を中心とした扇型の索敵網を展開する。

索敵機の数は一八機。今回は艦攻ではなく、高速の二式艦上偵察機が、六隻の母艦からそれぞれ三機ずつ発進してゆく。

ゆえに第一機動部隊の三空母が搭載する九機の二式艦偵は、第二段索敵などに備えて、温存することができた。

午前五時四〇分。第一波攻撃隊が発進を完了してから二〇分あまりが経過し、空がほんのり白み始めると、第二、第三機動部隊の空母「赤城」「天城」「葛城」「雲龍」「飛龍」「蒼龍」の艦上から二式艦偵がそれぞれ三機ずつ、計一八機が南の空へ向けて一斉に飛び立って行った。

従来の九七式艦攻は巡航速度が時速一四〇ノットだが、二式艦偵の巡航速度は破格で時速二三〇ノット。発進から一時間半後の午前七時一五分ごろには全機が三五〇海里の距離を進出し、索敵線の先端に達する。

高速の二式艦偵一八機が索敵合戦で必ずや先手を取り、洋上の米空母をことごとく発見するに違いなかった。

帝国海軍の指揮官三名はそのことをかたく信じて疑わなかった。

2

フランク・J・フレッチャー中将がめざす迎撃待機位置アタック・ポイント「A点」は北緯二度三〇分、西経八四度五分。すなわちそれはパナマの南南西・約五二〇海里の洋上であった。

フレッチャー中将の率いる第五〇機動部隊は八月一四日の日の出（午前六時一二分）とともにガラパゴス諸島内の泊地から出港。東北東へ向けて一五〇海里ほど前進した洋上で遊弋しつつ、友軍機からの連絡を待っていた。

ちょうどそこへ、ガラパゴス諸島発進の飛行艇から連絡が入り、日本軍機動部隊は八月一四日・午後五時の時点でパナマの西南西・約四七〇海里の洋上へ前進していることが判明した。

空母「サラトガ」艦上で報告を受けたフレッチャー中将は、これでいよいよ確信した。

――よし、間違いない！　日本軍機動部隊は明朝、パナマの三〇〇海里付近まで接近して攻撃隊を発進させるに違いない！

フレッチャー中将のこの予想はほぼ的中しており、第五〇機動部隊は速力二二ノットで「アタック・ポイント」へと急行、八月一五日・午前五時三〇分の時点で、めざす「Ａ点」に抜かりなく到達していた。

――日本軍機動部隊は今、我が部隊の北二五〇海里付近で行動しているはずだ！

そう考えたフレッチャー中将は、午前五時四〇分に空が白み始めると、支援空母群のレイ・Ｈ・ノイス少将に索敵を命じ、ノイス少将はただちに空母「レンジャー」から一二機のドーントレスを発進させた。

したがって日米両軍機動部隊は、薄明を期してほぼ同時に索敵を開始したことになる。

索敵隊を発進させたあと、フレッチャー中将は速力二〇ノットで部隊を北進させた。

一二機のドーントレスが各索敵線の先端に達するのは午前七時三〇分ごろと予想されたが、フレッチャー中将の第五〇機動部隊にはじつに心強い味方が付いていた。

午前六時四五分。この日・午前四時ごろにパナマ基地から発進していたカタリナ飛行艇のうちの一機が、はやくも日本軍機動部隊との接触に成功し、その位置を知らせてきたのだ。

『敵大艦隊発見！　空母九隻、戦艦六隻以上、その他随伴艦多数。パナマの南西およそ二八〇海里の洋上を速力・約一五ノットで北進中！』

空母が九隻ということは、これはまぎれもなく日本軍の主力空母部隊だった。

「敵との距離は!?」

フレッチャーがそう問いただすと、幕僚の一人が即答した。

「およそ二四五海里です！」

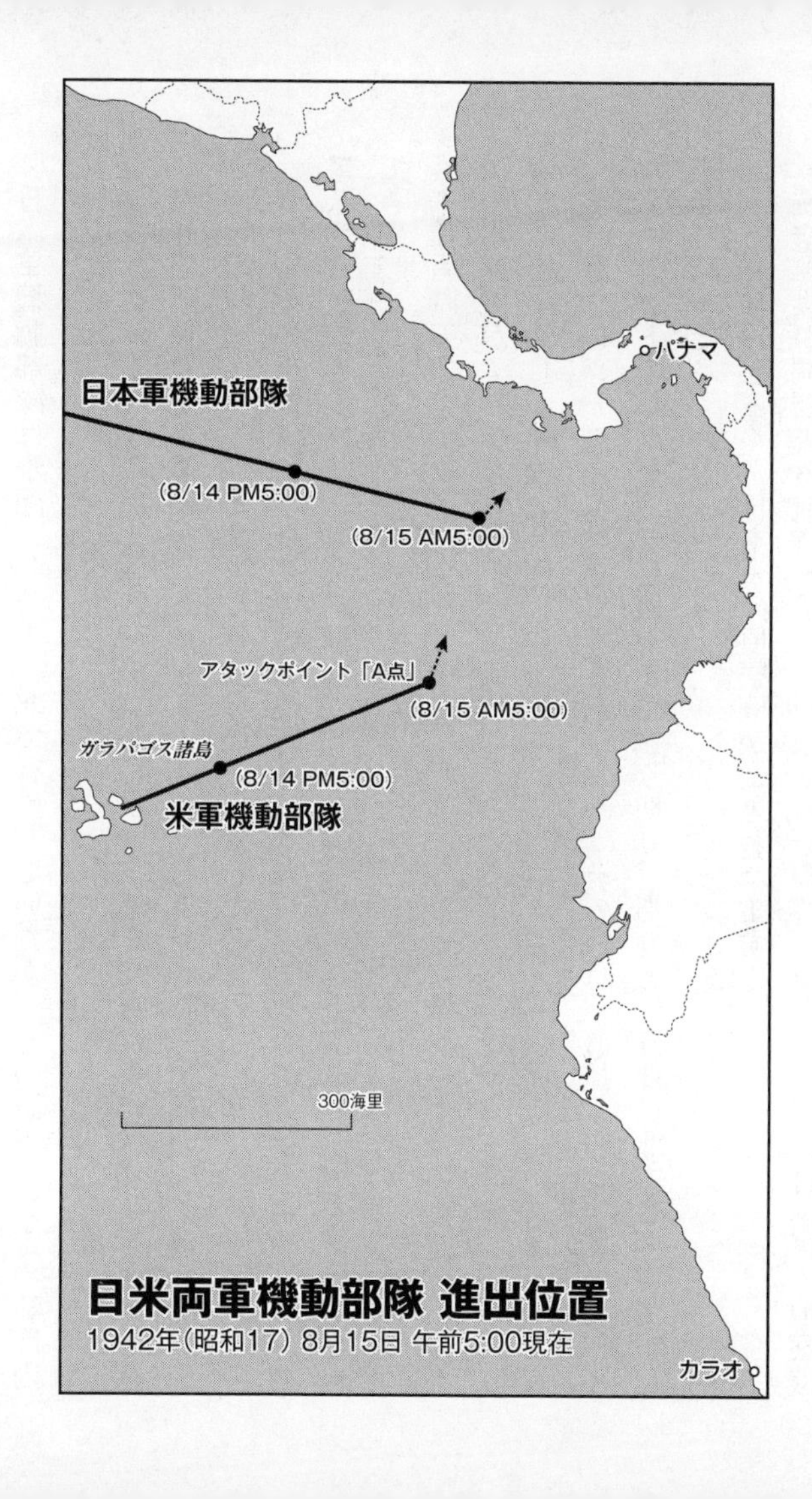
パナマ
日本軍機動部隊
(8/14 PM5:00)
(8/15 AM5:00)
アタックポイント「A点」
(8/15 AM5:00)
ガラパゴス諸島
(8/14 PM5:00)
米軍機動部隊
300海里
日米両軍機動部隊 進出位置
1942年(昭和17) 8月15日 午前5:00現在
カラオ

日本軍機動部隊は予想より若干、北で行動していたが、その誤差は想定の範囲内だった。

フレッチャーは躊躇なく戦いを決意したが、攻撃を仕掛けるにはすこし距離が遠いので、部隊の進撃速度を二五ノットに上げ、およそ一時間半後の〝午前八時二〇分に攻撃隊を出す！〟と麾下の各空母群に指令した。

むろんその攻撃にはイギリス海軍の空母三隻も参加する。が、空母「イラストリアス」に座乗するフィリップ・L・ヴィアン少将から〝了解！〟を示す信号が返ってきた、まさにその直後のことだった。

午前六時五〇分。フレッチャー中将が直率する第一空母群の上空へ突如、正体不明の高速機がすさまじい勢いで進入して来た。

「な、なんだ！　あれは⁉」

驚いたフレッチャーが思わず声を上げたが、その機は、直掩に当たっていたワイルドキャットの追撃をいともたやすく振り切り、あっという間に北方へ向けて飛び去って行った。

「……お、おそらく、日本軍の偵察機かと思われます！」

航空参謀が飛び去る機体を目で追いながらそう答えたが、本当に日本軍の偵察機だとすれば、これは憂慮すべき事態だった。

同機はまもなく第五〇機動部隊の所在を通報するに違いなく、およそ二時間後に日本軍艦載機が大挙して来襲するとすれば、味方空母八隻は攻撃隊の発進を完了するその前に敵艦載機から空襲を受ける恐れがあった。

そして、正体不明機は北方へ向けて飛び去ったのだから、フレッチャーとしてはこれを〝日本軍の偵察機〟と断定せざるをえなかった。

「敵機が電波を発した形跡はあるか!?」

日本軍の偵察機だとすれば、報告電を発するはずだ。フレッチャーは急ぎ確認を求めたが、通信参謀は予想に反して、首を横に振った。

「いいえ。今のところ、その形跡はまったくございません!」

フレッチャーはこの答えに首をかしげたが、いずれにせよ、第五〇機動部隊の所在は〝敵に知られた〟と考えておくべきだった。

──今の敵機はこのあと、必ず報告電を発するに違いない!

そう断じたフレッチャーは、俄然、攻撃計画の変更を決意した。

「部隊の進撃速度を二八ノットに上げよ！　北方の敵へ急接近し、攻撃隊の発進時刻を午前八時ちょうどに変更する！」

フレッチャーは攻撃隊の発進時刻を予定より二〇分ほど繰り上げたのだが、まったく不思議なことに、このあと通信参謀に何度確認しても、敵機が発したはずの電波は、いっこうに傍受することができなかった。

それもそのはず。

フレッチャーは知る由もなかったが、このとき日本側では、じつに由々しい〝不測の事態〟が発生していたのである。

3

下田一郎中尉の操縦する二式艦偵は、午前五時四二分に空母「蒼龍」から発進していた。

下田中尉の二式艦偵は南（微西）へ向かう索敵線を担当し、三五〇海里の距離を進出することになっている。第一段索敵を実施する二式艦偵一八機のうちの一機だ。

母艦「蒼龍」発進後、三分少々で高度三〇〇〇メートルを確保した下田機は、巡航速度の二三〇ノットを維持して定針し、担当する索敵線上をいよいよ前進し始めた。午前七時一五分ごろには担当索敵線の先端に到達する予定だ。

母艦発進後、およそ二〇分が経過して、午前六時三分になると、東の水平線上に真っ赤な太陽が昇ってきた。

高度三〇〇〇メートルの上空では地上より九分ほどはやく日の出を迎える。

上空には千切れ雲が漂う程度で、視界はきわめて良好。北東から微風が吹いており、愛機をわずかに後押ししていた。

周囲を見渡すと、一面真っ青な世界で、左(東側)から陽光が差し込んでいる。太陽のまぶしさを除けば視界は欲しいままで、動くものがあればなにも見落とすはずがなかった。

後部座席に乗る偵察員の住吉語(かたる)一飛曹は、南の海上へじっと目を凝らしている。

しかし、発進してから、まだ三〇分しか経過していない。時刻は午前六時一三分になろうとしている。いまだ一一四海里しか前進しておらず、下田は海上に敵艦がいるとは思えなかった。それでも住吉は、海上に目を凝らしている。

――いつもながら、まじめなヤツだ……。

下田はそう思ったが、その姿がほほ笑ましくもあり、頼もしくもあった。

一一五海里ほど前進しただけなので往路航程のおよそ三分の一を飛んだに過ぎない。

すこし退屈になってきた下田は、おもむろに振り向いて言った。

「おい。敵がいるとすれば、右に現れるだろうか左に現れるだろうか？」

住吉はいかにもめんどくさそうに応えた。

「……真正面でしょう」

「いや、左だな」

「なぜ、です？」

「南アメリカ大陸は左手にある。敵がカラオから出撃して来るとすれば、左だ」

「ならば私は、右に賭けましょう」

言ってすぐ、住吉は後悔した。

下田がすかさず追い打ちをかける。

「五円、出すか？」

「……（兵学校を出ておりませんので）あなたほどの稼ぎがありません」

「ならば、三円、出せ。……おれが負けたら、五円、出してやる」

住吉はこれに答えず、逆に聞き返した。

「正面ならどうします？　右へ機首を振って、三円、せしめるつもりでしょう」

「あははは！」

声を上げて笑い気がまぐれたのか、下田はようやく無駄話を止めた。

なおも退屈な時間は続いた。が、発進からおよそ一時間後、午前六時四〇分過ぎにようやく変化がおとずれた。

「おい、右前方を見ろ！　あれは船の航跡じゃないか!?」

下田が指さす方角に住吉も目を凝らすと、なるほど、はるか彼方の水平線近くに数条の白いスジが見える。

双眼鏡をのぞいて住吉が慎重に確かめた。

「……間違いありません。敵艦隊です！」

それを聞くや、下田は〝三円、損したな〟と思いつつ、とっさに左へ機首を振った。

エンジンにも発破を掛け、降下しながら愛機の速度を二七〇ノット（時速・約五〇〇キロメートル）に上げた。

東へ大きく迂回しながら南下。敵の後方へまわり込み、それから一気に高度を上げて、敵艦隊の全貌を確かめてやろうというのだ。

警戒すべきは敵戦闘機による迎撃だ。東からまわり込めば、数分後には敵艦隊の後方へ出られるはずだし、太陽を背にできる。おそらく敵戦闘機にも見つからずに済むだろう。

──よし、一石二鳥だ！

もはや〝三円〟を出し惜しみしている場合ではなかった。下田は、敵艦隊との相対速度を素早く計算し、六分後に上昇へ転じることにした。

そしてまもなく、時計の針が午前六時四六分を指すと、下田はいよいよエンジンを噴かして、一気に愛機を上昇させた。

「いくぞ！」

住吉も身構えて、海上に目を凝らす。

──空母、空母、空母を、さがせ……。

住吉は心のなかで呪文のようにそう唱え、座席から身を乗り出した。視界を遮るものはほとんどなにもない。

はたせるかな一分後、高度三〇〇〇メートルまで上昇すると、住吉がにわかに叫んだ。

「見えた！　空母がいます……」

それを聞くや、下田は一気に機首を返し、針路を真北に執った。

「……二、四、六、七。いや、空母は全部で八隻います！」

「なにっ？　は、八隻だと!?　……見間違いじゃないのか？」

米空母は五隻しか存在しないはずだ。

下田は思わず聞き返したが、その間も愛機は突き進み、速度は時速二八五ノットに達しようとしていた。

下田は一瞬、首をひねったが、住吉の答えを聞いて俄然、納得した。いや、自分の目で確かめたわけではないが、住吉の眼を信じて納得せざるをえなかった。

「最初に見たヤツは、イラストリアス級の英空母でした。それが三隻です！」

もはやそれを確かめている余裕はない。後方からすでにグラマン一機が迫りつつあった。

「よし、わかった。発信だ！」

下田が命じるや、住吉はすぐさま電鍵を叩き始めたが、いっこうに手応えがない。

住吉はもう一度やり直したが、それでも反応がない。

にわかに顔面蒼白（そうはく）となって、住吉がびっくりするほどの大声で告げた。

「中尉！　送信機が反応しません！」

「なにっ？　もう一度やってみろ！」

「……だ、ダメです！　故障です！」

よりによってこの大事なときに、送信機が故障とは、まったく付いていない。

二式艦偵は日本軍機としてはめずらしく水冷エンジンを搭載していた。

整備員はおそらく水冷エンジンの調整に気を取られ、送信機の確認を怠ったに違いなかった。ほかの機種ではめったに起こりえないミスだ。

あまりの不運に下田は絶句した。それを見て思わず住吉が聞き返した。

「……どうしましょう?」

どうしましょうもこうしましょうもない。送信機が故障したからには、一刻もはやく味方艦隊上空へ舞い戻り、司令部へ〝じかに〟報告するしかなかった。

幸いエンジンは絶好調だ。

それはよかったが、下田機はすでに五機のグラマンから包囲されつつあった。

下田は意を決し、最高速で、愛機を一気に降下させた。その直後、速度は優に三〇〇ノットを超え、下田機は空母「サラトガ」の艦上を突っ切るようにして北方へ離脱したのだった。

それでも、グラマン一機が執拗に追尾して来たが、およそ四分後にはついにそのグラマンも追撃をあきらめ、下田機は高速を活かして離脱に成功したのである。

時刻は午前六時五六分になろうとしていた。

グラマンの追撃から逃れてようやくほっと一息ついたが、緊張から解放されるや、下田は、事の重大さをひしひしと感じ始めた。

全速で母艦へ取って返しても、報告はたっぷり一時間ほど遅れる。しかも、敵空母は五隻どころか〝八隻〟もいた。

司令部のお偉方も〝敵空母は多くても五隻〟と思い込んでいるに違いなく、一刻もはやく報告しなければ、予想外の敵を相手に、味方は苦戦を強いられる。

――兵力はほぼ対等だ……。報告の遅れで虚を突かれ、こりゃ、悪ければ〝負け戦〟になるかもしれんぞ！

危機感を強めた下田は、すぐさま燃料計を確認した。幸いガソリンは半分以上残っている。

それでもきわどいが、下田は愛機の速度をほぼいっぱいに上げ、高度五〇〇〇メートル、時速二九〇ノットを維持して飛び続けた。

二九〇ノットという速度は、じつに零戦の最大速度を上回っていた。

――ガソリン切れになる恐れはあるが、この際四の五の言っておられない。まさに一世一代の緊急事態だ！　わずか五分の遅れが命取りとなって敗北を喫しかねない！

下田はひと言も発せず飛ぶことに集中した。

そして、五〇分近く経過したとき、住吉が突然声を上げた。

「見えます！　我が艦隊です！」

ちょうどそのとき、三つの機動部隊のうち、山口少将の第三機動部隊が最も南寄りで行動しており、下田機はまもなく空母「雲龍」「飛龍」「蒼龍」の上空へたどり着いた。

「……『雲龍』はどれだ!?」

同型艦なのですぐには見分けが付かない。本来の母艦は「蒼龍」だが、下田は〝「雲龍」に着艦する必要がある！〟と考えた。

大急ぎで双眼鏡をのぞき、住吉がすぐに一つを指差した。

「アレです！」

そして、真上に進入してゆくと、なるほど、飛行甲板後部に〝ウ〟の識別記号が見え、メイン・マストには、山口少将の将旗が翻（ひるがえ）っていることも確認できた。

直後に〝間違いない！〟と確信するや、下田は愛機を「雲龍」の真上で旋回させつつ、盛んにバンクを振り、着艦の許可を求めた。

空母「雲龍」の艦橋でこれにいちはやく気づいたのは、司令官の山口多聞少将自身であった。

「なんだ、あれは？」

するると、それとほぼ同時に見張り員から報告が入った。

「上空に在るのは『蒼龍』の二式艦偵です。着艦の許可を求めております！」

これを聞き、今度は首席参謀の伊藤清六中佐がその可能性を示唆した。

「少し前から『蒼龍一号機』との連絡が途絶えておりました。おそらく同機ではないでしょうか……。着艦を許可しますか？」

下田機を除く二式艦偵は午前七時二〇分までにすべて各索敵線の先端に達し、もれなく報告電を入れてきた。下田機のみが音信不通となっていたので、山口らは同機が〝敵戦闘機に撃墜されたもの〟と判断していた。

というのが、午前七時三〇分ごろに、単座の敵偵察機（ドーントレス）が第三機動部隊の上空へ現れたので、山口らは〝近くで敵空母が行動しているに違いない〟と断定した。

そして音信不通となった蒼龍一号機は、敵艦隊の上空へ到達したが、報告電を発する前に〝敵の直掩戦闘機によって撃墜された〟とみるのが至当だったのである。

その蒼龍一号機がのこのこ戻って来たのだ。いや、同機の動きは、あきらかに尋常ではなかったので、山口少将は〝これはなにかあったな!〟と思い、すぐに着艦を許可した。

空母「雲龍」から着艦の許可が下りたのは午前七時四八分のことだった。それはよかったが、下田機は、許可を得たにもかかわらず、なかなか着艦することができなかった。

空母「雲龍」「飛龍」「蒼龍」の艦上ではすでに攻撃隊の発進準備が開始されており、それら攻撃機を一旦格納庫に下ろすか、飛行甲板の前方へ移動させるかしなければ、下田機を着艦させることができなかったのだ。

空母「雲龍」は結局、飛行甲板を空けるのに一五分ほど要し、下田機が着艦したとき、時刻はすでに午前八時をまわっていた。

まさに時間との戦いだった。まごまごしていると、味方空母九隻は攻撃隊を発進させる前に敵空母から先制攻撃を喰らってしまう。下田と住吉は着艦後すぐに「雲龍」の作戦室へ出頭、山口司令官に直接、事の次第を報告した。

報告を終えたのが午前八時一〇分。山口少将はすぐに第一、第二機動部隊にも下田らの報告を伝えたが、そのころにはもう、米空母八隻はすでに二一〇海里南方の洋上へ近づき、続々と攻撃機を発進させつつあった。

ようやく事態を把握した塚原、小沢、山口の三指揮官はただちに攻撃隊の発進準備を命じ、帝国海軍の空母九隻は大急ぎで飛行甲板に攻撃機を並べ始めた。

空母九隻の艦上はにわかに大わらわの忙しさとなったが、ちょうどそこへ、敵艦隊に関する新たな報告が飛びこんできた。

『空母八隻見ゆ！　うち三隻はイラストリアス級英空母。敵空母部隊は「雲龍」の南およそ二一〇海里付近で艦載機を発進させつつある。注意されたし！』

報告を入れてきたのは下田機のすぐ右隣り（西側）で飛行していた飛龍三号機だった。同機は旗艦「雲龍」からの指示を受け、復路に下田機の索敵線を補うようにして飛び、ついに敵機動部隊の上空へ到達したのだった。

この報告で、山口少将はいよいよ〝下田中尉の報告は正しかった〟と確信したが、敵機動部隊は下田らの先の報告より、さらに北へ三〇海里ほど前進していた。しかもこの第二報によると、敵機動部隊は攻撃隊を発進させている真っ最中に違いなかった。

だとすれば、先制攻撃を受けるのは必至。もはや一刻の猶予（ゆうよ）もならなかった。

山口は再度、第一、第二機動部隊にこの内容を伝え、まもなく母艦九隻の艦上では、攻撃隊の発進準備を急ぐよう督励（とくれい）が出された。

とくに空母「雲龍」では、下田機を収容するために一旦作業を中断しており、ほかの八空母と比べて攻撃隊の発進準備が遅れていた。

その遅れを取り戻すのは難しいとみた山口少将は、ほかの八空母と発進の足並みをそろえるために、第一波の攻撃機として予定されていた艦爆二七機のうちの九機を第二波に順延し、第一波の発進作業を軽減することにした。

その結果、帝国海軍の空母九隻はすべて、午前八時三〇分までに、敵機動部隊に対する第一波攻撃隊の発進準備を完了したのであった。

帰投後、作戦室で下田と住吉が事の次第を報告したときのことである。

山口少将を前にして、下田中尉は報告の最後にいかにも済まなそうな表情で頭を下げた。

「報告が大変遅くなってしまい、誠に申し訳ございません!」

すると山口は、叱るどころか二人の労をねぎらい、その献身ぶりを大いに称えた。

「なにを言うか、この働きは第一等の殊勲にあたいする! 謝る必要などまったくない。よくぞ無事に戻ってくれた!」

最も尊敬する山口少将から望外な言葉を掛けられ、下田一郎と住吉語は感激のあまり、言葉を詰まらせ、目頭を熱くした。

空母「雲龍」の飛行甲板にすべりこんだ、蒼龍一号機（下田機）の燃料タンクは、まるでガソリンを絞り出したように一滴残らず、空になっていたのである。

4

パナマ攻撃に向かった第一機動部隊の第一波攻撃隊は、敵戦闘機の迎撃に遭って一時は苦戦を強いられたが、米軍飛行場に猛爆撃を加え、その破壊に成功していた。

攻撃隊は予定どおり午前七時一五分にパナマ上空へ進入、およそ三〇分に及ぶ戦いのすえ、零戦一二機、艦爆一八機の計三〇機を喪失したが、迎撃に上がって来た米軍戦闘機のうち、三六機を完全に撃墜し、一二機に致命的な損害をあたえて再出撃不能にしていた。

敵戦闘機の迎撃網を突破した艦爆六六機は、対空砲火によって三機を撃墜されたものの、滑走路を中心に兵舎や格納庫にも爆撃をおこない、復旧に数日を要するであろう損害をあたえ、午前七時五〇分ごろにパナマ上空から引き揚げた。

旗艦・空母「慶鶴」艦上で報告を受けた塚原中将は〝これで敵飛行場からの反撃

はない〟とみて大きくうなずいたが、パナマ空襲の知らせは、敵方のフレッチャー中将の座乗艦・空母「サラトガ」にも届いていた。

「パナマの味方飛行場はかなりの損害を被ったようですが、日本軍攻撃隊はどうやら今しがた、パナマ上空から引き揚げた模様です」

参謀長のフォレスト・P・シャーマン大佐がそう報告すると、フレッチャーはシャーマンに対し即座に聞き返した。

「それで、運河のほうは無事かね？」

「はい。日本軍攻撃隊は運河への攻撃をあきらめて、引き揚げた模様です」

シャーマンがそう返すと、フレッチャーはいかにも満足そうにうなずき、いよいよ機動部隊同士の戦いを決意した。

そして午前八時ちょうど、第五〇機動部隊を予定どおり北へ三五海里ほど前進させたフレッチャー中将は、麾下の空母八隻に対して躊躇なく攻撃隊の発進を命じたのである。

第一次攻撃隊／目標・日本軍空母部隊

第一空母群

空母「サラトガ」　出撃機数六二機
（艦戦一二、艦爆三二、雷撃機一八）
空母「レキシントン」　出撃機数六二機
（艦戦一二、艦爆三二、雷撃機一八）

第二空母群
空母「ヨークタウン」　出撃機数六二機
（艦戦一二、艦爆三二、雷撃機一八）
空母「ホーネット」　出撃機数六二機
（艦戦一二、艦爆三二、雷撃機一八）

支援空母群
空母「レンジャー」　出撃機数四〇機
（艦戦一二、艦爆一六、雷撃機一二）

大英空母群
空母「イラストリアス」　出撃機数三六機
（艦戦②一二、雷撃機二四）
空母「フォーミダブル」　出撃機数三六機

（艦戦②一二、雷撃機二四）
空母「インドミタブル」　出撃機数三六機
（艦戦②一二、雷撃機二四）

第一次攻撃隊の兵力はワイルドキャット戦闘機六〇機、マートレット戦闘機三六機、ドーントレス急降下爆撃機一四四機、アヴェンジャー雷撃機八四機、アルバコア（英）雷撃機七二機の計三九六機。第五〇機動部隊のほぼ全力を挙げて日本軍機動部隊に攻撃を仕掛ける。

これは日米開戦以来、アメリカ太平洋艦隊が真に自信を持って放つことのできた、初の本格的な攻撃隊であるといえた。

とはいえ、さしもの米空母といえども、六二機もの攻撃機を短時間で一斉に発進させることはできなかった。

第一次攻撃隊の全機が発進を終えるのにたっぷり三五分を要し、すべての攻撃機が上空へ舞い上がったとき、時刻は午前八時三五分になろうとしていた。しかも、空中集合を採らない米英攻撃隊は、発進した順に各隊がバラバラに進撃を開始したため、攻撃機の群れはおおむね三つに分かれて飛んでゆくことになった。

しかしそれにしても、三九六機という攻撃機の多さはこれまでと比較にならず並外れている。

全機が滞りなく発進してゆくと、いつもは沈着なフランク・J・フレッチャーもさすがに興奮を覚え、武者震いしていた。

——今回こそは日本軍の空母数隻を撃破、いや必ず、撃沈してくれるに違いない！

フレッチャーは、進撃してゆく味方攻撃機の大編隊を見送りながら、そこはかとなく勝利の兆しを感じ始めていた。けれども、日本軍偵察機が二度にわたって艦隊上空へ現れたので、断じて油断は禁物である。

——敵も必ず我が方へ向け、攻撃隊を出して来るに違いない！

みずからそう戒めたフレッチャーは、ワイルドキャット戦闘機九六機、マートレット戦闘機一二機、シーハリケーン（英）戦闘機三六機の計一四四機を艦隊防空用として、きっちり手元に残しておいたのである。

5

いっぽう、下田中尉の報告を受けて山口少将がまず思ったことは〝第一機動部隊の三空母はパナマ攻撃に使った艦爆を収容する必要がある〟ということだった。

いや、第二機動部隊も同様に零戦を収容する必要があるが、パナマ攻撃に使った第二機動部隊の零戦は、状況によっては第一機動部隊の母艦三隻で収容することもできる。

したがって、第二機動部隊と第三機動部隊は敵機動部隊との戦いに専念できるが、第一機動部隊は、帰投して来たパナマ攻撃隊をいずれ収容する必要があった。

なにが気になるかというと、現状、空母兵力は九対八で優位に立っているが、パナマ攻撃隊収容時には、第一機動部隊の母艦三隻は着艦、収容作業に忙殺され、その瞬間、味方は六対八の劣勢に立たされてしまう、ということであった。

それでも出て来た敵空母が五隻なら優位を保てていた。しかし、敵方に英空母三隻が加勢しているとわかり、山口は〝これは厳しい戦いになるかもしれない！〟と覚悟せざるをえなかった。

そしていまひとつ、これに関連して最悪のケースを想定しておく必要がある。

パナマ攻撃隊を収容しているさなかに米軍攻撃隊が大挙して来襲したとしたら、第一機動部隊の母艦三隻「慶鶴」「翔鶴」「瑞鶴」は〝収容作業をやりながら防空戦を戦う〟という非常に困難な状況に追い込まれてしまうであろう、ということであった。

山口は、第一波攻撃隊の発進準備を急がせる一方で、ずっとそのことを考えていた。

第三機動部隊の一指揮官でありながら、部隊の指揮だけに忙殺されず、戦いの全体像を常に見渡すことができる。このあたりに山口多聞の非凡な将才があった。

並みの指揮官なら英空母の出現でおよそ動揺してしまい、攻撃隊の発進準備のほかに頭がまわらないであろう。しかし、帝国海軍の将兵は平生から土日返上〝月月火水木金金〟でよく鍛えられており、発進準備はいちいち指揮官が心配せずとも立派にやってのける。

山口は将兵らを信頼していたし、将兵らも山口のことを信頼していた。その信頼に艦上の将兵らは見事に応え、攻撃隊の発進準備は着々と進んでいた。そして周知のとおり、午前八時三〇分には第一波攻撃隊の発進準備が完了したのである。

第一波攻撃隊／攻撃目標・米空母部隊
第二機動部隊（小沢治三郎中将）
空母「赤城」／零戦九、艦攻一八
空母「天城」／零戦九、艦爆二七
空母「葛城」／零戦九、艦爆二七
第三機動部隊（山口多聞少将）
空母「雲龍」／零戦九、艦爆一八
空母「飛龍」／零戦九、艦爆二七
空母「蒼龍」／零戦九、艦攻一八
第二波攻撃隊／攻撃目標・米空母部隊
第一機動部隊（塚原二四三中将）
空母「慶鶴」／零戦一二、艦攻二七
空母「翔鶴」／零戦一二、艦攻二七
空母「瑞鶴」／零戦一二、艦攻二七

塚原中将の第一機動部隊は第一波攻撃隊をパナマ攻撃に出したので、今回、出撃するのは第二波攻撃隊ということになる。

午前八時三〇分に発進命令が下りた第一波、第二波攻撃隊の兵力は零戦九〇機、艦爆九九機、艦攻一一七機の合わせて三〇六機。

その全機が午前八時四八分までに飛び立って行ったが、小沢中将の第二機動部隊と山口少将の第三機動部隊は、続けて第二波攻撃隊を発進させる必要があった。

そして小沢、山口両部隊の第二波攻撃隊は、午前九時一五分に発進準備を完了した。

第二波攻撃隊／攻撃目標・米空母部隊

第二機動部隊（小沢治三郎中将）

空母「赤城」／零戦九、艦爆二七

空母「天城」／零戦九、艦攻一八

空母「葛城」／零戦九、艦攻一八

第三機動部隊（山口多聞少将）

空母「雲龍」／零戦九、艦爆九、艦攻一八

空母「飛龍」／零戦九、艦攻一八
空母「蒼龍」／零戦九、艦爆二七

第二波攻撃隊の兵力は、零戦五四機、艦爆六三機、艦攻七二機の計一八九機。

第三機動部隊の旗艦・空母「雲龍」は、出撃準備の間に合わなかった第一波の艦爆九機を、第二波攻撃隊として出す。

午前九時一五分に発進命令が下りると、第二波攻撃隊の全機が午前九時三〇分までに発進して行った。

もしも蒼龍一号機（下田機）が急いで帰投していなければ、第二波攻撃隊の発進は、あるいは三〇分ほど遅れて午前一〇時ごろとなっていたかもしれない。その場合、米軍攻撃隊が来襲する前に全機が発進できたかどうか、じつにきわどいところであった。

それはともかく、今や第一波、二波を合わせて総計四九五機にも及ぶ攻撃機が米・英軍機動部隊の上空をめざして進撃しつつあった。

第二波の全機が無事に発進してゆくと、さすがの山口もほっと一息ついたが、まもなくして敵攻撃隊が味方機動部隊の上空へやって来るのは目に見えていた。

防空戦に備えて、帝国海軍の空母九隻艦上には合わせて一〇五機の零戦が残されていた。

出撃させた攻撃隊の兵力は日本側のほうが一〇〇機ほど上回っていたが、米側は艦隊の防衛を重視して、より多くの護衛戦闘機を母艦上に温存していた。

こうして日米両軍機動部隊は午前九時三〇分までに大量の攻撃機をたがいに発進させて、今まさに世紀の一大航空決戦がパナマ近海で始まろうとしていた。

第二波攻撃隊が発進してゆくと、山口少将は次の信号を塚原中将の旗艦・空母「慶鶴」へ向けて送信した。

『第一機動部隊はパナマ攻撃隊を収容するために一時北方へ退避されたし』

この電報は平たくいえば、首席指揮官に対して差し出がましい指図をしたわけだが、山口は〝火事場で礼儀は必要あるまい〟と考えて、あえてこれを送信したのだった。

あるいは分からず屋の総指揮官であれば、これを黙殺していたかもしれない。けれども、塚原二四三中将は違った。

――なるほど、我が第一機動部隊は、防空戦に忙殺されることなく、パナマ攻撃隊をきっちり収容してこそ三の矢（第三波攻撃隊）を継ぐことができる。山口くんは〝それがひいては全体の勝利につながる〟というのであろう。

　この電文をそう読み取った塚原中将は、まもなく第一機動部隊の北上を命じたのである。

6

　風雲は急を告げている。第三機動部隊旗艦・空母「雲龍」の対空見張り用レーダーが、接近しつつある敵の大編隊を探知したのは午前九時四二分のことだった。

　日米開戦から半年以上が経過し、昭和一七年八月のこの時期にもなると、帝国海軍の主力空母もさすがに対空見張り用レーダーを装備するようになっていた。

「距離およそ五五海里。敵編隊はあと二五分ほどで我が上空へ到達します！」

　航空参謀がそう報告するや、第三機動部隊指揮官の山口多聞少将はただちに第一、第二機動部隊にも応援をあおぎ、母艦九隻の艦上に温存していた一〇五機の零戦を迎撃に上げた。

　米軍攻撃隊の来襲を見越して、直掩隊の零戦はすでに各母艦の飛行甲板上で待機しており、出撃の命令が下りるや、全機が五分以内に上空へ舞い上がった。

エンジンをうならせ急加速で上昇するや、発進からわずか八分後の午前九時五五分、直掩隊の零戦一〇五機は、第三機動部隊の手前（南）・約三〇海里の上空へ達し、接近して来た敵の大編隊とにわかに交戦状態に入った。

なるほど大編隊に違いなく、最初に来襲した敵機はおよそ一五〇機。敵はワイルドキャット戦闘機三六機とドーントレス爆撃機一一二機からなる米軍攻撃隊の第一群であった。

来襲した敵機の兵力は零戦の一・五倍に及んでいたが、戦闘機の数は大したことがない。

この時期の零戦はめっぽう強く、ワイルドキャットのパイロットは、零戦一機に対してワイルドキャット二機以上でなければ〝決して空戦を挑むな！〟という警告を受けていた。

もとよりワイルドキャットのパイロットに零戦とまともに戦う意思はなかったが、三倍近くもの零戦からハデなお出迎えを受け、彼らはまさに手も足も出なかった。

零戦にとってこれは迎撃戦のため、ガソリン切れの心配がほとんどない。絶好のカモにあり付いたようなもので、二七機の零戦がまず襲い掛かると、大方のワイルドキャットははやくもその動きを封じられた。

それをよいことに、残る零戦七八機がドーントレスに容赦なく波状攻撃を仕掛ける。

そして、わずか一〇分ほどのあいだに、零戦は半数以上のドーントレスを撃退するか、もしくは撃墜した。なかには五機以上のドーントレスを撃退した零戦もあり、残るドーントレスは今や五五機となっている。

彼らはようやく眼下の洋上に空母群を発見したが、零戦の猛攻はなおも数分間続き、結局、第三機動部隊の上空へ到達することのできたドーントレスは三二機にとどまった。

ところが不思議なことに、これら三二機に対する零戦の追撃はまもなくぴたりと止んだ。

じつは米軍攻撃隊の第二群がもはや指呼の間まで迫っており、それに気づいた多くの零戦が、新手の敵機群に向かったのだ。

今度の敵もやはり大群だ。ワイルドキャット戦闘機二四機、ドーントレス爆撃機三二機、アヴェンジャー雷撃機八四機の計一四〇機が鈴なりとなって迫って来る。

これら第二群の敵機に対する、零戦の初動はあきらかに後れた。

先着した第一群は今まさに、向かって左手の空母群（山口・第三機動部隊）に襲い掛かろうとしている。それを見て第二群の指揮官は、向かって右手奥の空母群（小沢・第二機動部隊）へ麾下の大編隊を誘導した。

　そうはさせじと、六六機の零戦が敵・第二群の横合いから大車輪で波状攻撃を仕掛ける。まるでキツツキのように、六六機が入れ代わり立ち代わり猛烈な射撃を加え、たちまち半数近くのアヴェンジャーを撃退した。

　しかし無類の強さを誇る零戦も、第二群の前方を飛んでいたドーントレスにはなかなか手出しができず、ドーントレス三機とアヴェンジャー四〇機を退散させるのが精いっぱいだった。

　零戦の追撃をかわしたドーントレス二九機とアヴェンジャー四四機が、ついに第二機動部隊の上空へ進入し、突入を開始する。

　そして、もうそのときには山口少将の率いる第三機動部隊は、第一群のドーントレスから猛攻を受けていた。

　真っ先に狙われたのは、まさに山口少将自身が座乗する空母「雲龍」だった。

　狙う「雲龍」の直上に達したドーントレスは一四機。それら敵機が一斉に急降下し始めると、空母「雲龍」は全対空砲を開きつつ、速力三五ノットで猛然と右へ回頭した。

訓練が充分でないため、米軍パイロットの技量は決して高くはなかった。それでも彼らは勇敢に突っ込み爆弾を投じたが、すさまじい速度で疾走する「雲龍」をなかなか捉えられず、九機のドーントレスがことごとく爆撃をしくじった。

しかし、一〇機目の投じた爆弾が艦首右舷側の海へ至近弾となって炸裂（さくれつ）。その瞬間に「雲龍」の動きがあきらかに鈍り、艦の旋回半径が俄然大きくなった。

そして、直進航行に近くなったその直後、一一機目の投じた爆弾がついに「雲龍」の飛行甲板前部で炸裂、閃光とともに艦首付近が爆炎につつまれ、空母「雲龍」の速度は直後に二八ノットまで衰えた。

もうもうたる黒煙がたちまち艦首から艦橋付近にまで広がり、次に降下した一二機目のドーントレスは、その影響を受けて遭えなく照準をしくじった。一二機目が投じた爆弾は左舷側の海へ大きく逸れたが、続けて降下した一三機目はきっちりと機軸を修正、同機が投じた爆弾はまんまと「雲龍」の前部エレベーター付近を突き刺し、大音響を発して炸裂した。

その爆弾は艦橋の一〇数メートル手前で炸裂したため、山口少将もかなりの衝撃を感じ、命中の瞬間に思わず身を伏せた。しかしそれは一瞬のこと、すぐさま立ち上がってよく見ると、艦橋より前方の飛行甲板二ヵ所で同時に火の手が上がっていた。

　最後（一四機目）のドーントレスはどうやら爆撃を失敗したに違いなく、山口がはっと気づいて見上げると、米軍爆撃機はすべて上空から飛び去っていた。

　乗艦「雲龍」は安定走行を続けているが、艦上は激しく燃えている。命中した爆弾は二発とも破壊力の大きい一〇〇〇ポンド（四五四キログラム）爆弾だった。山口もさすがに心配になり、艦長に確認した。

「……大丈夫かね？」

「本艦が沈むようなことはまずありません。ですが、消火には若干手間取りそうです。……三〇分ほど掛かるかもしれません」

　艦長の矢野志加三（しかぞう）大佐がそう答えると、山口は黙ってうなずいた。

　空母「雲龍」はなんとか窮地（きゅうち）を切り抜け、二五ノット以上の速力を維持していた。攻撃隊の発進はかなり難しそうだが、通信装置はすべて生きており、火を消し止めさえすれば、戦闘機の運用は可能であった。

　乗艦「雲龍」は旗艦としての機能をなんとか維持している。しかし、そのすぐ左（東側）で航行していた「蒼龍」も同時に爆撃を受け、僚艦「蒼龍」はより甚大な被害を受けていた。

不運な「蒼龍」は一八機のドーントレスから猛爆撃を受け、三発の一〇〇〇ポンド爆弾を喰らっていた。旗艦「雲龍」と同様に同艦もまた艦上が業火に見舞われ、速度が一気に一六ノットまで低下。三発の直撃弾のうち飛行甲板のほぼ真ん中に命中した一発が格納庫内で炸裂、引火を防ぐために機関部へとっさに注水したので、空母「蒼龍」の速度は大幅に低下したのだった。

首席参謀の伊藤清六中佐がまもなく「蒼龍」の被害状況を確認し、山口少将に報告した。

「司令官。残念ながら『蒼龍』は発着艦不能となり、完全に戦闘力を奪われました」

これを聞いて、さしもの山口も一度は顔をしかめたが、山口少将の闘志はまったく衰えることがなかった。

もう一隻の空母「飛龍」は無傷で健在だし、旗艦の「雲龍」も戦闘機を飛ばせるので、まだまだ戦える。麾下の空母が一隻ぐらい撃破されることはもとより覚悟の上だった。

ところが、このとき第三機動部隊にはさらなる脅威が迫っていたのである。

いっぽう、空母「雲龍」に二発目の爆弾が命中したころ、小沢治三郎中将の第二機動部隊もまた敵機から猛攻を受け始めていた。

こちらでも真っ先に攻撃を受けたのは旗艦の空母「赤城」だった。

零戦の迎撃網を突破して第二機動部隊の上空に進入した米軍攻撃機はドーントレス二九機とアヴェンジャー四四機の計七三機。

米軍パイロットも眼下の空母が「赤城」であることをよくわかっており、並走する三空母のなかで、最も艦体の大きい「赤城」がおのずと第一の標的にされた。

とはいえ米軍攻撃隊指揮官は、出撃前にフレッチャー中将から「まずは戦闘力を奪うためにできるだけ多くの敵空母に攻撃を加えよ！」と厳命されていた。

そこで白面の指揮官は、進入に成功した攻撃機のうち、ドーントレス一三機とアヴェンジャー一六機を空母「赤城」の攻撃に差し向け、残るドーントレス一六機とアヴェンジャー二八機で、後方にひかえる空母「天城」と「葛城」に襲い掛かることにしたのである。

敵機の大群が乗艦「赤城」へ向けぐんぐん迫って来る。その数が予想外に多いので、小沢中将はとっさに〝いかん、これはやられる！〟と覚悟した。直後に「赤城」は三〇ノット以上の高速で回避運動に入ったが、小沢の読みどおりこの攻撃を無傷で凌げるはずはなかった。

それでも「赤城」は投じられた爆弾の六発目まではなんとかかわした。しかし、七発目の爆弾が飛行甲板後部で炸裂、その衝撃で運悪く電気系統に不具合を生じ、しばらく対空砲火が止んでしまった。

そこへ、狙い澄ましたようにアヴェンジャー雷撃機が迫り、次々と魚雷を投下。その技量は決して高くはなかったが、立て続けに二本の魚雷を右舷舷側に喰らい、空母「赤城」の速度は一気に二二ノットまで低下してしまった。

上空ではすでに一二機のドーントレスが爆撃を終えていたが、最後に降下した一三機目は速度の衰えた「赤城」にまんまと爆弾をねじ込んだ。

そして結局、飛行甲板中央に大穴が開いた「赤城」は、爆弾二発と魚雷二本を喰らって、遭えなく戦闘力を奪われたのだった。

乗艦「赤城」はいまだ速力二〇ノット以上で航行しているが、飛行甲板が大破し、艦も右へ一〇度ほど傾いている。これでは艦載機の発着が難しいので、小沢中将はとりあえず、傷付いた「赤城」に退避を命じ、司令部を軽巡「長良」へ移すことにした。

本来なら空母である「天城」か「葛城」に将旗を移すべきだが、両空母とも空襲を受けている真っ最中で、それどころではなかったのだ。

次は、その「天城」と「葛城」である。

上空へ米軍爆撃機が進入して来ると、両空母は対空砲を撃ち上げながら左右へ分かれ、三三ノット以上の高速で回頭し始めた。

一六機のドーントレスは、一〇機がまず左へ回頭した「天城」に降下し、六機は右へ回頭した「葛城」に向けて降下した。

両空母とも高速のため、ドーントレスの投じた爆弾はなかなか命中せず、右旋回で逃れた「葛城」は難なくすべての爆弾を回避した。

しかし「天城」は爆弾一発を喰らい、直後に速度がわずかに低下。ちょうどそこへ一四機のアヴェンジャーが一斉に襲い掛かり、同艦の左右から挟撃するようにして魚雷を投下した。

右舷側から放たれた魚雷は六本、左舷側からは八本。左旋回を続けた「天城」は、右から迫り来る六本の魚雷をすべてかわしてみせたが、懸命の回避運動もおよばず、左舷側から放たれた魚雷のうちの二本を立て続けに喰らった。

その瞬間、同艦の左舷舷側から巨大な水柱が連続で昇り、大量の浸水をまねいた「天城」は、急激に減速、出し得る速度が一気に一五ノットまで低下してしまった。

巡洋戦艦から改造された「赤城」と比べて、雲龍型空母は舷側装甲が薄く、空母「天城」は魚雷に対する脆弱性を露呈したかたちとなった。

それは僚艦の「葛城」も同様で、爆弾をかわし切った「葛城」は、その直後に、右舷後部へ魚雷一本を喰らってしまった。そしてそれが引き金となり、さらに魚雷二本が右舷に命中、計三本の魚雷を喰らった「葛城」は、行き足がみるみるうちに衰え、出し得る速度がわずか一〇ノットに低下したのだった。

両艦とも左右に大きく傾き、もはや艦載機を運用するどころの騒ぎではなくなった。報告を受けた小沢中将は〝「天城」「葛城」は「赤城」以上の損傷を被った〟と判断、結局、両空母への移乗をあきらめるしかなかったのである。

時刻は早、午前一〇時三五分になろうとしている。この時点で、日本側の空母九隻のうち五隻が損傷、空母「蒼龍」「天城」「葛城」が戦闘力を喪失して大破し、空母「赤城」が中破、空母「雲龍」も中破に近い損害を被っていた。それでも、これまでの敵襲をよく凌ぎ、沈没した艦はまだ一隻もなかった。

一時はなんとかこの窮地を乗り切れるかと思ったが、米軍攻撃隊はなおも続々と押し寄せつつあった。空母「雲龍」の対空レーダーは、さらなる敵編隊の接近をすでに捉えていたのだ。

次に来襲したのは米英軍攻撃隊の第三群で、その編成はマートレット戦闘機三六機とアルバコア雷撃機七二機の計一〇八機。

第三群の戦場到着が遅れたのにはおよそ理由があった。イギリス軍のアルバコア雷撃機は巡航速度が時速わずか一〇〇ノットしか発揮できなかったのである。

若干の小休止があり、第三機動部隊は態勢を立て直しつつあった。しかし、来襲したのはまたもや一〇〇機を超える大群だ。さしもの山口少将もなかばあきれ顔で閉口した。

──なんだ、まだ来るのか……！。

まったく気が休まる時間もないが、四の五の言っておられない。迎撃戦闘機隊の零戦で迎え撃つしかないが、あいにく零戦もこれまでの戦闘でかなり疲弊しており、度重なる敵機来襲の通報で彼らもさすがに戦意を失い掛けていた。

零戦の動きはあきらかに精彩を欠き、なかなか敵機を撃ち落とせない。迎撃戦闘機隊は随伴するマートレット戦闘機と戦うだけでもはや精いっぱいだった。

それをよいことに、こしゃくな敵雷撃機が第三機動部隊の上空へどんどん迫って来る。いや、その一部、敵雷撃機の約三分の一は第二機動部隊の上空にも向かって行った。

悪いことに乗艦「雲龍」の速度は二六ノットに低下しているし、僚艦「蒼龍」にいたっては速度が一六ノット以上に上がらなかった。

今度来襲したのは英軍雷撃機に違いなく、複葉機でその動きは見るからに鈍重だが、そんな彼らにも、速度の低下した「蒼龍」は格好の獲物であるに違いなかった。

敵雷撃機が容赦なく、一斉に「蒼龍」に襲い掛かる。思ったとおり空母「蒼龍」に回避する余力は残っておらず、投じられた魚雷が次々と同艦に命中してゆく。

まず、一八機のアルバコアが空母「蒼龍」を雷撃し、同艦の舷側からはやくも三本の水柱が昇った。この瞬間に「蒼龍」の命運は尽きた。大量の浸水をまねいて「蒼龍」は右へ大きく傾き、ゆっくりとその艦体を横たえてゆく。

もはやだれの目に見ても「蒼龍」が沈没するのは一目瞭然だった。いまだ雷撃を終えていない三〇機のアルバコアは、その北西で航行していた空母「雲龍」の方へ向かって来た。

複葉の敵機は見るからに弱そうだが、それにしても数が多い。さしもの山口も〝もはや、これまで！〟と観念し「雲龍」の沈没を覚悟した。

ところが、その直後のことだった。

突如、後方（北方）から二〇機近くの快速機が現れ、鈍重な敵機をおもしろいように撃ち落としてゆくではないか……。

そして、その銀翼にはまぎれもなく日の丸が輝いて見える。頼もしいその雄姿を見て、山口はにわかに直感した。

——おお……、これはおそらくパナマ攻撃から帰投して来た第一機動部隊の零戦に違いない。塚原中将が我々の窮地を察し、応援に寄こしてくれたんだ！

まさにそのとおりだった。

パナマ飛行場を空襲した第一波攻撃隊は、午前九時四〇分ごろから第一機動部隊の上空に帰投し始め、空母「慶鶴」「翔鶴」「瑞鶴」は午前一〇時二〇分までに、その全機を収容した。

そして帰投機を収容しているさなかにも、塚原中将は、着艦した零戦に対してガソリンや銃弾の補充を急ぐよう命じ、まず午前一〇時二五分に三空母から六機ずつ、計一八機の零戦を発進させたのだった。

それに加えて、第一機動部隊の母艦三隻は今しがた追加の零戦九機（各空母から三機ずつ）を発進させて、第二機動部隊の方へも救援に差し向けていた。

新手の日本軍戦闘機の出現に驚いたのは、今まさに空母「雲龍」へ襲い掛かろうとしていた三〇機のアルバコアだった。

完全に不意を突かれた英雷撃隊は、零戦の猛攻に戦々恐々となって、その攻撃から逃れるだけで精いっぱい、とても「雲龍」へ向けて魚雷を投じることができない。

第一機動部隊の零戦は、逃げ惑う複葉の雷撃機を次から次へと撃ち落とし、たちまち一四機のアルバコアを撃墜した。

この猛攻に、完全に恐れをなしたアルバコアは残らず遁走をくわだてたが、零戦はさらに追い撃ちを掛けて、結局、全部で二二機のアルバコアを撃墜した。

それでも四機のアルバコアが遁走する直前に空母「雲龍」へ向けて魚雷を投下していったが、おっかなびっくりで投じられた魚雷は、四本ともまったく見当違いな方向へ疾走してゆき、とても狙う「雲龍」の舷側をとらえることはできなかったのである。

遁走（とんそう）してゆく敵雷撃機の姿を見て、山口少将はようやく安堵（あんど）の表情を浮かべた。

いっぽう、第二機動部隊の上空へ向かったアルバコアは二四機。そのうちの八機がまず、先の攻撃で速度が大幅に低下していた空母「葛城」に襲い掛かった。

すでに魚雷三本を喰らっていた「葛城」は速度が一〇ノット以上に上がらず、八機のアルバコアに左右から挟撃されて、とてもその攻撃をかわすことができなかった。

わずか五分ほどの攻撃で、不運な「葛城」は左舷に魚雷一本、右舷にも魚雷一本を喰らって、まもなく航行を停止。同艦もついに力尽き、ゆっくりと右へ傾きながら波間に没していった。

その様子を見定めて、残る一六機のアルバコアは、沈みつつある「葛城」の一〇キロメートルほど先（北）で航行していたもう一隻の空母「天城」に標的を変更、大急ぎで高度を下げつつ同艦へ迫って行った。

空母「天城」の速度もすでに一五ノットに低下しており、アルバコアからすればよいカモに違いなかったが、彼らが攻撃を急いだのは、日本軍の戦闘機数機が突然、その行く手をさえぎるようにして現れたからだった。

アルバコアの前に立ち塞がろうとしていたのはむろん、第一機動部隊の空母三隻から追加で飛び立った九機の零戦だった。

味方空母の窮地を救おうと、九機の零戦は最大速度で敵雷撃機群へ向けて突っ込む。

彼我の速度差は歴然としており、日英両軍機の距離はあっという間に詰まってゆく。鈍重なアルバコアが零戦の餌食となるのはもはや時間の問題だった。しかしそれでも英軍パイロットの多くが狙う空母への突入をあきらめず、一六機のうちの六機が間一髪、ついに魚雷の投下に成功した。

が、その直後、零戦九機が七・七ミリを猛射しながら次々と複葉のカモに襲い掛かり、残る一〇機のアルバコアはさすがに魚雷の投下を断念、にわかに遁走をくわだてた。

英軍雷撃機はクモの子を散らしたように一斉に退避し始めたが、零戦は狂ったように追い撃ちを掛け、片っ端からアルバコアを粉砕、次々と撃ち落としてゆく。

そして、零戦はアルバコアを容赦なく追い詰めていったが、その空戦のさなかに、にぶい炸裂音が海上に響き、空母「天城」の舷側から巨大な水柱が昇った。

アルバコア六機が捨て身で放った魚雷のうちの一本が、速度の衰えた「天城」の右舷舷側をついに突き刺したのだ。

零戦はその無念を晴らすようにして結局一二機のアルバコアを撃墜したが、空母「天城」の行き足はいよいよ衰え、空戦を終えたばかりの零戦が心配そうにその上空へ集まって来た。

――いかん、あと一歩遅かった！……「天城」も沈むのではないか……!?

みながそう思い、心配そうに海上を見下ろしている。

しかしよく見ると、空母「天城」はかろうじて自力で航行していた。

その速度は今や、わずか八ノットまで低下していたが、左舷ではなく右舷に魚雷を受けたことが幸いし、空母「天城」はなんとか平衡を保ち、沈没をまぬがれていたのだった。

時刻は午前一〇時四八分になろうとしている。あれだけ猛威を振るっていた米英の攻撃機も今や完全に上空から姿を消し、海上は静けさを取り戻しつつあった。

しかしながら、第三機動部隊の方では空母「蒼龍」が横倒しとなって沈みつつあり、第二機動部隊の方でも空母「葛城」が断末魔を迎えようとしていた。

両空母を救うのはもはやどうも見ても不可能であり、小沢治三郎中将と山口多聞少将は、断腸の思いで、空母「葛城」「蒼龍」に対して総員退去を命じた。

帝国海軍機動部隊は米軍機動部隊の先制攻撃をゆるし、あえなく空母「葛城」「蒼龍」を喪失してしまった。

いや、それだけではない。空母「天城」もほとんど廃艦同然となって大破し、第二機動部隊の旗艦・空母「赤城」もまた戦闘力を奪われて中破していた。

米・英軍艦載機の第一次攻撃が終了したこの時点で、日本側で戦闘可能な空母は一気に五隻となってしまい、この瞬間、空母兵力は五対八の完全な劣勢に立たされてしまったのである。

だが、戦いはまだ始まったばかりであり、日本側の放った四九五機もの攻撃機がもうまもなくして、米英連合軍の空母八隻に反撃の鉄槌（てっつい）を下そうとしていた。

――形勢逆転の可能性はまだ充分にある！

午前一〇時五〇分。塚原二四三中将は勝利の可能性を信じて、麾下の空母三隻艦上から米・英軍機動部隊に対する、第三波攻撃隊を発進させたのである。

第三波攻撃隊／攻撃目標・米英空母部隊
　第一機動部隊（塚原二四三中将）
　　空母「慶鶴」／零戦一二、艦爆一八
　　空母「翔鶴」／零戦九、艦爆二一
　　空母「瑞鶴」／零戦九、艦爆二一

第三波攻撃隊の兵力は零戦三〇機、艦爆六〇機の計九〇機。これら九〇機は、すべて第一波攻撃隊としてパナマ空襲に参加した機で、本日二度目の出撃になる。パナマ上空での戦闘も激しかったが、彼ら搭乗員の顔に疲れの表情はなく、全機が必勝を期して発艦してゆく。

これまで自軍後方に控えていた空母「慶鶴」「翔鶴」「瑞鶴」の艦上から第三波の攻撃機が一斉に発艦し始めると、厳しい防空戦をようやく切り抜けた空母「赤城」「天城」「雲龍」「飛龍」の艦上からも歓声が沸き起こり、彼らの出撃を後押しした。

――味方は手痛い損害を被ったが、この戦いを最終的に制することができれば、戦争の主導権はまだ我がほうにある。頼むぞ！「蒼龍」「葛城」のかたきを討ってくれ！

第三機動部隊の旗艦・空母「雲龍」の艦上では山口少将も勝利を固く信じ、勝敗のカギを握るであろう第三波攻撃隊の出撃を頼もしそうに見送っていた。

そして、機動部隊将兵の期待を一身に背負った第三波攻撃隊は、午前一一時五分には全機が上空へ舞い上がり、まもなく空中集合を終えて南の空をめざし進撃して行った。

一旦は完全に後手にまわされたが、機をみて敏なる山口少将は、じつはこのとき塚原中将と連絡を取り、一気に反転攻勢に撃って出る〝奇策〟を準備しつつあったのだった。

コスミック文庫

新生・帝国海空軍 上

世界初！ 航空電撃戦

2023年1月25日 初版発行

【著 者】
原 俊雄

【発行者】
相澤 晃

【発 行】
株式会社コスミック出版
〒154-0002 東京都世田谷区下馬6-15-4
代表 TEL.03(5432)7081
営業 TEL.03(5432)7084
FAX.03(5432)7088
編集 TEL.03(5432)7086
FAX.03(5432)7090
【ホームページ】
http://www.cosmicpub.com/
【振替口座】
00110-8-611382
【印刷／製本】
中央精版印刷株式会社

ISBN978-4-7747-6449-8 C0193